Miłość
i lasy

TEGO AUTORA:

System Viktorii

ERIC REINHARDT
Miłość i lasy

Przełożyła z języka francuskiego
Bożena Sęk

Tytuł oryginału:
L'AMOUR ET LES FORETS

Copyright © Eric Reinhardt, 2014.

Copyright © 2016 for the Polish edition by Wydawnictwo Sonia Draga
Copyright © 2016 for the Polish translation by Wydawnictwo Sonia Draga

Projekt graficzny okładki: Mariusz Banachowicz

Redakcja: Ewa Penksyk-Kluczkowska
Korekta: Barbara Meisner, Joanna Rodkiewicz

ISBN: 978-83-7999-572-1

WYDAWNICTWO SONIA DRAGA Sp. z o.o.
Pl. Grunwaldzki 8-10, 40-127 Katowice
tel. 32 782 64 77, fax 32 253 77 28
e-mail: info@soniadraga.pl
www.soniadraga.pl
www.facebook.com/wydawnictwoSoniaDraga

Skład i łamanie:
Wydawnictwo Sonia Draga

Katowice 2016. Wydanie I

Druk:
Drukarnia Kolejowa Kraków Sp. z o.o.; Węgrzce

Jak zaczarowany stałem blisko pół minuty zapatrzony w owo bajkowe widowisko... Będąc mocno wysuszony po podróży, wbrew sobie odczuwałem – przyznaję – pociąg jakowyś ku mrocznemu urokowi tej fali! Bez słowa się rozdziałem, poskładałem ubranie obok siebie, niemal przy samym stawie, i daję słowo, rzuciwszy się na oślep do wody, zażyłem rozkosznej kąpieli przy świetle uprzejmie trzymanym przez hotelarza, który spoglądał na mnie z miną zatroskanego zdumienia, w skupieniu wręcz... albowiem gdy teraz o tym myślę, poczciwiec ów miewał doprawdy niepojęty wyraz twarzy.

VILLIERS DE L'ISLE-ADAM
Niespodziewane urozmaicenie
z Opowieści niesamowitych

1

Zapragnąłem poznać Bénédicte Ombredanne po przeczytaniu jej pierwszego listu: żarliwość krasiły w nim przejawy poczucia humoru, te dwie strony wzruszyły mnie i sprowokowały do uśmiechu, list był też bardzo dobrze napisany, a to połączenie na tyle rzadkie, że natychmiast przykuł moją uwagę. Z początku dosyć powściągliwy, stawał się w miarę czytania coraz bardziej żywiołowy i zrzędliwy. W zdaniach pobrzmiewały ironia, zabawna niesforność, gwar szkolnego podwórka – pochylone ku przyszłości litery wyraźnie sugerowały świadomość zuchwalstwa, z jakim nieznajoma wybiegła ku mnie myślą, jak gdyby list został napisany jednym ciągiem i nieprzeczytany znikł nieodwołalnie w szparze skrzynki pocztowej, hop i już, za późno, u kresu pędu niefrasobliwego, zapalczywego, który bez wątpienia zrodził się w chwili, gdy młoda kobieta z determinacją przyłożyła końcówkę pióra do papieru, odcinając sobie możliwość wycofania się. Wydawało mi się oczywiste, że faktycznym sternikiem tych dwóch stronic była nieśmiałość, nieśmiałość, którą autorka przesyciła szyderstwem, aby mieć pewność, że co sobie zamierzyła, doprowadzi do końca. Było to przeczucie względnie mgliste, przeczucie, które z największym trudem byłbym w stanie poprzeć konkretnymi przykładami wyjętymi z owych dwóch stronic, ale swada listu nadzwyczaj niejednolitego, tchnącego skrępowaniem i śmiałością, respektem i wyniosłością, powagą i bezceremonialnością, inteligencją i prostotą wręcz dziecięcą (a zatem o charakterze nieustannie paradoksalnym), nasunęła mi myśl, że czytelniczka unikała tym sposobem sytuacji bardzo jej nieodpowiadającej, przyprawiającej ją o cierpienie bądź zwyczajnie nieznośnej: list był jakby doraźnie wymyślonym fortelem (czułem to mgliście), lecz takim, że autorka nie mogła przewidzieć, czy i tym razem nie natrafi na mur obojętności lub pobłażliwej wzgardy, a zatem na milczenie, stąd przedsięwzięte wielkie starania – co trzecie, czwarte zdanie – by samej w to całkiem nie uwierzyć, albowiem dzięki temu zdoła uniknąć zbyt dojmującego zawodu, jeśli przypadkiem ta próba okaże się bezowocna. Wszystko to zauważyłem przed drzwiami swojego mieszkania, w płaszczu, podniósłszy z wycieraczki, kiedy wychodziłem, przesłany do mnie przez mojego wydawcę w oryginalnej kopercie (jasnoniebieskiej, nadanej w Metzu, pokreślonej przez jakąś stażystkę, gdy dopisywała mój adres) pierwszy list od Bénédicte Ombredanne, który przeczytałem w całości na podeście, nie zszedłszy ani stopień niżej po schodach.

Pierwsze wrażenie w całości zweryfikowały później fakty.

Najprościej byłoby, gdybym ów list zamieścił tutaj *in extenso*, lecz nieszczęśliwie gdzieś go zapodziałem.

Gniew młodej kobiety odnosił się do odrzucenia jej kandydatury jako członka jury nagrody literackiej przyznawanej przez czytelników pewnego pisma, a najbardziej w tej porażce, pisała, smuciło ją to, że w debatach nie będzie mogła forować mojej powieści, aby to ona otrzymała rzeczoną nagrodę.

Ach, jakże mi się ten list podobał!

Ponieważ na końcu, pod podpisem, zamieściła swój adres poczty elektronicznej, zaraz następnego dnia posłałem jej mejl z podziękowaniem. Dwie stroniczki, które była uprzejma do mnie skreślić, sprawiły mi ogromną przyjemność, jej list jest błyskotliwy i rewelacyjny, czuję dumę, że moja praca przyciąga czytelników takiego formatu, odpisałem owej kobiecie.

Mejlem otrzymałem od Bénédicte Ombredanne kilka tygodni później odpowiedź, w której wyliczała, co jej się w mojej powieści spodobało. List był przepiękny, płomienny i przejrzysty, tym razem powstrzymała się od okazywania humorów.

Odnalazłem w nim intensywność poczucia istnienia postrzeżoną w pierwszej przesyłce. Nie dlatego że czytelniczka okazywała w nim jakieś wyzywające szczęście: w podtekstach, niedopowiedzeniami, dając do zrozumienia, że stawia czoło pustce, przeszkodom, ograniczeniom, wyrażała natężenie swojej obecności na świecie – kiedyś siłą woli zdoła osiągnąć szczęście, zdawała się mówić. Nie podsuwała żadnych wskazówek co do natury napotykanych przeciwności, nie wiedziałem, czy to, co nie pozwala jej być szczęśliwą, tkwi w niej czy też jest winą otoczenia (czy to zawodowego, czy rodzinnego), natomiast pragnienie, aby trudnościom stawiać opór, zwalczać je i może pewnego dnia zatriumfować nad nimi, przebijało w tle listu bardzo wyraźnie. Moje przeczucie, że Bénédicte Ombredanne ma się nie najlepiej, wzmacniała również waga, jaką przykładała do książek, które kochała, waga w moim mniemaniu nadmierna: niczym rozbitek uczepiony koła ratunkowego na pełnym morzu widziała, jak w jej oczach zbaczają z kursu i powoli kierują się na nią całym ogromem kadłuba, to one zmierzały ku niej, a nie odwrotnie, jak gdyby zostały napisane, by wydobyć ją z otchłannych wód, w których pogodzona z losem zdawała się czekać na powolną śmierć. Co do tego muszę przyznać, że postawa i oczekiwania czytelników tej kategorii niewiele różnią się od moich: ja także po książkach, które decyduję się napisać, spodziewam się, że mną wstrząsną, zabiorą mnie do swojej szalupy, poniosą ku brzegom lądów idealnych. Bénédicte Ombredanne postrzegała mnie jako kapitana statku dalekomorskiego, który z mostka dostrzegł ją wśród fal – i przybył jej na ratunek.

Zwierzała się, że dostrzegła w mojej powieści coś szczególnie ważnego: została napisana, ponieważ musiała powstać. Każdy, kto się rodzi, bezwzględnie musi zaakceptować siebie i pewnego dnia zacząć się realizować z dobrodziejstwem inwentarza, aby nie umrzeć (przyszło mi do głowy, że z pewnością myślała o sobie, układając to osobliwe zdanie), toteż ona uważa, że za pośrednictwem tej książki odnalazłem się i wspiąłem na wyżyny właśnie po to, aby nie umrzeć. Drugim przejawem potencjału witalnego jest to, że stworzone przeze mnie cztery postacie same mają możliwość dawania życia: ich nie tak różowe losy wzbudzają w czytelnikach szalony optymizm.

Wyjaśnię tutaj, że w powieści owej nakreśliłem dzieje właściciela funduszu hedgingowego z siedzibą w Londynie, dalej długotrwale bezrobotnego mieszkającego samotnie u matki na dalekim przedmieściu, geologa pracującego w Niemczech dla światowego lidera w produkcji wapna, wreszcie pisarza lubiącego spędzać czas na tarasie kawiarni Le Nemours w Palais-Royal (to ja pod własnym nazwiskiem). W książce tej chciałem stworzyć przestrzeń mentalną: przeplatające się w niej cztery linie narracji nigdy się nie spotykają, czytelnik zaś stopniowo odkrywa, że ci bohaterowie są różnymi modalnościami jednej i tej samej osoby. Dałem im takie samo dzieciństwo, tych samych rodziców, takie same upodobania, aspiracje, temperament, taką samą inteligencję i odniesienia kulturowe, lecz ta wspólna dla nich wszystkich esencja tożsamościowa różnie się rozkłada podług doświadczeń przeżywanych przez nich, począwszy od osiemnastego roku życia – a w szczególności zależnie od środowiska, w którym każdy ostatecznie wiedzie życie: czytelnik widzi cztery pociski wystrzeliwane z tej samej wyrzutni, ale w czterech różnych kierunkach. Pod tymi kontrastowymi przebraniami socjozawodowymi nadal się postrzega ich wspólną substancję, która wciąż wydziela niezmiennie takie samo światło: różna jest jedynie doza i poziom przystosowania jego składników, a definiuje je ostatecznie kontekst każdego z tych doświadczeń. Kimże byłbym, gdybym w wieku dwudziestu trzech lat nie spotkał Margot, mojej żony? Pytanie to jest źródłem, które nadało formę mojej powieści: wskutek odchylenia stałem się spekulantem finansowym, zbuntowanym terrorystą i zrezygnowanym bezrobotnym, ponadto wprowadziłem na scenę siebie, pod własnym nazwiskiem, jako niespełnionego pisarza. W miarę rozwoju akcji postacie przedstawione zrazu jako fikcyjne mogą sprawiać wrażenie diabelnie prawdziwych, podczas gdy pierwotnie dokumentalny profil pisarza rozmywa się w końcu we mgłach feerycznej opowieści, jakby postać ta wyswobadzała się z wszelkiego realizmu. Czy jestem snem? Która inna postać śni każdego bohatera tej powieści, kto jest czyją koszmarną hipotezą, nadzieją, intymnym strachem? Kto jest realny, a kto nie? W wywiadach dawałem do zrozumienia, że owe trzy postacie są jakby moimi awatarami, mógłbym równie dobrze powiedzieć, że uosabiają wersje istnienia, których zdołałem uniknąć: żądzę władzy i pieniędzy, żądzę zemsty i samobójczej agresji, żądzę odosobnienia i wirtualnej egzystencji – chyba że moje życie łączy w całość poszczególne żądze z tych trzech wersji i dlatego zostałem pisarzem, złaknionym poważania samotnikiem, potencjalnym samobójcą, spekulantem, niebezpiecznym, surowym, sfrustrowanym, nienasyconym, obsesjonatem, perfekcjonistą, maniakiem, strachajłą, gwałtownikiem, pozorantem, radykałem, twardzielem lubiącym ryzyko i zagrożenie, przepadającym za ryzykownymi zakładami i zyskami, na które owe zakłady zgodnie ze swą naturą pozwalają liczyć, na zyski zawrotne w zderzeniu z możliwością równie zawrotnych strat.

Pamiętam, że w liceum, siedząc za wysokimi wykafelkowanymi stołami laboratoryjnymi, składaliśmy z pomalowanych drewnianych kulek i kijków cząsteczki różniące się doborem i liczbą zestawionych atomów. Czy tak samo nie można się bawić danymi, które składają się na formułę naszego temperamentu, modyfikując równowagę między nimi, ich hierarchię i kombinacje, aby wymyślać nowe wewnętrzne albo społeczne cząsteczki naszej obecności na świecie?

Jeśli o mnie chodzi, wierzę, że można. Bénédicte Ombredanne, wedle wszelkich znaków na niebie i ziemi, także w to wierzyła, stąd ów piękny list, który do mnie wystosowała, właśnie o tym mówiący.

Bénédicte Ombredanne pisała mi bowiem, że te cztery postacie stworzono, by przyszła na świat istota zespolona, jedyna, która pozostanie po zamknięciu książki: niewątpliwie autor, lecz także czytelnik – od niej poczynając – w od nowa wymyślonej zasadniczej wersji siebie, to jej słowa. Poczuła się lepiej, przeczytawszy moją powieść, stąd wzięło się przekonanie, że możliwe jest scalenie się, nawet jeżeli ktoś postrzega siebie jako osobę rozdartą. Moja książka dowodziła, że – cytuję – nakładając jeden na drugi kawałki odmiennych żywotów, dopasowując elementy różnych układanek, można mimo wszystko dostrzec wyłaniającą się trójwymiarową istotę bez większych luk, nawet jeśli widoczne są rysy w przypuszczalnych miejscach łączenia fragmentów. Te podobne do siebie postacie, w rzeczywistości odmiany jednego i tego samego osobnika, w końcu ogromnie wzmacniają postać skupiającego je pisarza, który jako Éric Reinhardt często zasiada do pracy na tarasie kawiarni w Palais-Royal, tłumaczyła mi Bénédicte Ombredanne. Wszyscy jesteśmy porozrywani, nosimy w sobie po kilka odmiennych osób, które się zwalczają albo mają sprzeczne interesy, wszyscy musimy grać role, które w sumie są obliczami jednej prawdy i prawdę ową staramy się zamknąć w sobie, zamaskować, chronić przed wzrokiem innych i ostatecznie zdradzić, ponieważ wstydzimy się przyznać do tej naszej złożoności, wieloosobowości, rozdarcia, wewnętrznych sprzeczności, czyli do wielkiej nieokreśloności, gdy tymczasem w tym właśnie zasadza się nasza siła, pisała mi Bénédicte Ombredanne. Przenosząc się równocześnie w cztery postacie (a w szczególności w tę, która daje poczucie, że zawiera trzy pozostałe, mianowicie w postać pisarza), czytelnik w końcu akceptuje siebie takiego, jaki jest, w całej swojej rozmaitości, ze wszystkimi sprzecznościami. Jakaż ulga! W książce tylko pisarz może się niekiedy wydawać szczęśliwy bądź spokojny, tylko jemu udaje się dostrzegać chwilowe polepszenie sytuacji i z tych momentów czerpać niezwykłą radość, tylko on się nie gubi w meandrach, które pozostałe trzy postacie przyprawiają o cierpienie, cytuję dosłownie, co mi napisała: pisarz akceptuje własną dziwaczność, aby się nią radować. Bénédicte Ombredanne kończyła ten akapit następująco: akceptowanie własnej dziwaczności, aby się nią radować – czy nie to właśnie powinniśmy wszyscy czynić w życiu? Czy nie to właśnie ja robię, ważąc się pisać taki list do człowieka, którego nigdy na oczy nie widziałam i który niewątpliwie już mnie uważa za wariatkę?

Następnie Bénédicte Ombredanne poruszała temat interesujący mnie w najwyższym stopniu: status pisarza w obszarze fikcji, zwłaszcza kiedy pojawia się w niej z nazwiska. Przyznawała, że dla niej wszystko było fikcją w tej powieści, poczynając od owego Érica Reinhardta, którego wprowadziłem na scenę. Nigdy nie słyszała o mnie, póki księgarz nie polecił jej mojej książki, dlatego odebrała tę postać jako czystego bohatera powieści tak samo jak trzej pozostali. A zatem w jej oczach wszystko w tej książce było radosnym wymysłem. Nawet to, co przedstawiałem jako zaczerpnięte z własnego rzeczywistego życia, dla niej było wytworem mojej wyobraźni, i właśnie w tym była cała uciecha. Najpiękniejsze, co ta książka pozwoliła jej zrozumieć, było to, że „można wymyślić własne życie i że jest ono piękne", pisała Bénédicte Ombredanne na samym końcu akapitu nader poruszającego, wymyślić je pod warunkiem, że stanie się rzeczywiste, tak rzeczywiste jak w rękach czytelnika moja powieść z niebieską okładką i białym papierem, stwierdzała. Można więc budować swoje życie na wzór własnych marzeń: chyba nie to chciałem przekazać czytelnikom, ale tym gorzej dla mnie i lepiej dla niej, bo ona dokładnie to pragnęła usłyszeć w tamtej chwili swojego żywota. Toteż od teraz postanowiła wymyślać siebie, wymyślać siebie codziennie i od nowa, ilekroć będzie mogła, tym sposobem jej życie bez wątpienia stanie się nieco piękniejsze niż dotąd – taką naukę wyciągnęła z lektury.

Bénédicte Ombredanne dziękowała mi, że przebrnąłem do końca przez to niestrawne ględzenie. Obiecywała, że następnym razem będzie oszczędniejsza w słowach, a przede wszystkim bardziej szczegółowo omówi moją powieść, zamiast się rozwodzić nad swoim narcystycznym odbiorem książki. Przesyłała mi pozdrowienia mgliste, rześkie, zmoczone mżawką, jakie się należą w lutym z Lotaryngii.

Ów list ujawnił mi, że w Bénédicte Ombredanne żyje kilka osób, które ona usiłuje ze sobą pogodzić. Niemal wszystkie musiała zamknąć w swym wewnętrznym ustroniu, co poskutkowało tym, że nie zdołała się rozwinąć tak, jak by chciała albo jak by naprawdę sobie życzyła, albo niedostatecznie w najsubtelniejszych szczegółach. Zamiast wobec siebie i obucha swojej złożoności wiecznie trwać w postawie zająca w świetle reflektorów samochodu, przerażonego, niezdolnego się poruszyć, poszukiwała w sobie odwagi, by wreszcie teraz, kiedy dorosła, móc decydować o tym, jaka chce być, wypróbowywać nowe odsłony swojej psychiki.

Odpowiedziałem Bénédicte Ombredanne, że jej list wcale nie był niestrawnym ględzeniem: poruszył mnie do głębi. Albowiem nieświadomie naszkicowała w nim wspaniały autoportret, i właśnie to ogromnie mi się spodobało. Na zakończenie zapewniłem, że rad byłbym osobiście ją poznać, gdy następnym razem będzie w Paryżu: niech mnie uprzedzi o przyjeździe, zaproszę ją na drinka.

Zaznaczyć tu winienem, iż nader rzadko proponuję swoim czytelnikom spotkanie, w związku z czym zapewniam, że zaproszenie to nie miało żadnego związku z powierzchownością owej młodej kobiety (pisarze mają reputację pożeraczy serc czytelniczek, dlatego wyraźnie to podkreślam): myśl o poznaniu jej narzuciła mi się jako grzecznościowa oczywistość. Naturalnie powiedziałem sobie, że byłoby miło, gdyby wygląd Bénédicte Ombredanne dorównywał jej egzystencjalnej głębi, powiedziałem sobie, że jej oczy wywołałyby we mnie spustoszenie, gdyby wyrażając żarliwość wyczuwalną w listach, patrzyły z twarzy o urodzie w moim guście, mogłem uważać, że ta młoda kobieta, pod wpływem mojej powieści wymyślająca sobie co dzień własne życie, będzie diabelnie uwodzicielską rozmówczynią, jeśli w dodatku zachwyci mnie jej ciało. Byłbym rad, gdyby tak było, przyznaję, lecz w to nie wierzyłem, coś w treści tych dwóch listów sugerowało, że napisała je młoda kobieta, która przywykła, by postrzegano ją jako zwyczajną osobę, byłem przekonany, że u niej wszystko się rozgrywa na poziomie głównie przeżyć wewnętrznych: w życiu codziennym spojrzenia prześlizgiwały się po niej, nie zauważając jej ani nie podejrzewając nawet, jakie bogactwo kłębi się jej w głowie.

Spotkałem się z Bénédicte Ombredanne dwukrotnie, za każdym razem w Le Nemours, kawiarni blisko wejścia do ogrodów Palais-Royal. Pierwsze spotkanie odbyło się w marcu 2008 roku, drugie kilka miesięcy później, we wrześniową niedzielę.

Za pierwszym razem obydwoje byliśmy onieśmieleni, mówiłem głównie ja, zadawała mi wiele pytań na temat pisania powieści. Za drugim razem zwierzała mi się przez cztery godziny, wyczułem, że potrzebuje opowiedzieć mi o swoim życiu. Podtrzymywałem zwierzenia pytaniami i życzliwymi zachętami, wydawało mi się, że najważniejsze, by mogła wyrzucić z siebie to, co skrywa od lat.

O mało się nie wyłgałem z drugiego spotkania, jedno bowiem wydawało mi się wystarczające, nie bardzo miałem ochotę przedłużać tę znajomość, nawet jeśli wiosenną rozmowę wspominałem jako przyjemną. Ponieważ jednak słaby i tchórzliwy ze mnie osobnik, nie byłem w stanie zdecydowanie odmówić, kiedy zaproponowała, abyśmy się zobaczyli w czasie jej bytności w Paryżu, w esemesach napomykałem o nienormowanym czasie pracy, nie wiedziałem, kiedy będę wolny, ale w razie czego niech próbuje następnego dnia itd. Nie zamierzała odpuścić, codziennie starała się mnie złapać, przesłała mi nawet wiadomość w niedzielne przedpołudnie, na kilka godzin przed odjazdem pociągu. Nie mogłem dłużej uchylać się od spotkania, na które tak nalegała, zwłaszcza że Bénédicte Ombredanne ani na chwilę nie wyzbyła się delikatności mimo rosnącej natarczywości swoich esemesów. Kiedy odpisałem, że możemy się spotkać wczesnym popołudniem, wiedziałem, że owej niedzieli przeżyję coś poruszającego.

W czasie wiosennej pogawędki w Le Nemours dowiedziałem się, że Bénédicte Ombredanne jest nauczycielką francuskiego w liceum publicznym w Metzu. Pracę magisterską pisała z Villiersa de L'Isle-Adam, toteż nad wyraz ją zachwyciło odkrycie na samym początku mojej powieści, że opowiadanie *Niespodziewane urozmaicenie* zalicza się do najcenniejszych źródeł mojego świata wyobrażonego. W miarę lektury ta wspólnota jeszcze się wzmocniła, punktów wspólnych przybywało aż do zawrotu głowy, w naszych dwóch światach zapłonęły symetryczne światła: Mallarmé, *Brigadoon*, *Dziura*, Medea, Kopciuszek, jesień, chwila, absolut, teatr, Genua, Palais--Royal, ekstaza, Nadja, taniec, długotrwała miłość były gwiazdami, w których świetle widziały się nawzajem nasze osobiste planetaria. Nie wspominając o wysoko sklepionych małych stopach: nosiła – trzymajcie się! – „małe 37", wyznała, rumieniąc się, 37 ½ „sporo za duże", używając potocznego wyrażenia, którym posługuje się pan w książce.

Przyznałem, że *Niespodziewane urozmaicenie* idealnie oddaje mój stosunek do rzeczywistości, a raczej pełne zachwytu marzenia wywołane szorstkością opowiadania. Zachwyt, ekstazę, epifanię i przemienienie, jak często już pisałem. Bénédicte Ombredanne odpowiedziała, że ona też: dąży do tego samego, dlatego często się zagłębia w tę opowieść o spragnionym wędrowcu. Co rano wychodzi z domu z nadzieją, że w ciągu dnia jakiś cudowny zbieg codziennych okoliczności odsłoni przed nią nieoczekiwanie przejście, a wtedy ona potajemnie zniknie w nim, aby się wydostać ze świata realnego, podąży schodami i powoli zejdzie w głębiny owego nudnego widowiska, jakim stał się dla niej na przestrzeni lat bieg własnego życia, po czym po dłuższej lub krótszej ekscytacji, na zakończenie zejścia w trzewia swojego życia wewnętrznego, do serca skalistej rzeczywistości czasu teraźniejszego, zazna takiego samego odrętwienia jak wędrowiec Villiersa de L'Isle-Adam w piwnicach swojej pospolitej wiejskiej karczmy, doświadczy dziwacznego doświadczenia zmysłowego. Oto jakiego cudu oczekiwała każdego dnia, oto do czego trwale ją przywiodła lektura mojej powieści: do przemożnego pragnienia, aby odnaleźć swój blask, odnaleźć go w najdalszych głębiach swojego jestestwa, tak jak spragniony wędrowiec odkrywa olśnienie cudownym widokiem pod podłogą starej karczmy w samym sercu skały. Ten właśnie imperatyw pewnie filigranuje nasze myśli, podczas gdy czas płynie, gdy ubywa nam dni, gdy patrzymy na nieznajome sylwetki poruszające się na ulicy (czasami godne pożądania, choćby tylko metafizycznie z racji naszej samotności, uściśliła Bénédicte Ombredanne), gdy pada deszcz, a my siedzimy zapatrzeni w swoje odbicie w szybie autobusu, odbicie pochlebne. Autobus ten wiezie nas do domu poprzez taką samą noc, gęstą, głęboką, lodowatą, ślepą, noc październikową, listopadową, grudniową, zimową, mroźną, wilgotną, smagającą dzień po dniu, wieczór po wieczorze, w styczniu, lutym, marcu, rok po roku, poprzez taką samą przejmującą noc, jak gdyby ów autobus wyrywał nas z naszej rzeczywistości, aby powieźć przez ciemność ku nieznanym obszarom, ku skrajom realności, zupełnie tak samo jak statek zmierza pośród rozbryzgów nieprzyjaznego morza, nieprzyjaznego, lecz kuszącego. Kuszącego? Pyta pan, dlaczego to nieprzyjazne morze uważam za kuszące? Powiem panu: z powodu dalekich niewidocznych głębin, czarnych i gęstych, głębin, w których rozbrzmiewają echa naszych marzeń. Nie ma nic gorszego od twardości powierzchni płaskich, od dotyku powierzchni twardych, od przeszkód w postaci wzniesionych ekranów, chyba że wyświetlane są na nich filmy. Ja wolę głębię, wolę to, w co można wniknąć, w co da się zanurzyć, schować: miłość i lasy, noc, jesień, tak samo jak pan. Jej dążenia do szczęścia – dążenia młodzieńcze – uwięzione od tylu lat w rezygnacji, życie stłamsiło na darmo, ostatnio bowiem zdołała je ożywić: żądała teraz od każdego dnia, aby dostarczał jej promienną minutę, cudowną godzinę, czarowny zakątek, ekstatyczne głębokie westchnienie pomimo powszednich trosk. Niestety, rzeczywistość nie jest tak szczodra dla tych, którzy domagają się oczarowania. Wie pan, w życiu mało podniecających rzeczy się dzieje, powiedziała mi tamtego dnia Bénédicte Ombredanne, i chociaż kobieta taka jak ja tak wiele znowu nie żąda, okazuje się, że to i tak za dużo: nie ma pan pojęcia, jak mało jest przyjemności w życiu kobiety takiej jak ja. Ostatnio zaczęłam znowu wierzyć, po części dzięki panu, dlatego rozmawiamy teraz na tarasie tej kawiarni w Palais-Royal, zaczęłam znowu wierzyć, że pewnego pięknego dnia odpowiednik księcia z bajki pojawi się w moim życiu i zabierze mnie daleko od wszystkiego, choćby na krótko i nawet jeśli ten książę nie będzie mężczyzną, tak, nawet jeśli nie będzie mężczyzną, nawet jeśli nie będzie człowiekiem, tylko bajkową przygodą, romantyczną chwilą, nagłym przebłyskiem naładowanym nadzieją, pięknym momentem intensywności, rozumie pan, co chcę przez to powiedzieć? W opowiadaniu Villiersa de L'Isle-Adam cudowność ukryta jest w skale pod nogami wędrowca. Może wystarczy wiedzieć, jak patrzeć na starą podłogę? Nikt nie patrzy na stare podłogi, nikt się nie przygląda swojej zużytej codzienności z nadzieją, że dostrzeże sekretne wejście, początek schodów, ciemności nieznanej przestrzeni. Może wystarczy pilnować powierzchni swojej codzienności, mieć dosyć wrażliwości, aby wykryć istnienie przejścia, dostrzec w sobie potrzebę zniknięcia w nim? (Zamiast mówić sobie po co, zamiast mówić sobie na co, zamiast mówić sobie innym razem, nie trzeba, nie uchodzi, to zbyt ryzykowne, co by o tym pomyślały dzieci? Co by powiedzieli koledzy, przyjaciele, członkowie rodziny, gdyby się o tym dowiedzieli?) Jedynie w otoczeniu najbardziej skrzeczącej rzeczywistości przejawia się niezwykłość, to właśnie szepcze pańska powieść na sześciuset stronach i opowiadanie Villiersa de L'Isle-Adam na sześciu, powiedziała mi Bénédicte Ombredanne podczas naszego pierwszego spotkania na zakończenie dość długiej chwili poświęconej wspominaniu własnego życia.

Na spotkanie w marcu przyszedłem przed czasem i o tyle samo minut, około dziesięciu, spóźniłem się na wrześniowe. W obu wypadkach Bénédicte Ombredanne już czekała: o ile jednak za drugim razem, dostrzegłszy mnie na esplanadzie, wstała, by wyjść mi naprzeciw i ucałować mnie na przywitanie, o tyle za pierwszym nie od razu się ujawniła i nieszczególnie rzuciła się w oczy. Tamtego dnia dwukrotnie przeszedłem środkiem długiego zadaszonego tarasu kawiarni Le Nemours, szukałem wolnego stolika i rozglądałem się za samotną kobietą, lecz żadna nie wyglądała na czekającą na mnie lotaryńską czytelniczkę, a w porze tak dużego ruchu nie było wolnego stolika. Wodziłem spojrzeniem dokoła, czy ktoś z klientów nie prosi właśnie o rachunek, pytającym wzrokiem obrzuciłem twarze dwóch młodych kobiet, które zdawały się czekać na kogoś, ale nie zareagowały. Wróciłem do wejścia do Le Nemours, wdałem się w pogawędkę z kelnerem, ciągle przepatrując taras, i wtedy zauważyłem twarz kobiety, która spoglądała na mnie z życzliwym, lekko kpiącym uśmiechem, sygnalizującym mi, że błąka się na ustach autorki dwóch listów, które mnie podbiły. Ani żaden wyraźny znak, ani uniesiona dłoń, ani czytelne poruszenie, ani promienny uśmiech nie dały mi do zrozumienia, że to Bénédicte Ombredanne: nic z tych rzeczy. Była za to bierność osoby, która woli nie doświadczyć czegoś, jeśli ceną ma być poświęcenie ze strony człowieka mającego rzekomo to doświadczenie z nią dzielić. Było napięcie tego, kto obserwuje i rejestruje, kto pragnie ściągnąć do siebie drugą osobę samą siłą swej otwartości albo uczucia, uczucia, które z góry się wyrzeka wszelkiego wsparcia retorycznego. Nie uczyniła żadnego dostrzegalnego gestu, okazała jedynie szczęście ukryte w sobie niczym jezioro oblane blaskiem księżyca: okazała je migotaniem w ciemnych oczach. Ten nieruchomy wzrok był jak pakt między nami uprzedzający słowa, które dopiero mieliśmy zamienić, zwłaszcza gdybym zapragnął się wycofać, jej zdaniem bowiem mogłem czuć się wmanewrowany, toteż Bénédicte Ombredanne w milczeniu owym przenikliwym spojrzeniem elegancko zostawiała mi możliwość odejścia bez słowa: zrozumie, jeśli to zrobię, nie będzie miała mi za złe, jeszcze mogę zawrócić, no, proszę się nie przejmować kobietą taką jak ja. Ale równocześnie trwała w niej blada, immanentna, ożywiona tą wymianą między nami starodawna duma. Wiedziałem, że Bénédicte Ombredanne chce mi pokazać swoją twarz jako pejzaż, z daleka, w milczeniu, aby dało się dostrzec jakąś cząstkę prawdy, tak jak ja wobec niej uczyniłem swoją książką, czułem to. Odbyliśmy więc krótkie *tête-à-tête*, intymne i wiarygodne, bez upiększeń: poprzez to piękne wzrokowe *incipit* chciała mi dać do zrozumienia, że nie chodzi o płytką komedyjkę czy błahe spotkanie towarzyskie, co do tego od razu nabrałem pewności. Podczas gdy tkwiący obok kelner nadal szeptał mi do ucha komentarze estety na temat piękna paryżanek, w ten właśnie sposób zinterpretowałem zachowanie Bénédicte Ombredanne, kiedy prezentowała mi się samą siłą swego spojrzenia, nie wykonując żadnego gestu, najmniejszego ruchu, pozostając równie zasadnicza jak w swoich dwóch listach. Tyle że miałem przed oczami już nie skreślone szybko zdania pochylone w prawo, lecz młodą kobietę w wieku około trzydziestu pięciu lat, krótkowłosą brunetkę, drobną i ubraną na czarno, bladą, o nieco zmęczonej twarzy, siedzącą na krześle trzcinowym pod szorstkim filarem. No to co pan zamierza, jest pan z kimś umówiony czy mam znaleźć panu stolik? zapytał Lionel. Odpowiedziałem, że istotnie jestem umówiony i że ta osoba już tu jest. Wygląda mi pan na zamyślonego, coś jest nie tak? dodał Lionel ze zwykłą popędliwością (pewnie sądził, że mam schadzkę: Lionel jest w błędzie, nigdy nie umawiam się na schadzki w Le Nemours). Nie, wszystko gra, no to idę, przyjmie pan od nas zamówienie za kilka minut? zagadnąłem. I ruszyłem w stronę Bénédicte Ombredanne, która nie przestawała na mnie patrzyć, gdy szedłem ku niej przez taras, wstała, podając mi dłoń, akurat kiedy dochodziłem do jej stolika. Dowiedziałem się, że moje oczy dwukrotnie się prześliznęły po twarzy Bénédicte Ombredanne, nie śmiała przechwycić mojego wzroku, poprzestała na czujnym uśmiechu, ostrożna niczym ptaszek gotów w każdej chwili odfrunąć. Zbawiennie dla mnie siedziała na tej samej wysokości, lecz po drugiej stronie przejścia, osłonięta tym samym filarem co jedna z dwóch kobiet, na które zaraz po przybyciu popatrzyłem: szukając w twarzy tamtej znaku, że mnie rozpoznaje, nie odwróciłem głowy do Bénédicte Ombredanne, ona tymczasem mnie obserwowała z bliskiej odległości. Mniejsze jednak znaczenie miał zasłaniający ją filar, mniejsze znaczenie miała tamta kobieta przy stoliku, paryżanka, na którą z natężeniem popatrzyłem, pomijając swoją lotaryńską czytelniczkę, zadziałały bowiem, co ze wstydem przyznaję, kwestie gustu – wiedziałem, że pospolitość Bénédicte Ombredanne tłumaczyła, dlaczego jej nie zauważyłem: zgodnie z moimi przewidywaniami zrodzonymi na podstawie jej dwóch listów należała do osób, których na ogół się nie widzi. Byłem wściekły, że dobrowolnie się dopisałem do długiej listy tych, którzy potwierdzają tę prawdę.

Podczas pierwszego spotkania, zręcznie uchylając się od odpowiedzi na pewne pytania Bénédicte Ombredanne, zdołałem ją nakłonić, by zdradziła coś na swój temat, a szczególnie o tym opowiadaniu Villiersa de L'Isle--Adam, które tak lubiła, jak już wspomniałem. Wyznała mi również, że jest mężatką i matką dwójki dzieci w wieku siedmiu i czternastu lat, chłopca i dziewczynki. Chociaż próbowałem drążyć temat, nie pisnęła słowa o przyczynach, które ją skłoniły do określenia swojego życia mianem „zniszczonego", nazwania siebie przedmiotem „ciśniętym w kąt", opisywania się jako młodej „porzuconej" kobiety. Nie zdołałem się także dowiedzieć, co robi jej mąż, odniosłem wrażenie, że nie bardzo ma ochotę mówić o nim. Przyszło mi poczekać do spotkania we wrześniową niedzielę, żeby wyjawiła coś więcej.

Pod koniec pierwszego spotkania Bénédicte Ombredanne zapytała, czy zacząłem nową powieść. Znajdowaliśmy się w pobliżu wejścia do metra stworzonego przez Jeana-Michela Othoniela. Odparłem, że nie, niczego nie zacząłem, jeszcze nie. Przyznałem się, że po uszy zatonąłem w upojnej atmosferze wywiadów i spotkań z czytelnikami, by jak najdalej odsunąć chwilę, gdy będę musiał wziąć się do pracy. Nie bardzo sobie wyobrażałem, jak mógłbym osiągnąć szczęście równe temu, którego dostąpiłem, skończywszy ostatnią książkę, wydawało mi się niezmiernie trudne odtworzenie warunków pozwalających w przyszłości powtórzyć coś tak cudownego, nawet gdyby miało się okazać mniej oszołamiające niż obecne. Nie dam rady napisać nic lepszego od tej powieści, cały czas próbowałem zdusić w sobie tę myśl, dlatego też bałem się, że przyjdzie mi teraz żyć – do samej śmierci – jakby poza tym, kim byłem w owej szczególnej chwili swojego żywota, kiedy całe moje jestestwo na wiele miesięcy uległo przeobrażeniu za sprawą ognia osobliwej epifanii. Prawdę powiedziawszy, nie miałem się za dobrze, czułem się równie źle jak w czasach, kiedy moje powieści nie odnosiły takich sukcesów. Teraz, gdy przebrzmiało dwunaste uderzenie zegara, gdy bal się skończył i rozwiać miał się czar, w którym płonąłem podczas ostatnich miesięcy, zaczynałem rozumieć, że odtąd przyjdzie mi dźwigać na ramionach brzemię znacznie cięższe niźli rozgoryczenie z powodu anonimowości: imperatyw napisania czegoś lepszego. Miałbym napisać coś lepszego niż ta powieść? Miałbym przejść samego siebie? Coś pani powiem: w zasadzie najlepiej by było, gdybym umarł zaraz po wydaniu tej książki, no, może dwa miesiące później, żeby nacieszyć się sukcesem. Ależ co pan opowiada? przerwała mi wtedy Bénédicte Ombredanne. Niech pan przestanie, wolę, żeby pan żył. Proszę się nie oburzać, wpadłem jej w słowo. To szczera prawda. Zresztą książka jeszcze bardziej by się pani podobała, uznałaby ją pani za jeszcze mocniej poruszającą, gdyby pani wiedziała, że przy niej umarłem, że była czymś tak ważnym, iż każde zdanie ważono na szali mojego rychłego odejścia. W tym właśnie duchu przystąpiłem do pisania, ta książka to testament czterdziestolatka, który woli umrzeć niż być jednym z wielu nieznanych pisarzy, niemniej daje sobie ostatnią szansę, pisząc swą ostatnią książkę, o której zawsze marzył, książkę, która zostanie, kiedy on odejdzie. Zacząłem ją, czerpiąc energię i gniew z rozpaczliwego eksperymentu: postanowiłem wniknąć totalnie w jedną jedyną książkę, zamiast przez trzydzieści lat pospolicie, rozsądnie, codziennie po trochu rozmieniać się na drobne w wypieszczonych, względnie ciekawych opowieściach okolicznościowych dających przeciętny dochód. Zebrałem wszystkie swoje pomysły, wstrzyknąłem w krwiobieg zachłannej powieści całość zgromadzonych notatek, swoje twórcze odczucia, najcenniejsze przemyślenia, całe swoje jestestwo, wszystko to, dzięki czemu od lat młodzieńczych czuję się pisarzem. Raz jeden rozbić bank i zniknąć. Roztrwonić wszystko. Zaryzykować życie. Nie zostawić w sobie żadnych rezerw. Pozwolić, by powieść mnie zastąpiła. Z zemsty rozpalić siebie w wielki stos, w literacką pożogę. Napawać się podziwem dla zuchwałości własnego czynu, po czym pożegnać się definitywnie. Rozumie pani, o co mi chodzi? Właśnie coś takiego nosiłem w sobie i sprawiło mi to w końcu ogromną radość, wszystko się poczęło w nieogarnionym smutku i pragnieniu, aby skończyć z życiem i ze sztuką, i ten smutek przeobraził się w euforię. Jechałem dwieście trzydzieści na godzinę autostradą tej powieści, nie bojąc się śmierci, podejmowałem każde ryzyko, nie bacząc na skutki, zwolniłem wszelkie hamulce i gnałem ile fabryka dała ku swoim marzeniom, ku Genui, ku Włochom, wlokących się w żółwim tempie wyprzedzałem czerwonym porschem, które sobie kupiłem na kredyt (chociaż na ogół piszę raczej w tempie renault clio, powoli, oszczędzając paliwo), odkryłem wtedy upojenie, coraz mniej chciało mi się umierać, w miarę jak posuwałem się z powieścią i rozsmakowywałem w prędkości, w kilometrach radości, które ten pojazd bez najmniejszego trudu pokonywał na drodze do mojego spełnienia. W pewnej chwili moje czerwone porsche przemieniło się w rakietę i pomknąłem po niebie ku gwiazdom. Przechodziłem metamorfozę i po raz pierwszy w życiu czułem nareszcie, że staję się sobą. To było magiczne. Nigdy nie byłem taki szczęśliwy. Toteż kiedy skończyłem powieść, już nie miałem ochoty umierać, co to, to nie: chciałem korzystać z tej chwili! Patrzyłem na Bénédicte Ombredanne, która drżała jak liść w burzy moich zwierzeń: całą sobą czekała na szczęśliwe zakończenie. Ale teraz wróciłem do punktu wyjścia, ciągnąłem. Jest jednak gorzej, bo nie mam żadnych rezerw: ograbił mnie ten, który wiódł prym przy moim stole między październikiem 2004 a marcem 2007 roku – i który niezupełnie jest mną. Tamten oszalały facet, który napisał tę książkę, nie ma nic wspólnego z człowiekiem, który z panią rozmawia, zastanawiając się, jak by tu napisać coś, co choćby w połowie będzie równie swobodne, równie przejmujące. Na powrót stałem się sobą. Nic już nie mam. Jestem pusty. Jak kopalnia węgla, z której wybrano całe złoże, i jak ktoś, kto już nie ma sił na nic. Wybuchnąłem śmiechem.

Przez kilka chwil Bénédicte Ombredanne patrzyła na mnie w milczeniu, ludzie mijali nas, wychodząc z metra, zastanawiała się zapewne, czy poważnie wygłaszam tak katastroficzne opinie o sobie albo czy zwykle w ten sposób teatralizuję swoje lęki, by łatwiej je pokonać. Minę ma pani taką, jakby mi nie wierzyła, rzekłem wreszcie. Ale to prawda. Odpowiedziała wówczas, że wcale się nie martwi o mnie, nie bardzo sobie wyobraża, by autor tej powieści znalazł się z dnia na dzień bez żadnych zasobów. Może powinien pan po prostu odpocząć, podsumowała. Normalne, że po takim doświadczeniu człowiek się czuje wyczerpany. Dziękuję, pewnie ma pani słuszność. A odpowiadając na pani pytanie: mam w planach ostrą, o wartkiej akcji książkę, chciałbym, żeby chwyciła za serce czytelników. Pojawi się w niej męski bohater, samotny trzydziestolatek, który mieszka u matki i prowadzi korespondencję mejlową z parą ekshibicjonistów poznaną w Internecie. Jak Patrick Neftel w pańskiej powieści, przerwała mi Bénédicte Ombredanne. Właśnie, zresztą chyba znowu będzie to on, odparłem. Z tą różnicą, że Patrick Neftel utrzymywał z dwójką Anglików relacje, które można by nazwać idyllicznymi, ta para demonstrowała szczyt spełnienia i właśnie to wzbudzało marzenia w moim bohaterze: stawiał się na miejscu męża i wyobrażał sobie, że kobieta jest jego żoną, że mieszka z nią, że co wieczór wodzi językiem po jej wysoko sklepionych stopach. Tu chodzi o coś innego, mąż bowiem wciąga ich oboje w odmianę dewiacji, którą mój bohater postanawia przerwać, ponieważ zakochuje się w żonie tamtego. Bénédicte Ombredanne odpowiedziała, że chciałaby jak najszybciej przeczytać tę książkę, ale uzbroi się w cierpliwość, nie powinienem czuć presji, mam spokojnie czekać, aż wróci mi oddech. Ja na to odparłem, że rozmowa z nią o moich lękach bardzo dobrze mi zrobiła. Dowiedziała się pani czegoś, czego nie ośmieliłem się wyznać nikomu z bliskich: nikt nie wie, w jakim jestem żałosnym stanie, nikt nie wie, że co rano płaczę zamknięty w gabinecie, oznajmiłem. Pocałowaliśmy się w policzki na pożegnanie, patrzyłem za nią, gdy schodziła do podziemi pod szklanymi perłami Jeana-Michela Othoniela, miała pojechać metrem do przyjaciółki.

Kiedy ze słońca na zewnątrz wchodzi się tam, gdzie panuje półmrok, wzrok potrzebuje kilku minut, by przywyknąć do innego światła i przekazywać do mózgu szczegóły tego, co widzi: tak właśnie ja nie od razu zauważyłem, co pociągającego jest w twarzy Bénédicte Ombredanne. Mając do czynienia z jej pozorną pospolitością, dopiero po godzinie zacząłem naprawdę dostrzegać szczegóły, które doprawdy zachwycały, toteż z rosnącym zainteresowaniem badawczo jej się przyglądałem. Podobał mi się jej wyraz twarzy, kiedy przełamywała nieśmiałość albo na długą chwilę milkła, musząc się nad czymś zastanowić. Bénédicte Ombredanne zagryzała wtedy wargę jak naburmuszone rozżalone dziecko, wobec własnych myśli była nieprzejednanie, wymagająca, dlatego kiedy cichła, zawsze wyglądała na wewnętrznie niezadowoloną, wręcz zdegustowaną. Podobała mi się także głębia jej rozmarzonego spojrzenia, w którym znienacka metaliczne błyski pokory łączyły w całość wszystkie elementy tła, odbierałem to wtedy jako tłumioną skruchę całego jej jestestwa, jakby miała do siebie żal, że przy świadku uległa splendorowi żałosnej iluzji. Na ogół tym chwilom porażki towarzyszył uśmiech Bénédicte Ombredanne, cechowało go zaś to, że kąciki ust zdecydowanie się wznosiły w stronę kości policzkowych, a wargi się układały w wyraźny łuk: powstawał wąski delikatny rożek księżyca. Nie posiadałem się z podziwu, że jej uśmiech może przywodzić na myśl księżyc w nowiu, i podczas obydwu naszych rozmów nieustannie wyczekiwałem radosnego pojawienia się widoku niebiańskiej rzęsy.

To, że tak się wywnętrzałem przed Bénédicte Ombredanne w trakcie naszego pierwszego spotkania, z pewnością było dla niej zachętą do zwierzeń na początku drugiej rozmowy. Gdybym jej się nie pokazał jako człowiek o nie najlepszym samopoczuciu (pomijając to, że opowieść o moich lękach była jak emfatyczna kreskówka pełna przejaskrawień i komicznych nawrotów), prawdopodobnie by nie potrafiła otworzyć się przede mną.

W tygodniach po pierwszym spotkaniu Bénédicte Ombredanne kilkakrotnie się dowiadywała, jak mi idzie pisanie powieści. Czy hicior, który zamierzałem napisać, trafi w historycznie określonym czasie do czytelników? Czy wkrótce chwyci ją za serce? Czy udało mi się przezwyciężyć blokadę? Ponieważ nie miałem ochoty z nikim roztrząsać spraw związanych z pracą, pomijałem milczeniem wszystkie pytania, które mi zadawała na ten temat (dodatkowo śmiertelnie mnie nudziła perspektywa regularnej korespondencji choćby nawet z czytelniczką jej formatu), i nasza znajomość wygasła. Dopiero po drugim spotkaniu znowu zaczęliśmy do siebie pisać, albowiem to, czego się dowiedziałem tamtej niedzieli, wzburzyło mnie tak mocno, że za naturalne uznałem utrzymywanie z nią stałego kontaktu za pośrednictwem esemesów albo poczty elektronicznej: nie tylko po to, by otrzymywać od niej wieści i służyć jej wsparciem, którego mogła potrzebować, ale również po to, aby się dowiadywać więcej, aby ją zmusić do objaśnienia epizodów, o których tylko napomknęła w ciągu tych czterech godzin spędzonych wtedy w Le Nemours. Czy widząc nas na tarasie lokalu tak eleganckiego w niedzielne popołudnie, ktoś by się domyślił, że młoda kobieta opowiada mi równie straszne rzeczy? Mówiła o tym chłodno, z kliniczną precyzją, wyłuskując fakty, mówiąc o sobie jak o przypadku kogoś obcego, odległego – to ja musiałem czynić wysiłki, by nie okazać słabości, miałem ochotę uścisnąć ją w ramionach lub potrzymać za rękę. Kiedy mówiła, obserwowałem jej nieforemną bladą twarz ściągniętą z powodu bezsenności, jej oczy i umalowane na ciemno powieki, głębokie spojrzenie, polakierowane na czarno paznokcie zebrane razem na wypukłości kieliszka do wina, ubranie i starą biżuterię: kameę przypiętą do kołnierza żakietu, okrągły zegarek zawieszony na szyi, duży pierścionek, który skojarzył mi się z relikwiarzem. Co rusz jej powtarzałem, że wszystko się poukłada, w każdym razie ewidentnie powinna coś postanowić, by jej sytuacja uległa zmianie, pomogę jej w tym, musi podjąć jakieś kroki, niepodobna, by nadal pozwalała się tak niszczyć, nie reagując stanowczo. Bénédicte Ombredanne odpowiedziała, że zgadza się ze mną co do zasady, lecz zarazem w tym konkretnym przypadku nie widzi żadnego wyjścia, jest uziemiona, zdarzają się jej chwile, gdy pod wpływem zniechęcenia korci ją, aby się poddać. Nie, nie, rzekłem na to, nie wolno się pani poddać, musi pani dalej walczyć. To trudne, odparła, znalazłam się w położeniu naprawdę skomplikowanym, opowiem panu o tym dokładniej pisemnie. I tym sposobem przez kilka miesięcy otrzymywałem od Bénédicte Ombredanne mejle, w których relacjonowała swoje przeżycia z ostatnich lat, czasami dołączała fragmenty swojego dziennika albo teksty, które napisała dla siebie w czasie, gdy rozgrywały się najważniejsze wydarzenia. Mieliśmy się znowu zobaczyć, w korespondencji była mowa o ewentualnym kolejnym przyjeździe do Paryża, tyle że mąż sprawował coraz ściślejszy nadzór nad jej życiem, nie docierało do niego, że chciałaby znowu odwiedzić emerytowaną przyjaciółkę, skoro była u niej w marcu i we wrześniu. Bywało, że Bénédicte Ombredanne bez wyjaśnienia przez kilka tygodni nie odpowiadała na moje mejle – te okresy milczenia były dla mnie o tyle zdumiewające, że zerwaniu ulegała nadzwyczajnie ożywiona korespondencja. Kilkakrotnie przychodziło mi do głowy, że nie tylko jej mąż dezaprobuje naszą znajomość (w końcu ją odkrył i na wszelkie sposoby starał się potem ograniczać nasze kontakty, dlatego właśnie Bénédicte Ombredanne musiała założyć sobie osobne konto poczty elektronicznej i otwierała skrzynkę wyłącznie w pokoju nauczycielskim w swojej szkole), wydawało mi się niekiedy, że ona także usiłuje przyhamować rozwój naszej przyjaźni, zakłócić jej płynność, sprowokować coś innego niż życzliwość, która być może ją paliła – jakby ta znajomość była dla niej również powodem do zażenowania lub niepokoju. Przychodziło mi czasem do głowy, że Bénédicte Ombredanne boi się zawieść serdeczność, którą ją darzyłem, i że jedyny sposób, aby przemóc ten lęk, to przejąć inicjatywę, niszcząc z rozmysłem oczekiwania, które sama sformułowała.

W pewnym momencie naszego drugiego spotkania, już pod koniec czwartej godziny rozmowy, w której głos zabierała głównie Bénédicte Ombredanne, wskazała plac rozciągający się przed Comédie Française. Proszę spojrzeć, powiedziała, proszę spojrzeć, jakie to światło piękne, słusznie pan stwierdził w swojej książce, że najpiękniejsze światło jest jesienią, dzisiaj jest cudowne, czuć, jak wibruje w powietrzu miliardami cząstek. Mam wrażenie, że jeśli wyciągnę rękę do tego pięknego widoku, zdołam go dotknąć, a on zareaguje jak kocia sierść, kiedy ją musnąć palcami.

Gdy wyciągała rękę ku rozmigotanej karecie ze szklanych kulek Jeana-Michela Othoniela, patrzyłem na pierścień, który nosiła na serdecznym palcu prawej dłoni.

Ubiorowi Bénédicte Ombredanne daleko było do stroju dekadenckiej poetki z końca XIX wieku, lecz pewne w nim szczegóły świadczyły, że chętnie by się poddała temu wpływowi, gdyby pozwolił jej na to status nauczycielki w liceum. Z tego co zobaczyłem, wywnioskowałem, że nosi tylko ciemne barwy, chodzi w sznurowanych botkach, gustuje w koronkach i starej biżuterii, lubi aksamitne żakiety w kolorze granatu i zieleni butelkowej o dopasowanym kroju, dostępne w sklepach ze starzyzną. Taki styl przywodził na myśl symbolistyczny świat Edgara Allana Poego i Villiersa de L'Isle-Adam, Maeterlincka, Huysmansa i Mallarmégo, świat mroczny i wyprany z barw, świat, w którym kwiaty, dusze, humor i nadzieje, lekko przywiędłe, na skraju rozkładu, u schyłku swego przepychu, są niczym melancholijny, przepojony tęsknotą jesienny wieczór, intymny, zmysłowy, cały w aksamitach i jedwabnych wstążkach, różowych, czerwonych, krwistoczerwonych. Naturalnie u niej ów styl był nieśmiały czy wręcz niezdecydowany, wyłaniał się tylko miejscami rozmyty przez współczesny charakter większości sztuk odzieży i dodatków, które nosiła, jej powierzchowność nie była ekscentryczna, Bénédicte Ombredanne prezentowała się raczej skromnie, a zatem zgodnie z powszechnie obowiązującą wizją licealnej profesorki, lecz moim zdaniem prezentowała fragmentarycznie własne wyobrażenie o ubiorach swoich ulubionych bohaterek: Claire Lenoir, Ligei, Berenice, Morelli, nieznajomej z rue de Grammont.

– Bardzo mi się podoba pani pierścionek. Skąd go pani ma?

– Wkładam go tylko na szczególne okazje. Zostawiła mi go babcia, która dostała go od swojej babci, pochodzi z początku dziewiętnastego wieku. Jest na nim portret spojrzenia.

– Portret spojrzenia?

– Oka. Niech pan popatrzy. Pierścionek zrobiono dla kobiety zakochanej w mężczyźnie już zajętym. Kazała namalować jego oko zamiast portretu, żeby nikt go nie zidentyfikował. W osiemnastym wieku praktykowano to dość często.

W palcach trzymałem palce Bénédicte Ombredanne o paznokciach polakierowanych na czarno, spośród tej plątaniny patrzyło na mnie malutkie oko sprzed dwóch wieków.

– Niezwykłe.

Bénédicte Ombredanne w końcu cofnęła dłoń i przedwieczne spojrzenie zniknęło.

– Pora się pożegnać. Nie zdąży pani na pociąg, jeśli będziemy tak gadali.

– Wcale mi się nie chce wracać.

– Ma pani dzieci. Czekają na panią. Dzieci panią kochają i czekają na mamę.

Nie odpowiedziała. Wpatrywała się w jakiś punkt poza placem.

– Będziemy do siebie pisać, niech się pani nie martwi.
– Bardzo bym chciała.
– Odprowadzę panią na dworzec, weźmiemy taksówkę, dziś niedziela, jeździ się dobrze, poniosę pani bagaż.

Wstając, wziąłem rachunek ze stolika i zaniosłem go Lionelowi, który dyżurował przy drzwiach i uśmiechnął się na mój widok.

2

Pewnego marcowego wieczoru 2006 roku, gdy Bénédicte Ombredanne wracała z zebrania, które skończyło się późno, głównie z powodu butelki wina musującego przyniesionego przez profesora fizyki świętującego swoje urodziny, zauważyła z ulicy w trakcie parkowania samochodu, że dzieje się coś nienormalnego: żadne okno nie było oświetlone i jej dom wyglądał jak porzucony przez mieszkańców. Wrażenie to się potwierdziło, kiedy zamknęła za sobą drzwi wejściowe: we wszystkich pomieszczeniach było ciemno i cicho, a to rzecz niezwykła w porze, gdy zazwyczaj panowało tu nieopisane zamieszanie, telewizor grał na cały regulator, dzieci się kłóciły albo hałaśliwie bawiły, co im się często zdarzało, z kuchni dobiegały odgłosy sprzątania po kolacji. Stawiając na posadzce torebkę i skórzaną teczkę, Bénédicte Ombredanne krzyknęła w stronę piętra imiona dzieci, „Lola! Arthur!", potem imię męża, „Jean-François!", lecz odpowiedzi nie otrzymała, nic, tylko kompletna ciemność i cisza. Kiedy późno wracała z zebrań, dzieci czasami oglądały kreskówki za zgodą ojca (wolał to niż znosić ich gonitwy, wrzaski i bijatyki, pilnować, żeby czegoś sobie nie zrobiły, rozdzielać je, gdy obrzucały się obierkami ziemniaków), ale telewizor znajdował się w salonie, a salon był pusty, podobnie jak kuchnia. Niepokój przeobraził się w panikę, Bénédicte Ombredanne pospieszyła na górę i wpadła do pierwszego pokoju, pokoju Loli, także pustego. Drżącym głosem nawołując dzieci, powtarzając bez ustanku: „Gdzie jesteście? Arthur, Lola, gdzie jesteście, odpowiedzcie, to nie jest zabawne!", wbiegła do pokoju młodszego syna i tam znalazła ich oboje skulonych pod kołdrą pośród stosu pluszaków. Ciągle w płaszczu, drżąca i zadyszana, opadła na łóżko, stwierdziwszy, że dzieci mają się dobrze – przynajmniej na pozór. A one wieszały się jej na szyi, na wyścigi obcałowywały jej policzki, ręce, czoło, nawet oczy czerwone od łez, czule mówiąc do niej mamusiu, mamusiu, raz po raz, raz po raz.

– Przestraszyliście mnie! Co tu się dzieje, czemu siedzicie po ciemku?

Nie odpowiedzieli, trzymała ich mocno przytulonych do siebie. Moje kochane dzieci, moje kochane, jestem tu, wszystko już dobrze, mamusia was kocha, powtarzała po cichu Bénédicte Ombredanne, kołysząc ich. Upłynęło kilka minut tych krzepiących czułości, nikt nic nie mówił, każdy starał się oddalić od siebie strach, wyrównując oddech do oddechu pozostałej dwójki, tak że po długiej chwili trzyosobowa przytulona kompania oddychała w jednym rytmie, rytmie miłości i szczęścia, że są razem, idealnie zjednani.

Wreszcie Bénédicte Ombredanne wypuściła z objęć dzieci i zaczęła wypytywać, co się stało i gdzie jest ich ojciec.

– Zamknął się w twoim pokoju – odparła Lola.

– Chcesz powiedzieć: w naszym pokoju.

– OK, w waszym pokoju, nie musisz łapać mnie za słowa.

– Czemu zamknął się w pokoju? Wiesz?

– Chyba poszedł spać.

– O dziewiątej? Lolu, a dokładniej?

– Nie chce nikogo widzieć.

– Arthurze, może ty mi powiesz?
– No dobra. No więc. Siedzieliżeśmy w kuchni.
– Ja powiem, co się stało, skoro tak chcesz, pójdzie szybciej niż z tym jego dukaniem – przerwała mu Lola.
– Lolu, zaczekaj, niech Arthur dokończy.
– Nie, ja powiem – uparła się Lola, dając bratu znak, że zajmie jej to chwilkę. – Byliśmy z tatą, dał nam kolację, zaczęliśmy jeść, a on słuchał radia. Wiesz, oparty o szafkę koło zmywarki, na zwykłym miejscu. W pewnej chwili poprosił, żebyśmy się trochę uciszyli, bo nie słyszy, co mówią w radiu. Ja nie słuchałam, nie wiem, o czym gadali, ale chyba go to zdenerwowało. A potem nie wiem, myśmy jedli po cichu, przysięgam, że byliśmy grzeczni, no nie, Arthur?
– Bardzo grzeczni – potwierdził Arthur.
– I co dalej? – dopytywała Bénédicte Ombredanne.
– Kazał nam wyjść z kuchni. Powiedziałam, że dopiero co zaczęliśmy jeść i że nie przeszkadzamy mu słuchać audycji, no i wtedy zaczął wrzeszczeć, ale naprawdę wrzeszczeć, że niby jestem bezczelna i zabrania mi odzywać się takim tonem. Nigdy go nie widziałam w takim stanie. Powiedział spadać stąd, do cholery, zawołam was, jak będziecie mogli wrócić.
– Nie przesadzasz? To prawda, Arthurze? Tata rozzłościł się na was?
– Dzisiaj o wpół do ósmej – zapewniła Lola kategorycznie.
– Strasznie krzyczał, naprawdę bardzo bardzo bardzo bardzo bardzo głośno – poparł siostrę Arthur, przymknąwszy oczy, jakby liczył, ile razy powtórzył słowo „bardzo".
– Nie do wiary – rzekła Bénédicte Ombredanne, patrząc na swoje palce, które zanurzyła w gęstych ciemnych włosach synka. – Nie przejmujcie się, widocznie coś go

mocno zdenerwowało. Zaraz go zapytam. Wpadł w zły humor. Na pewno już mu przeszło.

— No mam nadzieję, bo sama powiedz, żeby tak nas potraktować, kiedy myśmy nic, ale to zupełnie nic nie zrobili...

— Zrozumiałam, Lolu. Czemu światła w całym domu są pogaszone?

— Bo potem, jak zostawiliśmy jedzenie i wyszliśmy z kuchni...

— Nie dokończyliście kolacji? — przerwała córce Bénédicte Ombredanne. — W takim razie zaraz pójdziemy na dół, ja też nic nie jadłam. Mów dalej.

— Poszliśmy do salonu pooglądać telewizję. Tata słuchał audycji w tym samym miejscu. Za chwilę wyszedł i trzasnął za sobą drzwiami kuchni, ale tak trzasnął, że w życiu takiego huku nie słyszałam. Przysięgam, cały dom się zatrząsł.

— Zrobiło się takie BRUM, strasznie głośno, BRUM — uściślił Arthur, przymykając oczy, ilekroć mówił BRUM, za każdym razem głośniej, równocześnie demonstrował eksplozje, nagle rozwierając palce dłoni wyciągniętych przed siebie.

— Weź przestań, już wszyscy zrozumieli, naprawdę cholernie przynudzasz tymi swoimi tłumaczeniami.

— BRUM — powtórzył Arthur, przysuwając twarz do twarzy siostry i wystawiając język.

— Nie mów do brata „cholernie". A ty przestań wystawiać język. Jak się ma pięć lat, nikomu nie pokazuje się już języka, nawet siostrze, zrozumiano?

— Później poszedł do waszego pokoju — ciągnęła Lola z przekąsem, spoglądając na matkę. — I trzasnął drzwiami.

— BRUM — wpadł jej w słowo Arthur.

Lola popatrzyła na brata z grymasem, który mówił: „Aleś ty głupi, ile jeszcze lat będę musiała cię znosić?", po czym odwróciła się do matki z dumą wypisaną na buzi.

– Poszłam na górę, spytałam się tatę, co się dzieje, czemu taki jesteś, ale przez drzwi, nie weszłam do pokoju, bałam się. Odpowiedział odwal się. A ja się spytałam, co mamy robić. A róbcie, co chcecie, dajcie mi święty spokój, rzygać mi się chce. Odpieprzcie się.

– Lolu, po raz enty powtarzam: nie mówi się „spytałam się". Raz na zawsze proszę, żebyś to zapamiętała, bo uszy więdną od słuchania.

– No dobra, ale naprawdę akurat teraz musisz mnie pouczać? Nie jesteśmy w szkole, tylko mamy obciach w domu. Drobna różnica!

– Nie mógł ci powiedzieć odpieprzcie się – obruszyła się Bénédicte Ombredanne, patrząc córce w oczy. – Musiałaś źle zrozumieć.

– Mamuś, przysięgam. Tak powiedział. Dosłownie. Przysięgam.

– I co było dalej?

– Chyba płakał.

Oniemiała Bénédicte Ombredanne wpatrzyła się w córkę.

– Płakał? Twój ojciec płakał?

– Poszłam na dół i powiedziałam Arthurowi, że lepiej uważać, trzeba iść do pokoju, wskoczyć w piżamy i czekać na ciebie. Zgasiłam światło w salonie, poszliśmy na górę, przebraliśmy się w piżamy. Słychać było, jak tata mówi do siebie, czasem coś krzyczał, zdaje się, że nawet czymś rzucał o ściany. Arthur się bał, wlazł pod kołdrę, więc przyszłam do niego. Czekaliśmy na ciebie. Baliśmy się ruszyć. Co się dzieje? Czemu tata był taki dzisiaj?

– Nie wiem, kochanie, ale się dowiem.

– Zleje cię jak kiedyś?

– Co ty opowiadasz, dziecko? O czym mówisz?

– Mamuś, dobrze wiesz, o czym mówię – nieśmiało odważyła się zaprotestować Lola.

– Mylisz się. Posłuchaj, kotku, zamiast wpatrywać się w ziemię z taką upartą miną. Lolu, to ważne, musisz mi uwierzyć: źle zinterpretowałaś sytuację, rozumiesz? Pogadamy o tym, jak chcesz, wytłumaczę ci, ale kiedy indziej. Teraz się nie martwcie, tata nic wam nie zrobi... nikomu nic nie zrobi. Idźcie na dół i dokończcie kolację, Lolu, jeśli trzeba, odgrzej ją, ja zaraz do was przyjdę.

Bénédicte Ombredanne przytuliła dzieci na chwilkę, po czym udała się do małżeńskiej sypialni. Zastukała dwa razy do drzwi, nie usłyszała zaproszenia, otworzyła i weszła do ciemnego pokoju, wypowiadając imię męża. „Jean-François, co się dzieje? Co ci się stało? Mogę zapalić światło?" Ale mąż się nie odzywał. Ponieważ nie chciała go oślepić silnym białym światłem żyrandola, włączyła po swojej stronie łóżka lampkę nocną obstawioną stosami książek. Mąż Bénédicte Ombredanne leżał pod kołdrą, jego ubrania rozwłóczone po całym pokoju wyglądały jak zrzucone powłoki, jak ciśnięte na podłogę w gniewie albo zdarte z niego przez rozgorączkowaną kochankę – a zwykle układał je nadzwyczaj starannie na fotelu, bieliznę zaś wrzucał do kosza na brudy, nigdy nic ani chwili nie poniewierało się po ziemi. Ten nawyk Bénédicte Ombredanne postrzegała zawsze jako oznakę nadzwyczajnej wstydliwości, pamiętała, że kiedy spędzali z sobą pierwszą noc, zauważyła, jak Jean-François ukradkiem wsuwa bieliznę do swej skórzanej teczki, z drugiej strony jednak nigdy mu nie przeszkadzało, że wszystkie rodzinne brudy do pralki ładowała żona, a więc nie z szacunku dla niej nabrał tego nawyku. Wydaje się, że raczej drażnił go widok siebie na wykładzinie pod postacią brudnych slipów i poskręcanych skarpetek, jakby te osady minionego dnia były w gruncie rzeczy tym, co określało go najlepiej, stawało się jakby symbolicznym świadectwem jego głęboko ukrytej tożsamości: istota społeczna, którą każdego dnia starał się doskonalić, pracowicie próbując przerosnąć siebie, ostatecznie był więc śmiesznym pospolitym człowiekiem zamkniętym w obrębie żałosnej powłoki cielesnej. Tę rzeczywistość ludzie wielcy potrafią ukryć przed sobą i przed innymi za sprawą swej transcendencji, on natomiast, gdy kończył się dzień, gdy maski opadały, gdy znajdował się sam z sobą i ze swoją ograniczonością, na powrót stawał się tym, kim nigdy nie przestał być, przeciętniakiem wyzutym ze szlachetności, z brudnymi slipami i dwiema śmierdzącymi skarpetkami na podłodze sypialni. Musiało go zatem spotkać coś nadzwyczajnie przykrego, skoro pozwolił sobie na takie niedbałe porozrzucanie siebie na ziemi. Bénédicte Ombredanne z delikatności zadbała o to, by nogą przesunąć pod ścianę mężowską bieliznę i zwiniętą w kłąb koszulę, po czym usiadła na łóżku blisko jego twarzy o zamkniętych oczach. Wydawało jej się oczywiste, że Jean-François nie śpi, tylko jest w stanie wstrzymania, jak komputer, w którym wystarczy nacisnąć byle jaką literę, żeby monitor rozjarzył się na powrót, literę N jak niepokój, O jak ostrożność, T jak troska, i Bénédicte Ombredanne to właśnie uczyniła, przykładając lekko dłoń do prawej skroni męża i gładząc go delikatnie. W końcu między swoimi palcami dostrzegła zaczerwienione udręczone oko (jak w dniach, kiedy na palcu miała pierścień babci, tyle że to oko teraz było znacznie większe od namalowanego na pierścieniu, a widoczny w nim smutek nie był smutkiem niepocieszonego zakochanego mężczyzny z przeszłości, melancholijnego i rozpustnego), oko to, zatrzymawszy się na moment na twarzy żony, przeniosło swe niezgłębione refleksje w róg sufitu, u zbiegu trzech płaszczyzn, niczym dokładnie w miejsce jakiegoś spotkania, i tam miało pozostać przez większą część ich rozmowy. Co się dzieje? Jean-François, powiedz, masz kłopoty? Czemu położyłeś się tak wcześnie, co ci się stało? Rozchorowałeś się? Dzieci mi powiedziały, że zdenerwowała cię jakaś audycja w radiu. Bénédicte Ombredanne wygłosiła te pytania w kompletnej ciszy. Zaczął wyjaśniać urywanymi zdaniami, kiedy się podniosła, aby zdjąć płaszcz, potwierdził, że treść programu radiowego dosłownie go powaliła. Powaliła? Ależ co ty wygadujesz? dopytywała Bénédicte Ombredanne. Jak audycja mogła cię tak powalić, że o ósmej położyłeś się do łóżka, zostawiając dzieci samym sobie? Nie rozumiem, mów do mnie, powiedz, musisz to z siebie wyrzucić, nie możesz trwać w tym stanie bez słowa! Spojrzenie jej męża pozostawało na spotkaniu u zbiegu trzech płaszczyzn i zdawało się konferować z rosnącą liczbą rozmówców, jakby Jean-François musiał się tłumaczyć przed coraz liczniejszym obiektywnym zgromadzeniem: minę miał wystraszoną. Jean-François, dlaczego audycja tak tobą wstrząsnęła, co usłyszałeś, że tak tobą wstrząsnęło? Odparł, że doznał szoku. Szoku? Jedno zdanie od drugiego dzieliła chwila ciszy. Tak, szoku. Rozpoznał się, było to straszne, nie mógł się pozbierać. Rozpoznałeś się? Jak to się rozpoznałeś? Rozpoznał się, jaśniej nie da się tego powiedzieć, oznajmił. Nieruchome oko męża Bénédicte Ombredanne zniknęło na moment pod powieką, po czym rozbłysło przerażeniem: to, w czym się rozpoznał, nie było piękne, poczuł się tak, jakby prowadzący wymienił jego nazwisko na falach stacji France Inter, jakby go zadenuncjował. To wygłoszone właśnie zdanie wypełniło najpierw przestrzeń jego spojrzenia i tam wznieciło błysk strachu, po czym rozeszło się po pokoju i dotarło do uszu Bénédicte Ombredanne. Zadenuncjował? Z jakiego powodu? Z trudem przełknął ślinę, był spragniony, Bénédicte Ombredanne zawahała się, czyby nie przynieść mu czegoś do picia, lecz opamiętała się zaraz: właśnie zaczynał mówić. Otóż kilka stałych części składowych swoich najczęstszych zachowań rozpoznał w tym, co mówili telefonujący do programu słuchacze, kobiety, ale także mężczyźni, ofiary i prześladowcy, wyznał niemal z płaczem. Teraz, gdy się przełamał i mówił, zdawało się, że nic go nie powstrzyma, jego oko było niczym ptak skaczący z gałęzi na gałąź zależnie od słów rozbrzmiewających w pokoju, tak że spojrzeniem zahaczał niekiedy o wzrok żony albo je na króciutko zatrzymywał na jej twarzy, zaraz jednak odlatywało spłoszone wstydem, szczególnym jakimś słowem, które wyszło z jego ust. Opinie biegłych, diagnozy, komentarze specjalistów obecnych w studiu jedynie potwierdziły to, co mu się nasunęło po wypowiedziach słuchaczy w trakcie programu, mianowicie że od lat zachowuje się wobec niej jak klasyczny prześladowca. Naprawdę tak powiedział, wymówił te słowa: jak klasyczny prześladowca. Bénédicte Ombredanne nie posiadała się ze zdumienia, zastygła w bezruchu patrzyła na męża, który z twarzą w poduszce płakał, nie czuła wobec niego ani krzty litości, przeciwnie, ogarnęła ją przeogromna oziębłość – jakby naraz sprawa została rozstrzygnięta i jakby przyznano Bénédicte Ombredanne prawo do wolności, tak samo jak uznanie pomyłki sądowej zdejmuje ciężar nie do opisania z tego, kto jest beneficjentem werdyktu, choć nie wymazuje męczarni, których doświadczył. A zatem w przeciwieństwie do tego, co mąż od lat próbował jej wmówić, cierpienie Bénédicte Ombredanne nie było wytworem wyobraźni chorej z głupoty, masochistycznego upodobania, rozgoryczenia, od hormonów – używając niektórych jego ulubionych określeń: nie brało się z łzawych nastrojów, braku satysfakcji, irracjonalnych oczekiwań, specyfiki kretyńsko kobiecego mózgu. Do takiego oto wyznania doprowadziło jego zamknięcie się w pokoju! Jean-François przyznawał, że to, jak odnosi się do niej, stawia go *de facto* w szeregach mężów poniżających żony! Nie przyśniły jej się znoszone rok po roku męki! Bénédicte Ombredanne zabrała dłoń z twarzy męża i patrzyła na niego, kiedy płacząc, mówił, że kobiety dzwoniły do radia i opowiadały, jak są traktowane przez mężów, opisywały swoje życie jako nieustanne tortury, a wszystko to było dosłownie kropka w kropkę tym, co przez niego musiała znosić Bénédicte Ombredanne. Usłyszał opowieści o zdarzeniach, które zdawały się wyciągnięte z głębin ich życia codziennego, opowieści wywołały jednogłośną dezaprobatę, specjaliści określali te sytuacje mianem nienormalnych, szokujących, niedopuszczalnych. Głos im czasem drżał, lecz dzwoniące słuchaczki pozostały silne, piękne, prawe i dzielne, ich postawa wzbudzała podziw, chciało się je kochać, nawet on solidaryzował się z nimi w bólu. Na antenie France Inter panowała atmosfera skupienia. Słuchając opowieści, wraz z gośćmi w studiu odczuwał taki sam niepohamowany bunt – tyle że na podstawie komentowanych poszczególnych przypadków specjaliści zdanie po zdaniu budowali jego postać jako winnego ulepionego z tej samej gliny, czuł się analizowany, rozkładany na czynniki pierwsze, piętnowany. Dlaczego nikt nigdy mu nie powiedział, że postępuje niewłaściwie? Eksperci mówili słuchaczkom, że ich mężowie są chorzy i powinni się leczyć: jedyny sposób, aby zatrzymać ten mechanizm, to zakończyć związek, zakończyć raz na zawsze i bezwarunkowo, tak radził psychiatra obecny w studiu, opowiadał żonie mąż Bénédicte Ombredanne. Jakiś nawrócony prześladowca zatelefonował do programu, by powiedzieć, że w czasach największego nasilenia jego zboczenia, z którego już się wyleczył, żona z dnia na dzień odeszła od niego, zabierając dzieci. Świat mu się wtedy zawalił, kobieta dokonała radykalnego cięcia, a on nie mógł jej zatrzymać – i dzisiaj, po kilku latach intensywnej terapii psychiatrycznej, człowiek ten ma ułożone nowe życie z inną kobietą. Bénédicte Ombredanne patrzyła na płaczącego męża, jego mokre oko błądziło po ścianach jak wyczerpany wędrowiec po płaskich łąkach, odnosiła wrażenie, że to zgnębione oko w końcu dokona żywota, wypadnie martwe na pościel. Tamten słuchacz powiedział, że gdyby żona nie odeszła, zostałby z nią aż po kres jej żywota, nadal by ją poniżał i maltretował aż po kres jej żywota, jest tego pewien, oświadczył. Powiedział – i powtórzył to – słuchaczom audycji: jeżeli waszym udziałem jest taki dopust boży, jeżeli żyjecie w jarzmie człowieka, który was dręczy, ODEJDŹCIE, NIE ZOSTAWAJCIE Z NIM, ZRÓBCIE TO DLA SIEBIE, ALE TEŻ DLA SWOJEGO MĘŻA, ŻEBY MÓGŁ SIĘ LECZYĆ, WYZDROWIEĆ, ODBUDOWAĆ SOBIE GODNE ŻYCIE. Bo ci mężczyźni w większości nawet nie wiedzą, że są chorzy, tak mówił ten słuchacz, opowiadał żonie mąż Bénédicte Ombredanne. Po czym twarz mu się skurczyła i z głębokiej zmarszczki powstałej w tym grymasie trysnął naraz strumyk wody, mogło się zdawać, że jakaś niewidzialna ręka wyciska jego twarz niczym gąbkę. Jean-François szlochał na poduszce, mówiąc żonie, że teraz go opuści – on tego nie zniesie, nie, nie da rady znieść, nie da rady, powtarzał, gęsta ślina w ustach nie pozwalała mu wyraźnie mówić. Będzie o wszystkim opowiadała, skarżyła się lekarzowi, dowodziła swojej niedoli, publicznie roztrząsała ich życie osobiste, ta myśl była dla niego nie do przyjęcia. Przepraszał, prosił żonę, aby mu wybaczyła, nigdy nie był świadom ciężaru swoich czynów, dopiero ta audycja we France Inter otworzyła mu oczy, ale już po fakcie – powaliło go odkrycie, że powinien być traktowany jak chory, a ona nie zdaje sobie sprawy, jakiego doznał szoku, nie, nie zdaje sobie sprawy, straszna jest świadomość, że zostało się zaklasyfikowanym, choćby i zaocznie, jako człowiek niezdrowy i znerwicowany, wstyd mu, nie pozbiera się po tym. Nigdy nie zdobędzie się na odwagę, aby pójść do lekarza, ale sam się wyleczy, teraz już będzie ją szanował, nigdy więcej jej nie poniży, nigdy więcej jej nie upokorzy, nigdy więcej nie podniesie na nią ręki, przyrzeka. Mówiłeś mi to już sto razy, odrzekła zimno Bénédicte Ombredanne. Jej mąż wyglądał na urażonego. I tylko tyle masz do powiedzenia? odparł w ostatnim zrywie. Ja cię przepraszam, mówię, że się zmienię, a ty traktujesz mnie z góry, wzgardliwie? Skoro sam uważasz, że zaliczasz się do ludzi chorych i powinieneś się leczyć, dla mnie nie jest ważne, że postanowiłeś zmienić zachowanie wobec mnie, odrzekła Bénédicte Ombredanne. Nie oczekujesz chyba, że okażę ci wdzięczność za obietnicę traktowania mnie normalnie, nie będziesz próbował odwrócić ról i sprawić, żebym to ja ciebie żałowała! W ogóle powinieneś zrobić coś więcej niż wyrażać tylko te same co zawsze pobożne życzenia, choć przyznaję, że faktycznie nigdy nie formułowałeś ich tak jednoznacznie jak dzisiaj – powinieneś rozważyć wizytę u psychiatry, jak doradzali specjaliści w tej audycji. Bénédicte Ombredanne odnosiła się do męża tak oschle, aż ją samą to zdumiewało, jakby to, co właśnie od niego usłyszała, zamiast ją wzruszyć, poskutkowało wzmocnieniem jej niezależności. Dlaczego? Może dlatego, że nie wyrażał skruchy, aby opatrzyć świeżo zadane rany, co mogło się zdarzyć, zawsze wtedy bowiem łzy Bénédicte Ombredanne pociągały za sobą ubolewanie jej męża. Tego wieczoru wyrażał żal, nie doprowadziwszy jej przedtem do żałosnego stanu, jego kajania nie sprowokowała chęć załagodzenia sytuacji, to, co jej wyznał, zapisało się w półmroku pokoju niczym prawda natury ogólnej: po raz pierwszy, odkąd była z tym człowiekiem, patrzyła z zewnątrz na swoje położenie, przerażająco jednoznacznie nazwane po imieniu przez tego, który do niego doprowadził. Jej mąż spontanicznie przyznawał, że niszczy najpiękniejsze lata jej życia, miała dopiero trzydzieści sześć lat, była w wieku, gdy ciągle jeszcze mogła dążyć do ułożenia sobie życia na nowo z innym mężczyzną, z kimś, kto chciałby ją uczynić szczęśliwą, była w wieku, gdy mogła się cieszyć pełnią urody i intelektu, była w wieku, gdy niewybaczalnym grzechem jest odmawianie sobie przyjemności, rozkoszy, bogactw i gratyfikacji, których ma prawo oczekiwać od rzeczywistości kobieta wrażliwa, inteligentna i wykształcona. To właśnie powiedziała sobie, patrząc na twarz męża leżącego z głową na poduszce i kołdrą naciągniętą po samą brodę.

Bez słowa Bénédicte Ombredanne wyszła z pokoju i udała się do kuchni, gdzie córka właśnie sprzątała ze stołu. Dzieciom kazała położyć się spać, protesty, które wzbudziła tym poleceniem, ugasiła obietnicą, że nazajutrz przy śniadaniu pobędzie z nimi dłużej niż zwykle – nastawi budzik dziesięć minut wcześniej. Była podenerwowana, kolację zjadła na stojąco, jogurt i plaster szynki, otworzyła sobie butelkę piwa, kręcąc się po kuchni, pogryzała jabłko. Po czym zamknęła się w swoim gabinecie na parterze.

Podjęła decyzję, rozważyła ją podczas krótkiego posiłku. Podjęła ją, mimo że dotąd nawet w najśmielszych marzeniach nie postała jej w głowie myśl, aby wejść na taką stronę internetową.

Przełom, który się w niej dokonał, miał niesłychaną siłę spotęgowaną powściągliwością w ostatnich dziesięciu latach: powściągliwością w pragnieniach, impulsach, radości, marzeniach, nadziejach, wymaganiach, ambicjach, czułości, gniewie, buncie. Skutki takich wyrzeczeń można by w sumie porównać do pozornie niegroźnego nagromadzenia materiałów wybuchowych, co odkryła tego wieczoru, kiedy siłę rażenia całego dynamitu odłożonego przez rezygnację w ustronnych zakątkach jej umysłu wzmogła gwałtowność podmuchu. Obserwator obecny w domu w chwili tych wydarzeń mógłby wyraźnie zauważyć dwie kolejne detonacje, pierwszą związaną z teraźniejszością i łzawymi wyznaniami jej męża, drugą zaś, kiedy Bénédicte Ombredanne uzmysłowiła sobie, jakiego marnotrawstwa się dopuściła na przestrzeni minionych dziesięciu lat. Ta druga była bardziej ogłuszająca od pierwszej.

Bénédicte Ombredanne uruchomiła komputer i weszła na stronę portalu randkowego Meetic. Gniew ją odmienił, nie doskwierał jej żaden ból, była zdeterminowana, a jako zwolenniczka dążenia prostą drogą do celu i świadoma, dokąd zmierza, metodycznie szybko klikała w klawiaturę, jakby płomienie dwóch kolejnych wybuchów, ogarniające błyskawicznie cały jej umysł, pozwalały jej wyraźnie widzieć to, czego szukała, i wskazywać sposób dotarcia do tego: blask pożaru rozjaśniał teraz wszystko. Otwierała kolejne strony, na których musiała podawać informacje służące zbudowaniu jej profilu, nie przypuszczała, że będzie to takie mozolne, musiała dokonać rejestracji, która trwała i trwała bez końca. Mimo to nie czuła się równie zdeterminowana od czasów, gdy przystępowała do pomyślnie zdanego egzaminu dającego jej prawo nauczania w szkole, od odległej epoki, kiedy sama i gotowa do obrony swojej pracy pragnęła być najlepsza – przez całą młodość najszczęśliwsza zawsze się czuła w godzinach wytężonego wysiłku w dużych salach, gdzie odbywały się egzaminy konkursowe, pośród gromady takich jak ona, jakby najlepiej jej odpowiadała pozycja kandydatki na posadę nauczyciela w liceum, miejsce osoby, która mierzy się z innymi wiedzą i osobistymi osiągnięciami. W skupieniu, ostrożnie się posuwała przez proces określenia osobowości, zaznaczając pola, które wydawały jej się najwłaściwsze w tej doraźnej sytuacji, posługiwała się eufemizmami albo dokonywała drobnych korekt, w ostateczności nie odpowiadała na pytania dotyczące najdelikatniejszych kwestii, żeby w jak najmniejszym stopniu narazić swoje szanse na sukces.

Jestem kobietą, która szuka mężczyzny.

Zawahała się przy wieku mężczyzny, lecz uznała, że powinien mieć 35–45 lat.

Zastanowiła się, czy nie powinna się odmłodzić, potem czy w jej interesie nie byłoby raczej dodanie sobie lat, ostatecznie zdecydowała się na prawdę. Data urodzenia: 12 IX 1970.

Kraj zamieszkania: Francja.

Zawahała się znowu przy pytaniu o departament. Czy mogłaby tę przygodę przeżyć w swoim mieście? Od lat uczyła w liceum, w Metzu i okolicach znała – przynajmniej z widzenia – sporo osób, poczynając od rodziców swoich dawnych uczniów. Postanowiła, że będzie szukać kogoś spoza Metzu, lecz w takiej odległości, żeby spotkanie było realne. Wpisała kod pocztowy: 67000. Meetic od razu podpowiedział miasto: Strasburg. Świetnie.

Login.

Jej polakierowane na czarno paznokcie zawisły bez ruchu nad klawiaturą, gotowe spaść na litery, które rozjaśnią monitor ułożone w podniosły olśniewający pseudonim jak z bajki. I tak wisiały, drżąc lekko niczym kruki unoszące się w powietrzu.

Bénédicte Ombredanne nigdy dotąd nie znalazła się w sytuacji wymagającej dobrania przydomka zarazem ładnego i inteligentnego. Oprócz wyrazów świeczka, lampa, lusterko, wykładzina, które przyszły jej do głowy, gdy spojrzeniem złaknionym pomysłu błądziła po pokoju, na żadne inne stosowne słowa nie wpadła. Podniosła się, przez kilka chwil krążyła po gabinecie, później podeszła do biblioteczki i jej wzrok padł na pudełko z *Brigadoonem*, filmem, który uwielbiała. Cyd było za krótkie, a przede wszystkim pretensjonalne (nie wspominając o Cydcharisse, albowiem siła skojarzeń mogłaby zrodzić nieproporcjonalnie wysokie oczekiwania co do jej nóg), za to imię Fiona zdawało się idealnie pasować do roli, którą zamierzała odegrać w upragnionej nierzeczywistej historii: w jednodniowym szaleństwie, pięknym i gorącym, roztańczonym i rozśpiewanym, decydującym, potwornie romantycznym. Wróciła do biurka i bardzo zadowolona z pomysłu wpisała „Fiona" w polu przeznaczonym na pseudonim, po czym zatwierdziła wybór.

Już jest użytkownik o takim loginie, możesz wybrać:
Fiona_c_839
Fiona_c_903
Fiona_c_282
Fiona_c_214.

Była zawiedziona.

Kto przed nią wybrał Fionę?

Bénédicte Ombredanne znowu podeszła do biblioteczki i przechylając głowę, czytała tytuły książek, aż doszła do tomiku poezji Mallarmégo. Usiadła z powrotem i cała zadowolona z nowego pomysłu wpisała „Herodiada".

Już jest użytkownik o takim loginie, możesz wybrać:
Herodiade_a_472
Herodiade_a_145
Herodiade_a_228
Herodiade_a_582.

Nie posiadała się ze zdumienia.

Na Meeticu są osoby, które posługują się nickiem Herodiada?!

Stwierdzała, że na portalu zebrało się towarzystwo dużo bardziej wyrafinowane, niż sądziła (żeby nie powiedzieć pedantyczne, dbające przede wszystkim o to, aby zaznaczyć poziom swojego wykształcenia), niewątpliwie nauczyciele literatury równie osamotnieni jak ona, równie rozgoryczeni jak ona tego wieczoru, za całą pociechę mający swoją miłość do książek i nadzieję na szaloną randkę, żałosne.

Bénédicte Ombredanne powtórzyła ten krok w rejestracji z imieniem bohaterki *Białych nocy* Dostojewskiego (Już jest użytkownik o takim loginie, możesz wybrać itd.), zniecierpliwiona wklepała Roseroserose (Już jest użytkownik o takim loginie, możesz wybrać itd.), w końcu chytrze spróbowała z Fionarose – i Meetic zaakceptował.

A więc jestem Fionarose.

Czy jesteś gotowa zaangażować się w związek? Bénédicte Ombredanne zaznaczyła pole „zdaję się na przypadek".

Twój stan cywilny: mężatka.

Mieszkasz z: dziećmi.

W rubryce „osobowość" Bénédicte Ombredanne zapoznała się z cechami charakteru proponowanymi przez portal: odważna, pojednawcza, dowcipna, towarzyska, beztroska, żywa, przebojowa, ruchliwa, nerwowa, powściągliwa, przesądna, uprzejma, spokojna, szlachetna, wrażliwa, spontaniczna, nieśmiała, wymagająca, dumna, zaborcza, lubiąca samotność, uparta.

Kto zestawił listę tak niepełną, przypadkową, pryncypialną, powierzchowną, listę, na której brakowało epitetów bezinteresowna, lękliwa czy zakompleksiona, żeby poprzestać tylko na tych trzech przykładach?

Nie paliła się do opisywania szczerze swojego charakteru, należało pozostać na poziomie zabawy, zachować obojętność, sprytnie się maskować, no i pilnować się, by nie popaść w odrażającą sentymentalną demagogię naszych czasów: nie zamierzała kupczyć swoim życiem wewnętrznym w Internecie. Opcja przeciwna, „zachowam to dla siebie", proponowana najbardziej skrytym użytkowniczkom, mogła sugerować, że jest kobietą zgryźliwą bądź afektowaną, niemiłą w obejściu, dlatego zaznaczyła pola: wrażliwa, uprzejma, nieśmiała, po czym zatwierdziła wybór.

W domu nie było słychać żadnego dźwięku, panowała kompletna cisza, dochodziła już jedenasta, Bénédicte Ombredanne czuła, że ogarnia ją politowanie na wspomnienie męża, który wylewał łzy pod kołdrą. W sumie dobrze, jego dobrowolne dziecinne zamknięcie akurat było jej na rękę, gdyby wpadł teraz do gabinetu, naprawdę pomieszałby jej szyki.

Kolor oczu: czarne.
Kolor włosów: czarne.
Wzrost: 160 cm.
Budowa: normalna.
Powierzchowność: aj, trzeba tu zeznać, czy jest się ładną. Bénédicte Ombredanne zastanawiała się przez kilka chwil, następnie zaznaczyła „zachowam to dla siebie".

Poglądy polityczne: lewicowe. Zaraz się jednak poprawiła i zaznaczyła skrajnie lewicowe.

Twoja wizja małżeństwa: zachowam to dla siebie.
Czy jesteś romantyczna: dość romantyczna.
Czy chcesz mieć dzieci: nie.
Wykształcenie: wyższe plus.
Zawód: zachowam to dla siebie.

Bénédicte Ombredanne udzieliła odpowiedzi na kolejnych stronach w tempie ekspresowym: styl klasyczny, pływanie, jem wszystko, nie palę, nie mam zwierząt, czytanie, wystawy, muzyka klasyczna, komedie muzyczne, komedie romantyczne.

Twoja ulubiona książka: *Mistrz i Małgorzata* wpisała w polu przeznaczonym na odpowiedź.

Określ bliżej osobę, jakiej szukasz.

Bénédicte Ombredanne postanowiła wypełnić tych kilka formularzy z taką samą spontanicznością jak swój profil, nie mając żadnego wyobrażenia mężczyzny, którego pragnęła znaleźć. Dla bezpieczeństwa przedstawiła go jako własne odbicie: uprzejmy, wrażliwy, nieśmiały, a także wyższe plus, ponieważ nie zamierzała iść na ustępstwa w kwestii poziomu intelektualnego kandydatów mających być jej wyzwoleniem. Wyruszała co prawda na przygodę, rzucała się w mroki ekstremalnego doświadczenia, lecz wiedziała, że nie dopuszcza kompromisów w kwestii tego, co uważała za najważniejsze: aby pożądanie miało szansę się zrodzić, ona przedtem musi mieć szansę na choćby minimum rozmowy z mężczyzną.

Opisz swój charakter, charakter osoby, której szukasz, co lubisz, czego oczekujesz...

Bénédicte Ombredanne postanowiła nie dawać żadnych wskazówek co do natury i sensu swoich starań. Zarejestruj się i kontynuuj: kliknęła w prostokącik.

Gratulacje, rejestracja zakończona pomyślnie!

Znalazła się naraz w wielkim rezerwuarze męskości, poczuła, że zanurza się w przeludnionej letniej wodzie, głębokiej i szkodliwej dla zdrowia. Jej monitor był teraz jak wizjer skafandra, czuła poszturchiwania niezliczonych macek i wokół siebie pospieszne ruchy lepkich błyszczących istot, które bezceremonialnie się rozpychały.

Napoleon04 dodał cię do ulubionych!

Gentleman czyta twój profil.

Thirydis dodał cię do ulubionych!

Masz wiadomość od Gentlemana.

Gentleman: YW.

Bénédicte Ombredanne zajrzała do profilu użytkownika Napoleon04, wyższa kadra kierownicza, 37 lat, mieszka w okolicach Strasburga. Trenuje karate i piłkę ręczną, lubi kino i restauracje, jego hobby to majsterkowanie i wystawy – ciekawe połączenie! Uśmiech człowieka nie budził zaufania, głowę miał w kształcie jaja, a ponieważ sfotografował się w golfie, wyglądała jak umieszczona na glinianej podstawce. Aby się dowiedzieć, jaki naprawdę jest ten facet, a zwłaszcza co się kryje za spłoszonym spojrzeniem, trzeba by łyżeczką rozbić skorupkę na czubku łysej czaszki, puk, puk, puk, i pobrać próbkę masy mózgowej – inaczej niepodobna wyrobić sobie zdanie o nim, myślała Bénédicte Ombredanne, przyglądając się jego okropnej twarzy. A kilka wierszy niżej natrafiła na akapit, po którym się poczuła jak skórka z chleba zamoczona w lepkich myślach użytkownika Napoleon04. Na pytanie: „Gdybym mógł zatrzymać tylko jedną rzecz, wybrałbym...", ów tęgi mężczyzna odpowiedział: „Slipki albo bokserki... lol... bo tę część ciała mogą oglądać tylko osoby uprawnione". Potworność! Zdjęcie wskazywało, że jest otyły, przez co wydawał się krzepiąco dobroduszny, ale było to bezwstydne oszustwo: Bénédicte Ombredanne miała już niezłe rozeznanie w dziedzinie męskich pozorów, toteż nie wątpiła, że ten spocony człowiek jest podłym szczwanym lubieżnym seksistą. Kiedy sobie wyobraziła jego zwaliste cielsko na swoim drobnym ciele, siebie w tych strasznych objęciach, o mało nie wyłączyła komputera – w porę zdołała się opanować.

Fionarose@Gentleman: Cześć, co u ciebie, Gentlemanie?

Dauphinblanc67 dodał cię do ulubionych!

Thirydis: Cześć.

Fionarose@Thirydis: Cześć. Dzięki, że się odzywasz.

Gentleman: A u ciebie? Nudzisz się? Pragniesz towarzystwa? ;–)

Fionarose@Gentleman: Szybki jesteś.

Gentleman: Źle dobrałaś sobie nick.

Playmobil677 czyta twój profil.

Thirydis: Jaka jesteś?

Fionarose@Thirydis: Miła. Uprzejma. Może nawet czarująca.

Thirydis: Może czy na pewno?

Playmobil677 dodał cię do ulubionych!

Fionarose@Thirydis: Na pewno. Czarująca. Czasami. Kiedy indziej trochę mniej. Zależy od dnia i okoliczności.

Thirydis: A dziś jaka jesteś?

Fionarose@Thirydis: Czarująca.

Thirydis: Co dla ciebie znaczy czarująca? Jak właściwie wyglądasz? Prześlesz mi zdjęcie?

Bénédicte Ombredanne zajrzała do profilu Thirydisa, 44 lata, żonaty, stanowisko kierownicze w branży handlowej, 177 cm wzrostu, oczy piwne, szuka kobiety w wieku 26–45 lat. W rubryce „Kilka słów o sobie" napisał: „Moje poszukiwania nakierowane są na kobietę, która jak ja łapczywie korzysta ze wszystkiego, co oferuje życie, ma w sobie zmysłowość, łagodność, pożądanie… Proszę pań, z rozkoszą najpierw porozmawiam". Jego dominująca cecha charakteru: poszukiwacz przygód. Ulubione sporty: kolarstwo, golf, hokej, dżudo. Czytania książek nie wymieniał wśród ulubionych zajęć.

Playmobil677: Dobry wieczór. Masz bardzo tajemniczy profil.

Fionarose@Thirydis: Później wyślę ci zdjęcie. Zacznijmy od rozmowy, jak proponujesz w profilu.

Thirydis: OK. Co chcesz wiedzieć?

Napoleon04: Cześć, laluniu. Jak leci?

Ach, Napoleon04 wreszcie się objawił!

Fionarose@Napoleon04: Doskonale, dziękuję. A co u ciebie?

Fionarose@Thirydis: Chcę tylko pogadać, żeby się lepiej poznać.

Thirydis: Wyglądasz mi na diablo pokręconą dziewczynę.

Fionarose@Thirydis: Tak? Uważasz, że jestem pokręcona? Bo proszę o trochę czasu, żebyśmy się bliżej poznali?

Thirydis: Znam lepszy sposób, żeby się bliżej poznać! ;–) Nie zawiedziesz się poziomem mojej rozmowy! ;–) Prześlesz mi zdjęcie?

Napoleon04: Trawię. Jadłem u matki. Dopiero co wróciłem. Smacznie było.

Fionarose@Napoleon04: Ach, miło czasem zjeść u matki, zwłaszcza jeśli dobrze gotuje. Co przygotowała na kolację?

W sumie ten Napoleon może nie jest taki straszny, jak sądziła.

Gentleman: Czego szukasz?

Fionarose@Gentleman: Delikatności. Uwagi. Pocieszenia.

Gentleman: Dobrze się składa! Kocham pocieszanie! Co wtedy stosujesz? lol

Fionarose@Gentleman: Najpierw bym ci poczytała coś ładnego, jak w dzieciństwie...

Napoleon04: Cassoulet! Bez przerwy po tym pierdzę. Ale nie bój nic, przejdzie mi, zanim się zobaczymy!

Napoleon04: Nie, wygłupiam się, była ryba. Oddech mam świeży!

Gentleman: Znaczy co? Jakąś pieprzną historyjkę?

Napoleon04: Świeży oddech i sztywną pałę jak zwykle, jeśliś ciekawa! ;–)

Fionarose@Gentleman: Może być. Mam parę mocnych książek.

Gentleman: Why not. Byle nie za długo, żeby nie zasnąć.

Thirydis: Jesteś tam? Nie odpowiadasz. Prześlesz mi zdjęcie?

Fionarose@Thirydis: Powiedziałam, że wyślę zdjęcie, jak trochę pogadamy.

Thirydis: OK.
Napoleon04: Jak wyglądasz? Nie wstawiłaś zdjęcia. Jest na czym oko zaczepić? lol
Fionarose@Napoleon04: Ładna. Megagorąca. Supernapalona. Szukam dużej gruchy, żeby się nadziać.
Napoleon04: Dobrze trafiłaś, mam gotową do użycia. Zdzwonimy się? Wyślesz mi zdjęcie?
Fionarose@Napoleon04: Nie jaraj się tak, Napoleon! Mam innych chętnych, a coś myślał?
Playmobil677: Tajemnicza Fiono, zaniedbujesz mnie! Odpowiedz!

Bénédicte Ombredanne zajrzała do profilu użytkownika Playmobil677: lat 36, rozwodnik, 170 cm wzrostu, oczy niebieskie, miejsce zamieszkania – Strasburg, szuka kobiety w wieku 27–40 lat. Wygląd: wysportowany. Hobby: majsterkowanie, wystrój wnętrz, ogrodnictwo. Kilka słów o sobie: „Nieprawdopodobne, lecz kto wie? Miłe spotkanie i przyjacielskie stosunki na początek, reszta zapewne przyjdzie sama! Chcę tu zaznaczyć, że szukam na poważnie mimo nicka, którego nie należy interpretować opacznie: nie mam grzywki, dość gietki ze mnie chłopiec, wcale nie sztywny, daję radę założyć nogę na nogę, moje serce nie jest z plastiku, a głowa się nie obraca wokół własnej osi! W końcu to tylko nick! Na razie!". Podawał w profilu, że przez część czasu mieszka ze swoimi dziećmi. On także w rubryce „zainteresowania" nie wpisał czytania książek. Do profilu załączył zdjęcie, ale sztampowe, takie, z którego nie da się wywnioskować ani nic dobrego, ani złego.

Profil użytkownika Playmobil677 wywołał uśmiech na ustach Bénédicte Ombredanne.

Fionarose@Playmobil677: Jestem, przepraszam. Dobry wieczór, Playmobil. Uśmiechnęłam się, kiedy przeczytałam twój profil...

Fionarose@Thirydis: Nie jesteś rozmowny! Widocznie ja mam przejąć inicjatywę w rozmowie.
Playmobil677: A, fajnie, już zaczynałem się martwić!
Napoleon04: Jestem dobry w łóżku, laski zawsze mi to mówią, ostatnio matka godzinę temu.
Napoleon04: Nie, no, wygłupiam się :–) Przyjdź, sama ocenisz, wacka mam jak prosto z pieca! Ale nie pokroisz go na plastry! lol
Fionarose@Napoleon04: Ach, ty to masz podejście do kobiet! Jakie wyrafinowane uwodzenie! Majtki mam dosłownie mokre, uwielbiam grube gruchy. Wolę krótkie grube od długich cienkich. A twoja jaka jest?
Napoleon04: Długa gruba. Nie krótka. Sorry ;-)
Fionarose@Napoleon04: Jestem dziko podniecona. Mam ochotę ci obciągnąć. Wiesz, Napoleon, jestem nienażarta, nie pożałujesz. Możemy się spotkać?
Playmobil677: Mam na imię Christian. A ty, Fionarose?
Napoleon04: Kiedy? Dzisiaj?
Playmobil677: Wiesz, że masz ładny nick, Fionarose? Bardzo nastrojowy. Nie wiem czemu, ale się rozmarzyłem.
Fionarose@Napoleon04: Teraz. Podeślij mi adres, zaraz przyjadę.
Thirydis: OK.
Fionarose@Thirydis: Świetnie. Cieszę się, że chcesz pogadać. Jaki jesteś?
Aczemunie czyta twój profil.
Fionarose@Playmobil677: Dzięki. Starałam się wybrać poetycki pseudonim, cieszę się, że przypadł ci do gustu. Za to twój świadczy o autoironii! Zazdroszczę ci, nie mam tej cechy, chociaż bardzo bym chciała… Na imię mam Fiona.
Napoleon04: Podaj swój numer. Zadzwonię.
Thirydis: Umysłowy.

Valisette69 czyta twój profil.
Aczemunie dodał cię do ulubionych!
Fionarose@Thirydis: Umysłowy?
Thirydis: Umysłowy.
Fionarose@Thirydis: A dokładniej? Co rozumiesz przez umysłowy?
Thirydis: Używam głowy. Ale dzisiaj chyba nic z tego nie będzie.
Timothée888 dodał cię do ulubionych!
Fionarose@Thirydis: Nie rozumiem. Z czego dzisiaj nic nie będzie?
Thirydis: Ze spotkania. Gadasz tylko i gadasz, kręcimy się w kółko.
Blakemortimer67 czyta twój profil.
Fionarose@Thirydis: Masz rację, dziś faktycznie nic z tego nie będzie. Ale przecież na dzisiaj świat się nie kończy, będzie też jutro, pojutrze, przyszły tydzień! Zapominasz o tym, chociaż twierdzisz, że jesteś umysłowy.
Valisette69 dodał cię do ulubionych!
Gentleman: No więc???
Thirydis: OK, rozumiem, szkoda czasu na takie porąbane dziewczyny jak ty. B.
Blakemortimer67 dodał cię do ulubionych!
Playmobil677: Tak, dobrze mieć do siebie dystans, to pomaga znosić przeciwności życiowe. Śliczne masz imię.
Gentleman: To co robimy?
Napoleon04: Jak wyglądasz? Jeśli zobaczę jakiegoś kaszalota, wykopię. Raz się dałem zrobić w wała, drugi raz taki numer nie przejdzie.
Fionarose@Napoleon04: Fakt, z ciebie jest wyjątkowo seksowny gość.
Fionarose@Gentleman: Mógłbyś zadać sobie trochę trudu i pouwodzić mnie, nie sądzisz? Od początku tego czatu nawet przez myśl ci nie przeszło, żeby napisać jed-

no dłuższe zdanie. Czy kobiety, które podrywasz, wpadają ci w objęcia na sam dźwięk onomatopei? Reagują na telegraficzne skróty i zaraz lecą do ciebie w stringach?

Gentleman: A co? Bez przerwy.

Napoleon04: Dzięki za komplement. Nie wiem, czy jestem seksowny, ale mam superowego zaganiacza. Masz dobrego nosa, kotku!

Fionarose@Gentleman: Przykro mi, ja taka nie jestem. Nie lubię pośpiechu, za to lubię dowody szacunku. Muszę cię lepiej poznać.

Fionarose@Playmobil677: Mądra filozofia. Chętnie bym wzięła parę lekcji.

Napoleon04: To jak z twoją urodą, ujdzie czy nie bardzo? Bo zaczynam tracić cierpliwość.

Fionarose@Napoleon04: Już pisałam, że jestem piękna, faceci lecą do mnie jak pszczoły do miodu, mam wielkie cycki, jestem meganapalona, obciągam jak Amerykanka, właśnie kapie ze mnie na dywan na myśl o twojej gruszce jak pieczeń świeżo wyjęta z pieca. To co? Dajesz adres? Czy pękasz? Boisz się, że się nie spiszesz?

Patounet_563 czyta twój profil.

Napoleon04: No co ty, ja???

Gentleman: Trudno, rozumiem. A czego właściwie szukasz na tym portalu?

Fionarose@Napoleon04: Mam ochotę na minetę. Umiesz zrobić? Dogodzisz mi?

Fionarose@Gentleman: Chciałabym odżyć pod męskim spojrzeniem. Ale mężczyzna musiałby dostrzec moje oczekiwania, zrozumieć mój rytm. To wymaga delikatności.

Playmobil677: Wprawiam się od lat. Paradoksalnie, szczerze mówiąc, trzeba umieć potraktować się czasem niepoważnie. Kiedy mnie dopadają prawdziwe kłopoty, wskakuję w nie jak dziecko w kałużę wody i śmieję się, że cały jestem opryskany. Najważniejsze to sprowadzanie siebie do właściwych proporcji. Odkryłem tę prawdę z czasem, w apogeum swoich przykrych doświadczeń.

Napoleon04: Się okaże. Byle nie za długo. Ja nie kot, żeby na okrągło lizać futro.

Gentleman: Pewnie, że jestem delikatny. Ale szukam czegoś więcej niż ty.

Fionarose@Napoleon04: Mam cipkę megawłochatą. Chyba ci to nie przeszkadza?

Bobby33 dodał cię do ulubionych!

Fionarose@Playmobil677: Ja tak nie potrafię. Wszystko biorę zbyt poważnie. Nigdy nie uciekam od siebie. Chciałabym móc powiedzieć sobie, że to, co mnie przytłacza, nie ma żadnego znaczenia, że moja dusza może pozostać wolna i odlecieć, wzbić się ku innym niebiosom, ale więzi mnie ciało, obciążają kłopoty, trzewia mam ściśnięte strachem, a ducha wtłoczonego w piersi, za ciasno mi i duszę się. Dlatego znalazłam się tutaj. Żeby wyrwać się z matni. Jestem w zamknięciu. Chcę się uwolnić.

Caffer 68 czyta twój profil.

Patounet_563 dodał cię do ulubionych!

Bobby33: Cze... W samym Strasburgu mieszkasz?

Fionarose@Gentleman: Co ty możesz o tym wiedzieć? Kto ci powiedział, że po takiej znajomości nie oczekuję tego samego co ty? Tylko że ty od razu przechodzisz do rozdziału seks, nie chcesz tracić czasu na zabawy.

Napoleon04: Obrośnięte laski średnio mnie rajcują. Nie chcesz się ogolić przed przyjściem? Tym razem się nie wygłupiam.

Gentleman: Rozumiem. Też chętnie pogadam, byle nie za długo. Nie potrzebuję komplikacji. Chcę miło spędzić czas. Co robisz zawodowo?

Fionarose@Napoleon04: No dobra, raz-dwa się ogolę. Ale tylko dlatego, że ty prosisz.

Fionarose@Gentleman: Pielęgniarka.
Fionarose@Playmobil677: Przepraszam za te smutne refleksje. I za to, że zanudzam cię swoimi problemami. Jesteś tu dla rozrywki, a nie żeby wysłuchiwać skarg nieudacznicy. Zaraz zresztą wyłączam komputer i idę spać. Moja obecność tutaj jest żałosna. Dobranoc.
Gentleman: A, ekstra.
Fionarose@Gentleman: Ja też chcę miło spędzić czas. Ale żeby był w tym szacunek. I delikatność.
Playmobil677: Nie, poczekaj, nie wyłączaj, zostań jeszcze trochę!
Fionarose@Napoleon04: Jeszcze o czymś muszę cię uprzedzić: mam mocny zapach, ale to chyba nie problem, nie? Ludzie czasem mi mówią, że śmierdzę, a cipka dosłownie cuchnie, facetów odrzuca. Kiedyś byłam z gościem, który zarzygał łóżko, jak skończył mnie lizać.
Gentleman: Zawsze szanuję innych. I zawsze się troszczę, żeby partnerce było dobrze.
Napoleon04: Ty kretynko, spierdalaj. Jaja sobie ze mnie robisz, głupia zdziro.
Fionarose@Playmobil677: Dobrze, zostanę jeszcze chwilę, ale tylko dla twojej przyjemności.
Fionarose@Napoleon04: Co jest? Czemu tak się wnerwiasz? Jesteś rzeźnikiem, więc pomyślałam, że podgrzałby cię numerek ciut zoologiczny!
Playmobil677: Dzięki, tak lepiej. Jesteś jedyną interesującą kobietą, szkoda by było, gdybyś się rozłączyła.
Fionarose@Gentleman: No to powiedzmy... że spotkamy się w przyszłym tygodniu. Dopuszczasz myśl, że do niczego między nami nie dojdzie? Chcę zrobić ten krok, ale niczego nie gwarantuję. Możliwe, że w ostatniej chwili się wycofam.
Napoleon04: Wcale nie jestem rzeźnikiem, ruro jedna.

Playmobil677: Świetnie piszesz, czytanie to prawdziwa rozkosz, tutaj nikt nie zawraca sobie głowy budowaniem ładnych zdań. Ja próbuję, ale nie mam takiego talentu jak ty.

Fionarose@Napoleon04: O, przepraszam, widocznie coś źle zrozumiałam w profilu! Nie wiem czemu od początku mi się wydaje, że jesteś rzeźnikiem. Może z powodu wyglądu.

Bobby33: Mieszkam w Bordeaux, ale w następnym tygodniu jadę do Strasburga na tydzień na szkolenie. No to żem pomyślał, że może dziewczyna ze Strasburga...

Napoleon04: Ja wyglądam na rzeźnika? Ty szmato, odwal się już.

Gentleman: Nie ma przymusu, żeby do czegoś doszło, potrafię się zachować z kobietą.

Fionarose@Napoleon04: A nie, nie rzeźnika, wieprza, masz wygląd wieprza, pewnie dlatego tak mi się skojarzyło. Bardzo szanuję rzeźników.

Playmobil677: Kim jesteś z zawodu?

Napoleon04: Popieprzona cipa. Chętnie bym cię dopadł.

Fionarose@Playmobil677: Pielęgniarką.

Gentleman: Naprawdę.

Fionarose@Napoleon04: Mam nadzieję, że dzięki mnie straciłeś czas na próżno. Mam nadzieję, że żadna kobieta nie będzie na tyle głupia, żeby dzisiaj dać ci się omotać. Jak sobie wyobrażę ciebie w łóżku... o rany, to musi być straszne! Zadbaj o swoją pieczeń, może sam się nią napasiesz, jeśli dosięgniesz, dupku.

Playmobil677: Piękny zawód. Ja jestem antykwariuszem. Jedno z drugim nie ma nic wspólnego, ja mam do czynienia z przedmiotami, nie z ludźmi.

Fionarose@Gentleman: Jeśli nie przypadniemy sobie do gustu, trzeba będzie znaleźć coś do roboty. Masz scrabble'a?

Fionarose@Playmobil677: Skłamałam. Nie jestem pielęgniarką. Naprawdę jestem nauczycielką. Uczę literatury w liceum. Wybacz. Więcej cię nie okłamię, słowo.

Lecalin_a_629 czyta twój profil.

Gentleman: Pogadamy. Tak też bywa. Masz swoje zdjęcie?

Napoleon04: Przysięgam, jak cię dorwę, popamiętasz chwile ze mną.

Fionarose@Playmobil677: Owszem, to nie jest moje prawdziwe imię. Pierwszy raz jestem na tym portalu i ty jeden zapytałeś, jak mi na imię, dlatego umówmy się, że Fiona to imię specjalnie dla ciebie, jakby prezent. Sam ocenisz, kiedy się spotkamy, czy na nie zasługuję. Gdzie mieszkasz?

Gentleman: Ważne jest pożądanie. Jesteś brunetką, niewysoką drobną pielęgniarką... wyobraźnia działa! :-) Jeśli umiesz zadbać o faceta, ekstra... A jeśli w dodatku przyniesiesz fartuch i klapki, za nic już nie ręczę!

Playmobil677: Parę kilometrów od Strasburga. W pięknym starym domu, który stoi w lesie. Tutaj też pracuję, mam dużą halę, w której składuję sprzęty. Szaraczek ze mnie, nie mam sklepu.

Fionarose@Playmobil677: Kocham lasy. Zawsze kochałam. Dom w lesie... magiczne! Jak w bajce.

Gentleman: Ach, pielęgniarki... Czuję, że będę w agonii tego dnia, kiedy się spotkamy. A ty mnie raz-dwa postawisz na nogi :-)

Playmobil677: Właściwie nie mieszkam w samym lesie, raczej na skraju, ale las zaczyna się zaraz za ogrodem, otacza dom z dwóch stron. Jest też duży staw. Zobaczysz, jak przyjedziesz.

Gentleman: Naga pod pielęgniarskim fartuchem...

Fionarose@Playmobil677: Nie mogę się doczekać. Na pewno mi się tam spodoba.

Playmobil677: Postrzelamy z łuku, jeśli będziesz miała ochotę.
Fionarose@Playmobil677: Z łuku? Strzelasz z łuku?
Gentleman: Na samą myśl mi staje. A ty, Fionarose, robisz się mokra, jak myślisz, że przyjdziesz do mnie bez niczego pod fartuchem? Najpierw spokojnie sobie pogadamy...
Playmobil677: Od dziecka. Mam całą kolekcję łuków. Nauczę cię, jeśli chcesz.
Fionarose@Playmobil677: Och, bardzo bym chciała! Zawsze bardzo mi się podobała postawa strzelca, kiedy napina cięciwę i skupiony zastyga na kilka sekund. Piękna też jest chwila, kiedy strzała wylatuje, bo obserwator ma wrażenie, że dokładnie w tej samej chwili trafia w cel. Te dwa momenty odróżnia nie miejsce, gdzie jest strzała, lecz spojrzenie strzelca, który ocenia swoją celność. Bo wydaje się, że strzała jest i tu, i tu, na cięciwie i u celu. Przepraszam, zboczyłam z tematu!!!
Gentleman: Wylogowałaś się? Hop, hop! Halo, tu Ziemia!
Playmobil677: Bardzo trafnie o tym mówisz. Czuję, że masz talent do łucznictwa!
Fionarose@Playmobil677: Kiedy możemy się spotkać?
Playmobil677: Kiedy chcesz. Mogę być w domu, kiedy mi pasuje.
Fionarose@Playmobil677: We czwartek?
Playmobil677: We czwartek za trzy dni?
Gentleman: Fionarose, obraziłaś się?
Fionarose@Playmobil677: Jeśli masz czas.
Playmobil677: Mam czas.
Fionarose@Playmobil677: Świetnie. Bardzo się cieszę.
Playmobil677: Ja też. Na skrzynkę na Meeticu prześlę ci swój telefon i plan dojazdu do mnie. Droga jest dość prosta. Mieszkasz w samym Strasburgu?

Fionarose@Playmobil677: Nie martw się, trafię. Będę koło południa i wyjadę po południu, jeśli ci pasuje.
Playmobil677: Świetnie. Możesz przyjechać nawet wcześniej.
Fionarose@Playmobil677: Nasze dzisiejsze spotkanie to cud, nie posiadam się ze zdumienia. Zarejestrowałam się na tym portalu pod wpływem złości, nie bardzo wiedząc, czego szukam. Teraz już wiem. Szukałam ciebie.
Playmobil677: Nie mogę się doczekać czwartku. Dobrej nocy, ściskam cię mocno.
Fionarose@Playmobil677: Ja ciebie też...

Bénédicte Ombredanne pospiesznie się rozłączyła, po czym zamknąwszy oczy, przyłożyła dłonie do twarzy.

Spostrzegła, że oddycha szybko zaskoczona tym, co ośmieliła się zrobić. Na dwie godziny stała się inną osobą, przedsiębiorczą i śmiałą, jakby utknęła w długim śnie naznaczonym niespodziankami – i z owej wyprawy przynosiła sobie pamiątkę, łup, który w normalnych okolicznościach uznałaby za mrzonkę zarezerwowaną dla innych kobiet: mężczyznę, który jej się spodobał, mężczyznę, któremu wedle wszelkich znaków na ziemi i niebie ona także się spodobała, mężczyznę, który w ciągu tych dwóch godzin dosłownie spadł jej z nieba.

Może na te dwie godziny po prostu stała się sobą, kobietą, jaką by była, gdyby jej życie potoczyło się inaczej?

Wciąż nie mogła w to uwierzyć, mówiła sobie, że to jest zbyt piękne, aby po przebudzeniu nie okazało się snem. Z twarzą zasłoniętą dłońmi wydzielającymi metaliczny zapach, z cienkim półksiężycem uśmiechu na ustach, rzucającym blade światło w mroku tego konfesjonału, Bénédicte Ombredanne wcale sobie nie mówiła, że jest szczęśliwa – tę prawdę w całym jej ciele wykrzykiwała oszalała z radości myśl, niczym syrena alarmowa grzmiąca donośnie, przeraźliwie, szczególnie w brzuchu i klatce piersiowej. Skurcze, ciepło promieniujące wszędzie, początek silnego przeszywającego podniecenia sprawiły, że jej twarz straciła wkrótce jedną z zasłon: palcami prawej dłoni Bénédicte Ombredanne sięgnęła do wypukłości w kroczu, nacisnęła przez wełniane spodnie delikatnie, upajająco, zaraz też poszerzyła obszar, w którym pulsowała rozkosz.

Normalnie wszystko, co zyskuje się we śnie, traci się po przebudzeniu mimo wszelkich wysiłków nakierowanych na zatrzymanie owoców onirycznych wędrówek. Ileż razy już w dzieciństwie coś takiego przeżywała, pragnąc, by została w pokoju lalka znaleziona we śnie! Jednakże tego wieczoru Bénédicte Ombredanne miała prawo liczyć, że nieoczekiwana znajomość nie przepadła w chwili, gdy ona się ocknęła, wyłączając komputer: czyż nie umówiła się z tym mężczyzną na najbliższy czwartek w domu na skraju lasu pod Strasburgiem, aby popróbować swoich sił w strzelaniu z łuku?

Jakby ogarnięta zwątpieniem i paniką rzuciła się do komputera, aby sprawdzić, czy tego człowieka, którego jak wierzyła, sprowadziła do swojego życia, nie spotkał ten sam los co w dzieciństwie lalki – czy się nie ulotnił po zetknięciu z rzeczywistością. Otóż nie. Znalazła wiadomość od Christiana, a w niej jego numer telefonu, adres mejlowy i plan dojazdu do domu, wszystko wysłane jakiś kwadrans po tym, jak się rozłączyła.

Była przeszczęśliwa!

Bénédicte Ombredanne zaczęła się pieścić, lecz postanowiła, że niemalże święte podniecenie obejmujące jej ciało pozostawi niezaspokojone – pragnienie szczytowania dudniło w niej jak w katedrze zalanej światłem pełnym cieni. Jeśli obecność tego mężczyzny przetrwa nienaruszona w jej podbrzuszu pod postacią magicznego przemożnego pożądania, może ochroni ją przed zniewagami, które będzie musiała znieść, gdy pójdzie do sypialni? Wiedziała, że mąż będzie chciał mówić, skarżyć się, płakać, wypytywać ją. Wyłączyła komputer, wyszła z gabinetu i podążyła na piętro, gdzie najpierw ucałowała śpiące dzieci.

3

Ponieważ we czwartki Bénédicte Ombredanne miała zajęcia tylko od ósmej do dziesiątej, później korzystała z wolnego czasu, by zrobić zakupy w Carrefourze: taki plan sobie ustaliła na początku roku szkolnego i odstępowała od niego jedynie pod wpływem siły wyższej, gorączki dziecka, szkolenia, obfitych opadów śniegu i tym podobnych. Zastanawiając się poprzedniego dnia, jak się zorganizuje, pomyślała, że deprecjonowanie kobiecości w alejkach supermarketu nie jest idealnym preludium do pierwszej randki: nie trzeba było wielkiej przenikliwości, aby zgadnąć, że rola zakochanej, do której się szykowała, powinna jak najbardziej odstawać od roli matki dzieciom (słoik nutelli zauważony w wózku mógłby podziałać na jej sumienie jak elektrowstrząs i porazić ją wstydem, w skrajnym przypadku każąc zrezygnować z zamiarów), toteż Bénédicte Ombredanne postanowiła, że na czas eskapady życie rodzinne całkowicie odstawi za kulisy, na mentalnej scenie jak w teatrze pozostawiając tylko swoje gorące pragnienie, aby być kobietą, emocjonujące myśli, podniecającą nagość swej ekscytacji. Za kulisy trafi lodówka, za kulisy mąż i dzieci, za kulisy uczniowskie zadania do poprawienia, odkurzacz, prasowanie i sprawy urzędowe – zakupy zrobi, kiedy osobiście znowu przełączy się na rzeczywistość, czyli po powrocie, najpóźniej o szesnastej, aczkolwiek nie wyobrażała sobie, żeby spotkanie z tym mężczyzną potrwało tak długo. Choćby nie wiem co będzie w Metzu o piętnastej, tego była pewna, może nawet zdecyduje się na powrót niedługo po przyjeździe, napije się jedynie kawy, a Christianowi wytłumaczy, że się przeceniła. Pozwalając tej miłej pewności wniknąć w myśli, umościć się niczym mruczący kot tuż przy grzejniku swego pożądania, Bénédicte Ombredanne pragnęła się chronić przed nieczystym sumieniem: w każdej chwili mogła się wycofać z gry, strasburska wyprawa do niczego jej nie zobowiązywała. Zobaczy i tyle, jedynie zobaczy ot, tak, z ciekawości, aby poczuć się wolną, aby jakiś ruch, który ona zainicjuje i zinterpretuje, wcisnął się w niewzruszoną martwą naturę jej życia – po prostu zobaczy, czy okoliczności ułożyły się tak, by doszło do czegoś bardziej kompromitującego niż lekcja strzelania z łuku, chociaż w to nie wierzyła. Naprawdę wątpię, mówiła sobie, przeglądając się w lustrze szafy w sypialni, naprawdę trudno mi sobie wyobrazić, żebym zdołała zrobić taki krok, no chyba że ten Christian jakoś niesamowicie przypadnie mi do gustu, snuła rozważania, wykręcając do tyłu głowę, aby zobaczyć w lustrze swoje pośladki, chociaż zastanawiam się, czemu się tam wybieram, to absurd, ale pojadę, bo nie wypada odwoływać spotkania w ostatniej chwili, wytłumaczę mu po prostu, że to pomyłka, że to ponad moje siły, a on tylko udzieli mi lekcji strzelania z łuku, zwyczajnie postrzelamy sobie z łuku. Takie dobrowolne ograniczenie perspektyw było dla Bénédicte Ombredanne co prawda formą ochrony, lecz wynikało z wrodzonego sceptycyzmu, z którego wynikało przekonanie, że choćby i zasługiwała, jej nic nadzwyczajnego nigdy się nie przydarzy – życie już dawno ją przyzwyczaiło, że częściej doznaje zawodu niż zadowolenia, i to od lat. Niemniej przeglądając się w lustrze normandzkiej szafy, stwierdziła, że ładnie wygląda, co było kolosalnym osiągnięciem dla osoby, która często za nisko oceniała swoją powierzchowność, tam i z powrotem cofała się i podchodziła bliżej, obserwując, jakie wrażenie wywiera jej zbliżające się odbicie. Stały naprzeciw siebie dwie kobiety: pierwsza lękliwa i defetystyczna, niezdecydowana, złakniona pochwał, poruszała się przed lustrem na drżących nogach, zastanawiając się, czy starczy jej odwagi na tę szaloną wyprawę (na zjawienie się w domu obcego mężczyzny z nieuzasadnioną nadzieją, że mu się spodoba na tyle, aby zapragnął seksu z nią), druga zaś, widoczna od stóp do głów w tafli zwierciadła, pełna wdzięku i elegancka, przebierała z niecierpliwości nogami, by jak najszybciej ruszyć w drogę – pierwsza przyglądaniem się drugiej usiłowała rozproszyć resztki poczucia winy. Zwykle po dojściu do siebie obie kobiety się uśmiechały, aż w pewnej chwili Bénédicte Ombredanne, zwiedziona śmiałością tej drugiej, złożyła pocałunek na tafli przed sobą, usta przywarły do ust w długim pocałunku przypominającym pakt. Jeśli ten człowiek ci się podoba, Bénédicte, wargi masz miękkie, pocałuj go, nie bój się, obiecaj, że nie będziesz się bała – obiecujesz? Rękawem wytarła zamgloną powierzchnię: usta w lustrze rozciągnęły się w zaadresowanym do niej uśmiechu. Naprawdę? Nie pękniesz w ostatniej chwili, jeśli ten Christian ci się spodoba? Bénédicte Ombredanne patrzyła na młodą kobietę przed sobą, przyrzekasz, Bénédicte, że choć raz mi zaufasz? Przyrzekam, zapewniły usta w lustrze, przyrzekam, że pójdziemy na całość, jeśli tylko zechcesz. Tę uroczystą obietnicę przypieczętowało porozumiewawcze spojrzenie, dwie młode kobiety na powrót stały się jedną i Bénédicte Ombredanne bacznie przyjrzała się sobie: makijaż był bez zarzutu, jasna cera olśniewająca, w ogóle dobrze się prezentowała. Obróciła się plecami do lustra i odeszła, nagle okręciła się jeszcze na pięcie, by ocenić, jakie wrażenie może zrobić jej postać na Christianie w chwili, kiedy ją ujrzy z daleka, z okna swojego salonu, gdy będzie wysiadała z samochodu, po czym z jak największą swobodą ruszyła ku swemu przyszłemu kochankowi, z uśmiechem na ustach idąc po trawniku przed własnym domem. Czy jest ubrana jak należy? Wybrała najładniejszą sukienkę, bardzo prostą, z ciemnobrązowej wełenki znakomitej jakości, kupioną w ulubionym butiku w Metzu, w luksusowym butiku, ale na wyprzedaży, pod arkadami przy rue Gambetta, między dworcem a biurem męża. Na nogach miała najładniejsze botki na niewysokim obcasie, ze zmysłowo sznurowaną cholewką do połowy łydki, oraz czarne pończochy Dim Up, które zwykle rezerwowała na sobotnie pikantne wieczory, spędzane z mężem oczywiście. Na wierzch włożyła jeden z aksamitnych żakietów, ciemnoczerwony, w jego zaokrąglony kołnierzyk wpięła kameę, którą bardzo lubiła, kupioną na pchlim targu w Amsterdamie w studenckich czasach. Patrząc w lustrze na tę ozdobę, pomyślała, że przynajmniej w ten szczególny dzień pasowałoby mieć na palcu pierścionek-talizman choćby po to, żeby porównać jedno oko do drugiego: libertyńskie oko, które znała jej frywolna przodkini, i oko Christiana łucznika, do którego oto spieszyła – byłoby jak najlepszą wróżbą, gdyby tych dwoje oczu łączyło jakieś podobieństwo! Wyjęła pierścionek z szuflady szafki nocnej, wsunęła go na palec, popatrzyła na zegarek: cholera, jedenasta, jestem spóźniona. W zamyśleniu zeszła po schodach, nieco spokojniejsza, niż gdy stała przed szafą, skupiona na pragnieniu, aby niczego nie przeoczyć. Ponieważ nie wiedziała, kiedy dokładnie wróci, a dzieci przychodziły ze szkoły przed siedemnastą, ogarnięta paniką najgorszego rodzaju, tą, która sączy się wolno, jest ciężka i lepka, przypomina złe przeczucie, Bénédicte Ombredanne zostawiła na stole kuchennym liścik: „Kochani, mama pojechała na zakupy, zjedzcie podwieczorek, odróbcie zadania, na razie, całuski". Dorysowała jeszcze serduszko, myśląc o Christianie, takie samo serduszko, jakimi w szkolnych latach pokrywała całe strony w nadziei, że chłopak, który jej się podobał, dowie się o jej uczuciach za sprawą czegoś w rodzaju echa, fluidów rozchodzących się w powietrzu – tak robią Indianie, którzy na szczycie wzgórza godzinami wybijają na bębenkach trzy dźwięki.

Jak na złość w chwili gdy miała wyjść z domu, odezwał się telefon. Zawahała się, czy odebrać, zapewne dzwonił mąż, a skoro tak, lepiej się dowiedzieć, czego chce: najgorzej by było, gdyby się okazało, że przez cały dzień będzie próbował ją złapać. Odebrała, faktycznie dzwonił mąż, chciał ją przeprosić za swoje zachowanie rankiem, przed jej wyjściem do szkoły. Wybacz mi, poniosło mnie, wyrwało mi się, zanim pomyślałem. Jeśli chcesz, możemy zjeść razem lunch. Zapraszam cię na lunch.

Rano pod pretekstem, że jego najładniejsza koszula, turkusowa w paseczki od Christiana Lacroix, nie jest wyprasowana, a on ma przed południem zebranie z dyrektorem regionalnym, urządził żonie dziką awanturę z bluzgami, jakie dotąd rzadko padały z jego ust. Wyszedłszy z siebie, nienawistnie aż pryskał jej śliną w twarz, dosłownie ją opluwał.

Teraz Bénédicte Ombredanne gotowa do wyjścia, stojąc już w rozkloszowanym płaszczu, słuchała męża tłumaczącego, jak bardzo się denerwował perspektywą zebrania z dyrektorem regionalnym, dlatego tak się uniósł, żałuje tego, zebranie, jak sądzi, przebiegło znakomicie, już jest spokojny. Chyba zawiesiłem głos, powiedział. Jesteś obrażona? No, Bénédicte, proszę, wybacz mi, byłem spięty, mamy trudne czasy, wszyscy w biurze są zdołowani. Przepraszam. Padam ci do stóp. To jak będzie? Wyskoczymy razem na lunch?

W normalnych okolicznościach, nie mając alternatywy, zaprawiona w znoszeniu z rezygnacją humorów męża,

Bénédicte Ombredanne udałaby zdziwienie, że taką wagę przywiązuje do tego zdarzenia, odpowiedziałaby, że nie musi przepraszać, nic się nie stało, już o wszystkim zapomniała. Jednakże tego dnia w obliczu doświadczenia, które miała dopiero przeżyć, jeremiady męża napawały ją potężną odrazą, a życie małżeńskie jawiło się jej jako nieznośnie ponure. Telefon od Jeana-François chlusnął jej w twarz całą potwornością życia niczym kubłem pomyj.

Spotęgował w niej bunt i ostatecznie ugruntował ją w postanowieniu wyjazdu do Strasburga.

Nie była ani zimna, ani obrażona, ani pojednawcza: była po prostu oddalona, nieprzystępna, już obojętna.

Nie mam czasu, odparła. Tak? A co się stało? Normalnie w czwartki jesteś wolna. Wracam do szkoły, jestem umówiona na lunch w stołówce z Clémentine i Amélie. To go odwołaj, powiedział. Po prostu grzecznie odwołaj, zobaczycie się jutro! Bénédicte Ombredanne, cyzelując rzeczowe zdania, które – wyczuła to – zaskoczyły jej męża, wytłumaczyła mu, że chodzi o weekend w Paryżu z drugą klasą humanistyczną, bezwzględnie muszą się spotkać, żeby to omówić. Zresztą jest za późno, Amélie także specjalnie wraca do szkoły, pewnie jest już w drodze. Jutro, jeśli chcesz, zakończyła. Jutro, jutro, jutro, wyrzekał jej mąż. Przesadzasz mimo wszystko! Ja cię zapraszam na lunch, a ty nie i nie! Naprawdę mi przykro, odparła. Po czym dość gwałtownie odłożyła słuchawkę, nie miała ochoty wdawać się w telefoniczną wymianę zdań bez końca.

Autostrada pozwoliła jej się oczyścić: Bénédicte Ombredanne zapomniała o tej przykrej rozmowie.

Bez trudu znalazła drogę, wskazówki Christiana były bardzo jasne, dojechała kwadrans przed pierwszą.

Mieli dużo szczęścia, pogoda była cudowna, świat widzialny zdawał się rozszerzać, a choć kalendarz pokazywał dopiero 9 marca, w promiennym krajobrazie

Bénédicte Ombredanne odnosiła wrażenie, iż wokół wszędzie trwa pełnia wiosny: kiedy kamienistą ścieżką szła do domu swojego łucznika, czuła się otoczona rozległą przestrzenią czasu. Bywają takie dni, gdy nie tylko teraźniejszość zdaje się trwać, ale okres znacznie rozleglejszy, spory kęs obszaru zarezerwowanego dla marzeń i obietnic, jakby ów dzień szczególny stał na czele całej armii podobnych dni i radosnych wydarzeń, których przeczuwanie sprowadza w pobliże przyszłość nadzwyczaj rozkoszną, pyszny pałac czasu.

Skąd jej się brało to uczucie, pominąwszy fakt, że światło było cudowne? Czy spotkanie, na które przybyła, będzie początkiem długotrwałego związku?

Odetchnęła pełnią płuc, popatrzyła na drzewa otaczające dom i chociaż zazwyczaj nie przepadała za tą porą roku, cierpką, wilgotną, z zasady przygnębiającą (od wiosny wolała jesień, którą wprost uwielbiała), tego dnia ją także przepełniła radość ogarniająca większość ludzi wobec rychłej perspektywy rozwijania się nabrzmiałych pąków roślin. Może dlatego, że ta schadzka była doświadczeniem nowym, niewinnym, debiutanckim, że była próbą odrodzenia? Gdybyż tylko ten człowiek jej się spodobał, a ona go nie odstręczyła, lecz oczarowała, przypadła mu do gustu! Gdybyż tylko udało jej się przeżyć coś wielkiego, pięknego! Na myśl o tym poczuła niezmierne szczęście – szczęście, które choć króciutko trwało, swoją intensywnością przerosło wszystkie doznania z ostatnich miesięcy, a może nawet lat. Stojąc bez ruchu przed drzwiami, nie śmiąc nacisnąć na dzwonek, zastanawiała się, czy owo przeszywające ją szczęście nie jest porównywalne z tym, którego doświadczała, będąc w ciąży (w czasie zarówno pierwszej, jak i drugiej nieustannie przenikała ją myśl, że wkrótce będzie matką, myśl piękna, acz lekko przytłaczająca), i odpowiedzi udzieliła sobie twierdzącej. W tejże chwili zrozumiała, że spodziewa się po tym spotkaniu znacznie więcej, niż śmiała przed sobą przyznać – i zaalarmowała ją ta wiadomość przysłana z głębi jestestwa.

Wzdłuż ogrodzenia rosły hortensje, malwy, głóg pnący. Nieco dalej oddzielony deskami znajdował się ładny ogródek ziołowy, a w nim tymianek, rozmaryn, szczypiorek, pietruszka, szałwia, mięta, grządki były zadbane, pięknie wyplewione w przeciwieństwie do jej warzywnika. Stara winorośl obrosła dom na całą wysokość, jej wiek budził szacunek, do fasady przymocowana była zardzewiałym drutem przeciągniętym w poprzek, przypominała strukturę zdania złożonego, które zima pozbawiła słów, pierwotnego smaku: ta wiadomość odzyska sens w lecie, kiedy na pędach pojawią się wszystkie liście, kiedy każde zdanie podrzędne, każde wtrącenie, każdy nawias kory w tej strukturze gramatycznej wyda rozkosz w postaci ciężkiej kiści. I Bénédicte Ombredanne wyobraziła sobie, że wtedy – w odróżnieniu od teraźniejszości – da się odczytać wspaniałą wiadomość powitalną.

Wdusiła palcem przycisk dzwonka. Przenikliwy dźwięk rozszedł się po całym jej jestestwie, budząc w niej świadomość, że była ongiś dziewczynką i kiedyś będzie starą kobietą – dlatego słusznie robi, korzystając z życia, nawet jeśli w dzieciństwie, wspomniała w tejże chwili, ojciec kilkakrotnie ją ukarał za lekkomyślność, zresztą lekkomyślność w rodzaju tej, którą popełniała teraz, pomyślała z uśmiechem, jak tamtego dnia, gdy nie uprzedziwszy rodziców, wyprawiła się nad staw, aby złapać ropuchę. Ropuchę! Której dała na imię Teodul! Czekała, aż Christian jej otworzy, powtarzając sobie, że się jej nie spodoba, na pewno w ogóle go nie ma, co byłoby logiczne i taki afront spotkałby ją zasłużenie. Wtedy z tyłu dobiegł do niej niski głos, odwróciła się i zobaczyła mężczyznę średniego wzrostu, barczystego, lecz wzbudzającego zaufanie krótko ostrzyżonego bruneta, który zmierzał w jej kierunku. Był w rękawicach ogrodniczych i niósł sekator, wszystko odłożył na trawę, zanim podszedł. Jego twarz niewiele miała wspólnego ze zdjęciem, ale dużo bardziej jej się podobała, o tak, bardzo jej się Christian spodobał, od uśmiechu, promiennego uśmiechu, który pojawił się na jego ustach, nagle oszołamiająco gwałtownie podszedł jej do gardła żołądek onieśmielonej amatorki przygód, identycznie jak w sytuacji, kiedy samochodem z dużą prędkością pokonuje się przejazd przez tory kolejowe. Dobrą miałaś drogę? Stali teraz na wprost siebie, Bénédicte Ombredanne była speszona, oboje nie wiedzieli, jak się przywitać, zażartowali ze swojego zakłopotania i zdecydowali pocałować się w policzki. Jego uśmiech był naprawdę powalający, to, co wyrażał, zdawało się prześlizgiwać między nawiasami dwóch głębokich okrągłych dołeczków i wnosić element radości do rozmowy. Jak miło! Uderzyło Bénédicte Ombredanne, że tego człowieka najwyraźniej niezbyt ciekawi jej powierzchowność, od pierwszej chwili był serdeczny i wesoły, patrzył na nią, jakby znał ją od dawna i lubił jej twarz, ciało, towarzystwo i sposób bycia, nic nie świadczyło, że ukradkiem próbuje oszacować jej erotyczny potencjał, mierząc ją taksującym wzrokiem. Ona tymczasem przeciwnie, wiedziała, że bez przerwy wgląda w siebie, aby lepiej ocenić Christiana, wysondować swoje pierwsze odczucia, zrecenzować szczegóły jego powierzchowności (między innymi paznokcie, palce, zęby, nadgarstki, skórę, brwi, uszy, włosy, zarost), i za każdym razem dochodziła do tego samego wstrząsającego wniosku: facet strasznie się jej podobał.

Gdyby spotkała go w Metzu, w jakiejś kawiarni w mieście, gdyby go poobserwowała, zaczęłaby szukać wokół niego przestrzeni, nieba i samotności.

Weszli do salonu.

Filiżankę kawy? Usiądź raczej na tym, jest wygodniejszy.

Przysiadła na brzeżku skórzanego fotela klubowego, którego podłokietniki podrapał jakiś zawzięty kot, przez co fotel otaczała teraz aura intymności i rytuału. Kiedy Christian poszedł do kuchni zaparzyć kawę, Bénédicte Ombredanne wstała i zaczęła krążyć po pokoju, oglądając sprzęty z bliska. Urządzenie salonu odpowiadało zasadom wystroju gabinetu osobliwości, wszędzie były wypchane zwierzęta, spreparowane owady, muszle i szkielety ssaków w gablotach, ale także ryciny naukowe, plansze botaniczne, spory hiszpański galeon królujący na konsoli, odwzorowany z fascynującą dbałością o szczegóły. Globus liczący pewnie kilka wieków, trochę dalej owinięty na pniu gruby pyton z wystawionym rozwidlonym językiem. Łuszczący się szezlong méridienne koloru écru, obity trochę zniszczonym różowym jedwabiem – chętnie by na nim złożyła rozpalone ciało, aby uspokoić wewnętrzny zamęt, który wciąż się nasilał. Dywany na terakotowej posadzce, obicia ścienne z ciężkiego czerwonego aksamitu, boazerie, które z pewnością pochodziły z domu nie tak wiejskiego jak dom Christiana, będący najwyraźniej niegdysiejszym domem mieszkalnym w gospodarstwie. Bénédicte Ombredanne miała nadzieję, że będzie mogła obejrzeć sypialnię. Wewnętrzny zamęt: ból brzucha. Ból brzucha: lęk, że mu się nie podoba teraz, kiedy się obejrzeli i ona uznała, że jest taki urzekający. Nie piękny, co to, to nie, ale właśnie urzekający, pociągający. Teodul! Zapomniała o nim! Podeszła do biblioteki zapełnionej starymi tomami wystawionymi za cienką siatką naciągniętą przez czas, pogładziła marmurowy posąg kobiety naturalnej wielkości, zmysłowy, nadżarty przez złą pogodę – po drugiej stronie salonu, co Bénédicte Ombredanne spostrzeże później, stał jej męski odpowiednik, niepokojąco ponętny smukły efeb, którego chętnie by pocałowała w usta, szepcząc: myśl o mnie. Monumentalny kominek z ciosów kamiennych, prawdopodobnie również skądś przewieziony, w głębi paleniska wspaniała żeliwna płyta opatrzona herbem, po obu stronach dwa masywne wilki oparte na lwich łapach. Ależ tu atmosfera gęsta, mroczna, wręcz tajemnicza, pomyślała, tak liczne przedmioty i sprzęty zgromadzone w jednym miejscu zdawały się tkać między sobą złożone powiązania: Bénédicte Ombredanne doszła do wniosku, że ten dom urządzono z myślą o refleksji, zadumie, czytaniu książek, miłości, konwersowaniu, ewoluowaniu, przeżywaniu szczęścia, gotowaniu i kochaniu się, przeżywaniu szczęścia i kochaniu się. Christian wrócił z tacą z dwiema porcelanowymi filiżankami, parującą kawiarką i talerzem herbatników. Bénédicte Ombredanne wyraziła podziw dla wystroju wnętrza, odparł, że to jego zawód, kocha takie przedmioty, bywa, że zatrzymuje dla siebie pojedyncze sztuki nabyte z myślą o sprzedaży. Ma rozległą sieć kontaktów, dzięki którym skupuje wyposażenie domów przy okazji obejmowania spadku, a następnie upłynnia te rzeczy antykwariuszom, dekoratorom i dyrektorom artystycznym wielkich sklepów w Paryżu, ale także w Londynie, Tokio, Nowym Jorku. Cukru? Pokręciła głową, podnosząc filiżankę do ust, w zeszłym tygodniu jeden facet kupił u niego tyle, że zapełnił cały kontener, urządza modny butik w Nowym Jorku przy Piątej Alei: wziął różne elementy maszyn przemysłowych ze starej fabryki, które Christian zdemontował w departamencie Oise na początku roku. Bénédicte Ombredanne popatrzyła na niego z uśmiechem, ogrzewała dłonie od filiżanki, było dość chłodno, miała ochotę na miłość. On także na nią popatrzył, między dołeczkami w policzkach otworzył mu się nawias w ciszy tego dość długiego *tête-à-tête*, uśmiech porozumiewawczy, uśmiech o wyraźnej treści.

Ale chyba nie przyjechałaś tutaj, żeby słuchać mojego gadania o antykach, rzekł wreszcie. To co, postrzelamy z łuku? Wyjął łuk i wręczył go Bénédicte Ombredanne, łuk tradycyjny, drewniany, bardzo prosty, o rozpiętości dwóch metrów, obciągnięty skórą pytona przez przyjaciela Christiana, rymarza pracującego dla Hermèsa, nieprzeciętnego artystę. Wspaniały, pochwaliła Bénédicte Ombredanne. Anglicy mówią na niego longbow, to groźna broń wymyślona na Wyspach, przez nią Francuzi dosłownie zostali zdziesiątkowani w czasie wojny stuletniej. Ale wygląda dość niewinnie, zauważyła Bénédicte Ombredanne, moim zdaniem przypomina łuk, którego używają amorki do rażenia strzałą miłości: w niczym nie przypomina tych przenośnych miotaczy, które widuje się na olimpiadzie, takich okropnych, niemających w sobie nic poetyckiego. Tak, to łuki bloczkowe, słuszna uwaga, odparł Christian ociupinkę rozbawiony. Ale należy wierzyć, że amorki nie do końca napinają cięciwę, oddając strzał, bo z takiego łuku jak ten, przy sile naciągu rzędu trzydziestu trzech funtów, strzała jest wyrzucana z taką mocą, że z dystansu stu metrów kładzie trupem krowę albo dzika. Nie, no, coś tak delikatnego powala krowę, powala dzika? W takim razie twój łuk wcale nie jest taki romantyczny! Christian wybuchnął śmiechem na ten przejaw naiwności Bénédicte Ombredanne, której owo rozweselenie pozwoliło przyznać, że Christian jest pociągający również w takich okolicznościach – usta miał zdecydowanie przyjemne, przy tej okazji jeszcze mocniej się rozciągnęły i nawiasom jego dołeczków, teraz mocno wybujałym, towarzyszyło zatrzęsienie innych uroczych zmarszczek, roześmianych, symetrycznych po obu stronach, widocznych na całej twarzy. Zęby miał piękne, białe, szerokie, równe, Bénédicte Ombredanne wpatrywała się w nie z zachwytem, kiedy on się śmiał i śmiał, i śmiał – mogła w nich dojrzeć odbicie całej siły swego pożądania jak w ładnym dużym oknie wystawowym. Zapewniam, Bénédicte, podjął Christian, kiedy się nieco uspokoił, że nie tylko nie poluję na krowy ani nawet na dziki, ale w dodatku ten łuk nie jest bronią podstępną czy perfidną: to broń intuicyjna, która stawia człowieka na równi ze zwierzęciem. Bénédicte Ombredanne mimowolnie musiała zrobić wyraźnie sceptyczną minę, usłyszawszy tę zgoła ezoteryczną wypowiedź, albowiem po chwili zastanowienia poczuł się w obowiązku wyłożyć jej znaczenie. Chodzi mi o to, że myśliwy dostrzega cel i równocześnie instynktownym miękkim ruchem, bez zastanowienia, unosi broń, napina cięciwę i wypuszcza strzałę: jak tylko cięciwa znajdzie się tu – Christian naciągnął wyimaginowany łuk, rzeczywisty bowiem wciąż dzierżyła Bénédicte Ombredanne, i w dołeczku w policzku umieścił dwa paznokcie prawej dłoni, krótko, równo przycięte – jak tylko cięciwa znajdzie się tu, blisko ust, puszczasz ją i strzała wylatuje. Zabrawszy palce z dołeczka, Christian odtworzył dźwięk wydawany przez strzałę przecinającą powietrze: fffffffuch, jak robią chłopcy, bawiąc się na podwórku w Indian i kowbojów. Rozumiesz? Długi łuk napinasz i zaraz strzelasz, instynktownie, fffffffuch, i wiesz, czy strzała poszła dobrze, zanim jeszcze trafi w cel, ding, jak trafnie opisałaś wtedy wieczorem w jednej ze swoich wiadomości. Strzała jest przedłużeniem twojej ręki, twojej myśli. Musisz stanowić jedno z bronią, ale też ze światem widzialnym, z chwilą, którą przeżywasz. Tak jakby strzała była po prostu jedną z twoich myśli: myśl musi być trafna, jeśli ma dosięgnąć celu i ujawnić, jak rzeczy naprawdę się przedstawiają, no a tutaj jest podobnie, musisz dojść do niejakiej trafności wewnętrznej w swoim stosunku do rzeczywistości, jeśli chcesz, żeby strzała celnie uderzyła. Strzał realizuje twój zamiar, jest twoją spełniającą się myślą, nie ma nic oprócz celu, twojego wewnętrznego nastawienia i strzały, która łączy jedno z drugim. To szczególna obecność w świecie, obecność, której stale poszukuję, nawet nie mając łuku w rękach. Natomiast w łuku bloczkowym, tym miotaczu, o którym wspomniałaś, dodał z zabawnym kpiącym chichotem, cięciwa się blokuje, ty ją blokujesz i długo celujesz, zanim wypuścisz strzałę. Nie ma w tym za grosz instynktu, jest tylko kalkulacja balistyczna, precyzja, zdyscyplinowanie, zawziętość, tortura, duma, sport. Tak, teraz rozumiem, bardzo ładnie o tym mówisz, odparła Bénédicte Ombredanne. Ładne są te strzały, dodała, wskazując bełty wystające z kołczanu. Robi mi je przyjaciel, z drewna, z prawdziwymi gęsimi piórami, nie przepadam za strzałami dostępnymi w handlu, na przykład w Decathlonie, to takie moje antykwariuszowskie zboczenie. Bénédicte Ombredanne przesunęła palcem po metalowym grocie: ho, ho, ostry! Tak, bardzo ostry, myśliwy ma obowiązek naostrzyć groty, zanim uda się na polowanie, taki jest regulamin. Jeśli cię skontrolują, grot musi zgolić włoski na przedramieniu, bo inaczej guzik z polowania. Polujesz? Nie, nie mam kiedy, ale sporo polowałem, jak byłem młodszy – jeszcze dwa, trzy lata temu szedłem od czasu do czasu w las zaraz za ogrodem i wypuszczałem parę strzał. A dlaczego muszą być takie ostre? Żeby zabiły zwierzę, a nie tylko zraniły, wyjaśnił Christian. Kiedy strzała jest ostra, rozpędzona wchodzi tak gładko, że zwierzę zdąży poczuć tylko gorąc w miejscu trafienia, zastanowić się, co się dzieje, jaka jest przyczyna tego pieczenia, i już nie żyje – nie żyje, ale jeszcze o tym nie wie. (Ja umarłam zakochana – ale już to wiem). Bénédicte Ombredanne wskazała na coś palcem: a to co?

Inny rodzaj strzały, do strzelania do ptaków. Do ptaków? Tak, z tłuczkiem. Patrz, grot nie jest ostry, tylko tępo zakończony metalową nasadką, która ogłusza ptaka. Bénédicte Ombredanne pogładziła kciukiem wypukły gładki koniec strzały. Zapytała, dlaczego się ogłusza ptaki, a nie przeszywa strzałami. Ponieważ zabronione jest strzelanie na wysokości człowieka i w górę: strzała taka jak tamta, ostra, ma siłę rażenia na dystansie do stu metrów. Wypuszczona do góry z taką żyletą na czubku mogłaby zranić albo i zabić, spadając. Dlaczego pióra są inaczej ułożone? zapytała Bénédicte Ombredanne. (Ależ on ma zmysłowe usta!) Słuszna uwaga, odparł. Ten bełt zapewnia pełną siłę rażenia na dystansie trzydziestu metrów, po czym strzała się odwraca jak parasol i spada pionowo: dzięki temu nie gubisz jej, nie leci byle gdzie. Sprytne, naprawdę bardzo sprytne, szepnęła, kątem oka obserwując twarz Christiana – akurat zdrapywał jakieś zabrudzenie ze skórzanego kołczanu. Pocałunek, którym pragnęła go obdarzyć, żerał ją od środka, z wolna posuwając się ku ustom, wkrótce te usta, czuła to, rzucą się na łucznika niczym wygłodniały tygrys na spokojną antylopę – i łucznik podniósł głowę w momencie, gdy spojrzenie Bénédicte Ombredanne osiągnęło najwyższy poziom rozpalenia, dzięki czemu Christian przyłapał ją na gorącym uczynku, jakim było śnienie o rozkoszy i zaraz potem widoczna skrucha. Ogłuszałeś kiedyś ptaki? spytała czym prędzej Bénédicte Ombredanne zakłopotana i czerwona ze wstydu. Aby się rozluźniła, Christian posłał jej niesłychany uśmiech: przy zamkniętych ustach jedynie prawy górny ich skraj leciutko się uniósł, jakby warga na chwilę zmieniła się w żartobliwie wygiętą brew, otwierając nawias z jednej strony twarzy, pełnej podtekstów umykających wzdłuż jej krzywizny, i Bénédicte Ombredanne dostrzegła w nich odpowiedzi na swoje pożądanie, odpowiedzi, które jej się spodobały. Nie, nigdy, nie jestem taki zdolny, nigdy mi się nie udało. Za to mam przyjaciela, który takimi strzałami trafia bażanty w locie. Christian zaczął grzebać w kołczanie, szukając czegoś, Bénédicte Ombredanne tymczasem obserwowała go z coraz większą czułością, w tej chwili myślała nawet, że nie odjedzie stąd. Wcale jej nie obchodziło łucznictwo, różne rodzaje strzał, miała to wszystko gdzieś! Niemniej godzinami mogłaby go słuchać, godzinami patrzyć, jak manipuluje tą zabawką dużego chłopca, pragnęła, aby ją przywiązał liną do zabytkowej kolumny i wbijał w jej nagie ciało strzały z kołczanu jedną po drugiej, aż do ostatniej, aby je wbijał łagodnie, nie naciągając zanadto cięciwy, jedynie na tyle mocno, by grot utkwił i utrzymał się w skórze, lecz nie zranił jej głębiej, aby wbijał dowody swojej miłości, dowody swojej wartości i umiejętności, dowody ogromnego zaufania, którym gotowa była go obdarzyć – wiedziała, że strzały Christiana jej nie przebiją ani nie przyniosą rozczarowania, spadając na ziemię po ukłuciu jej w skórę jak szpilką, czyż nie tym jest miłość? Szukam dla ciebie krótkiej strzały, o, jest, ta będzie dobra, nie za długa, bo masz inny zasięg ramienia niż ja. W atelier mam łuk młodzieżowy, z niego będziesz strzelała: mojego nie dałabyś rady naciągnąć. No nie, tak uważasz? Jestem muskularna, obruszyła się Bénédicte Ombredanne. Zobacz! I zaprezentowała zgięte pod kątem prostym ramię, które Christian macał chwilkę, nieźle, całkiem nieźle, ale chyba to nie wystarczy. Ale zanim pójdziemy, załóż to na nadgarstek, na lewy nadgarstek, proszę, pomogę ci. Co to? Do czego służy? W każdym razie jest bardzo fajne, zauważyła Bénédicte Ombredanne, prawie zmysłowe, ośmieliła się dodać. Christian uśmiechem pochwalił jej odważną wypowiedź, po czym nałożył jej na przedramię skórzaną opaskę, bardzo sztywną, chropowatą, szarą, zaopatrzoną w wiązanie jak u botków – trzymając w rękach delikatny nadgarstek Bénédicte Ombredanne, dopasowywał mankiet, czubkami palców dociągając sznurowadło. Jakież dreszcze wzbudzało w niej metodyczne muskanie palców Christiana! Cięciwa może przeciąć żyły, jeśli łuk nie jest odpowiednio ustawiony, zdarzyło mi się to kilka razy. Ten naramiennik zrobił mi przyjaciel rymarz, jest wycięty z ucha słonia. Prawdziwy z ciebie esteta: wszystko masz doskonałe, rzekła Bénédicte Ombredanne. Popatrzył na nią ciepłym wzrokiem, następnie się uśmiechnął. Gotowa? Idziemy?

Wyszli do ogrodu, temperatura na dworze jeszcze wzrosła, zrobiło się niemal ciepło. Za stodołą Christian ustawił pod drzewem tarczę wykonaną przed kilku laty przez jego syna: pięć okrągłych koncentrycznych pasów ponumerowanych kolejno, każdy pas pomalowany farbką na inny kolor, od żółtego do czarnego, na sporej prostokątnej planszy ze sklejki. Na drzewie świergotały ptaki, bujna trawa była soczyście zielona, botki Bénédicte Ombredanne zanurzały się w niej miękko, ziemia także uginała się pod stopami. Oddalili się o kilka metrów od tarczy, złożyli na ziemi przybory. Za tarczą i drzewem w tle widać było ciemną masę lasu, którego skraj otaczał ogród jak morze cypelek.

Nogi w rozkroku, żeby pewnie stać. Lewa noga od strony tarczy, prawa odsunięta, o tak. Musisz czuć się pewnie. Strzała... na cięciwie zrobiłem znaczek, strzała musi na nim leżeć. Przy naciąganiu cięciwy nie wolno dotykać palcami końcówki strzały, absolutnie, bo strzała pójdzie skosem. Ręka: maksymalnie wyprostowana, jeszcze bardziej, dobrze. Oczy otwarte, celuje się z otwartymi oczami. Po naciągnięciu cięciwy, kiedy chcesz strzelić, po prostu zwalniasz te dwa palce, tylko tyle, zwalniasz je, delikatnie puszczasz cięciwę, nie szarpiesz, żeby nie przeka-

zywać energii. To oznacza, że cięciwę trzeba przytrzymać końcami palców, samymi koniuszkami. Pokazać?
Christian oddał kilka strzałów do tarczy.
Mówił celuję do żółtego: trafiał w żółty.
Mówił celuję do czerwonego: idealnie pośrodku czerwonego.
Brawo! Naprawdę świetnie strzelasz!
Bénédicte, widzisz tę mokrą plamkę na dole po prawej? Christian wypuścił kolejną strzałę, która utkwiła kilka centymetrów od plamki.
Kurczę, pudło. No, teraz ty.
Bénédicte Ombredanne ustawiła się w odpowiedniej pozycji.
Odciągnąć jak najdalej czubkami dwóch palców. Bardziej, jeszcze bardziej, dobrze. Teraz przysuń te palce tutaj, polecił, muskając krótko obciętym paznokciem kącik jej ust, ekscytująca bliskość. Uwaga na nogę, musi być skierowana w stronę tarczy. Przy okazji, ładne botki, podobają mi się. Dziękuję, odparła Bénédicte Ombredanne, która usiłowała napiąć cięciwę, ale skończ z komplementami, bo się speszę i nic nie wyjdzie ze strzelania. Do ust, mówisz? Zgadza się, no, jeszcze troszkę, naciągnij jeszcze cięciwę, oczy szeroko otwarte. Ależ ona twarda, stawia duży opór, nigdy bym nie pomyślała, oznajmiła Bénédicte Ombredanne słabym głosem. Palce... palce są ciut za daleko od strzały, musisz je bardziej stulić, no, dobrze. Ale nie dotykaj żółtego końca strzały, bo pójdzie skosem. A, jeszcze jedno: wstrzymaj oddech, zanim wypuścisz strzałę.
Bénédicte Ombredanne zwolniła cięciwę, zamykając oczy. Strzała miękko spadła na trawę.
No widzisz? A co powiedziałem? Dotknęłaś końcówki palcami! Ze śmiechem zaprotestowała: po prostu jestem beznadziejna! Jeszcze raz, proszę strzałę, no już, jestem pewien, że masz talent, trzeba się tylko trochę

postarać. Bénédicte Ombredanne założyła strzałę na łuk, ustawiła się w pozycji, zaczęła przyciągać cięciwę ku ustom lekko uśmiechniętym z zachwytu. Christian pomógł jej, aby cięciwa była naprawdę dobrze napięta: nawet przez rękawiczkę od tego dotyku całą ją przeniknął dreszcz. Mocno do końca, do samego końca, jeszcze, jeszcze, jeszcze, bardzo dobrze, mówił. Noga w stronę tarczy. Dwa, trzy razy lekko trącił but Bénédicte Ombredanne, aby właściwie go ustawić – i każde trącenie odzywało się w niej istnym wstrząsem przebiegającym przez całe ciało. Celuj z otwartymi oczami, przedtem je zamknęłaś: Bénédicte, przypominam, że używając łuku i strzał, nie usłyszysz detonacji, nie musisz więc mrużyć oczu w chwili oddawania strzału. Przestań mnie rozśmieszać, Christian, z łaski swojej, albo zabiję jakieś niewinne zwierzę, jeśli nie trafię w planszę. No już, ponaglił. Mam nadzieję, że twoi sąsiedzi nie mają krowy, dodała. Skupiła się na kilka sekund, przyciągnęła jeszcze bliżej cięciwę do swojego półuśmiechu i puściła ją: strzała znowu wylądowała w trawie, teraz u stóp tarczy, jak listek sałaty, który wypadł z salaterki.

Bénédicte, nie wkładasz w to całej siły. Spróbuj mocniej napiąć cięciwę. Wiem, wiem, odparła speszona. Wiesz, wiesz, a mimo to strzeliłaś! No, jeszcze raz. Postaram się bardziej, słowo, odparła rozbawiona powagą, z jaką Christian podchodził do nauki. Z obolałymi już mięśniami, czując w opuszkach palców wrzynającą się cięciwę, znowu ją z trudem przyciągnęła do uśmiechu i puściła: strzała utkwiła w plamce wilgoci w dole po prawej.

Brawo! Świetnie! Już było dużo lepiej!

Widziałeś? Tak jak ty celowałam w tę plamkę! Tylko że w odróżnieniu od ciebie trafiłam! Uważaj, bo niedługo cię dogonię. Znaczy w celności.

Christian pobiegł do tarczy po strzałę.

Jeszcze raz. O, sroka! Gdzie? Tam, na wprost, koło krzaków. Koło krzaków? No, koło tych paproci. Bénédicte, tam, przed paprociami. A tak, widzę, śliczna! To sroka, powtórzył Christian.

Przez kilka chwil obserwowali srokę, która z ciekawością także na nich popatrzyła, obracając ruchliwy łebek, po czym odfrunęła.

Dobra, do roboty. Z założenia trzeba trafić w pola tarczy, nie na zewnątrz kręgów. Bénédicte, jeśli chcesz udowodnić talent, celuj raczej w czerwone. Proszę strzałę. Bénédicte Ombredanne wzięła od niego strzałę, znów umieściła ją na cięciwie i ustawiła się odpowiednio. Wyobraź sobie, że chcesz zabić zwierzę. Musisz się zmotywować, Bénédicte! Wyobraź sobie siebie na polowaniu i że chcesz ustrzelić dzika. Bo teraz stoisz niepewna, nie wiesz, po co strzelasz: w tych warunkach nigdy nie oddasz dobrego strzału. Sam nie wiem, pomyśl na przykład, że twoje dzieci od tygodnia nic nie jadły, że musisz przynieść do domu kawał dobrego mięsa!

Bénédicte Ombredanne przyciągnęła cięciwę do ust, pomyślała o swych wygłodzonych dzieciach, wyprostowała palce: strzała utkwiła w tarczy.

Nieźle, coraz lepiej, jeszcze raz. Wyobraź sobie, Bénédicte, coś jeszcze ważniejszego dla ciebie. Poczuła dreszcz na widok uśmiechu, którym obdarował ją Christian, gdy brała z jego rąk strzałę, ustawiła się w pozycji, bezmyślnie zapatrzyła się na moment w czubki swoich butów, w szmaragdową trawę otaczającą brązową skórę, w źdźbła, źdźbła trawy, w setki identycznych źdźbeł trawy przystrzyżonych krótko. Na próżno setki razy na minutę jedno jedyne pytanie od blisko dwóch godzin bombardowało jej umysł – wciąż nie wiedziała, co zrobi: zdecyduje się kochać z tym mężczyzną czy też ucieknie od niego po wypuszczeniu ostatniej strzały, zanim będzie za późno. Dopóki nie zobaczyła go przed domem, sądziła, że aby odzyskać w pełni rozsądek, wystarczy poczuć tylko w nozdrzach, jakby w rozmarzeniu wąchała flakonik perfum, woń pociągu seksualnego – a tu stanęła w obliczu nieoczekiwanego doznania: pragnęła tego mężczyzny ponad wszelką miarę, pragnęła go ze względu na niego, pragnęła go łakomie niczym ciastka, któremu nie może się oprzeć. Bénédicte Ombredanne skupiła się, czuła za sobą czekającego cierpliwie Christiana, powiedziała sobie, że jeśli ta strzała nie utkwi w czerwonej części tarczy, pozbiera manatki i zaraz wróci do domu. Ta wycieczka była doprawdy czystym szaleństwem, szaleństwem tym groźniejszym, że ów człowiek bardzo jej się podobał, podejmie ogromne ryzyko, jeśli zostanie jeszcze godzinę dłużej, o tym była głęboko przekonana. Bo w ogóle jak to możliwe, że przypadkiem, ale naprawdę przypadkiem już w czasie pierwszego czatu na portalu randkowym trafiła na mężczyznę tak odpowiadającego jej gustom? Czy aby przeznaczenie nie wtrąciło tu swoich trzech groszy? Czy jej życie właśnie się nie waliło, kierowane od początku niepojętymi dla niej siłami? Trafisz w czerwone, zostajesz, nie trafisz, wyjeżdżasz zaraz. Pasuje? W ten sposób nie będziesz musiała łamać sobie głowy, strzała zadecyduje za ciebie. Możemy tak zrobić? Słowo? Słowo, odparła w duchu Bénédicte Ombredanne. Słowo, że trafię w czerwone pole i zostanę. Odetchnęła głęboko, patrząc na tarczę, podniosła łuk, przyciągnęła cięciwę do twarzy tym razem bez uśmiechu, nie odrywała oczu od miejsca otoczonego czerwienią, jeszcze wytężyła mięśnie, by żółtą końcówkę przybliżyć do ust, wstrzymała oddech w nadziei na pocałunek skąpany w czerwieni i puściła cięciwę. Dokładnie w tej chwili ogarnęło ją przeczucie, że chybiła.

Ledwie strzała pomknęła ku tarczy, za plecami Bénédicte Ombredanne rozległ się entuzjastyczny wrzask.

Bénédicte! Fantastycznie! W sam środek! Ale masz oko! Jak to zrobiłaś? W sam środek! Czwarty strzał! Niemożliwe, jak to zrobiłaś?!

Strzała nie trafiła w miejsce, w które Bénédicte Ombredanne celowała, utkwiła w odległości jakichś dwudziestu centymetrów, lecz w samym sercu tarczy, cudownym, obdarzonym głębią, okrąglutkim.

Samą Bénédicte Ombredanne wstrząsnęło, że rezultat jest taki niewiarygodny, jakby naraz wyklarowała się jej obecność na świecie, nawet gdyby miało się okazać, że skutki złożonej obietnicy będą dojmujące. Ogarnęło ją naraz poczucie, że cała pogrąża się w jakiejś czeluści, że jest niczym rozbity statek, który idzie na dno.

Christian z uciechy uścisnął Bénédicte Ombredanne, nie posiadał się z radości, pierwszy raz miał do czynienia z debiutantką, która po tak niewielu próbach umieściła strzałę w samym środku tarczy, ale jesteś zdolna, Bénédicte, wyjątkowo zdolna, naprawdę słów mi brak! Obejmował ją mocno, kręcąc się z nią w kółko coraz bardziej rytmicznie, uprzedzałam, że cię przegonię, przypomniała Bénédicte Ombredanne ze śmiechem, nie udawaj teraz takiego zdziwionego! Mimo wszystko, odparł Christian, tuląc ją do piersi, nie sądziłem, że takie zrobisz postępy! Szczerze powiedziawszy, przerwała mu Bénédicte Ombredanne, wyswobadzając się z jego objęć, niezupełnie tam celowałam, byłam trochę mniej ambitna, muszę przyznać, że miałam po prostu szczęście... a raczej pecha. Pecha? Obiecałam sobie, że trafię w czerwone pole, wyjaśniła. Rozmawiali teraz, patrząc sobie w oczy, w objęciach jak nieco poluzowany węzeł. W łucznictwie, Bénédicte, nie ma przypadków ani pecha, nie obowiązują żadne obietnice. Trafiłaś w środek tarczy, koniec, kropka. Skąd wiesz, że podświadomie nie celowałaś w środek tarczy, jak każdy, nawet jeżeli zamierzałaś trafić w czerwone? W głębi ducha wcale nie mierzyłaś w czerwone pole, jestem pewien, tylko w samo jądro, w szczyt piękności. To znaczy, że nasze spotkanie jest uzasadnione, że doprowadziła do niego siła wyższa, że wynikło z głębokiej konieczności, czy tego chcesz czy nie. Ta strzała dowodzi, że coś cudownego dzieje się między nami, o czym wiesz równie dobrze jak ja.

Bénédicte Ombredanne uśmiechnęła się urzeczona jego słowami. Chyba masz słuszność, przyznała. Wiem, że mam słuszność, odpowiedział, również się uśmiechając.

Pocałował ją.

Długo trwał ów pocałunek.

Taka pewność w instynktownym porozumieniu ich ust zdumiała Bénédicte Ombredanne, której żaden mężczyzna od wielu lat nie pocałował (mąż nigdy nie używał ust, aby uwodzić jej usta, na porządku dziennym były jedynie cmoknięcia, które wymieniali z rana i wieczorem, rutynowo, jakby przesuwali przed czytnikiem kartę magnetyczną pozwalającą wejść do budynku i wyjść z niego). Docierał do niej świergot ptaka, lekki wietrzyk pieścił jej twarz. Pocałunek był łapczywy, czuły, niespieszny, poważny, melancholijny i zuchwały – na podobieństwo myśli rozwijanej i zaraz realizowanej błyskotliwie krok po kroku aż do finalnego triumfu.

Przerwała go Bénédicte Ombredanne, gdy dotarło do niej wszystko, czego pocałunek ten miał ją nauczyć, i obdarowała Christiana rozkoszą wizualną: zastygłym promiennym uśmiechem, pełnym zadumy, uśmiechem, który twarz bez jej udziału narzuciła ustom w euforii szczęścia. Nad niczym Bénédicte Ombredanne już nie panowała: ani nad swoimi myślami, ani nad miną, ani nad rozhulaną wyobraźnią – ani nawet nad silnymi reakcjami całego swojego ciała, nad wydzielinami, zawrotami,

skurczami, waleniem serca, eksplozjami w zwolnionym tempie w każdym ścięgnie i mięśniu.
– Wolisz, żebyśmy wrócili do domu czy przeszli się po lesie?
– Nie wiem. Która godzina?
– Dziesięć po trzeciej – odparł Christian, zerknąwszy na zegarek.
– Chodźmy do lasu.

Podczas spaceru w pewnej chwili między drzewami pojawiła się sarna, wpatrywała się w nich przez kilka sekund, po czym uciekła długimi susami, zygzakiem, jakby wskakiwała w pola długiej krętej gry w klasy. Christian i Bénédicte Ombredanne szli, obejmując się w pasie, rozmawiali, często przystawali, aby się pocałować. Czasami brali się za ręce, lecz Bénédicte Ombredanne jakoś nie mogła zaakceptować tego intymnego gestu, jakby jej palce, pozwalając się dotknąć, dawały Christianowi nadzieje, których ona nie była w stanie ziścić. Kiedy czuła w dłoni rękę tego innego mężczyzny, zaczynała zaraz myśleć o kobiecie, którą była w rzeczywistości, o mężatce, matce dwojga dzieci, i tamtą kobietę w niej elektryzowało oburzenie na ten bluźnierczy gest o tylu małżeńskich konotacjach, podczas gdy pocałunki, nawet najgorętsze, sprawiały, że zapominała o niej zupełnie – człowiek odkrywa dziwne prawdy, kiedy zaczyna zbaczać z utartych ścieżek, powiedziała sobie w duchu. Nie lubisz, kiedy trzymam cię za rękę, Bénédicte, czuję to, dlaczego nie lubisz? Wolę, żebyśmy się obejmowali w pasie, jeśli ci to nie przeszkadza, odrzekła. I tak właśnie, obejmując ją w pasie, zaprowadził Bénédicte Ombredanne pod swoje ulubione drzewo, pod dąb monumentalnych rozmiarów, o gałęziach rozłożystych jak okazałe mieszkanie, u którego stóp przebiło się mrowie niebieskich kwiatuszków. Christian często tu przychodził, aby oddawać się rozmyślaniom, zamierzał nawet ustawić ławkę pod drzewem i latem, w romantycznej scenerii, czytywać tu dobre książki i pisać wiersze w cieniu sędziwych gałęzi, dodał żartobliwie.

Playmobil677 potwierdzał swą zdolność do kpienia z siebie, jakby sam się skazywał na domiar prohibicyjny, ilekroć w swoich słowach dostrzegał nadmiar powagi. Wyślę ci swoje wiersze, Bénédicte, będziesz ich bohaterką!

Pocałowali się. Gładziła go po karku. Podobał jej się jego zapach. Smak jego śliny. Czasem otwierała oczy na kawałeczek nieba. Słyszeli, jak pod ciężarem ich objęć trzaskają gałązki. Męski język był przedsiębiorczym zwierzęciem. Christian odważył się wsunąć ręce pod sukienkę Bénédicte Ombredanne, która się jednak wyswobodziła.

– Przepraszam – powiedział. – Myślałem...
– Nic nie szkodzi. To ja. Przepraszam.
– Ależ nie przepraszaj, rozumiem.

Bénédicte Ombredanne ze spuszczoną głową wpatrywała się w tors Christiana, który gładziła prawą ręką w zamyśleniu. Lewa jej dłoń, lekko zaciśnięta, spoczywała na mostku i od czasu do czasu bębniła w niego jak w drzwi oberży.

– Nie dam rady. Naprawdę mi wstyd.
– To nie ma znaczenia.
– Ależ ma. Chciałeś przeżyć przygodę, będziesz zawiedziony. Głupia jestem, powinnam była to przewidzieć, nie straciłbyś przeze mnie czasu.
– Boisz się?

Popatrzyła Christianowi w twarz i uśmiechnęła się speszona, licząc, że wybaczy jej odpowiedź.

– Umieram ze strachu.
– Niepotrzebnie.
– Dlaczego?
– Nic nam nie każe posunąć się dalej. Jeśli chcesz poprzestać na pocałunkach w lesie, cóż, to proste: na tym

skończymy i już. Ty rozkazujesz, pani, jam posłuszny wykonawca, jak mawiano w osiemnastowiecznych romansach.
– Coś takiego! Znasz osiemnastowieczne romanse?
– *Niebezpieczne związki. Życie Marianny. Noc i chwila. Manon Lescaut. Chwila ulotna. Sofa.* Co jeszcze?
Oczarowana Bénédicte Ombredanne spoglądała nań niedowierzająco.
– Współczesne rzeczy w ogóle nie przemawiają do mnie. Żeby się wzruszyć, potrzebuję czegoś dawnego, czegoś, co zrodziła wyobraźnia z innej epoki, najlepiej dość odległej. Podobnie z ludźmi: wolę, żeby ci, z którymi się stykam, wyglądali, jakby przybyli z innych czasów. A właśnie, skąd masz ten pierścionek? Jest przepiękny. Wyjątkowy okaz, mam nadzieję, że zdajesz sobie sprawę.
– Dostałam go od babci, a ona od swojej babci, nie wiem, jak trafił do mojej rodziny.
– Jeśli należał do jednej z twoich przodkiń – rzekł Christian z uszczypliwością w głosie – znaczy, że nie jesteś pierwsza w rodzie...
– Tak, wiem – przerwała mu Bénédicte Ombredanne.
– Problem w tym, że nie mam pojęcia, czy moja praprababka kupiła go u antykwariusza czy dostała od swojej babki, a ona od swojej i tak dalej aż do czasów Marivaux i delikwentki, która zbłądziła. Ja też bardzo lubię *Życie Marianny.* Też jestem wrażliwa na dawne czasy. Najbardziej lubię w sobie to, co mnie łączy z przeszłością. Gdyby to było możliwe, najchętniej bym cię poznała w tysiąc osiemset osiemdziesiątym trzecim roku.
– W tysiąc osiemset osiemdziesiątym trzecim?
– Wtedy Villiers de L'Isle-Adam wydał książkę, o której pisałam pracę magisterską. Ale prócz tego wydarzyło się wtedy wiele różnych rzeczy, które mi się podobają. Czytałeś coś Villiersa de L'Isle-Adam?

– Nic mi nie mówi jego nazwisko.
– Nie jest zbyt znany. Należał do symbolistów, przyjaźnił się z Mallarmém, bywał u Huysmansa. Zanim coś napisał, wypróbowywał oddziaływanie swoich historii w kawiarniach: opowiadał je publicznie, zachwycał charyzmą, ironią, wizjonerską siłą słowa. Był marzycielem, idealistą. Największą wagę przywiązywał do poznania zmysłowego jako tego, które może nam ujawnić prawdę o świecie. Był przekonany, że zaświaty są wpisane w naszą rzeczywistość i że można mieć do nich wstęp za sprawą codziennego doświadczenia, pod warunkiem że się tego chce, umie się dostrzec to, co się wokół dzieje, i jest się otwartym. Nasz świat jest zamieszkany przez inne byty, ma swój bieg i drugi plan, który można odkryć za pośrednictwem przebłysku doznań, jakby w strumieniu światła rozświetlającym nocne ciemności. Wszystkie jego opowieści cechuje poszukiwanie absolutu, niezaspokojone pragnienie osiągnięcia ideału, drugiego brzegu, najwyższego Piękna, które odsłania porządek stojący ponad rzeczywistością, ponad naszą żałosną rzeczywistością zamkniętą w czasie.
– Co napisał?
– Znałem pewną liczbę ludzi, którzy żyli wyłącznie na szczytach myśli, nie spotkałem takiego, który równie wyraźnie, równie niewątpliwie sprawiałby wrażenie geniusza. Tak mówił o nim Maeterlinck.
– Ciekawe.
– Jestem pewna, że tobie jego książki by się spodobały. Na przykład *Opowieści okrutne*. Nie doszukuj się w tym aluzji – dodała z uśmiechem.
– To pierwszy raz?
– Dam ci ją w prezencie.
– To pierwszy raz?
– Co?
– Pierwszy raz zdradzasz męża?

– Bardzo nie lubię słowa „zdradzać". Jest okropne.
– No dobra, pierwszy raz przychodzisz do innego faceta, nie bardzo wiedząc po co, ale mimo wszystko z zamiarem, że w razie czego, jeśli okoliczności pozwolą...
– Pierwszy raz – przerwała mu Bénédicte Ombredanne.
– Co się stało? Dlaczego nagle chcesz to zrobić?
– Nie bardzo mam ochotę o tym mówić.
– Jak chcesz, przepraszam.
– Potrzebowałam sobie udowodnić, że mogę się wyzwolić spod jego wpływu, przedsięwziąć coś, co dotyczy tylko mnie, w tajemnicy, jak wolna kobieta. Nie poddałam się. Nadal żyję. Wbrew pozorom sama kieruję swoim życiem. Wiem dobrze, gdzie szukać piękna, już nic i nikt nie przeszkodzi mi w korzystaniu z tego prawa, ani mąż, ani dzieci, ani szkoła, ani konwenanse. Jeśli mam na coś ochotę, robię to. No, zadowolony?
– Nie traktuje cię dobrze?
– Czemu pytasz?
– Nie wiem. Przeczucie.
– Powiedzmy, że nie jest łatwy w pożyciu.
– Bije cię?
– Nie.
– Na pewno?
Bénédicte Ombredanne jakby się zawahała.
– Na pewno?
– Nie dosłownie.
– Dziwna odpowiedź.
– Christian, proszę, nie mówmy o tym, dobrze? Naprawdę cię to obchodzi?
– Ty mnie obchodzisz. W pewnym sensie przez to jesteś tutaj.
Bénédicte Ombredanne znów się uśmiechnęła. Jej uśmiech mówił: dobre zagranie.

– Bywa, że mnie popchnie. Wtedy się przewracam, bo jestem słaba, i zwykle się poobijam. Powinnam mocniej trzymać się na nogach, jak w autobusie. Nie bije mnie. Zdarza się tylko, że wykona jakiś gwałtowniejszy gest i trafi we mnie, bo to silniejsze od niego, ale nie można powiedzieć, żeby to były uderzenia, to nie są uderzenia, nie dosłownie.

– Co? Bo to silniejsze od niego?

– Christian, naprawdę nie mówmy o tym, to zły pomysł.

– Jeśli dobrze rozumiem, uważasz, że są faceci, którzy leją kobiety, bo lubią, robią to z przyzwyczajenia, świadomie, i tacy, którzy je leją, chociaż nie naprawdę, z żalem, niechcący, poniekąd przez nieuwagę, bo ręka im poleciała w stronę twarzy albo popchnęli kobietę, i tym gościom z góry należy się wybaczenie, trzeba ich usprawiedliwić, ponieważ... sam nie wiem... są słabi? nieszczęśliwi? nie potrafią się opanować? sami przyznają, że źle zrobili? I dlatego ich zachowanie trzeba puszczać w niepamięć? Nie zgadzam się.

– Nie jesteś na moim miejscu. Łatwo osądzać z daleka.

– Nie osądzam cię, Bénédicte. Zresztą twojego męża też. Ale może przez rozmowę o tym, tylko przez rozmowę we dwoje, jak dzisiaj, no nie wiem...

– Słuszna uwaga. Pogadanie z kimś na ten temat, spojrzenie z boku na moją sytuację... chociaż raz nie jestem z tym sama, tak, dobrze mi to robi, dodaje sił, nie pomyślałam o tym, masz rację, dzięki.

– Czemu go nie zostawisz?

– Nie pozwoliłby mi odejść. W żadnym razie. Myślę też o dzieciach. Zostawię go, jak dorosną. Może. Jeśli sprawy się nie ułożą. Na razie to nie do pomyślenia.

– Tak ci się tylko wydaje.

– Jestem jak w więzieniu. I jeszcze trochę pobędę, syn w październiku skończy pięć lat, mam trzynaście lat do odsiadki.
– Nie można tak rozumować, to absurd.
– Nie jest powiedziane, że sprawy się nie ułożą. Ta miłość jest męcząca, dużo mnie kosztuje, ale myślę, że to prawdziwe uczucie, autentyczna historia.
– Skoro tak mówisz... Ale może patrzenie pod tym kątem to pułapka.
– Powtarzam: nie jesteś na moim miejscu.
– I co? Wpadłaś na pomysł, żeby wziąć sobie kochanka? Powetować sobie to niby poświęcenie...
Christian nie dokończył zdania. Bénédicte Ombredanne długo się w niego wpatrywała, próbowała znaleźć w jego twarzy, w tym, co ta twarz mogła obiecywać, odpowiedź w założeniu dość ryzykowną na pytanie, które nie było pytaniem i zostało postawione kpiąco, z błyskiem w oku, po omacku.
– Nie wiem. Chyba nie. Zwłaszcza że ty... myśl, że miałbyś być stałym kochankiem...
– Twoja wola, Bénédicte! Jeśli chcesz mieć we mnie stałego kochanka, powiedz tylko i załatwione!
Ten krzyk prosto z serca wstrząsnął Bénédicte Ombredanne do głębi.
Jakże dobrze jej robiła, tak, d o b r z e, jego delikatność! wspaniałomyślność! piękna ogromna prostota! Jak dobrze jej to robiło w świecie, w którym wszystko jest wykalkulowane, każde słowo zważone, stosunki międzyludzkie korygowane nieustannie przez strażników nieufności i strachu, zawiści, goryczy, zazdrości! Jakżeby odstawał ten anachroniczny człowiek w pokoju nauczycielskim w jej szkole, centrum współczesnej mierności! Tylko jak to możliwe, że ona tak świetnie się czuje w takim powinowactwie wrażliwości z kimś, kogo dopiero co poznała?

– Mieszkasz trochę za daleko ode mnie, żeby być moim stałym kochankiem. Szybko nam obojgu życie by się pokomplikowało.
– Jak to za daleko? Nie rozumiem.
– Mieszkam w Metzu.
– Tak? W Metzu? Ale mówiłaś… Jak to?
– Co: jak to? Dziwi cię, że nie szukałam faceta w Metzu, tylko w Strasburgu, daleko od domu?

Przez kilka chwil spoglądał na nią.

– Następnym razem ja mógłbym przyjechać, jeśli chcesz.

Bénédicte Ombredanne uśmiechnęła się tylko, po czym spuściła głowę.

– Zawsze jesteś taka uśmiechnięta?
– Ja? Uśmiechnięta? Tak uważasz?
– Niewiele widziałem takich uśmiechniętych kobiet, wyglądasz jak w stanie nieważkości, masz promienny uśmiech, nie schodzi ci z ust. Nawet kiedy rozmawiamy o poważnych rzeczach, twój uśmiech zawsze czai się blisko: wystarczy, żebyśmy na siebie popatrzyli, a już się pojawia. Twoja twarz jest jak dzisiejsza pogoda: ciepła i słoneczna.

Bénédicte Ombredanne, jakby na potwierdzenie, choć w rzeczywistości z zakłopotania i wstydu, przekształciła uśmiech w wybuch śmiechu.

– Och, gdybyś wiedział!… Nie, nie chodzę jakoś szczególnie uśmiechnięta.

Poczuła, że się rumieni.

– Nie zauważyłem.
– A bo dzisiaj jestem szczęśliwa, nieopisanie szczęśliwa, jeśli chcesz wiedzieć. W moim uporządkowanym życiu nasze spotkanie to rewolucja: te uśmiechy to po prostu przejaw radości, uciechy, nie mogę ich pohamować, są jak owacje, uwielbiam tak się czuć. Te uśmiechy nie są moje, magia tej chwili też nie jest moja, wiem, czuję

to. Ten dzień jest cudowny, nigdy się nie powtórzy, to na pewno ostatni szczęśliwy dzień w moim życiu. Dosłownie cała płonę: w miarę jak ten nierzeczywisty dzień upływa, calusieńka spalam się ze szczęścia, ale naprawdę calusieńka od środka, rozumiesz? Wewnątrz cała płonę z radości. Kiedy stąd odjadę, zostanie ze mnie kupka popiołu.

– Co ty wygadujesz, Bénédicte? Jak możesz mówić, że to o s t a t n i szczęśliwy dzień w twoim życiu? Też coś!

– Bo ja to wiem.

– Przestań wygadywać głupstwa! Będą jeszcze inne szczęśliwe dni! Na pewno!

– Która godzina?

– Pięć po czwartej.

– Chodźmy do domu, bo w końcu zrobi się za późno.

Kochali się dwa razy.

Sypialnia Christiana, bardzo przestronna, urządzona była równie wyrafinowanie jak salon.

Bénédicte Ombredanne pozwoliła się rozebrać bez obaw, że wyda mu się nieładna, może dlatego, że równocześnie sama go rozbierała ochoczo niesiona siłą pożądania, niecierpliwie pragnąc ujrzeć jego ciało.

W ciągu tych kilku godzin śmiała się, jęczała, jadła, dyszała, szeptała sobie słowa ostateczne, absolutnie szczere – ich wspomnienie miesiącami będzie prześladowało Bénédicte Ombredanne dotkliwie zranioną na duszy.

Doprowadził ją do rozkoszy językiem, dając jej czas i przestrzeń, aby odzyskała wiarę w siebie, powoli, spokojnie, bez przymusu.

Duży olejny portret duchownego, ciężki, ciemny, pochodzący z XVII wieku, wisiał nad komodą i nad stojącym na niej nagim posążkiem z brązu, flakonikami perfum, zegarem, którego wskazówki przypomniały jej strzały wypuszczone z łuku, zakończone szpiczastym akcentem w kształcie daszka.

Przesuwała językiem po białych zębach Christiana, dotykała każdego z osobna, patrząc w jego oczy rozświetlone radością, co wywołało uśmiech na jej twarzy.

Już tak późno?

Nie, nie, nie martw się, ten zegar nie chodzi, odparł Christian, przewracając ją znowu na posłanie.

Duchowny był pomarszczony, skórę miał woskową, onieśmielające malutkie oczka, którymi spoglądał na świat, z wysokości piedestału dezaprobaty patrzył na ludzi, gdy mierzyli się z jego prostym spojrzeniem, niezwykle zadumanym i powściągliwym, bez cienia pobłażliwości.

Christian przepraszał, że wytrysnął na jej brzuch, cztery czy pięć razy obfite strugi spadły na jej marmurową skórę po pierwszym stosunku. Przepraszał banalnie, że nie śmiał zakończyć w niej, nie wiedząc, czy jest zabezpieczona. Nie ma problemu, odparła. Chcę, żebyś następnym razem wytrysnął we mnie.

Na osi łóżka nachylone lustro, przytrzymywane przy ścianie zabytkowym ozdobnym sznurem, pozwalało Bénédicte Ombredanne widzieć ich ciała z pewnej odległości na szerokim planie. Sznur bardzo jej się podobał, nadawał dystansu widokom odbitym w lustrze, umiejscawiał je w przeszłości.

Na wstępie do drugiego zbliżenia ośmieliła się wziąć członek Christiana do ust, czego nigdy nie robiła z mężem, ponieważ niedługo po tym, jak się poznali, powiedział jej, że nie przepada za tym, woli ręką, z daleka.

Chwilami Bénédicte Ombredanne krzyżowała spojrzenie z duchownym, co pozwalało jej dogłębnie odczuć, jak bardzo jest szczęśliwa. Piękno tej chwili intymności, momentu występnego, zasługiwało na interwencję kardynała.

Członek jej męża, taki szpiczasty, przypominał przebiegłe zwierzątko, które wszędzie się przemknie, kunę albo mysz, szczura, lisa. Natomiast obrzezany, o dużej żołędzi penis jej kochanka był szczery, rozczulający i sympatyczny: kojarzył jej się z mnichem w luźnej sutannie, o dużej głowie z tonsurą.

Słyszała ptasi świergot dochodzący z drzew, które rosły wokół domu, był niczym bezustanne akustyczne migotanie wokół łóżka i ich splecionych ciał.

Smakowity zapach jakiejś potrawy docierał aż do sypialni, dyskretny, przemożny, acz Bénédicte Ombredanne nie pojmowała, skąd się bierze, nie widziała bowiem, aby jej kochanek kręcił się przy piecu.

Przeprosiwszy, że pobrudził jej brzuch, Christian z łazienki przy sypialni przyniósł zmoczoną w ciepłej wodzie rękawicę kąpielową i pachnący frotowy ręcznik we wrzosowym kolorze, delikatnie przesuwał nimi po jej skórze, obmywając ją.

Zaskoczona stwierdziła, że pod dotknięciem języka mięsista żołądź jest bosko podniecająca, czuła, jak wypełnia jej usta niczym za duży kęs jedzenia. Christian spektakularnie dyszał, sapał ochryple i coraz głośniej, w miarę jak narastała w nim rozkosz, najwyraźniej nie mogąc nad tym zapanować.

Zegar na komodzie pokazywał dziesięć po szóstej, odkąd zauważyła jego dwie wskazówki w kształcie strzały. Od tego popołudnia, najpiękniejszego w jej życiu, codziennie dziesięć po szóstej będzie się starała spojrzeć na wskazówki zegarka i pomyśleć o Christianie, o surowym duchownym, o ich nagich ciałach odbitych w lustrze.

Wsunął jej palec do odbytu, zadrżała. Oko duchownego nijak nie zareagowało, z rezygnacją wpatrzone w jeden punkt.

Poczuła, że nasienie Christiana zaraz tryśnie jej do ust, toteż usiadła na nim i zanurzyła jego członek w swoich sokach, poruszała się miarowo, sumiennie, całując go w usta, on tymczasem ścisnął jej piersi z okrucieństwem, które spotęgowało jej rozkosz. Tak, tak, dobrze, szybko się uczysz! Kocham cię, kocham, kocham, szeptała cicho, cichutko między jednym a drugim pocałunkiem. Później z inicjatywy Bénédicte Ombredanne, która tę pozycję lubiła najbardziej, ustawili się przed sobą oparci na rękach, zapatrzeni w siebie. Uśmiechali się, pięknie było tak się do siebie uśmiechać, kochając się twarzą w twarz, lecz wtem równoczesny wybuch rozkoszy zmazał z obu twarzy wszelkie dowody błogości, porywając je z zamkniętymi oczami do swego oszołamiającego lasu.

Ozdobny sznur z 1883 roku: dwa mocno przytulone zabytkowe ciała dostrzeżone przelotnie w refleksie przeszłości.

Christian powiedział, że pewnie jest głodna, przyjechała o pierwszej i nic nie jadła. Na kuchni opalanej drewnem dusiło mu się mięso, zamierzał ją poczęstować przednim daniem tu, w sypialni, w łóżku, a do tego proponował butelkę wina z Graves i pyszny chleb, co ona na to? Zerwał się, a Bénédicte Ombredanne naciągnęła kołdrę na swoje nagie ciało.

W pewnej chwili Christian skoczył na Bénédicte Ombredanne i przewrócił ją na plecy, przycisnął do materaca w porywie żądzy całkowitego posiadania. Wyglądał jak opętany, w oczach miał pragnienie mordu, Bénédicte Ombredanne krzyczała, Christian, nie, proszę, przestań – chwyciła go za pośladki, aby ruszał się szybciej, wszedł głębiej, brutalniej, bała się, że ona już będzie po, kiedy on będzie szczytował, Christian, nie, błagam, przestań, dochodzę, przestań, za mocno, nie, Christian, kocham cię, umieram! Przeorała paznokciami plecy i ramiona kochanka, rozkosz wybuchła w jej ciele, zaraz też Christian eksplodował, poczuła w sobie serię wytrysków, za każdym razem Christian się wyprężał, jakby reagował na głębokie ukąszenia, ją rozkosz nadal obejmowała całą, aż z tej rozkoszy płakała, tak potężne było to, co paliło ją w brzuch, dreszcze nim jeszcze chwilę wstrząsały, po czym bez sił ciężko opadł na nią, głośno dysząc.

Zgodne współbrzmiące podniecenie narastało w obojgu tak równo i piorunująco jak strzała pędząca swoją trajektorią, różnica zaś była jedna: trwało kwadrans zamiast ułamka sekundy – aż do cudownej chwili uderzenia w cel, w sam środek tarczy, gdy nastąpił wybuch cielesnej rozkoszy.

Objęli się, uspokoili stopniowo, oddychali spokojnie z zamkniętymi oczami, w rozmarzeniu głaszcząc się nawzajem. Zabiłeś mnie, wytchnęła mu cichutko do ucha, zabiłeś mnie, ukochany.

Nie śmiała zapytać o godzinę, nie chciała myśleć o swoim wyjeździe, próbowała się bronić przed tym, co podpowiadał jej rozsądek, który jednak niedyskretnie, zrzędliwie, niczym przez krótką wywietrznika podszeptywał, żeby się pospieszyła, wracała już do domu.

Po kilku minutach milczenia Bénédicte Ombredanne znowu się odezwała ochrypłym głosem. Tak głośno i długo się nakrzyczała, że nadwerężyła struny głosowe.

– Od dawna mam pewne odczucie, dość dziwne, nie wiem, czy powszechnie znane.

– Opisz, to ci powiem, czy je znam.

– Spróbuję, ale to niełatwe.

– Słucham.

– Hm, nie wiem, od czego zacząć. Może tak: staram się maksymalnie korzystać z teraźniejszości, bo nie mogę znieść myśli, że czas płynie bez mojej wiedzy. Idealnie by było, gdybym mogła jakoś zaszufladkować każdy dzień swojego życia, zachować jego ślad, zapamiętać go. Rozumiesz oczywiście, że pamięć nie może funkcjonować na tak niskim poziomie, poza tym następujące po sobie dni są bardzo podobne jeden do drugiego, absurdem byłoby, gdyby chcieć je rozróżniać.

– Zgadzam się.

– Dlatego staram się, żeby przynajmniej każdy rok miał w mojej pamięci specyficzny smak, niektóre lata nawet dają się podzielić na krótsze okresy, których atmosferę jestem w stanie zarejestrować jak kolekcjonerka rzadkich zapachów. Jeśli powiesz na przykład wiosna dwa tysiące drugiego, to jakbyś wziął akord na fortepianie, a ja zaraz odnajduję doznania, które wiosna dwa tysiące drugiego zostawiła w mojej pamięci. Te doznania są charakterystyczne jak melodia albo zapach. W ten sposób nie mam wrażenia, że mi życie przecieka między palcami albo że przecieka mi między palcami, bo byłam pasywna lub nie przykładałam do jego treści takiej wagi, na jaką zasługiwało. Ponieważ właśnie tego najbardziej się boję: że moje życie wysącza się jak woda z kranu, który ktoś zapomniał zakręcić albo który jest nieszczelny czy coś w tym stylu, rozumiesz.

– Rozumiem.

– Na koniec dostajesz rachunek i okazuje się, że jest nieproporcjonalnie wysoki w stosunku do tego, co rzeczywiście skonsumowałeś, to znaczy latka lecą, woda płynie, latka lecą, woda płynie i w pewnym momencie zdajesz sobie sprawę, że te lata przeleciały, a ty nic nie przeżyłeś albo niewiele, albo nie dosyć, i masz do siebie żal: mówisz sobie cholera, mogłem trochę bardziej uważać, rachunek jest za dziesięć lat, a ja przeżyłem trzy ważne rzeczy, reszta, cóż, to taki wyciek wody, niedokręcony kran. No więc próbuję, codziennie się staram uważać na upływający czas (dlatego tak mnie śmieszy twój zegar), nawet jeżeli moje życie, niestety, jest dosyć bezbarwne, stosunkowo monotonne, ale przynajmniej nie dlatego, że wiele oczekiwałam od rzeczywistości, nie dlatego, że czegoś zaniedbałam albo że zostawiłam czas samemu sobie, odwróciwszy się do niego plecami, bo zajmowałam się czym innym. Tylko że widzisz, choć tak bardzo uważam na czas, on nadal sobie płynie jakby nigdy nic. I kiedy ktoś pokazuje mi moje zdjęcie zrobione, gdy miałam dwadzieścia sześć lat, mówię sobie kurczę, to było dziesięć lat temu, jak ten czas szybko leci, nie spowolniłam go wystarczająco, nie dość go pilnowałam, nie unieruchomiłam go dostatecznie myślą, nie utrzymałam na uwięzi swoimi oczekiwaniami i wzrokiem, pragnieniem życia i potrzebami, to moja wina, że czas tak szybko upłynął, okazałam się niedbała, znacznie mniej stanowcza niż mi się wydawało, i myślę sobie biedni ci moi przyjaciele, biedna osoba, która mi pokazuje to zdjęcie, przeze mnie tak się postarzała, gdybym bardziej uważała, nie bylibyśmy tacy starzy w tej chwili, mielibyśmy wszyscy najwyżej po dwadzieścia osiem lat, a nie trzydzieści sześć. Tak, myślę sobie: gdybym wtedy bardziej się skupiła na teraźniejszości, dziś nie bylibyśmy tak daleko, może bylibyśmy nadal w tym samym miejscu albo niewiele dalej. Rozumiesz? To jakbym brała na siebie odpowiedzialność za upływ czasu. Jakby każdy mógł siłą umysłu spowolnić bieg czasu, i to spowolnić nie tylko na poziomie wrażenia, jakie samemu można odnosić, ale spowolnić naprawdę, dla wszystkich.

– Rozumiem, o co ci chodzi, ale nigdy czegoś takiego nie czułem. Nie sądzę też, żeby powszechnie coś takiego odczuwano. Piękna idea, czyni z ciebie osobę wyjątkową. Jesteś cudowna. Chciałbym, żebyś została moją żoną.

– Głupi jesteś.

– Mówię poważnie.

– Mam już męża. I będę go miała jeszcze przez trzynaście lat. Randka za trzynaście lat, jeśli chcesz!

– Śmieszna jesteś z tą swoją historią uwięzienia. Jesteś wolna, mury twojego więzienia nie istnieją, z dnia na

dzień możesz postanowić, że opuszczasz męża, jeśli masz ochotę.
- Należy założyć, że go kocham, skoro zostaję.
- Kieliszek wina?
- Łyczek, bo nie będę mogła prowadzić.

Christian się podniósł i nalał wina do kieliszków. Bénédicte Ombredanne siedziała oparta o poduszki z pierza, z piersiami na wierzchu, kołdrą narzuconą na biodra, Christian w białym szlafroku usadowił się naprzeciw niej po turecku.

- Nie chce mi się wracać. Nie pamiętam, żebym kiedykolwiek była taka szczęśliwa, no chyba że dawno, dawno temu, w innym życiu.

Popatrzyła na wskazówki zegara na komodzie i zapytała, czy przypadkiem naprawdę nie jest już dziesięć po szóstej.

- O której musisz być w domu?
- Już dawno powinnam wrócić. We czwartki lekcje mam tylko od ósmej do dziesiątej. Dzieci są przyzwyczajone, że tego dnia czekam w domu, kiedy wracają ze szkoły, a lodówka jest pełna. Dzisiaj ich matki nie ma, a w lodówce zostało tylko światło. Która godzina?
- Nie masz zegarka?
- Jest w torebce. Zdjęłam go, żeby nałożyć twoje słoniowe ucho.
- A tak, prawda.
- No więc?
- Szósta dziesięć.
- Naprawdę?
- Słowo.
- Katastrofa.
- Nie przesadzaj.
- Nie wiem, jak to wszystko wytłumaczę. Najdziwniejsze, że teraz, przy tobie, na tym łóżku, ten problem

wcale mnie nie martwi, jestem znieczulona, czary jakieś chyba, mogłabym pewnie, gdybym sobie na to pozwoliła, popełnić jakieś piramidalne głupstwo.
— Na przykład?
— Wyeksploatować do cna szczęście tej sytuacji, nie zadawać sobie żadnych pytań, dbać tylko o swój błogostan i wrócić naprawdę późno.
— Nie boisz się, że dzieci się martwią?
— Dzieci... Nie ma większego egoisty niż dziecko, prawda? Ty tak nie uważasz? Ha, to masz szczęście. Kocham oboje, to nie ulega wątpliwości, ale ich ewentualny niepokój, powtarzam: ewentualny, rozwieje się w pięć sekund, kiedy się dowiedzą, że ze mną wszystko w porządku, że tylko się spóźniłam. Co więcej, w ich uldze wyczuję nawet szczyptę zawodu, jestem pewna.

Christian patrzył na nią nierozumiejącym wzrokiem: przejechał dłonią po podbródku, jakby sprawdzał długość zarostu, chociaż rano się ogolił.

— Kochani, nie uwierzycie, na kogo wpadłam, wychodząc z marketu, no nie zgadniecie, idę o zakład!

Christian się uśmiechnął i przez kołdrę potrząsnął stopą Bénédicte Ombredanne, winszując jej, że tak to odegrała.

— Ale dzisiaj powiem im, że spędziłam dzień za miastem, bo musiałam sobie coś przemyśleć. Powiem, że zabrakło mi paliwa. Uspokoją się oczywiście, o ile faktycznie się niepokoili, będą jednak zawiedzeni albo zezłoszczeni zamieszaniem z powodu tej dziwnej eskapady, przede wszystkim pustą lodówką i brakiem gotowego posiłku. Będą głodni, strasznie głodni, wszyscy co do jednego, tatuś i dzieci, naturalnie niby przypadkiem. Zaspokojenie moich pragnień, moich potrzeb olewają, nie masz pojęcia, jak bardzo olewają. To samo dotyczy mojej równowagi czy zadowolenia. W moim domu nikt się nigdy nie zastanawia, czy dobrze się czuję czy nie, czy jestem szczęśliwa czy nie, czy czegoś mi brakuje czy nie, nigdy, ale to nigdy. Straszne, prawda? Jak widzisz, dopadł mnie kryzys! Zbuntowałam się! To, że dzisiaj nie ma mnie w domu, jest dowodem buntu!

Bénédicte Ombredanne wybuchnęła śmiechem.

– Zadzwoń do nich.

– Sądzisz, że często matka rodziny z chwili na chwilę ucieka z domu bez słowa wyjaśnienia, zmęczona obojętnością ze strony najbliższych? A może coś takiego się nie zdarza, jest niemożliwe?

– Nie mam pojęcia. Nie czytałem żadnego opracowania na ten temat.

– Miałabym zadzwonić? Nie mam komórki.

Christian spojrzał na nią zdumiony. Bénédicte Ombredanne uśmiechnęła się do niego.

– To przez męża. Bał się, że dzięki komórce będę prowadziła jakieś bogate życie towarzyskie, że będę miała przyjaciół, kochanków. Telefon stacjonarny rozwiązuje ten problem: mąż życzy sobie mieć ze mną kontakt, więc po lekcjach powinnam wracać do domu, on zna mój rozkład zajęć, wie, o której może dzwonić. Oczywiście jeśli potrzebuję wyskoczyć na jakieś zakupy, robię to, mam swobodę ruchów. Nie jestem uwięziona, bez przesady. Ale mąż śledzi moje poczynania, zawsze wie, gdzie jestem. Dziś rano byłam świadoma skutków, kiedy zdecydowałam się zniknąć na kilka godzin z ekranu radaru. Teraz trzeba będzie ponieść konsekwencje, mam tylko nadzieję, że okażą się znośne i ograniczone w czasie.

– Znośne?

– Nie martw się. Będą znośne.

– Bénédicte, na pewno powrót do domu niczym ci nie grozi?

– Tak, jestem pewna, nie martw się. Mąż powrzesz-

czy, będę musiała go uspokoić, zażąda wyjaśnień, dowodów, dostanę karę, potrwa to ze trzy dni i po ptakach.
— Dzwoń, gdybyś miała kłopoty. Obiecujesz?
— Miły jesteś. Nie przywykłam mieć do czynienia z kimś, kogo tak bardzo obchodzę. W domu to ja muszę być tą, która chroni, pociesza, kieruje, zarządza, zaopatruje, rozstrzyga, doradza, przytula, karmi i opiera, daje poczucie bezpieczeństwa. Co jeszcze... Zawsze wszędzie i bezwarunkowo mam się poświęcać dla wszystkich członków rodziny. W zamian mam prawo tylko do obojętności. W sumie to normalne, że mama zajmuje się wszystkim, nie? Więc po co jej dziękować, po co okazywać zadowolenie, że to czy tamto zrobiła? Jestem poniekąd jak kelnerka w restauracji: człowiek uświadamia sobie, że taka kelnerka to istota ludzka, kiedy na stole nie ma musztardy, a kelnerka się nie zjawia, czyli w chwili gdy ma się ochotę jej przyłożyć, bo potrawa stygnie i trzeba ją jeść bez dodatku. Poza takimi okolicznościami, gdy jej uchybienia istoty ludzkiej wzbudzają nienawiść, kelnerka jest kompletnie transparentna, nie widzi się jej, wydaje się jej polecenia, przywykłszy, że są wykonywane jak przez maszynę albo jakiś byt abstrakcyjny.
— Tak jest w twoim domu?
Bénédicte Ombredanne spojrzała na Christiana, nie odpowiadając, wreszcie znowu się uśmiechnęła.
— Jedno mogę ci powiedzieć, bo tego jestem pewna: ten dzień, który spędziliśmy razem, zasługuje, żebym poniosła konsekwencje, jakiekolwiek będą. Nigdy nie będę żałowała, że zdecydowałam się spotkać z tobą ani tego, co z tobą dzisiaj robiłam. To wiem. Mam to wyryte tutaj i tu, i tu, i tu, i jeszcze tu na zawsze, cokolwiek z nami będzie dalej — mówiła, wskazując palcem kolejno swoją głowę, usta, serce, brzuch, podbrzusze i na koniec palce u nóg (przy nich rozbawiona swym uroczystym podej-

ściem nie opanowała szerokiego uśmiechu), palce, które jej kochanek trzymał w dłoni przez kołdrę.

– Będą jeszcze następne takie dni, które spędzimy razem – odrzekł Christian, ujmując ją za rękę.

Pocałowali się, długo się całowali, po czym Bénédicte Ombredanne znów opadła na miękkie poduszki.

– Nie wiem, czy znajdę w sobie siły. Przyjechałam tu z myślą, że to będzie jeden jedyny raz.

– Tak się mówi, tak się mówi...

– Zobaczymy – powiedziała nieco oschle. – Nie wiem nawet, czemu będę musiała stawić czoło po powrocie do domu.

Christian spoglądał na nią z zatroskaną miną, z rękami splecionymi na pękatej lampce z winem, jakby się modlił.

Naprzeciw niego Bénédicte Ombredanne swój kieliszek trzymała końcami palców za okrągłą stopkę. Pusta lampka kołysała się jak pijak, który nie jest w stanie zrobić kroku, stoi tylko, chwiejąc się na boki.

– Kiedy za dziesięć lat ktoś wspomni przy mnie wiosnę dwa tysiące szóstego, nie będzie to jak akordy zagrane na fortepianie, tylko na wielkich organach w Notre Dame. Dziewiąty marca dwa tysiące szóstego, między trzynastą a dziewiętnastą, apoteoza mojej młodości!

Wyszła z łóżka, razem wzięli prysznic, namydlając się nawzajem, potem ubrała się przed dużym lustrem.

Pocałowali się przy posągu kobiety w salonie, Bénédicte Ombredanne już w rozkloszowanym płaszczu, Christian półnagi, tylko w spodniach.

Poprosiła, by pozwolił jej wyjść samej, nie lubi bowiem pożegnań, musiał także obiecać, że nie będzie wyglądał przez okno.

Sama zamknęła za sobą drzwi, on tymczasem ruszył do kuchni mieszczącej się w przeciwnej części domu.

Idąc kamienistą ścieżką, Bénédicte Ombredanne nie zdołała pohamować obfitego strumienia łez, którym towarzyszył głuchy szloch. Na próżno sobie powtarzała, że spędziła niewiarygodne popołudnie, że może tu wrócić, ilekroć będzie w stanie wymagającym natychmiastowej pociechy – smutek przeważał nad skarbami, które zgromadziła, nad jedwabistymi niezapomnianymi skarbami.

Z domu Christiana wyszła o dziewiętnastej. Zatrzymała się na stacji benzynowej przy autostradzie, żeby zatankować i zadzwonić. Odebrał jej mąż, zdołała tylko wykrztusić martwym głosem, że wybrała się na przejażdżkę w Wogezy, zabrakło jej paliwa, wszystko później mu wytłumaczy, niech się nie martwią, będzie w Metzu najdalej za dwie godziny. Rozłączyła się, jak tylko zaczął wrzeszczeć, nie miała ochoty tłumaczyć się przez telefon, chciała jedynie uspokoić rodzinę, to wszystko. Chociaż krótko rozmawiali, nabrała pewności, że powrót będzie straszny.

Teraz, gdy uspokoiła bliskich, już tak bardzo się nie spieszyła. Jechała z umiarkowaną prędkością prawym pasem, wlokąc się za okropnymi ciężarówkami z naczepą z niemieckimi numerami, w końcu je wyprzedzała, wystraszona tym, co wyrzucały z rur wydechowych, wrzuciwszy kierunkowskaz, zanim zmieniła pas.

Po drodze zrozumiała, że ludzie się dzielą na dwie przeciwstawne kategorie. Było to dla niej objawienie, odkrycie na miarę kopernikańskiego. Dzielą się jednak nie na bogatych i biednych, dominujących i zdominowanych, dzierżących władzę i pozbawionych jej. To są kategorie drugorzędne, wyraźnie widoczne, lecz nie najważniejsze, poniekąd anegdotyczne, a ich główną racją bytu jest ukrywanie prawdziwego podziału rzeczywistości. Nie, nie, ludzie się dzielą na tych, którym dane jest doświadczać bezzwłoczności i oszołamiającego piękna szalonej namiętności, oraz na tych, którzy nie doświadczają bezzwłoczności i oszołamiającego, odurzającego, obsesyjnego piękna szalonej namiętności. Nie miała na myśli miłości, miłości w pełnym znaczeniu tego słowa, lecz ogniste uczucie, które bez reszty opanowuje człowieka, aż pod jego wpływem gotów jest zrobić wszystko, podjąć każde ryzyko, złamać wszelkie zasady – szczególnie gdy owa namiętność jest skrywana i karkołomna. Tego wieczoru Bénédicte Ombredanne z rękami na kierownicy była dumna, uskrzydlona i rozedrgana, że wreszcie poznała to uczucie, że naraz dostrzegła prawdziwe pęknięcie porządkujące świat, była dumna, mówiąc sobie, że ona, szczęściara, należy do tych niedostrzegalnych gołym okiem, którzy dostępują przywileju upojenia namiętnością. Nie zamieniłaby cudu tej wyjątkowej przynależności na żadną pewność spokoju.

Lubiła prowadzić nocą, zwłaszcza na autostradzie. Ale wolałaby teraz jechać, aby się oddalić, odejść, marzyć niż zmierzać ku brukaniu i sztorcowaniu, ku zgaszeniu promiennej kobiety, którą była przez ostatnie sześć godzin. No właśnie, będzie musiała zgasnąć, chyba że zdecyduje się wszystko wyznać zaraz po przyjeździe.

Czy wyzna wszystko zaraz po przyjeździe, aby móc natychmiast wrócić do Christiana i wziąć jego członek w usta, i poczuć, jak się w nią zanurza?

Pierwszy raz jechała południowym odcinkiem autostrady A4 między Strasburgiem a Metzem.

Na odcinku północnym, którym często jeździła, udając się w odwiedziny do rodziców w Szampanii, pojawiały się jedna za drugą tablice świadczące, że historia tego regionu to jedno pasmo traum i zdarzeń bolesnych bądź rozstrzygających: VERDUN, OSSUARIUM DOUAUMONT, ŚWIĘTA DROGA, BITWA POD VALMY, TAKSÓWKI ZNAD MARNY, UCIECZKA DO

VARENNES, GRAVELOTTE 1870, tak że kierowca, pokonując kolejne kilometry i mijając kolejne tablice, zaczynał się w końcu zastanawiać, czy aby życie każdego nie jest tak samo pasmem traum i konfliktów, ataków, niesprawiedliwości, grabieży, krwawej niszczycielskiej wrogości, tyle że w niewzruszenie jednakim pejzażu, w odporności na fakty, w swoistej obojętności na wspomnienie bólu, a przy tym w niektóre dni przy bezchmurnym błękitnym niebie i świergocie fruwających ptaków. Choć trzeba stawiać czoło zdarzeniom najstraszniejszym, człowiek posuwa się do przodu, drzewa odrastają, czas płynie, można się odrodzić, widać leniwe sylwetki bydła w miejscach, gdzie ongiś leżały sterty trupów, dni mijają jeden za drugim. Ta trasa uczy, że nasze życie jest niebem przykrych zdarzeń, z którymi należy się mierzyć, a składają się na nie ziemia, gleba, i kamienie: pola dawnych bitew.

I właśnie dlatego Bénédicte Ombredanne chętnie by owego wieczoru ujrzała przy autostradzie A4 tablicę informującą o morderczej, dzikiej, apokaliptycznej bitwie: zaczerpnęłaby z niej pokrzepienia podobnej natury co Playmobil677, gdy musząc stawić czoło trudnym dla siebie czasom, czerpał siły z rezerw autoszyderstwa. Ona by się bowiem uśmiechnęła na widok odbicia swojego niebezpiecznego położenia w potwornościach tablicy pamiątkowej i pomyślałaby o nim, poczułaby się nie taka sama, wdzięczna.

Jak na złość między Strasburgiem a Metzem nie było ani jednego wspomnienia jatki, ani jednego katalogu ran, ani jednej dostojnej noty historycznej ustawionej na poboczu przy autostradzie, podczas gdy tego wieczoru, wracając do domu, Bénédicte Ombredanne czuła się niczym żołnierz zmierzający na front, niesiony nurtem historii, niezdolny odmienić swojego losu i poszukać schronienia.

Jedyne, na co mogła liczyć, właśnie jak ów żołnierz wysłany na rzeź, to to, że nie spotka jej najgorsze, że wyjdzie z tego niezbyt poraniona. Jej front zlokalizowany był w sercu Metzu, w dzielnicy Sablon przy rue Saint-Pierre, gdzie w końcu zaparkowała samochód lekko rozdygotana około dwudziestej czterdzieści pięć i zgasiła reflektory z takim lodowatym lękiem, jakby odtąd jej życie miało przebiegać w całkowitym braku widoczności jak w czas wojny.

4

Tylko dlatego, że wygłodzeni błagali ojca, aby zrobił im coś do jedzenia, zgodził się w końcu około dziewiętnastej trzydzieści rozmrozić im pizzę, ponieważ jednak bez ustanku krążył po domu, klnąc bez umiaru, przetrzymał ją w piekarniku parę minut za długo i spód się przypalił. Arthur i Lola nie śmieli zwrócić mu na to uwagi, zrezygnowani w milczeniu wyjedli łyżeczką sos pomidorowy z roztopionym żółtym serem, po czym ogryźli chrupiące brzegi, tak że na stole został śmieszny krążek, od dołu czarny jak płyta winylowa – któreś z dzieci wydłubało w nim dziurkę pośrodku, co Bénédicte Ombredanne stwierdzi nazajutrz, gdy będzie wyrzucała do kubła te surrealistyczne resztki. A ponieważ zakupy nie były zrobione i lodówka świeciła pustką, Lola musiała się poświęcić, odstępując swemu bratu egoiście ostatni deser karmelowy, sama zaś z odrazą przystąpiła do konsumpcji ostatniego banana, którego połowa wyglądała jak podbite oko. Brązowe, sine, miękkie i spuchnięte, powiedziała matce Lola nieświadoma, jak przykra jest ta uwaga, acz może to porównanie do sińca na twarzy wcale nie było takie niewinne, może było ostrzeżeniem wyrażonym oględnie przez córkę – ale Bénédicte Ombredanne nie sądziła, żeby sprawy zaszły aż tak daleko. Wchodząc do domu, poprosiła męża, aby nieco odłożył w czasie męczący potok pytań, wyrzutów i krzyków (najpierw muszę się zająć dziećmi, ich nasze sprawy nie dotyczą, później będziemy rozmawiali, ile zechcesz), tak że gdy ona i Lola rozmawiały w jadalni, słyszały, jak Jean--François wali pięścią w ściany, wygłasza przez zęby jękliwe pogróżki, wywrzaskuje zniewagi, czemu niekiedy towarzyszył odgłos upadku jakiegoś przedmiotu. Zgodził się na kwadrans zwłoki, lecz w oczekiwaniu na wrogie działania wyładowywał gniew na odległość, która zależała od nieustannego chodzenia w kółko, jakby krążył wokół Bénédicte Ombredanne po własnych śladach lwa zamkniętego w klatce, przechodząc z pokoju do pokoju. Lola opowiadała dalej o wieczorze matce, ona zaś przyjmowała te dźwięki studzące krew w żyłach obojętnym uśmiechem, w założeniu uspokajającym, mówiącym coś w stylu zgrywa się, nie przejmuj się, kochanie, niedługo mu przejdzie, ale żadna z nich nie mogła uwierzyć, że jego gwałtowne zachowanie jest sztuczne, anegdotyczne. Po kolacji, o ile to coś można nazwać kolacją, usiedli z bratem w salonie przed telewizorem i ojciec, ilekroć przechodził obok, pytał, co tak oglądają, dlatego zrozumieli, że lepiej siedzieć cicho, nie próbować w żadnym razie pocieszać go i uspokajać, chociaż w pewnej chwili Lola podeszła i pocałowała go, a on jej nie odtrącił, opowiadała matce. Hałas w kuchni nie pozwolił jej dokończyć wypowiadanego właśnie zdania. Obydwie umilkły na chwilę. Potem Bénédicte Ombredanne spytała Lolę, gdzie się podziewa jej brat i dlaczego nie jest z nią, a Lola odparła, że ciągle tkwi przed telewizorem, w ogóle się nie przejął całym tym zamieszaniem, żeby siedział spokojnie, kazała mu wybrać film, oczywiście zażądał kreskówki z przygodami Gégé, dlatego wybiegła jej na spotkanie, jak tylko usłyszała, że drzwi się otwierają, bo już naprawdę ją to wpieprzało. Nudziło, poprawiła Bénédicte Ombredanne surowo, naprawdę cię to n u d z i ł o, ale jej uwagę córka przyjęła wzruszeniem ramion. A właśnie, jak tam twoje wypracowanie? Skończyłaś? Poradziłaś sobie? Znowu dobiegł ich hałas, tym razem z korytarza, jakby runął na podłogę przewrócony kopniakiem stolik z telefonem. Siedziały przy jednym rogu stołu, ręce trzymały na szarym obrusie, na przemian leżała matczyna czułość i nastoletnia niepewność, palce jednej skierowane ku przegubowi drugiej, prawa dłoń Bénédicte Ombredanne znajdowała się na samym wierzchu niczym pieszczotliwa przykrywka. Chwilami, aby dodać otuchy Loli, polakierowanymi na czarno paznokciami leciutko drapała ją po skórze, lecz ta figlarność nie wywoływała w córce ani cienia uśmiechu, była nieskuteczna.

– O, masz ten pierścionek z okiem, dlaczego? Normalnie nigdy go nie bierzesz, jak idziesz do szkoły.

– A tak, miałam ochotę.

– Czemu nie powiedziałaś, że wyjeżdżasz na cały dzień? W ogóle co to za pomysł, żebyś sama jechała we czwartek w Wogezy? Boję się, mamo.

– Nic się nie martw, skarbie. Kiedy indziej ci opowiem. Z tatą wszystko pójdzie dobrze, wyjaśnię mu, co się stało, na pewno zrozumie i wszystko będzie po staremu.

– Ale widziałaś, w jakim jest stanie? Co za parszywy tydzień! Co w was oboje wstąpiło? Rozchodzicie się?

– Skądże znowu! Lolu, co ci przyszło do głowy? Jak możesz myśleć, że tata i ja... też coś!

– Chcę, żebyście byli razem. Chcę, żeby przestał się wydzierać. Mam dość tej gównianej atmosfery. Boję się. Jego się boję. Zrób coś, żeby się uspokoił i żebyśmy znowu byli szczęśliwi.

Bénédicte Ombredanne ścisnęła dłoń córki z zakłopotanym uśmiechem na zamkniętych ustach, patrząc jej w oczy.

– Boję się, że coś ci zrobi. Stale mówi jakieś straszne rzeczy.

– Nigdy nic mi nie zrobił, więc nie skrzywdzi mnie i dzisiaj.

– Ale czemu pojechałaś w Wogezy, nic nikomu nie mówiąc? Postaw się na moim miejscu! Ile znasz kobiet, które ot, tak we czwartek wyskakują sobie same w Wogezy na przejażdżkę, bo jest ładna pogoda? Nawet ja nie wierzę w tę twoją bajeczkę. Też coś!

Bénédicte Ombredanne patrzyła na córkę, nie odpowiadając, lekko poklepywała jej dłoń oszołomiona zdaniem Loli wyrażonym tak otwarcie.

– Nie odpowiedziałaś na moje pytanie. Wypracowanie skończyłaś?

– Masz na palcu odświętny pierścionek. I najładniejszą sukienkę, i ulubione buty. Gdzie tu logika? Coś ty robiła dzisiaj, mamo? Powiedz prawdę.

– To ma związek z moim życiem dorosłej kobiety, jesteś za młoda, żeby zrozumieć. Od czasu do czasu człowiek może mieć potrzebę przemyślenia czegoś. To nie jest zakazane, a już na pewno dzieci nie mogą tego zakazać rodzicom. No, zmykaj do łóżka, pora spać. Zobaczę, co porabia twój brat.

– Życie dorosłej kobiety! Przypominam, że jesteś też matką! I sorry, ale dzisiaj chyba o tym zapomniałaś!

– Nie uważam, żebym kiedykolwiek zaniedbała swoje matczyne obowiązki. No już, uciekaj – dodała, klepiąc ją po dłoni ponaglająco.

– Dzisiaj raczej tak.

– Proszę?

– Tylko ci się zdaje, że nie zaniedbywałaś swoich matczynych obowiązków. Dowód: dzisiaj po raz kolejny nas olałaś.

Niewiele brakowało, a Bénédicte Ombredanne uderzyłaby córkę. Jej rękę powstrzymała tylko świadomość, że byłaby to nieproporcjonalna przemoc obciążona dwunastoma latami wyrzeczeń, całkowitego oddania.

Jeszcze tego dnia rano Lola byłaby niezdolna powiedzieć coś takiego, tego Bénédicte Ombredanne była pewna. Czy to możliwe, że życie tak szybko podlega zmianom? Ledwie doświadczyła sześciu godzin szczęścia, a już musi za nie płacić, i to od ręki. Można by powiedzieć, że Lola i jej ojciec byli przy wszystkim, co robiła tego popołudnia z Christianem, absolutnie przy wszystkim, widzieli każdy szczegół jak przez jakąś szparę.

Brzuch miała niczym bęben pralki, tak samo wypełniony, tak samo ciężki, tak samo pulsujący w ponurym rytmie. Mieszały się w nim rozmaite uczucia, zmieniały miejsce, rozbrzmiewały kontrastowymi rejestrami, Bénédicte Ombredanne uświadamiała sobie tę złożoność przez wizjer teraźniejszości jakże przerażającej, zupełnie dla niej nowej, rzeczywistości, wobec której okoliczności ją stawiały – ją, dotąd zawsze wierną mężowi. W tym zwartym ciasnym tańcu poczucie winy, ból, euforia, bunt, wyrzuty sumienia, radość, strach, szczęście, pożądanie, ekscytacja, niezdecydowanie i gorycz były mokrym ciężkim praniem, które wirowało w jej trzewiach. Wszystko się mieszało. Cierpiała.

– Bywa, że w wieku trzydziestu sześciu lat ma się ochotę zrobić to, co można było zrobić dziesięć lat wcześniej. Odzyskać świeżość, jakby podarować sobie prezent. Taniej i poetycko mówiąc, treściwiej połazić na łonie przyrody niż kupić sobie sukienkę. Kobiety często, a ja pierwsza, dla odprężenia kupują sobie kieckę albo buty, nas na to nie stać, odkąd tata przestał pracować na całym etacie. Dlatego rano postanowiłam, że dla odprężenia, zamiast jechać na zakupy, wyskoczę na przejażdżkę. Wiedziałam, że tata by się nie…

– Na mur – przerwała jej córka ze szczyptą sarkazmu w głosie. – N a p e w n o by się nie zgodził.

– No więc postanowiłam, że pojadę, nic nikomu nie mówiąc. Jako kobieta wolna.

– Raczej jako wariatka.

Bęben obracający się jej w brzuchu wypełniało teraz jedno jedyne uczucie: nieopanowana złość granicząca z nienawiścią. Ale nie trwało to długo, wypuściła bowiem dłonie córki i odzyskała całą wcześniejszą skłębioną złożoność emocji, goryczy, bólu, ekscytacji, buntu, poczucia winy, radości, strachu, szczęścia, niezdecydowania, pożądania, wyrzutów sumienia i euforii, ogromnej ospałości, które motały się ze sobą, tworząc nad wyraz niejednoznaczne odczucia.

– Jako kobieta wolna – powtórzyła Bénédicte Ombredanne. – Nie bądź taka konserwatywna. Miło poczuć, że ma się swobodę ruchów, ta przejażdżka nie miałaby takiego samego uroku, gdybym wszystkim o niej powiedziała. Wiesz, to nie takie wielkie wykroczenie.

– A skutki widziałaś? Nie miałaby uroku! Mam przynajmniej nadzieję, że przejażdżka się udała. Że warta była tych konsekwencji!

Bénédicte Ombredanne patrzyła w oczy córce, która w końcu odwróciła wzrok.

– Tak, była warta, cieszę się, że zrobiłam to, co zrobiłam. Potrzebowałam tego, cieszę się, że to zrozumiałam i przeszłam do czynów. Poniosę wszelkie konsekwencje. Ani tobie, ani Arthurowi nic się nie stanie.

– Bez przesady. Dobra, masz radochę, że nic nie powiedziałaś, ale *please*, raz wystarczy, więcej tego nie rób. Zachowujesz się, jakbyś była sama na świecie.

– Mam rozumieć, że twoim zdaniem zwykle się zachowuję, jakbym była sama na świecie? Naprawdę tak myślisz, Lolu? Naprawdę?

Mierzyły się wzrokiem.

Bénédicte Ombredanne nie mogła pozwolić, by córka dalej ją karciła.

Lola przełknęła jednak słowa, które cisnęły się jej na usta, z uśmiechem spuściła oczy i zaraz na powrót je podniosła. Minę miała skruszoną, nieco zakłopotaną i pogodną. Wyglądała, jakby się przebudziła ze złego snu.

– Córeczko, rozumiem, co czujesz. Ale wszystko się ułoży. Ułoży się, zobaczysz, na pewno się ułoży. Jak będziesz chciała, jutro o tym jeszcze pomówimy. No, a teraz zmykaj do łóżka.

Bénédicte Ombredanne podniosła się z miejsca, uściskała córkę, czule pocałowała ją w czoło i życzyła jej dobrej nocy.

W salonie z wielkim trudem udało jej się skłonić Arthura, aby poszedł do swego pokoju. W mig się połapał, jakie może mieć korzyści z tego burzliwego wieczoru, pomyślał pewnie, że rodzice o nim zapomną i będzie mógł tkwić przed telewizorem, toteż postarał się nie zwracać na siebie uwagi. Bénédicte Ombredanne musiała podnieść głos, zabrała mu pilota i wyłączyła odbiornik. Arthur się rozpłakał, powiedziała mu, że nie pora stroić fochy, zaczął wrzeszczeć, co ściągnęło do pokoju jej męża, który chciał wiedzieć, co się dzieje, odparła, że Arthur stroi fochy, nie chce iść spać, a przecież już jest późno, jutro musi wstać do szkoły, niechże mu coś powie. Gdyby nie miał przykładu matki, oświadczył Jean-François, która robi, co jej się podoba, i nie waha się, nic nikomu nie mówiąc, spełniać swoje najbardziej naganne kaprysy, na pewno byłby o wiele posłuszniejszy. Ale proszę, jego matka robi, co jej się podoba, zachowuje się jak ladacznica (wszystko to mówił przy Arthurze, który wrzeszczał uczepiony oparcia kanapy, aż wstrząsały nim spazmy rozpaczy, a przecież dotąd to dziecko nigdy nie wpadało w taką złość, nie było niegrzeczne ani krnąbrne, co zatem dowodziło, że sytuacja tego wieczoru musiała się wydać im szczególnie oburzająca albo naprawdę nimi wstrząsnęła, skoro każde z nich zachowywało się wobec Bénédicte Ombredanne aż tak niepoprawnie), więc niby dlaczego miałby się stosować do zasad? Bénédicte Ombredanne przerwała mężowi, mówiąc, że tak nie będą rozmawiać przy dzieciach, lepiej niech pomoże jej położyć Arthura do łóżka, skoro tak się pali do obrażania jej, tym sposobem za parę minut będzie mógł sobie poużywać do woli, zakończyła z ironią w głosie, która ją samą zdziwiła. Jej mąż kazał Arthurowi się uspokoić, chłopiec przestał się czepiać kanapy i pozwolił się zanieść do swojego pokoju, gdzie ojciec ułożył go do snu. Kiedy już leżał w łóżku, Bénédicte Ombredanne przyszła go pocałować na dobranoc, lecz musiała to zrobić przez kołdrę, chłopiec bowiem schował się pod nią, jak tylko usłyszał, że matka wchodzi. Dobranoc, kotku, mama cię kocha, do jutra. Ale odpowiedziała jej cisza, Arthur, choć miał dopiero pięć lat, doskonale wiedział, że jest dla niej okrutny: była to kara, którą postanowił wymierzyć matce.

Wróciwszy na dół, Bénédicte Ombredanne zastała męża pośrodku salonu – na rozstawionych nogach, z rękami lekko odchylonymi na boki, stał bez ruchu w odstraszającej pozycji uzbrojonego wartownika. Podchodząc do niego, nie przypuszczała, że wkracza w przestrzeń, która ją uwięzi na cztery miesiące.

Gdzieś ty była? Tylko mi tu nie zmyślaj. Przejażdżka w Wogezy! Komu chcesz to wmówić? No już, słucham, mam dużo czasu. Chcę znać prawdę, czekam na wyjaśnienia, nie pójdziemy spać, póki się nie dowiem. Czemu jesteś tak ubrana, czemu na palcu masz pierścionek babki, czemu włożyłaś pończochy? Wkładasz teraz pończochy do szkoły, na przejażdżki po Wogezach? Wogezy! Jaśnie pani wypuszcza się w plener, nie uprzedzając nikogo, jaśnie pani opowiada nam bajki, jaśnie pani jest na tyle naiwna, by sądzić, że w nie uwierzymy! Przyszła wiosna i jaśnie pani zachciało się obcowania z przyrodą w botkach i pończochach, i z pierścionkiem swojej prababki zdziry! Piękna rodzinka! Wszystkie baby w twojej rodzinie od wieków mają ogień w tyłku, ot co! Myślisz, że jestem głupi? Zadzwoniłem do Amélie, nie było żadnego spotkania w stołówce, skłamałaś, gdzie byłaś? Okłamałaś mnie, Amélie dostarczyła mi dowodu, i dalej kłamiesz, ale ja się w końcu dowiem, co się stało. Chcę poznać prawdę. Chcę poznać prawdę i poznam ją. Chcę poznać prawdę i poznam ją, choćbym miał cię wypytywać do końca swoich dni. Gdzie mieszka twój kochanek? Kto to jest? Gdzieś go poznała? Jak się nazywa? Od kiedy sypiacie ze sobą? We czwartki sypiacie ze sobą, tak? A dziś było tak dobrze, że cię poniosło, zapomniałaś która godzina, nie mogłaś się oderwać od jego pięknego muskularnego ciała, tak? Dobrze cię rżnie, ma dużą fujarę? Czwartek to dzień pieprzenia, tak? Nie trzeba być jasnowidzem, żeby zgadnąć, co się stało, bzykałaś się przez całe popołudnie i dlatego wróciłaś o dziewiątej, nie uprzedziwszy nikogo. Nawet Lola to zrozumiała, choć ma dopiero dwanaście lat: patrzy na mnie współczująco, dobrze wie, że ta historia nie trzyma się kupy! Jaśnie pani zabrakło paliwa! Dzwonisz o siódmej i opowiadasz, że zabrakło ci paliwa! Komu chcesz wmówić coś tak nieprawdopodobnego? Mnie? Mnie?! Patrz mi w oczy, nie gap się w wykładzinę jak debilka. Skruszona mina nic ci tu nie pomoże, obłudna zdziro. Nie wierzę w ani jedno słowo twojej opowieści o przejażdżce w Wogezy, nie wierzę w ani jedno słowo twojej opowieści o tym, jak to zabrakło ci paliwa, jak chciałaś się porozkoszować słońcem, jak chciałaś porozmyślać. Potrzebowałam się zastanowić! Potrzebowałam zrobić bilans, oderwać się, popatrzyć z boku! Aby się zastanowić, jaśnie pani musi wywieźć swój ptasi móżdżek wysoko w góry, inaczej nic nie widzi, nie może się rozpatrzyć w swoim życiu! Zrobić bilans! Koniec świata! A niby czemu potrzebujesz się zastanowić, zrobić bilans?

Życie tak ci doskwiera, że musisz się zastanawiać, robić bilans? Jaśnie pani nie jest szczęśliwa? Przez męża, tak? Mąż już jej nie odpowiada? Nie potrafi już zaspokoić jej potrzeb? Jej potrzeb seksualnych, jej potrzeb literackich, jej potrzeb duchowych, jej potrzeb promiennego bajkowego życia, że użyję ulubionych epitetów jaśnie pani? Potrzebujesz jak w amerykańskich filmach, jak ci durni Amerykanie w kretyńskich amerykańskich filmach, jechać gdzie oczy poniosą, żeby się zastanowić, zrobić bilans? Przecież ty nie cierpisz przyrody! Przecież ty zawsze twierdzisz, z a w s z e, że od spacerów na łonie natury wolisz przechadzki po mieście! I co? I w dniu, gdy jaśnie pani potrzebuje się zastanowić, w dniu, gdy jaśnie pani potrzebuje zrobić bilans, w dniu, gdy jaśnie pani musi dokonać głębokich przemyśleń na temat swojego życia małżeńskiego, w tym dniu jaśnie pani wcale nie wsiada do pociągu relacji Metz–Paryż, co to, to nie! Jaśnie pani nie wybiera się na spacer po Metzu, w żadnym razie! Nie postanawia także spędzić tego dnia w Strasburgu, skądże! Jaśnie pani udaje się w Wogezy! W Wogezy! A dokładnie gdzie? Jesteś w stanie wymienić miejscowości, przez które przejeżdżałaś? Jeśli rozłożę mapę, potrafisz wskazać trasę, którą jechałaś, ale dokładnie, droga po drodze? Opiszesz krajobrazy? Wskażesz miejsce, gdzie jadłaś? Powiesz, gdzie zabrakło ci paliwa? Podasz nazwę warsztatu, w którym ci pomogli? No? I jak? Przynieść mapę z samochodu? Nie wolisz sama wszystko wyznać? Nie uważasz, że powinnaś wszystko wyśpiewać teraz, nie czekając, aż poddam cię upokarzającemu przesłuchaniu, w którym na pewno w trzy minuty się z tobą rozprawię? Ty zdziro, przez całe popołudnie rżnęłaś się z jakimś fagasem, drogo mi za to zapłacisz!

Taka śpiewka stała się dla Bénédicte Ombredanne chlebem powszednim.

Był to jakby głęboki przerażający las, do cna splątany, złożony ze zdań, które mąż bez ustanku wygłaszał pod jej adresem, zdań, które dzień po dniu powtarzały się w nieskończoność jak setki pni drzew ustawionych ciasno jeden przy drugim, tak ciasno, że nigdzie nie dało się dostrzec przejścia między nimi, nigdy, w żadnym miejscu mroku, w którym Bénédicte Ombredanne została uwięziona i była poddawana inkwizytorskim zapędom męża. Wydzwaniał do niej po kilka razy dziennie. Coraz częściej budził ją w nocy i gadał. Dopadał jej rano, ledwie otworzyła oczy po dwóch, trzech godzinach płytkiego snu, liczył bowiem, że się zdradzi skołowana podstępną taktyką serwowaną jej w nocy. Kiedy była pod prysznicem, nagle kabina się uchylała, Jean-François wsuwał głowę w szparę i zaczynał od nowa. Ilekroć byli razem, tylko we dwoje, bez dzieci, maszyna oskarżająca, maszyna wypytująca, maszyna oczerniająca, maszyna piłująca, maszyna dociekająca, której był uosobieniem, maszyna żałośliwa i zawzięta, małostkowa, niezmordowana wylewała na Bénédicte Ombredanne swoje wytwory, robiła to godzinami, godzinami, jakby chciała zamroczyć jej umysł, całkowicie pozbawić go jasności, zmusić, by wypluł z siebie perłę jej sekretu zwyczajnie ze zmęczenia.

Co to za facet? Gdzie go poznałaś? Gdzie mieszka? Tylko nie becz znowu, łatwo łkać i szlochać, trzeba było najpierw pomyśleć o konsekwencjach zdrady, zabierz poduszkę, pokaż twarz, no już, nie widzę, podnieś głowę, przestań się wreszcie zgrywać. Zacznijmy od początku. Z tego co w końcu z ciebie wydusiłem, najpierw zamierzałaś pochodzić po Strasburgu i dopiero w drodze, skoro była taka ładna pogoda, naszła cię chęć na spacer na łonie natury, dlatego właśnie tak się ubrałaś, w najładniejszą sukienkę, w botki na obcasie, wzięłaś pierścionek babki, bo najpierw, prawda, zamierzałaś spędzić dzień w Strasburgu, pogapić się na wystawy, wstąpić na lunch do piwiarni, poczytać książkę, pomyśleć na spokojnie, tak? Tak czy nie? Proszę? Co mówisz? Nic nie słyszę, gadaj wyraźnie. Mówisz tak? Załóżmy. W porządku, trzymajmy się tej wersji. Rozbieżmy ją na czynniki pierwsze i zobaczmy, co z niej wynika. Nadal czekam, żebyś mi wyjaśniła, czemu niby zaplanowany literacki dzień w Strasburgu wymagał wystrojenia się, jakbyś szła na podryw. Twierdzisz, że w ostatnim czasie miałaś niską samoocenę i wiarę w siebie, że chciałaś we własnych oczach się dowartościować. Twierdzisz, że miło być zauważaną, poczuć czasami, że się istnieje w spojrzeniu innych. Twierdzisz, że czasami, na pozór bez powodu, można mieć ochotę zrobić się na bóstwo, promienieć wśród ludzi. *Why not?* Mogę to zrozumieć. Ale tylko dla siebie? Naprawdę tylko dla siebie? Popatrz na mnie, Bénédicte, nie odwracaj stale wzroku. Jak myślisz, czy ludzie, n o r m a l n i ludzie, stroją się w najlepsze ciuchy, jeśli wiedzą, że przez cały dzień nikogo nie spotkają? Bénédicte! Ludzie n o r m a l n i wkładają najlepsze ciuchy, kiedy wiedzą, że zobaczą się ze znajomymi, rodziną, przełożonymi, że znajdą się w jakiejś oficjalnej sytuacji, że będzie się działo coś, co to uzasadnia! Albo kiedy udają się na spotkanie z kochankiem czy z kochanką! Ty mi mówisz, że można pragnąć, by na ulicy obcy zauważali człowieka, również kobiety, r ó w n i e ż   k o b i e t y   i   z w ł a s z c z a   o n e, podkreślasz uszczypliwie, co uważam za bardzo nie na miejscu w tych okolicznościach. Mówisz, że kiedy jest się zmęczonym albo trochę smutnym, miło dostrzegać pochlebne spojrzenia, również kobiet i zwłaszcza ich. Uwielbiam wyrażenie „również kobiety i zwłaszcza one". Uwielbiam przymiotnik „pochlebny". Jest naprawdę ładny, chyba nigdy go nie słyszałem, szkoda, że nie jest częściej używany. Przymiotnik „pochlebny" naprawdę dobrze brzmi. Bénédicte, poważnie sądzisz, że się wyłgasz wyszukanym słownictwem? Taki nacisk kładziesz na to, jakie ważne może być dla ciebie spojrzenie innych kobiet, że musi się za tym coś kryć: trzynaście lat żyjemy razem i nigdy nie zauważyłem, żebyś była wrażliwa na to, jak inne kobiety na ciebie patrzą, na ulicy czy gdzie indziej, pochlebnie czy nie. Również kobiety i zwłaszcza one, naprawdę pyszne wyrażenie, muszę je zapisać, żebym nie zapomniał. Pojechałaś więc do Strasburga, najpierw zamierzałaś pojechać do Strasburga po to, żeby przyciągnąć pochlebne spojrzenia innych kobiet, po to, żeby zauważyły cię kobiety, które uznają, że ładnie wyglądasz, które mijając cię na ulicy, powiedzą sobie w duchu, kurczę, ale świetnie ubrana laska, ale ma kieckę, a jakie buty! Boże, jaka śliczna kiecka! Jaka śliczna, przyjemnie zatrzymać oko na takiej lasce, takiej promiennej, w takich ładnych butach! Bardzo bym chciała wyglądać jak ona! Tak było? Tak? Bénédicte, podnieś głowę, obudź się, patrz na mnie, odpowiedz! Znowu zasnęłaś, obudź się, odpowiedz! Po to pojechałaś do Strasburga i wróciłaś dopiero o dziewiątej wieczór? Tak? Nie słyszę, mów wyraźnie, nic nie rozumiem, gulgotasz pod nosem. Co? Dokładnie tak było? Śmiesz odpowiadać: dokładnie tak było? Pieprzenie! Robisz z tata wariata! Masz mnie za głupka czy co? Bénédicte! Po to, żeby spojrzenie innych kobiet cię dowartościowało, włożyłaś pończochy? Miałaś nadzieję, że te kobiety zauważą, że pod najładniejszą sukienką masz pończochy? Od dwóch tygodni wałkujemy ten temat, Bóg jeden wie, ile godzin na to poświęcamy, i w tym czasie usłyszałem od ciebie mniej lub bardziej przekonujące wyjaśnienia dotyczące różnych konkretnych szczegółów, ale o pończochach nie pisnęłaś ani słowa, zabrakło ci wyobraźni, co akurat mogę zrozumieć. Powód jest dość prosty:

takie pończochy wkłada się na randkę. Ty je wkładałaś tylko w sobotę wieczorem, ewidentnie chodziło o to, żeby mnie rozgrzać, zawsze w mniejszym czy większym stopniu pończochy w twoim wypadku sugerowały seks, uwodzenie. Nigdy nie widziałem, żebyś nosiła pończochy w inny dzień niż sobota, a nawet kiedy indziej niż w sobotni wieczór. Nigdy nie widziałem, żebyś nosiła pończochy w inny dzień tygodnia. Nigdy nie widziałem, żebyś nosiła pończochy w dniu, kiedy normalnie robisz zakupy w Carrefourze. I przypadkowo w jedyny czwartek, w który włożyłaś pończochy, zakupy nie są zrobione, czyli lodówka świeci pustką, no i sama powiedz, czy t w o i m z d a n i e m nie ma w tym nic niezwykłego? A przy okazji to oznacza, że zaniedbałaś się w swoich podstawowych obowiązkach matki, okazałaś się taka cyniczna, że aby się jak najdłużej pieprzyć, wybrałaś dzień, kiedy zwykle robisz zakupy, by dzieci miały co jeść. Nawet zwierzęta żywią swoje młode. Nie zdarzyło się jeszcze, żeby zwierzę, nawet najgorsze, najdziksze i najwstrętniejsze, zapomniało nakarmić potomstwo, tak je zaniedbało. Pieprzyć się w dniu, gdy normalnie robi się zakupy, żeby nakarmić dzieci, tak się pieprzyć, do upadłego, tak się w tym zatracić, żeby na kiedy indziej odłożyć elementarne obowiązki macierzyńskie, przyznasz, że na poziomie symbolicznym to wielkie osiągnięcie, brawo, winszuję. (Ilekroć Jean--François wypowiadał te słowa, klaskał czubkami palców, lecz niesłyszalnie). Tak dobrze pieprzy ten twój kochaś? W czym ten facet jest lepszy ode mnie, ma większą fujarę? No słucham, Bénédicte, oddaję ci głos, teraz nie będę się odzywał. Opowiedz, jak cię pieprzył, że zapomniałaś o istnieniu swoich dzieci. Obciągnęłaś mu? Jak pomyślę, że nawet nie zadzwoniłaś do dzieci po szkole, by je uprzedzić, że wrócisz późno!… Arthur zastał drzwi zamknięte! Dzwonił, a tu nic! Dom był zamknięty na cztery spusty!

We czwartek! W dzień, kiedy normalnie nie pracujesz! Gdzieś ty miała głowę? Arthur miał godzinami czekać pod domem? Pięcioletnie dziecko? Miał czekać, aż siostra wpuści go do środka? Bénédicte, zdajesz sobie sprawę, co zrobiłaś, czy nie? Tak czy nie? Całe szczęście, że opiekunka jego kolegi miała głowę na karku i zabrała go ze sobą, z domu Jeana-Baptiste'a zadzwonili do mnie do biura, nie muszę chyba mówić, jak się zdziwiłem! Dociera to do ciebie czy nie? Powiedziałem Arthurowi, że musi zostać u kolegi, póki Lola nie przyjdzie ze szkoły! Dobrze, że ma klucze, znalazła twój liścik na stole w kuchni, zadzwoniła do mnie, by zapytać, czy o tym wiem, poprosiłem, żeby poszła po brata do Jeana-Baptiste'a, i potem czekali, aż wrócisz z zakupów! Uważasz, że coś takiego jest normalne? Wyobrażasz sobie, jak martwiliśmy się wszyscy? Myśleliśmy, że miałaś wypadek! Co ci strzeliło do głowy?! Co ci strzeliło do głowy, Bénédicte?! Nie wierzę w ani jedno twoje słowo! I zaczynam tracić cierpliwość! Mam dość zadawania ciągle tych samych pytań, oglądania co dzień tej zaciętej miny, twoich ustawicznych zaprzeczeń, szlochów, łez! Gdybyś była w Wogezach, zadzwoniłabyś o piątej! Zadzwoniłabyś do domu, żeby powiedzieć nie martwcie się! W ogóle nie trzyma się kupy twoje tłumaczenie, że włóczyłaś się po górach, filozofując, patrząc na wszystko z dystansu! Gziłaś się i nie miałaś ochoty przestać, taka jest prawda! Z kim? Od kiedy? Od kiedy zdradzasz mnie, Bénédicte, i z kim, żądam jego nazwiska! Bénédicte, powtarzam pytanie: od kiedy i z kim mnie zdradzasz, żądam jego nazwiska! Bo w końcu wkurzę się na dobre!

Czasami wobec tego pokrzykiwania zaczynała się bać, żeby złość jej męża górującego nad nią całą wysokością swojej desperacji nie przeobraziła się raptem w działania fizyczne i żeby nie zdzielił jej w twarz pięścią, zamiast tylko obrzucać ją słowami, tym sposobem usiłując przerwać jej milczenie – bywało wtedy, że Bénédicte Ombredanne kryła twarz w dłoniach, lecz ta próba ochrony wprawiała oprawcę w jeszcze straszniejszy gniew. Co robisz, czemu zasłaniasz twarz, boisz się, że cię uderzę? Boisz się, tak? Myślisz, że jestem na tyle prymitywny, żeby walnąć cię w twarz? Zasłaniasz się, bo sądzisz, że ci przyleję? Tak myślisz? Masz teraz o mnie takie niskie mniemanie, że kiedy do ciebie mówię, zasłaniasz twarz na wszelki wypadek, bo nigdy nic nie wiadomo, tak? Tak?! Do tego doszłaś? A niech to szlag jasny trafi, kurwa mać! Prawdziwa zdzira z ciebie, nadajesz się tylko do rżnięcia, zabierz ręce, chcę widzieć twoją twarz, natychmiast zabierz ręce! Słowo daję, Bénédicte, nie zniosę takiej zniewagi, jak śmiesz mi to robić? Liczę do trzech, patrz mi w oczy, zabierz ręce, czy kiedykolwiek przywaliłem ci w twarz?

Bénédicte Ombredanne odsłaniała twarz i spoglądała mężowi prosto w oczy.

Błagam, miej litość, pozwól mi spać, przestań gadać, potrzebuję snu, wykończysz mnie, jeśli nie przestaniesz, szeptała na progu załamania.

Mąż pytał, czy przypadkiem ona miała nad nim litość, kiedy przez cały dzień gziła się z kochasiem. Dlaczego niby teraz on miałby mieć nad nią litość, może mu powiedzieć? No? Może mu powiedzieć?

Nie mam kochanka, nigdy nie miałam kochanka, nigdy nie będę miała kochanka, ile razy mam ci to powtarzać? I dla samej twojej przyjemności nie będę przecież wymyślała sobie kochanka! Chyba tego nie chcesz?

Wybuchała płaczem. Kuliła się na podłodze pod ścianą sypialni. Bolał ją brzuch, ze strachu traciła oddech, czuła, że jest na granicy załamania. Jednakże niestety, nic się w niej nie łamało, nic nie pękało: ta odporność skazywała ją nieuchronnie na znoszenie każdej nocy trwających bez końca przesłuchań męża.

Tego chcesz? Żebym zmyśliła zdradę i opowiadała ci o pieprzeniu? Tak?

Odpowiadał, że nie wierzy, iż nie udała się na spotkanie z facetem. Cóż, po prostu jej nie wierzy. I nic na to nie poradzi!

Ależ nie, nie spotkałam się wtedy z facetem, przykro mi.

Zalewała się łzami przytłoczona zmęczeniem i rozpaczą.

Stojąc nad nią, mąż trącał ją czubkiem pantofla w bok, jakby chciał wykopać z jej ciała niestosowną potrzebę snu: przynieś mi dowód, że nie spędziłaś tamtego dnia z facetem, to dam ci spokój.

Odpowiadała, że nie jest w stanie dostarczyć mu żadnego dowodu, lecz to wcale nie oznacza, że jest winna, co już mu setki razy powtórzyła.

Niemniej masz jeden radykalny sposób, żeby się oczyścić: odwiedzimy razem ten twój osławiony warsztat, by potwierdzili, że faktycznie zabrakło ci paliwa i oni ci pomogli.

Nie pamiętam, nie wiem już, gdzie to było, w życiu nie znajdę tego miejsca.

Twierdzisz, że osławiony mechanik nie przyjął karty kredytowej, dlatego zapłaciłaś mu gotówką za te kilka litrów paliwa, potem zatankowałaś do pełna przy autostradzie koło Strasburga, co potwierdza wyciąg bankowy. Upierasz się przy tej wersji faktów? Twoim zdaniem mam uwierzyć, że w dwa tysiące szóstym warsztat nie akceptuje płatności kartą nawet w jakiejś dziurze w Wogezach?

Obejmowała głowę zgiętymi rękami i garbiąc się, spuszczała ją między kolana niczym łyżkę koparki opadającą wolno ku powierzchni, w którą ma się wbić.

W takim razie będę pytał dalej, będę pytał, póki nie zdecydujesz się wyznać prawdy. Po twoich oczach widzę, że kłamiesz: nie bez kozery tyle lat żyję z tobą, żeby nie poznać, kiedy kłamiesz, a kiedy mówisz prawdę. Nazajutrz po dniu, który Bénédicte Ombredanne spędziła z Christianem, otrzymała od niego mejl, w którym pytał, czy u niej wszystko w porządku, wyrażał nadzieję, że mąż nie okazał się zbyt agresywny, gdy wróciła. Odkąd się z nim pożegnała, cały czas myśli o niej, nie masz pojęcia, jak miło wspominać te cudowne godziny, które spędziliśmy razem, napisał. Bénédicte, koniecznie musimy się znowu spotkać. Sądzisz, że dwie osoby, które tak do siebie pasują, mają prawo tak zimno, okrutnie rezygnować z siebie tylko z powodu zasad? Byłby to ogromny błąd i przyczyna wielkiego cierpienia. Nie zapomniałem oczywiście, że jesteś mężatką i matką dwojga dzieci, ale wziąwszy pod uwagę to, z czego mi się zwierzyłaś, ta sytuacja nie może być przeszkodą dla ofiarowania ci mojej miłości ani dla marzenia, że w końcu ją przyjmiesz i pokochasz mnie równie mocno jak ja ciebie. Jak ci powiedziałem, mam dwoje dzieci, które spędzają ze mną co drugi weekend i połowę wakacji, zawsze lubiłem dzieci, jestem w stanie obdarzyć twoje szczerym, silnym uczuciem. Jakże dobrze byłoby nam we dwoje! Myślisz pewnie, że szybko przechodzę do rzeczy, ale co tu się wahać? Nie jesteśmy już w wieku, w którym po długim zastanowieniu przychodzi pora na decyzje, wykształciłem w sobie pewność osądu, dzięki czemu od razu wiem, czy skórka jest warta wyprawki i jakie stanowisko zająć w takiej czy innej sytuacji, łącznie z zupełnie niewinnymi: to naturalnie użyteczne w moim zawodzie, jak pewnie zdajesz sobie sprawę, ale także w stosunkach międzyludzkich! Bénédicte, najdroższa, nie stawiam cię na równi z osiemnastowieczną wazą, ale mimo wszystko ważna jest umiejętność rozpoznania na pierwszy rzut oka piękna i wartości czegoś i właściwego oszacowania ceny, jaką można za to zapłacić. A poważnie, w młodości popełniałem błędy, znam jednak siebie dobrze, tak że od kilku lat instynkt mnie nie myli, tak bym to ujął. Jasne jest, że cudownie się rozumiemy, o czym wiesz tak samo dobrze jak ja: nie trzeba nam więcej czasu spędzić razem, żeby to przeczucie nazwać pewnością. Bénédicte, nie tylko wpadłaś mi w oko, jak się mówi potocznie: w kontakcie z tobą poczułem, że dzieje się we mnie coś fundamentalnego, i to coś fundamentalnego nadal się we mnie porusza, chociaż ciebie nie ma w pobliżu, aby to podsycać. Mógłbym powiedzieć, że twoje zjawienie się wczoraj zrodziło w moich trzewiach zwierzę, to zwierzę rośnie z godziny na godzinę razem z sierścią, mięśniami, pyskiem, cienkimi wąsami, które mnie łaskoczą, ostrymi zębami i pięknymi pazurami, które drapią mnie do krwi, to zwierzę karmi się moimi marzeniami, liże moje organy, żywi się moimi wnętrznościami, aby nie paść z głodu, te jego powtarzające się posiłki sprawiają mi niewiarygodną przyjemność, jakbym przeżywał ciągły orgazm, orgazm wyciszony, subtelny, kobiecy, można by powiedzieć, orgazm, który potężnieje, w miarę jak łasiczka wzrasta... Bénédicte, to zwierzę, które powołała do życia twoja uroda, zżera mnie od środka, to fantastyczne uczucie, od tylu lat nie zaznałem czegoś takiego, rozkoszy życia, rozkoszy fizycznej i duchowej, wszechobejmującej... i chciałabyś, żebym się tego wyrzekł? Odmłodniałem dzięki tobie w ciągu sześciu godzin! Bénédicte, powiedz szczerze, naprawdę chcesz, żebym zabił tego zwierzaczka w sobie, żebym bez litości go utopił? Żebym go unicestwił w eterze wyrzeczenia, rezygnacji? Rozumiem, że potrzebujesz czasu: ponaglaniem ryzykuję, że cię przerażę. Ale może choć sporadycznie moglibyśmy się spotykać w Metzu, pójść na lunch, pogadać, pospacerować za miastem, wpaść do cichego hoteliku, jeśli serce tak nam podyktuje? Znam jeden bardzo przyzwoity, mógłby stać się nasz, jeżeli tak postanowimy. Bénédicte, pragnę cię całować i kochać, a potem jeszcze raz i jeszcze. Zorientowałem się, że nie mam twojego telefonu, możesz mi go podać? Używał go będę tylko w ostateczności, właściwie głównie po to, aby się upewnić i przekonać, że nie rozwiałaś się w powietrzu. Mam nadzieję, że często odbierasz pocztę i że adres, którym dysponuję, nie został stworzony doraźnie, że jeszcze go nie zlikwidowałaś. Myślę o tobie, całuję cię z całego serca, serdecznie i już z miłością, Christian.

Bénédicte Ombredanne nigdy nie dostała tak pięknego listu. To był jej pierwszy list miłosny otrzymany w wieku trzydziestu sześciu lat! Ależ była szczęśliwa, czytając te słowa, odkrywając, że spędzony razem dzień zostawił w Christianie tak cenne wrażenia! W pełni się z nim zgadzała: nie potrzebowali więcej spotkań, aby wiedzieć, że są stworzeni dla siebie, co do tego miała pewność taką jak on, takie rzeczy się czuje, o tym się wie. Bénédicte Ombredanne dziesiątki razy przeczytała ten list, delektując się jego treścią, przede wszystkim jednak ucząc się na pamięć całych ustępów – zanim z ciężkim sercem go wykasowała. Później będzie żałowała, że usunęła ten tekst, że przynajmniej nie przepisała go odręcznie i nie wsunęła kartki w jakąś książkę, bała się jednak, że mąż zacznie szperać w jej gabinecie w poszukiwaniu dowodów albo kompromitujących drobiazgów, co zresztą w końcu zrobił kilka tygodni później, rozrzucając wszystko, tyle że dzięki przedsięwziętym przez nią środkom ostrożności niczego nie znalazł, dzięki Bogu, ani w książkach, ani w szufladach, ani w komputerze. W dniu odebrania tego listu Bénédicte Ombredanne zdecydowała się napisać jedyną możliwą odpowiedź, a czyniąc to, miała głębokie przekonanie, że dokonuje gwałtu na sobie, że bezlitośnie pozbawia swoje życie cudownych perspektyw. Podziękowała Christianowi za przesłane piękne słowa, za słowa, które wzruszyły ją do głębi. W zasadzie ona też może przyznać, że ten dzień był jednym z najpiękniejszych w jej życiu, a z całą pewnością najpiękniejszy w kategorii, do której należał: szczęścia w miłości. Ale wie, że ich związek nie ma przyszłości z wielu powodów łatwych do odgadnięcia, przy czym nie chce poznawać jego zdania na ten temat, napisała mu. Prosiła, by więcej się z nią nie kontaktował i nie niszczył wspomnienia tamtego magicznego dnia, którego smak będzie jej towarzyszył przez długie lata, tego może być pewien, napisała. Do tego niewiarygodnie pięknego dnia dodałeś list absolutnie cudowny, najbardziej wzruszający, jaki otrzymałam, list jak klamra ozdobiona szlachetnymi kamieniami: tymi zdaniami zamknąłeś klamrę, dzień dziewiąty marca jest zaczarowanym kręgiem, pozostaniemy w nim oboje, nieskazitelni, niezmienni, wyidealizowani przez to, że spotkaliśmy się tylko raz, będziemy poniekąd jak dwie postacie z obrazu Fragonarda zawieszonego na ścianie muzeum, napisała: na wieki w szale pożądania, w pięknie pogoni za szczęściem. Wspominajmy ten dzień, jakbyśmy oglądali obraz w muzeum: nieprędko ów dzień nam się znudzi, ja ci to mówię, bo na wieczność będziemy się w nim widzieli jednakowo cudowni i otwarci, piękni i nieśmiali, zmienni, nieoczekiwani, właśnie jak na nieśmiertelnym dziele sztuki, tym bowiem było tamto nasze popołudnie... Nie chcę przerywać tego kręgu: tylko byśmy zniszczyli to, co znajduje się w środku, tylko byśmy zrujnowali się w swoich oczach nawzajem, a ja bym straciła to, co dzisiaj, nazajutrz po tamtym dniu, mam najcenniejszego: szacunek dla mnie, który dostrzegłam w twoich oczach. Nie próbuj więcej się ze mną kontaktować, już nigdy, zaklinam cię. Jeśli choć troszkę mnie kochasz, spełnisz moją prośbę. No. Nigdy cię nie zapomnę. Mocno, mocno cię całuję po raz ostatni, Bénédicte.

Dwie godziny później znowu odebrała mejl od Christiana, nalegał, żeby się wycofała z podjętej decyzji. Błagał, by nie była tak nieodwołalnie stanowcza, był gotów dać jej czas, napisać do niej za dwa miesiące albo za pół roku, albo za rok, od niej będzie to zależało, nie może jednak zatrzasnąć drzwi ot, tak na zawsze, nieodwołalnie: musi mu zostawić choć iskierkę nadziei.

Tych kilka słów do głębi wzburzyło Bénédicte Ombredanne: godzinami popłakiwała, dzieciom wyjaśniając, że zaczerwienione oczy i ustawiczne pociąganie nosem to efekt alergii na pyłki. Czuła się tak, jakby własnoręcznie na żywca odcinała sobie palec, może nawet kilka palców, długim nożem przy przeraźliwym bólu całego jestestwa, kiedy sucho, nie podpisując się nawet, odpowiedziała:

Proszę.

Amélie jako jedyna z koleżanek zagadnęła, co się dzieje, że tak źle wygląda. Inne ograniczały się do uwagi, że wydaje się przemęczona, i na jej obliczu coraz częściej spoczywało czyjeś zaniepokojone spojrzenie, lecz nikt nie śmiał pytać. Uczniowie w niektóre poranki przyglądali się jej podejrzliwie i niepewnie, wszyscy, absolutnie wszyscy, jakby próbowali zrozumieć, co jest powodem takiej miny – i właśnie wyraz twarzy nastolatków najmniej ją oszukiwał, przez kilka chwil bowiem widziała w ich oczach, że jest istotą ludzką w sytuacji zagrożenia, stojącą na skraju przepaści. Powściągliwa z natury Bénédicte Ombredanne odpowiedziała Amélie, że cierpi na bezsenność, nie wiadomo dlaczego w ogóle nie sypia, lekarz rodzinny przepisał jej kurację homeopatyczną, po której bezsenność powinna ustąpić, zobaczymy, jak będzie, mówiła. Prawdziwym jednak powodem tej powściągliwości było to, że nie mogła wyznać, jak traktuje ją mąż, nie wyjawiając zarazem, jak się przedstawia jej życie od lat: katastrofa. O tym zaś nie dość, że nigdy nikomu słówka nie pisnęła, to jeszcze starała się wszystkim pokazywać, że w ich małżeństwie świetnie się układa, że w przeciwieństwie do większości ludzi udało im się zachować w związku świeżość uczuć, pociąg seksualny, pragnienie wspólnego życia. Zawsze miała tak wygórowane ambicje w odniesieniu do losów swego małżeństwa, że nigdy, nawet kiedy sprawy wcale już nie szły dobrze, nie mogła się powstrzymać, by nie okazywać osobom postronnym pozorów bezsprzecznego sukcesu, niewątpliwie powodem była duma albo brak odwagi, lecz również dlatego, że kierując się czystym młodzieńczym idealizmem, ani na chwilę nie wyzbyła się nadziei, że pewnego pięknego dnia w końcu się to pomyślnie poukłada. Udając, że wszystko idzie dobrze, co więcej: demonstrując na swoim przykładzie małżeńskie spełnienie tak zachwycające, że upokarzała, wprawiała w zazdrość i zawiść każdego, kto na to patrzył, Bénédicte Ombredanne bez wątpienia dokonywała także dzikiej zemsty, do czego czasami przed sobą się przyznawała, za swoje zawiedzione nadzieje – doświadczała swoistej niezdrowej uciechy, wzbudzając w innych to, co ją skrycie zabijało. Mówiła sobie ponadto, że ta fikcja przeznaczona dla widzów w gruncie rzeczy bardziej do niej pasuje aniżeli ułomne życie, które z powodu samego swojego męża musiała znosić, ten makijaż skupiał to, co chciałaby przeżywać, zawierał w sobie część prawdy o niej, wyrażał jej wyobrażenia znacznie lepiej niż cokolwiek innego, nawet jeżeli był bezwstydnym kłamstwem, mieszczańską komedią społeczną pod pewnymi względami absolutnie odstręczającą i obłudną. Kiedy w życiu osobistym osiągnęła ten etap wyizolowania, wcale się nie zdecydowała na wyjawienie swojej udręki: nie tylko nadal wmawiała Amélie, że u niej wszystko idzie świetnie, ale na dodatek gdyby koleżanka potrafiła jakoś z niej wyciągnąć zwierzenia świadczące o ruinie jej związku, Bénédicte Ombredanne nigdy by się po tym nie pozbierała, swoje upokorzenie dźwigałaby niczym zbyt ciężkie jarzmo i być może ze wstydu zerwałaby wszelkie kontakty z wieloletnią powierniczką. Niemniej wszystko wskazywało na to, że Amélie nie dała się nabrać na wymyślane przez przyjaciółkę historyjki, Bénédicte Ombredanne nie miała pojęcia, skąd jej się biorą takie podejrzenia, lecz wszystkie je bez wyjątku starannie odpierała, rozbijając każde w drobny pył. Bénédicte, na pewno wszystko u ciebie dobrze, nie chcesz o tym pogadać? O co chodzi z tą bezsennością? Zawsze mówiłaś, że nie masz żadnych problemów ze snem! Masz kłopoty? Słuchaj, powiedziałabyś mi, gdybyś miała kłopoty, prawda? Jesteś taka powściągliwa, że gotowa byś słowa nie pisnąć! Bénédicte, spójrz mi w oczy: coś się u ciebie dzieje, widzę to, twarz masz zmarnowaną, powiedz prawdę, nie możesz dalej żyć jakby nigdy nic, nie możesz dalej znosić tego, co znosisz, nie otwierając się przed nikim. Bénédicte Ombredanne, która paradoksalnie czuła się osaczana takim nagabywaniem dyktowanym życzliwością, odpowiadała, żeby Amélie się nie martwiła, jedyny jej problem polega na tym, że od kilku tygodni z niewyjaśnionych powodów cierpi na chroniczną bezsenność, nie ma sensu tego roztrząsać. No ale przecież zawsze mówiła, że sypia jak niemowlę! Zawsze się chwaliła, że śpi jak kamień! upierała się przyjaciółka. Owszem. Tyle że w okresie dojrzewania miała poważne zaburzenia snu, zmyśliła na poczekaniu Bénédicte Ombredanne, i należy przypuszczać, że w tym roku wiosna postanowiła wywrzeć na jej organizm taki sam efekt jak w młodości. Tego dnia Amélie, pełna podejrzeń, nie odpuszczała: po

długim milczeniu spytała, czy Bénédicte Ombredanne nie ma przypadkiem jakichś problemów z Jeanem-François. Ona zaś spojrzała na nią wrogo oburzona, że przyjaciółka pozwala sobie na tak osobiste wycieczki, tak że Amélie nie dokończyła nawet zdania.
– Ależ skąd! A w ogóle co Jean-François ma tu do rzeczy? Naprawdę upokarzające jest takie wypytywanie!
– Upokarzające? Nie sądzę.
– W moim małżeństwie układa się dobrze. Pomówmy raczej o twoim!
– Doskonale wiesz, że jest do bani. Możemy o tym pogadać, ale nie o to chodzi.
– OK, a o co chodzi twoim zdaniem?
– Zastanawiałam się... – zaczęła Amélie jak najostrożniej. Przyjaciółki wymieniły długie spojrzenia. – Zastanawiałam się, czy tak naprawdę wszystko nie sprowadza się do twojego męża – wyrzuciła z siebie.
– Tak? A niby czemu?
– No bo widzisz, dawniej – odparła Amélie łagodnie – lubiłaś czasem po szkole wyskoczyć ze mną na drinka albo do...
– Nadal nie widzę związku z Jeanem-François – przerwała jej Bénédicte Ombredanne lodowatym tonem.
– Musi być jakiś powód, a innego w tej chwili nie dostrzegam. Zwłaszcza że Jean-François, jak zauważyłam przy tych nielicznych okazjach, kiedy widziałam was razem...
– Wystarczy, tak będzie lepiej dla naszej przyjaźni – wpadła jej w słowo Bénédicte Ombredanne oschle. Nie wiedziała, że stać ją na aż taką oschłość. – Powiedziałam: nie mogę spać, nie wiem dlaczego, ale nie mogę spać. I dlatego po szkole marzę o jednym: żeby wrócić do domu i odpocząć, rozumiesz? A teraz daj mi już spokój. Jeśli będę kiedyś potrzebowała twojej rady albo pomocy, zadzwonię – zakończyła i odeszła.

Czasami ze zmęczenia Bénédicte Ombredanne płakała w samochodzie, wracając ze szkoły.

Czasami wracając ze szkoły, zatrzymywała samochód w osiedlowej uliczce, żeby się przespać dziesięć minut. Myślała o Christianie w każdej chwili każdego dnia, myślała o nim jak o rajskiej wyspie, pachnącej, zmysłowej, przepełnionej dźwiękami, coraz cudowniejszej w miarę upływu dni, z których każdy oznaczał, że maleje możliwość, iż kiedykolwiek uda jej się na nią wrócić. Bywało, że wspomnienie tamtego popołudnia nachodziło ją w zupełnie niestosownym momencie, na przykład podczas lekcji, i ogarniała ją wtedy dojmująca tęsknota, jakby jej całe jestestwo opanował skurcz, tak że musiała wtedy na kilka sekund przerwać zajęcia, oprzeć się rękami o biurko. Kiedy indziej, gdy na jej polecenie uczniowie po cichu czytali jakieś fragmenty literackie, wpatrzona w zamyśleniu w okno zapominała, gdzie jest – aż jakaś odważniejsza uczennica zagadywała „Coś się stało, proszę pani?", żeby się ocknęła, „Nie, nie, przepraszam, wszystko w porządku, wybaczcie, przeczytaliście?". Myślała sobie czasem ze wzrokiem zapatrzonym w halę sportową za oknem, że z takiego wspominania emanuje jakaś doskonałość, której tamte chwile nigdy w rzeczywistości nie osiągnęły, kiedy je przeżywała. Albowiem czas dopełniał swego dzieła nie poprzez zapomnienie, lecz poprzez sublimację, uwydatnienie, dopełnienie, mityczną krystalizację.

Czy nie popełniła grubego błędu, tak brutalnie zrywając z Christianem? Czy gotów byłby jej wybaczyć? Czy otworzyłby przed nią drzwi po takiej zniewadze? Miała nadzieję, że kiedyś uda im się znowu spotkać, trzeba poczekać, aż będzie mogła mu napisać, że jest wolna i kocha go – i ta nierealna myśl była po trosze jak światło latarni na pokładzie statku w sztormową noc, ogrzewała jej serce i łagodziła udrękę, tyle że przez większość czasu przykre działania jej męża zdmuchiwały w tej latarni płomień i Bénédicte Ombredanne trwała w nieprzeniknionych ciemnościach, nie mając widoczności ani perspektyw, niezdolna spokojnie niczego zaplanować na przyszłość. Wspomnienie tamtego popołudnia było dla niej zatem jedyną pociechą, wspomnienie, którego jasność pozwalała jej w życiu wykonać obrót o sto osiemdziesiąt stopni i stanąć tyłem do mroków swojej przyszłości, stanąć tyłem nawet do mroków swojej teraźniejszości, można by powiedzieć, i dzięki temu poczuć się żywa, oświetlona blaskiem popołudniowych godzin 9 marca.

Bénédicte, nie wkładasz w to całej siły. Spróbuj mocniej napiąć cięciwę. Wiem, wiem, odpowiadała z uśmiechem. Wiesz, wiesz, a mimo to strzeliłaś, mimo to strzeliłaś! No, jeszcze raz. Postaram się bardziej, słowo, odpowiadała uśmiechając się całą sobą, obiecuję, że postaram się trafić w tę cholerną tarczę!

Codziennie o osiemnastej dziesięć Bénédicte Ombredanne spoglądała na zegarek i zawieszała wzrok na dwóch wskazówkach, jakby ich sekretne ustawienie było spustem zwalniającym rozbłysk cudownego wspomnienia – tyle że ustawienie to trwało zaledwie minutę, po czym zmieniało się, wzbudzało inne lśnienie, nieznane Bénédicte Ombredanne, nic dla niej nieznaczące, pozbawione skojarzeń. Przez tych kilkadziesiąt sekund Bénédicte Ombredanne znowu widziała nagość ich dwojga oglądaną przez imponującego duchownego, którego pełne dezaprobaty oczy karciły ją teraz w pamięci: a nie mówiłem, należało mnie posłuchać, moje dziecko, czeka cię straszna kara. Niekiedy w tym rozmarzeniu tak się zapominała, że wpatrywała się w zegarek, póki wskazówki nie nałożyły się na siebie, duża na małą, męska na żeńską, oba czubki skierowane w dół, by pomknąć do celu.

W łucznictwie, Bénédicte, nie ma przypadków ani pecha, nie obowiązują żadne obietnice. Trafiłaś w środek tarczy, koniec, kropka. Skąd wiesz, że podświadomie nie celowałaś w środek tarczy, jak każdy, nawet jeżeli zamierzałaś trafić w czerwone? Ta strzała dowodzi, że coś cudownego dzieje się między nami, o czym wiesz równie dobrze jak ja.

W swoim otoczeniu nie tylko w stosunku do Amélie z powodu zmęczenia Bénédicte Ombredanne była nieznośna jak gimnazjalistka: podobnie odnosiła się do swoich dzieci, a szczególnie do Loli, wobec której coraz częściej przejawiała surowość, i to na poziomie znacznie wyższym niż wobec kogokolwiek innego z bliskich. Lola była dotąd wzorową uczennicą (zależało jej, aby mieć najlepsze oceny i świadectwa z wyróżnieniem, i zawsze to osiągała dzięki pomocy matki, która co wieczór zapędzała ją do nauki), tymczasem od przerwy świątecznej z okazji Wszystkich Świętych miała coraz słabsze oceny, lecz ku wielkiemu zaniepokojeniu Bénédicte Ombredanne podchodziła do tego obojętnie, a nawet z satysfakcją. Oczywiście nie zajęła postawy otwartego sprzeciwu wobec wymagań matki, jednakże z pewnych niedomówień dawało się wywnioskować, że teraz do wysokich wartości, którym hołdowali rodzice, dołączyła haniebne pojęcia konformizmu, ustalonego porządku i ciasnoty umysłowej, jakby ostatnio wykiełkowały jej w głowie zasiane gdzieś poza rodziną dążenia znacznie bardziej podniecające – dążenia, których nigdy w żaden sposób, nawet na marginesie ani jako dodatku do wytyczonych celów, nie uwzględniała logika systemu edukacji, a mianowicie: chłopcy, przyjemności, wielka miłość, pragnienie, aby w pełni korzystać z życia. Nauczyciele kombinują, jak wcisnąć nas w normy, ale ja chcę pozostać sobą ze wszystkimi wadami, nie życzę sobie, żeby ktoś mnie zmieniał, próbował zrobić ze mnie przeciętniaka albo kogoś jak spod sztancy – to wszystko, co stanowi o moim uroku, szkoła chce ze mnie wyplenić, mówiła Lola, kiedy złapała natchnienie. Ilekroć Bénédicte Ombredanne słyszała takie hasła, kipiała. To wszystko slogany, Lolu, mówiła, problem w tym, że w wieku dwunastu lat człowiek nie wie, że to slogany, może je brać za sformułowane przez siebie żywe treści, bo czuje, że coś w nim płonie, buzuje, pcha go naprzód, i to coś może mu się wydawać manifestacją jego autentycznej osobowości. Ale nie buzuje w nim dlatego, że jest autentyczne; buzuje, bo jest nowe, pcha go naprzód, ponieważ rodzi się w nim właśnie jego ja, i to nazywamy dojrzewaniem: to cudowny czas, zazdroszczę ci, że przeżywasz go właśnie, mówiła córce Bénédicte Ombredanne, ale zjawiskowość dojrzewania nie jest celem samym w sobie, powinnaś jej doświadczać jako zapowiedzi innych stanów, które przyjdą później i będą o wiele wspanialsze, pod warunkiem że będziesz wiedziała, kim jesteś, aby mogły rozkwitnąć. Bénédicte Ombredanne patrzyła Loli prosto w oczy, próbując ją przekonać do obiektywnej prawdy swoich słów. Wiesz, trzeba czasu, aby się dowiedzieć, kim się jest, trzeba się nad tym długo zastanawiać i w tym celu trzeba nauczyć się myśleć, tak, myśleć, dobrze usłyszałaś, czyli zaopatrzyć się w stosowne narzędzia, zdobyć wykształcenie, wyćwiczyć swoją wrażliwość i inteligencję. Do tego właśnie służy nauka w szkole, wyobraź sobie, a nie do formatowania umysłów, mówiła Bénédicte Ombredanne, lecz efektem jej słów były tylko niecierpliwe spojrzenia rzucane w stronę drzwi salonu, czasami oczy wznoszone do sufitu, czyli w kierunku pokoju, do którego Lola ewidentnie pragnęła się schronić, uciekając od matki i jej nieustannych kazań. A w ogóle powinno się dążyć do zachowania swojej pierwotnej czystości, ponieważ w niej jest zawarta kwintesencja prawdziwej osobowości człowieka – bo to właśnie masz na myśli, Lolu, tak? Cisza. Wymieniane spojrzenia.

Tak? No, mniej więcej w uproszczeniu, odpowiadała niechętnie jej córka (Lola zawsze zarzucała matce, że niesamowicie upraszcza jej opinie, aby je łatwiej obalić), ale proszę, mów dalej, do czego zmierzasz? Bénédicte Ombredanne obdarzała ją przeciągłym uśmiechem. Do tego, że jeśli teraz rzucisz szkołę, by uchronić przed formowaniem pierwotny stan, który według ciebie stanowi o twojej wyjątkowości, to... cóż, za parę lat obudzisz się pewnego ranka i stwierdzisz, że jesteś więźniem sytuacji, której nie przewidziałaś, odkryjesz utrwalony porządek tam, gdzie wcześniej dostrzegałaś ogromne obszary swobody: zrozumiesz, że temu stanowi czystej naturalności odpowiada ściśle określone miejsce kobiety w społeczeństwie, miejsce to samo od niepamiętnych czasów, nieprzyjemne, rola służebna, podległa, dotrze wtedy do ciebie, że ten obszar swobody jest przestrzenią, w której dochodzi do podporządkowania, do wtłoczenia cię w rolę chyba najbardziej sformatowaną (tu, Lolu, faktycznie można mówić o formatowaniu), w rolę wrażliwej, uczuciowej lalki, szczerej i delikatnej, bezbronnej, posłusznej. Słuchasz mnie? Słuchasz mnie, Lolu? Przestań nawijać na palec ten kosmyk włosów, kiedy do ciebie mówię, bo odnoszę wrażenie, że mam do czynienia z wariatką. Odgarnąwszy włosy ze swojej ładnej buzi o przymkniętych powiekach pomalowanych opalizującym szarym cieniem, Lola wpatrywała się w matkę wrogo, nieruchomym wzrokiem, z miną mówiącą OK, niech ci będzie, skończyłaś wreszcie tę swoją badziewną feministyczną gadkę? Mogę iść do swojego pokoju? W takiej chwili zamiast zmienić drażliwy temat rozmowy, zamiast wziąć Lolę podstępem i zręcznie naprowadzić córkę na ścieżkę, na której ją widziała, Bénédicte Ombredanne z uporem wałkowała to samo: wyolbrzymiając w swoim mniemaniu zagrożenie, w jakim znalazła się córka, pragnąc ratować co się da z rodzinnej katastrofy, czyli w pierwszej kolejności przyszłość swoich dzieci, wywierała na Lolę nieproporcjonalnie wielką presję, ze zmęczenia nieświadoma, jak bardzo ta presja jest szkodliwa, niebezpieczna, toksyczna dla każdej z osobna, ale również dla obu razem. Będę walczyła do końca, do samego końca, słyszysz, nawet jeśli mi przyjdzie wydać ci bezlitosną wojnę, żebyś nie została... Nigdy nie powiedziałam, że chcę być kurą domową, przerywała jej Lola, mówiłam tylko o formatowaniu. Efekt jest taki sam: nie bardzo widzę, kim innym mogłabyś zostać prócz, jak zwał, tak zwał, kury domowej, kuchty, garkotłuka, gospodyni... A pewnie, dołuj mnie! Miło usłyszeć, że własna matka traktuje mnie jak głupią gęś! Nigdy nie traktowałam cię jak głupią gęś. Mówię tylko, że w wieku dwunastu lat nie możesz zdecydować, że rzucasz szkołę, postawić wszystko na powierzchowność, urodę, uczucia, balety, randki, ciuchy, makijaż, rzeczy niemające związku z myśleniem, Facebook i takie tam... Tylko tyle? przerywała jej Lola z szyderczym śmiechem. Proszę, proszę, jaki sympatyczny portret, zastanawiam się, jak dajesz radę jeszcze mnie znosić! Pfff, taka głupia córka, kurde, ale obciach! Biedna jesteś, mamo, masz pecha! Marzyłaś o córce podobnej do siebie, o córce, która skończy studia! Marzyłaś, że pójdę na najlepszą uczelnię! Na najlepszą uczelnię! Na najlepszą uczelnię! nuciła Lola, wywijając rękami w parodii telewizyjnego show. Nie mów do mnie tym tonem, przerywała jej Bénédicte Ombredanne, robisz się arogancka. Ja? obruszała się Lola. Co ty gadasz, ja arogancka? Ty jesteś arogancka! Atakujesz mnie! Traktujesz jak jakąś pindę! Kurde, słyszałaś, co ty wygadujesz? Mam średnią cztery zero! Cztery zero! Na razie, przerywała jej Bénédicte Ombredanne, bo widzę tendencję spadkową, i nic dziwnego, skoro ostatnio w ogóle, ale to w ogóle się nie uczysz. Ty tak uważasz, a ja się po prostu inaczej zorganizowałam. No właśnie widzę, myślisz o niebieskich migdałach, nie masz motywacji, chodzisz z głową w chmurach, oschle odpowiadała Bénédicte Ombredanne. Nie czytasz, za kieszonkowe fundujesz sobie depilację, nie umiemy już z sobą rozmawiać. Lolu, przestań w końcu dotykać włosów, nie mogę tego znieść! Lolu, nie mogę patrzyć, jak ciągle miętosisz włosy, przestań! Poniżasz mnie, kiedy mówisz takie rzeczy, mówiła Lola z urazą. Człowiek chyba ma prawo interesować się czymś innym niż tylko szkołą, nie? Lola spoglądała na matkę oczami jak z japońskiej kreskówki: o rozszerzonych źrenicach, rozmarzonymi nawet w złości, szczerymi aż do bólu. Człowiek chyba ma prawo pięć minut dziennie poświęcić na coś innego niż jakiś tam Rousseau? Co masz zadane na jutro? podchwytywała Bénédicte Ombredanne. Zadałam ci pytanie, zwracała uwagę kilka chwil później. Bénédicte Ombredanne stała się cierpka jak cytryna. Czemu tak się na mnie uwzięłaś, co ja ci zrobiłam? pytała zapłakana Lola. Nie możesz zostawić mnie w spokoju i zająć się swoimi sprawami? Nie sądzisz, że masz dość własnych życiowych problemów, żeby jeszcze stale się mnie czepiać? Wyżywasz się, tak? Żeby nie myśleć o swoim zasranym życiu, wolisz zajmować się życiem innych? Dlatego że mam zasrane życie, bo w tym owszem, masz słuszność, nie chcę, żebyś ty z głupoty zniszczyła swoje! krzyczała Bénédicte Ombredanne. No wybacz, mamo, ale naprawdę jak patrzę na twoje faktycznie gówniane życie, w którym ugrzęzłaś, wolę robić po swojemu niż korzystać z twoich rad! przekrzykiwała matkę Lola. Po czym wybiegała z pokoju, trzaskając wszystkimi drzwiami, które znalazły się na jej drodze, zostawiając Bénédicte Ombredanne na kanapie w salonie rozdygotaną, zrozpaczoną, że nieporozumienia między nią a córką narastają – w chłodnej z tego powodu atmosferze miała żyć w następnych dniach, dławiąc się z powodu popełnionego błędu, niezdolna go naprawić, poprosić Lolę o wybaczenie.

W drodze do pracy Bénédicte Ombredanne przejeżdżała przez rondo, na którym w ostatnim czasie postawiono abstrakcyjną rzeźbę, nieforemną i krzykliwą. Odkąd ją zauważyła, przyglądała się jej z uwagą, zastanawiając się, co też wyobraża, po czym zapominała o niej do następnego razu, do wieczora bądź poranka nazajutrz. I kiedyś doznała olśnienia, aż ją spięło i w głowie pojawił się potworny ból, gdy zrozumiała, co przedstawia to odpychające miejskie szkaradzieństwo: j e j p r z y s z ł y w i z e r u n e k. Z przerażeniem utwierdziła się w tym przekonaniu kilka dni później, po kolejnej nieprzespanej nocy, kiedy ujrzała siebie na środku ronda, żywą, lecz wchłoniętą przez rzeźbę, wpisaną w stal, uwięzioną w warstwie oksydacyjnej. Tam, na tym rondzie była ona, wstrętna! Ogarnął ją strach, oderwała wzrok od tej potwornej wizji i z wyrażającym sprzeciw krzykiem zjechała z ronda w drogę prowadzącą do liceum – i wtedy gwałtownie uderzył w nią inny samochód, wgniótł prawe drzwi jej małego peugeota, na nią posypało się szkło.

Ta niegroźna stłuczka bardzo ją przeraziła, szczególnie gdy nieduży samochód podskoczył na asfalcie i opadł jak stara piłka, z której uszło powietrze, podrzucając Bénédicte Ombredanne kurczowo uczepioną kierownicy. Coś wówczas drgnęło w jej umyśle, szczęknęła jakaś zapadka, chociaż nie od razu ani nawet nie w ciągu najbliższych godzin zdała sobie z tego sprawę.

Długo po zderzeniu płakała, siedząc bez ruchu z rękami zaciśniętymi na kierownicy i czołem opartym o plastik, głucha na pytania zadawane przez otwarte drzwi.

Cztery dni później, w nocy z 6 na 7 maja, obudzona znowu przez męża o trzeciej nad ranem, pękła. Tym razem zapadka otworzyła się na dobre: z przeżycia tamtej kolizji wyłonił się teraz, i to z mocą, która nie pozwoliła się zastanowić, czy powinna mu ulec, przemożny bunt głosu i całego ciała – wyskoczyła z łóżka i z krzykiem zaczęła ciskać w Jeana-François wszystkim, co jej wpadło w ręce, nie zdając sobie sprawy ze swej metamorfozy, tak bardzo zaślepiała ją nienawiść.

– Tak, miałam randkę! Miałam randkę z facetem, spodobał mi się, bardzo mi się spodobał, pieprzyliśmy się jak wariaci, było cudownie, kocham go, bez przerwy o nim myślę, teraz już wiesz, zadowolony? – wrzeszczała, stojąc w sypialni, w której zapaliła światło. – Zadowolony? Masz wreszcie, co chciałeś! – krzyczała, rzucając w niego ubraniami, jakimiś papierami, teczką.

– Co? Co ty mówisz? Co ty wygadujesz?! – dopytywał jej mąż, niemrawo uchylając się przed pociskami.

– Jesteś zadowolony? Masz wreszcie, co chciałeś? I co ci to daje, możesz mi powiedzieć?

– No wiesz! Co ty opowiadasz? Co robisz, czemu tak wrzeszczysz, odbiło ci? Przestań, wariatko! Obudzisz dzieci, no przestań! Aj, to boli!

– Z obcym facetem! Dosłownie! Którego znalazłam przez Internet! Widzisz, jak nisko upadłam? Zarejestrowałam się na portalu randkowym, znalazłam faceta, który zgodził się wziąć mnie ot, tak u siebie w domu w czwartkowe popołudnie! Tylko po to, żebym poczuła, że żyję! Żebym zaznała czułości! Bo mam dość patrzenia, jak uciekają mi najpiękniejsze lata! Mam dość tego życia bez miłości, dość, dość, dość! Myślałeś pewnie, że zrezygnuję ze szczęścia, dam się wdeptać, tak? Nic z tego, nie jestem kamykiem na ścieżce! I powiem ci coś jeszcze, tylko słuchaj uważnie: wcale nie żałuję, że to zrobiłam, a n i t r o c h ę n i e ż a ł u j ę! Jak spojrzę wstecz, widzę swoje życie smutne, monotonne... i takie przykre, zimne, mdłe, jałowe! tak, j a ł o w e, ponure, dobrze słyszysz, i nie rób takiej miny! ty mnie brukasz, człowieku! poniżasz! tak, tak, poniżasz mnie, o c z y w i ś c i e, ż e m n i e p o n i ż a s z, sam to przyznałeś dwa miesiące temu po tej audycji w radiu! Jak spojrzę wstecz, w całej mojej przeszłości jaśnieje tylko tamto popołudnie, parę godzin spędzonych z obcym facetem, to naprawdę szczyt wszystkiego! Biedaku, tamtego dnia w ciągu raptem sześciu godzin doświadczyłam więcej doznań niż z tobą przez dziesięć lat, głupie, co? Tak, tak, nie przesłyszałeś się: więcej fantastycznych doznań, więcej czułości, szczerości w jedno popołudnie niż w ciągu dziesięciu lat z tobą! Tego musiałeś się dowiedzieć, to informacja na wagę złota! – krzyczała Bénédicte Ombredanne, krążąc po pokoju. Wydawało jej się, że nigdy w życiu tak głośno nie krzyczała: pewnie słyszano ją w całej okolicy, lecz nie dbała o to, było jej obojętne, czy ten bunt wyrwie ze snu wszystkich sąsiadów. – Od dwóch miesięcy mnie dręczysz, bo chcesz poznać prawdę, więc dobrze, poznasz ją, nie będziesz zawiedziony! P r z y s i ę g a m, ż e w s z y s t k i e g o s i ę d o w i e s z! Ty kretynie, od dwóch miesięcy namolnie się domagasz, żebym ci opowiedziała, jak cię zdradziłam, ze wszystkimi szczegółami! Palant! Proszę bardzo, b ę d z i e s z m i a ł t ę s w o j ą p r a w d ę! No już, pytaj, odpowiem na każde pytanie, ale pamiętaj: s a m t e g o c h c i a ł e ś!

Mąż Bénédicte Ombredanne wypytywał ją do bladego świtu: nieprzytomna ze złości, pogardliwa, opowiedziała o tamtym popołudniu z najdrobniejszymi szczegółami, ciskając mu słowa w twarz, plując nimi, plując słowami, które precyzyjnie nazywały rzeczy po imieniu i poniżały go.

Pytania zadawał spokojnie głosem zgnębionym, ledwie słyszalnym: odpowiadała zaczepnie, nie szczędząc detali, jakby każda wypowiedź była krótkim atakiem, rozkoszną zemstą, dobitnym wytykiem, jadowitym dźgnięciem.

W chwili gdy zaczęła te wyznania, otworzyła się przed nią nowa droga i wbiegła na nią z dziką radością, jakby wiedziała, że na końcu tej prostej dotrze do brzasku oczywistości, różowego i lekkiego, który ujrzy ją, jak pakuje rzeczy swoje i dzieci, wychodzi z domu i wyrusza do Christiana uwolniona, oczyszczona. Istne tsunami, erupcja siły i światła! Bénédicte Ombredanne nie myślała, jakie mogą być dla niej w przyszłości skutki tych kompromitujących wyznań poczynionych przed mężem, była jak w transie, przeobrażona energią, która ją całą przenikała tak samo jak tamtego wieczoru, gdy zarejestrowała się na Meeticu i czatowała z nieznajomymi. Opowiadając nocą Jeanowi-François, co przeżyła z Christianem, odnosiła wrażenie, że doświadcza tego wszystkiego ponownie z niewiarygodną siłą, tak zakochana, jak jeszcze nigdy nie była.

Lola i Arthur, obudzeni krzykami matki (oszołamiająco wyraźnie, jak błyski flesza, docierały do ich uszu okropne słowa: pieprzyć się, kutas, orgazm, facet, członek, strzał, dupa, nagrzany, wytrysk, zdradzać, brandzlować, bzykanie, nieznajomy), parę razy kolejno zaglądali do sypialni rodziców. Kiedy uchylali drzwi, w stłumionym świetle widzieli zapłakanego nagiego mężczyznę skulonego w pościeli, zgnębionego, podobnego do rannego żołnierza, który wpadł w ręce wroga, na pierwszym planie zaś Bénédicte Ombredanne, ziejąca wściekłością i nabuzowana, krążyła z mieczem w garści, brodząc w błocie z rozwianym włosem (tak przynajmniej musiała oddziaływać na ich wyobraźnię, mówiła sobie). Toteż obracała się do tego z dzieci, które otworzyło drzwi, szepcząc ze strachem „co się dzieje? czemu tak krzyczysz na tatę?", i z gorejącym wzrokiem starała się je uspokoić paroma krótkimi zdaniami i wilgotnym pocałunkiem złożonym na czole, po czym zamykała drzwi (dwukrotnie jednak zaprowadziła Arthura do łóżka i troskliwie go otuliła kołdrą).

Kiedy raziła Jeana-François ostatnim zdaniem (było już jasno, ptaki świergotały za oknem, brzask nie był różowy ani czarowny, raczej szary, zgaszony, obrzydliwy, siny), Bénédicte Ombredanne nie zdecydowała się uciec do siebie, choć mogłaby to zrobić, a w ciągu tej nocy kilkakrotnie miała na to ochotę, w szczytowym punkcie swej rewolty, kiedy ciężar słów ciskanych w męża pozwalał jej myśleć, że właśnie się go pozbywa, pozbywa się go na dobre, na zawsze. Zeszła na dół do kuchni, aby zaparzyć kawę, postawić mleko na gazie, wyłożyć na stół płatki śniadaniowe i herbatniki dla dzieci, wyjąć z lodówki masło i konfitury. Przy krojeniu chleba skaleczyła się w palec wskazujący, potem sparzyła sobie palec środkowy przy wyciąganiu kromki z opiekacza, który się zaciął. Obudziła dzieci, pomogła Arthurowi ubrać się i spakować do szkoły. Przez całe śniadanie Jean-François i ona nie wymienili ani jednego spojrzenia, ani jednego słowa. Dzieci niemrawe z niewyspania, bliskie płaczu, także nie śmiały się odezwać. Bały się, że znowu się zacznie. Bénédicte Ombredanne wzięła potem prysznic i ubrała się (byle jak, wciągnęła dżinsy i T-shirt, nie umyła głowy, chociaż powinna była tego dnia), pojechała do szkoły, lunch zjadła w stołówce, odbyła resztę lekcji i późnym popołudniem wróciła do domu jakby nigdy nic. Po przejściach tej nocy stanęła przed nią niepowtarzalna szansa na opuszczenie rodzinnego ogniska, w każdym razie przynajmniej na jakiś czas, aby pokazać mężowi, że jest górą i że powinien się z nią liczyć. Tyle że nie zastanowiła się, czy może to zrobić, czy powinna tę szansę wykorzystać: z własnej woli wróciła do rutyny życia rodzinnego.

Przez trzy dni nie rozmawiali ze sobą.

Zszokowana gwałtownością, której się poddała, Bénédicte Ombredanne czuła się jak oderwana zarówno od siebie, jak i od świata zewnętrznego: była jednym wielkim zgiełkiem, jakby słowa wykrzyczane tamtej nocy, słowa okrutne, nieodwracalne, nadal bez ustanku rozbrzmiewały w jej mózgu i ciele. Jean-François natomiast był kompletnie zgnębiony: zgaszonym wzrokiem spoglądał na ruchome kule zawieszone w powietrzu niczym planety widoczne tylko dla niego, obracające się dyskretnie.

Czwartego dnia, kiedy dzieci poszły spać, zapytała męża, co ma zrobić, aby doszedł do siebie: jest gotowa zostać z nim na nowych zasadach, lecz on także musi się postarać i przestać się tak gryźć. Po długiej chwili odparł, że nigdy się nie pozbiera po tym, co usłyszał tamtej nocy, nie bardzo sobie wyobraża, jak mógłby przejść do porządku nad tym epizodem, nie wie, czy potrafi znów patrzyć na Bénédicte Ombredanne, nie czując się zbrukany i upokorzony. Świadomość, że jego żona była w łóżku z obcym facetem, najzwyczajniej w świecie dosłownie go przytłacza. Świadomość, że w dodatku tego faceta nigdy nie zapomni, że gość jej zaproponował, by z nim zamieszkała, a ona wahała się, czy przyjąć jego ofertę, co gorsza, jak wyznała tamtej nocy, żałuje, że się nie zgodziła – to wszystko sprawia, że on dziś nie bardzo widzi, jak będzie dalej żył, powiedział jej tego wieczoru.

Odkąd słowami Bénédicte Ombredanne jej mąż został kompletnie zniszczony, wypowiadał się spokojnie, niemal bezgłośnie, wymijająco i oględnie, jakby całe jego jestestwo było w nieustającym odwrocie: można by rzec, że stopniowo znikał ze świata widzialnego, rozwiewał się. Wygłosiwszy te zdania ostateczne, i to wygłosiwszy je na pozór obojętnie, spokojnie, na powrót się pogrążył w milczeniu, wzrok uwiesiwszy na nowej planecie.

Bénédicte Ombredanne usiłowała podnieść go na duchu: powiedziała, że tamtej nocy mówiła szybciej, niż myślała, presja, jaką na nią wywierał od dwóch miesięcy, w końcu odebrała jej rozum, chyba może to zrozumieć, prawda?
— Rozumiesz, Jean-François? Chciałeś, żebym powiedziała, że spędziłam popołudnie z tym człowiekiem. I w końcu wybuchłam, zaczęłam mówić, ale przesadzałam! Przesadzałam! — oznajmiła Bénédicte Ombredanne, starając się zachowywać pojednawczo. Jednakże była niepewna, czuła, że jej słowa brzmią fałszywie, jakby dusza jej się rozstroiła niczym pianino nieużywane od dawna. — No naprawdę! Jak mogłeś choćby przez chwilę pomyśleć, że faktycznie tak było? On mnie ani grzeje, ani ziębi, słowo! Powiedziałam to wszystko, żeby się zemścić. I tyle! — szepnęła z uczuciem. — Po prostu żeby się zemścić! Z miłości! Tylko dlatego, wierz mi! Nic nie czułam przy tym człowieku, Jean-François!

— Teraz tak mówisz, żeby się wydostać z bagna, w które się wpakowałaś swoimi wyznaniami — odparł jej mąż po kilku minutach milczenia. — Wolę, żebyśmy się trzymali pierwotnej wersji. Nie łagodź tego, co wyznałaś wtedy w nocy, albo za nic nie ręczę! Nie zaczynaj znowu mnie okłamywać albo przysięgam, zabiję cię, zabiję wszystkich, a potem skończę ze sobą. — Bénédicte Ombredanne aż się wzdrygnęła, spojrzała na twarz rozdygotanego Jeana-François. — Ta historia jest zbyt straszna, żebym kiedykolwiek się z nią pogodził. Jakoś się z tym uporam tylko pod warunkiem, że uznam za prawdę wszystko, co powiedziałaś: ponieważ będę miał pewność, że niczego nie ukrywasz i niczego nie muszę wyświetlać, że załatwiliśmy tę sprawę i teraz możemy się zająć czym innym. Rozumiesz? — Bénédicte Ombredanne kiwnęła głową. — Jeżeli dzisiaj znowu otworzysz puszkę Pandory, sugerując, że w rzeczywistości wszystko potoczyło się inaczej, nigdy się z tym nie uporamy: będę chciał poznać prawdę, stale będę cię wypytywał, nawet za dziesięć lat z tym nie skończymy, wiesz?

Zaniepokojona Bénédicte Ombredanne w milczeniu wpatrywała się w męża, wreszcie lekkim skinieniem podbródka przytaknęła mu i spuściła wzrok na swoje splecione palce.

– Rozumiem i wiem. Tak zróbmy.

– Co? Co mówisz? Gadaj wyraźnie, gulgotasz pod nosem, nic nie słyszę.

Przeszedł ją dreszcz, gdy znowu usłyszała słowa „gulgotasz pod nosem".

A więc nawet tak radykalnym działaniem nie udało się jej oduczyć męża tego poniżającego słownictwa!

– Mówiłam, że rozumiem i zgadzam się, żebyśmy tak zrobili.

– To jedyne wyjście – zakończył, wybuchając płaczem, i przepłakał dużą część nocy, jego cierpienia nie ukoiły żadne pieszczoty żony.

Ta maniacka faza trwała nieco ponad tydzień.

Płakał, nie odzywał się, z dnia na dzień chudł.

Wieczory spędzał przed telewizorem, żując wolno gumę. Z nieobecnym wzrokiem sprawiał wrażenie, że nie widzi obrazów przed sobą, obrazów, które rzucały na jego twarz na przemian światła i cienie, wszystko sztuczne, obojętne – wyglądał, jakby wpatrywał się w jakiś rozległy widok w sobie, w pejzaż nieruchomy i bezludny, zniszczony tornadem, może w całe swoje życie, w cały stan ducha. Jeśli Bénédicte Ombredanne zadawała mu pytanie, nie odpowiadał. Jeśli siadała obok niego, wstawał i przechodził do innego pomieszczenia. Kiedy kładli się spać, wsuwał się pod kołdrę, otwierał książkę bądź gazetę, czytał chwilę, potem uklepywał poduszkę, gasił swoją lampkę i bez słowa odwracał się na bok tyłem do niej.

Jeżeli Bénédicte Ombredanne, pragnąc pokazać, że jest do niego jak najprzychylniej nastawiona i że Christian odszedł w niepamięć, dotykała dłonią jego skóry, wzdrygał się gwałtownie, jakby ta ręka poraziła go prądem. Później będzie sobie mówiła, że powinna była wykorzystać przewagę zyskaną wtedy nad mężem, aby mu narzucić nowe zasady współżycia. Gdyby była odrobinę bardziej przewidująca, wyłożyłaby mu, jakie są jej oczekiwania w ich wspólnym życiu, ugruntowałaby odnowioną równowagę znacznikami umieszczonymi między nimi jak szpilki wpięte przez szwaczkę w materiał sukienki dla zaznaczenia obrębu. Tym sposobem gdyby wracał do starych zwyczajów, te znaczniki nie tylko by poświadczały jego odstępstwa od umowy, ale też jej by pozwalały zareagować z szybkością alarmu w muzeum: „znowu to robisz, znowu tak do mnie mówisz, znowu używasz słów »gulgotasz pod nosem«, znowu powtarzasz takie a takie gesty, odchodzę, między nami koniec, słyszysz? zabieram dzieci i w tej chwili opuszczam ten dom, nieodwołalnie i raz na zawsze", tyle że w gruncie rzeczy nie postrzegała zgnębienia męża jako wygranej oferującej sposobność dokonania zmian w ich relacjach, odbierała je natomiast jako kłopotliwy, wstydliwy, rzucający się w oczy dowód swojej winy, której rozmiary każdy łatwo mógł ocenić na podstawie stanu, do jakiego skandaliczne zachowanie Bénédicte Ombredanne doprowadziło Jeana--François. On zaś ze złośliwą przyjemnością publicznie obnosił udręczoną minę, z lubością dawał do zrozumienia przy bliskich, że jego żona ma coś ciężkiego na sumieniu, i każdy oczywiście myślał natychmiast o zdradzie, mówiła sobie Bénédicte Ombredanne. Dlatego właśnie lodowaty chłód męża postrzegała jako problem raczej swój niż jego, szczególnie wobec dzieci, które jak łatwo sobie wyobrazić, marzyły o jednym: żeby na twarz taty wrócił uśmiech.

Dążąc do tego, Bénédicte Ombredanne była niezłomnie ujmująca i życzliwa przez dwadzieścia dni. Wykazywała się nawet pomysłowością, była filuterna i zaskakująca, odzyskawszy jakąś świeżość, która przypominała jej młode lata. Często godzinami musiała go zapewniać o swojej miłości, mówiła, że go nie opuści, nigdy więcej nie zdradzi, obiecywała mu to. Naprawdę n i g d y więcej, obiecujesz? Nigdy, nigdy więcej, obiecuję, mówiła Bénédicte Ombredanne. Nawet jeżeli pomyślisz czasem, że mam wady? Nawet jeżeli pomyślę czasem, że masz wady, odpowiadała ze słodyczą. W takich chwilach mąż niekiedy dawał jej do zrozumienia, że chce się z nią kochać. Bénédicte Ombredanne przystawała na to, kładł się na niej, brał ją, nadal wypytując, oddawali się sobie, kontynuując rozmowę, którą przerwali, miłą, krzepiącą.

Kiedy indziej jednak, wymusiwszy na Bénédicte Ombredanne, aby mu raz jeszcze opowiedziała, jak uprawiała miłość z Christianem, domagał się, by wzięła jego penisa do ust i pokazała mu, jak doprowadziła do orgazmu tamtego faceta. No weź go do buzi, pokaż, jak robiłaś loda temu swojemu zasranemu antykwariuszowi, pokaż, chcę wiedzieć. Dogadzała mu więc oralnie, żeby poczuł się lepiej, żeby się uspokoił, żeby przypadkiem znowu nie wybuchł jakiś kryzys, żeby nie zaczęły się swary, wyrzuty, które by rozdrapały rany, obudziły dzieci. Kiedy już Jean--François szczytował w jej ustach i zmusił ją do połknięcia spermy, zasypiał, nie obdarzywszy żony żadną czułością czy przeprosinami, nie okazawszy choćby skruchy, a ona płakała cichutko z twarzą ukrytą w poduszce.

Po takich nienormalnych sytuacjach czasem następował okres spokoju i wówczas próbowała sobie wmówić, że te poniżające sceny były jej mężowi niezbędne, aby pokonał cierpienie: powtarzała sobie, że dzięki nim przebrnęli do końca przez bolesny proces ekspiacji. To nic, że lekarstwo jest gorzkie, skoro skutkuje – doszło do tego, że tak właśnie myślała niekiedy – była nawet gotowa zapłacić za swój skok w bok, poddać się surowej pokucie, byle nie kosztem swojego poczucia godności: poddać się bolesnej pokucie, z myślą skupioną wyłącznie na mężu, aby odczuł całą miłość, jaką zdolna jest go obdarzyć, jeżeli skończy z poniżaniem jej. W czasie tych krótkich okresów remisji zaczynała znowu wierzyć w ich wspólną przyszłość. Nawzajem zaspokajali się oralnie, można by zatem powiedzieć, że w sumie jej strasburska eskapada zaowocowała pozytywnymi następstwami w ich pożyciu. Zbliżenia mieli namiętne i Bénédicte Ombredanne doznawała rozkoszy, szczytowała ogniście, choć nigdy dotąd nie śmiała tego okazywać mężowi, w którego ramionach nadal była zawstydzona jak pierwszego dnia. Po tylu latach współżycia w tonacji minorowej zawsze się obawiała śmieszności, gdyby z dnia na dzień okazała dużą zmysłowość, toteż zawsze przygryzała wargę albo paznokciami zdzierała sobie skórę z kciuków, by nie krzyczeć za głośno w chwili kulminacji, bała się bowiem, że mąż zapyta, kogo mu tu zgrywa, za kogo się ma. Wiecznie hamowała popęd, z czasem więc powstała przepaść między tym, czego była w stanie doznać w sferze erotycznej, a tym, co ujawniała, na co sobie pozwalała. Ponieważ jej wyznania dowiodły, że może być inną kobietą niż skromna wstrzemięźliwa żona, jaką zawsze znał, teraz odsłaniała swoje nieco bardziej lubieżne oblicze, popuszczała sobie cugli i wyglądało na to, że mężowi się to podoba, nie szydził z niej. Krótko mówiąc, popołudnie 9 marca było teraz daleko za nimi, a cierpienie, które w Jeanie-François wywołało te sześć promiennych godzin cudzołóstwa, odeszło w niebyt: tak sobie mówiła w tych chwilach Bénédicte Ombredanne, szczęśliwa, że trzy miesiące męki nareszcie ma za sobą.

Tyle że za dzień czy dwa mąż znowu zaczynał ją dręczyć, wszystkie złowrogie myśli wracały mu do głowy i krążyły w niej, krążyły niczym posępne kruki na burzowym niebie. Wyczuwała to wieczorem, gdy z wahaniem chodził po pokoju, widziała w namolnych spojrzeniach, którymi ją obrzucał, zanim wsunął się pod kołdrę odpychający, rozchwiany. Wtedy przyznawała przed sobą, że powinna była mieć się na baczności przed tym człowiekiem od dnia, kiedy zobaczyła, jak ukradkiem chowa do skórzanej teczki swoje brudne slipki i zwinięte skarpetki – albowiem tamtej nocy miał taki sam niewyraźny wzrok, ociekający wstydem i kompleksami, dziecięcym zakłamaniem i nikczemnością, jak w wieczory, gdy kładł się spać w ponurym nastroju z głową przepełnioną niesłychaną aurą Christiana.

Coraz częściej się zdarzało, że jak przez pierwsze dwa miesiące budził ją w nocy. Twierdził, że nie może spać, nie potrafi wyzbyć się lęku, domagał się, by pomogła mu go rozproszyć, mówił, że jego życie będzie piekłem, dopóki nie pozbędzie się z myśli tego, co zrobiła z tamtym facetem, mówił, że nie rozumie, jak mogła zrobić coś takiego, pytał, jak mogła, skoro żyła z nim od trzynastu lat, ni stąd, ni zowąd oddać się człowiekowi, którego znała dwie godziny, nie rozumie tego, nie rozumie, nie rozumie, to go doprowadza do szału, mówił, jęcząc w środku nocy, swoim biadoleniem pozbawiając snu Bénédicte Ombredanne. To, że miała czelność rozłożyć nogi przed obcym facetem, mówił, trzymając się za brzuch (jakby wroga kula utkwiła mu w trzewiach i jakby od niej dogorywał), jest czymś tak potwornym, że przerasta jego możliwości pojmowania. Mogła być trzecia czy czwarta nad ranem, żadne z nich nie zapaliło światła, Bénédicte Ombredanne słyszała tuż przy uchu ponury żebrzący głos męża, który błagał, aby mu wytłumaczyła, jak to się stało, że ważyła się wziąć do ręki, do swojej ręki, do ręki jego żony od trzynastu lat, penisa innego mężczyzny – gruby penis innego mężczyzny w jej ustach, dotykający jej zębów, ten widok utkwił mu w głowie, nie może się go pozbyć, w nocy wszystko jarzy mu się światłem właśnie przez ten nieznośny widok zawieszony pod czaszką jak reflektor, mówił zapłakany, ocierając się członkiem o jej udo. Jakże ma spać z całym tym światłem w głowie? Rozwiń mi jeszcze raz film z tej potworności, pomóż mi w wizualizacji tego, co się stało, żebym mógł to z siebie wyrzucić, zniszczyć negatyw: Bénédicte, Bénédicte, Bénédicte, błagam, opowiedz mi jeszcze raz o wszystkim, jakbyś tej nocy ponownie oglądała film z tego skandalicznego popołudnia, no już, opowiadaj, jak to było po kolei, kiedy weszliście do sypialni po spacerze w lesie. Bénédicte Ombredanne protestowała, że nie chce, że tyle razy już opowiadała mu tę scenę, szczególnie tamtej nocy, kiedy wyznała, jak szkodliwego dla ich miłości czynu się dopuściła, że żałuje tego ze wszystkich sił, musi jej uwierzyć. Wszystko ze szczegółami opowiedziałam ci już kilka razy, Jean-François, nie zmuszaj mnie, żebym to powtarzała, mówiła zaspana, przy zgaszonym świetle, podczas gdy mąż ocierał się o nią z członkiem we wzwodzie. Kiedy pierwszy raz zobaczyłaś jego kutasa, Bénédicte, co pomyślałaś? Powiedz, zapragnęłaś od razu wziąć go do ust czy chętka przyszła ci później, w ogniu wydarzeń? (Płakał, czuła to). Jean-François, proszę, nie chcę już o tym myśleć, nie chcę więcej o tym mówić. Najpierw on ciebie rozebrał czy ty rzuciłaś się jak furia i zdarłaś z niego ubranie, tak cię piliło, żeby zobaczyć jego członek, wziąć go do ust? Wiedziałaś zaraz po wejściu do sypialni, że będziecie się kochali, czy jeszcze miałaś wątpliwości? Muszę to wiedzieć, to jedyna droga, żebym się wyzbył cierpienia, tych wiecznych napadów lęku. Bénédicte, potrzebuję tego, muszę wiedzieć, co dokładnie się stało, mam do tego prawo, nie możesz mi odmówić. (Kilka chwil ciszy, gdy poruszał się przy niej, jęcząc z rozkoszy, cały we łzach). Powiedz, Bénédicte, kiedy zdjęłaś mu spodnie, miał już erekcję czy jeszcze nie? Miał erekcję, odpowiadała Bénédicte Ombredanne. Naprawdę? Miał naprawdę twardego, sterczącego w powietrzu przed tobą na sam widok twojego ciała? Tak, sterczał mu na sam widok mojego ciała. A ty byłaś mokra? (Kiedy tak rozmawiali, Jean-François coraz mocniej ocierał się o jej udo. Była pewna, że wkrótce położy się na niej, aby ją posiąść). Sama już nie wiem. Ależ wiesz! Oczywiście, że wiesz! Byłaś mokra? Tak, na pewno. Na pewno trochę. I co zrobiliście potem? To wtedy wzięłaś jego członek do ust? Jean-François, proszę, przestań. Nie, nie przestanę, należało wcześniej pomyśleć o konsekwencjach swoich czynów. Jak ja mam się po tym pozbierać, no? Nie ma tak łatwo. Jaśnie pani puszcza się jak zdzira z facetem znalezionym w Internecie, a ja mam się z tym sam uporać? Nie ma tak łatwo, musisz mi pomóc. Ale nie w ten sposób, Jean-François, nie w ten sposób, protestowała Bénédicte Ombredanne, prawie płacząc – nie chciała się jednak rozpłakać przy mężu, poczucie godności nie pozwalało jej zalać się łzami: doskonale wiedząc, jakie poniżenie ją czeka, brała się w garść, kuliła się za mentalnym szańcem, który pozwalał jej nie użalać się nad sobą ani zanadto cierpieć z powodu zniewag. No słucham: co zrobiliście potem? Położyłam się, on mnie rozebrał. OK, co dalej? Później lizał mi myszkę, długo, bez pośpiechu, najpierw wargami, jakby namiętnie całował, potem z językiem, czubkiem języka wycelował w łechtaczkę, dokładnie, co do milimetra. Podobało ci się? Podobało ci się, że lizał ci tak myszkę, długo, biegle, wprawnie? Bo lizał cię wprawnie, co? Bénédicte, tak mi kiedyś powiedziałaś, powtórz to teraz. Lizał mnie wprawnie: było mi cudownie, nigdy z nikim nie czułam czegoś takiego. Nawet ze mną? Nawet z tobą. OK, i co dalej? Jeżeli Bénédicte Ombredanne odmawiała odpowiedzi albo się wahała, albo nie chciała się poddać temu wstrętnemu rytuałowi, denerwował się, krzyczał na nią, a czasem nawet ją zdzielił, na jej ramię spadał cios wystarczająco mocny, żeby się wystraszyła. Pewnego wieczoru Bénédicte Ombredanne wyszła z łóżka, zapaliła światło i stojąc w pokoju, próbowała mężowi przemówić do rozsądku. Powiedziała, że doskonale rozumie, iż może go dręczyć pragnienie słuchania takich opowieści, lecz powinien się pohamować, powściągnąć tę potrzebę, inaczej wszystko zniszczy, tak, wszystko zniszczy, musi być tego świadom. Wtedy Jean-François także wstał i powiedział, że nie dość, że go zdradziła w sposób absolutnie niedopuszczalny, tak, niedopuszczalny! to jeszcze teraz zamierza ustalać zasady? Nie chce pomóc mężowi uporać się z tym, tak? podniósł głos do krzyku, tak że Bénédicte Ombredanne czym prędzej wróciła do łóżka, bojąc się, że jeszcze bardziej go rozzłości i że dzieci się obudzą. Wtedy co prawda dał jej spokój, lecz kilka dni później w środku nocy znowu ją wyrwał ze snu, szlochając, zapytała, co mu jest, odparł, że kocha ją z całych sił, spytał, czy i ona go kocha, potwierdziła, a wtedy zapytał: dlaczego mnie zdradziłaś, skoro mnie kochasz? To był błąd, odpowiedziała Bénédicte Ombredanne, więcej tego nie zrobię. Próbuję spać w nocy, rzekł na to, ale widzę członek tego faceta w twojej dłoni, w dłoni, którą kocham, i ten obraz mnie dobija, wtedy się budzę, płaczę. Widzę twoje wargi zaciśnięte na członku tego typa, to straszne, jak mogłaś coś takiego zrobić? Pociesz mnie, uspokój, weź mój członek do ręki, proszę, błagam, inaczej umrę. Doprowadź mnie do rozkoszy, inaczej umrę. Bénédicte Ombredanne spełniała jego prośbę, on sięgał dłonią do jej intymności, suchej, palcami na siłę suwał tam i z powrotem. Sucho jak na pustyni, widzisz, a nie mówiłem? Dotykam cię, ja, twój mąż, a ty jesteś sucha. Z tamtym też byłaś sucha? Nie, nie, z nim nie byłaś sucha, ociekałaś sokami, tak mi parę razy powiedziałaś. Zdzira jesteś. Wezmę cię zaraz, będziemy się kochali, wypieprzę cię porządnie jak tamten facet wtedy i będziesz szczytowała, rozszarpię ci cipkę, będziesz mokra i będziesz szczytowała.

I tak miało być przez dwa miesiące, przez kolejne dwa miesiące równie okropne jak dwa poprzednie, lecz o jeszcze większej sile ofensywnej, ponieważ Bénédicte Ombredanne wyzbyła się jedynego skutecznego oręża, jakim dysponowała, oręża tajemnicy. Ledwie tajemnica przestała być tajemnicą, mąż jakby wniknął do jej wnętrza i pustoszył wszystko, czynił to, powołując się na argument, że faktycznie go zdradziła, ma zatem prawo poznać od niej szczegóły i całą prawdę, łącznie z najintymniejszymi detalami, o tamtym niedopuszczalnym popołudniu, jak je zawsze nazywał. Teoretycznie umowa małżeńska podpisana w merostwie nakładała na Bénédicte Ombredanne obowiązek wierności wobec męża, prawdomówności. Zamierzał egzekwować przysługujące mu prawa.

Wyczekiwanie męża Bénédicte Ombredanne na powtarzaną wciąż od nowa opowieść o jego upadku i delektowanie się nią nie znały granic, były przerażające.

Szczytował w niej, krzycząc, podczas gdy ona opowiadała mu na ucho o zwierzęcej furii Christiana. Potem szedł do łazienki, by umyć sobie genitalia, oddawał mocz, bez słowa wracał do łóżka, jakby żywił do żony urazę za nieznośną prawdę, którą mu zaserwowała. Zasypiał na boku tyłem do niej, unikając jej dotyku.

Nie miał nawet na tyle delikatności, aby przynieść ręcznik, którym Bénédicte Ombredanne mogłaby się wytrzeć ze spermy przetoczonej do jej ciała. Ona także wstawała i udawała się do łazienki. Pewnej nocy, gdy rękawicą kąpielową przemyła wargi sromowe, stanęła przed lustrem nad umywalką i długo spoglądała sobie w oczy: długo spoglądała w oczy okropnej rzeźbie, którą widziała przed sobą, stalowej, abstrakcyjnej, nie do zidentyfikowania – słyszała wszystko, co wokół ją mijało, dźwięki były nieustępliwe, dźwięki ryczących pojazdów, hałaśliwych ciemnych brył ciągnących przyczepy załadowane słowami, zdaniami, akapitami, była godzina szczytu i na rondzie, na którym stała Bénédicte Ombredanne, ohydna stalowa forma w samym sercu lustra, panował ruch tak szalony, że wpadła w panikę. W głowie jej się zawróciło, przytrzymała się umywalki, zamknęła oczy na kilka chwil, po czym je otworzyła: w łazienkowym lustrze znowu widniało odbicie Bénédicte Ombredanne, żywej, o rysach ściągniętych zmęczeniem, skórze nieco woskowej i smutnych oczach. Mimo że hałas zniknął, pozostawił w jej umyśle wrażenie, które przerodziło się niebawem w słodką spokojną pewność. Z kosmetyczki Bénédicte Ombredanne wyjęła dwa blistry xanaxu, jeden już zaczęty, paznokciem rozrywała folię aluminiową i na brzegu białej umywalki układała po kolei różowe tabletki. Dwanaście tabletek. Nalała wody do szklanki i trzema łykami połknęła dwanaście różowych tabletek, patrząc w swoje odbicie szczęśliwa, wyczekująca. Następnie wrzuciła do kosza dwa puste blistry po xanaksie, zgasiła światło w łazience i położyła się do łóżka, w którym jej mąż już chrapał.

5

Owego wieczoru cały świat paryski uświetniał swą obecnością przedstawienie w Operze Włoskiej. Dawano *Normę*. Był to występ pożegnalny Marii Felicji Malibran.

Przy ostatnich dźwiękach modlitwy Belliniego *Casta diva* cała sala powstała z miejsc i przywoływała śpiewaczkę śród zgiełku triumfu. Rzucano kwiaty, bransolety, diademy. Atmosfera nieśmiertelności spowijała dostojną artystkę, niemal umierającą, uciekającą, choć sądziła, że śpiewa.

W środku foteli parterowych młody zupełnie mężczyzna, o wyrazie twarzy znamionującym duszę stanowczą i dumną, objawiał swój zachwyt oklaskami namiętnymi aż do zdarcia rękawiczek.

Nikt ze świata paryskiego nie znał tego widza. Wyglądał nie na przybysza z prowincji, lecz raczej na cudzoziemca. W stroju zbyt nowym i nieskazitelnego kroju, acz przebrzmiałej świetności, w tym fotelu parterowym wydawałby się gościem prawie szczególnym, gdyby nie wrodzona tajemnicza wytworność bijąca od całej jego osoby. Patrząc nań, chciało się szukać dokoła niego przestrzeni, nieba i samotności. Było w nim coś osobliwego: czyż jednak Paryż nie jest miastem Osobliwości?

Kto zacz i skąd przybywał?

Był to młodzian półdziki, pańskiego rodu sierota – jeden z ostatnich w naszych czasach – melancholijny dziedzic z Północy, który przed trzema dniami wyrwał się z mroków swego starego zamku w Cornouailles.

Nazywał się hrabia Felicjan de la Vierge, władał zamkiem Blanchelande w Dolnej Bretanii. Gorące pragnienie życia, ciekawość poznania naszego czarodziejskiego piekła porwały nagle i pobudziły tego myśliwca. Wyruszył w podróż i teraz był tutaj – po prostu. Obecność jego w Paryżu datowała się dopiero od rana, toteż wielkie oczy miał jeszcze pełne blasku.

Był to jego pierwszy wieczór młodości! Liczył sobie lat dwadzieścia. Wstępował oto w świat płomieni, zapomnienia, błahostek, złota i zabawy. I przypadkowo przybył w porę, by usłyszeć pożegnanie tej, która odchodziła.

Parę chwil wystarczyło mu do oswojenia się ze splendorem sali. Lecz przy pierwszych nutach Malibran dusza jego zadrżała; sala znikła. Obcowanie z ciszą leśną, z dzikim wiatrem śród skał, z szumem wody na głazach strumieni i z powagą zapadających zmierzchów wychowało na poetę dumnego młodzieńca, toteż zdawało mu się, że w brzmieniu głosu, który teraz słyszał, rozbrzmiewa wołanie duszy tych rzeczy ślącej mu z daleka prośbę o powrót.

Uniesiony entuzjazmem oklaskiwał natchnioną artystkę, gdy wtem ręce jego zawisły w powietrzu; znieruchomiał.

W jednej z lóż balkonu pojawiła się młoda kobieta wielkiej piękności. Patrzyła na scenę. Delikatne szlachetne linie jej profilu tonęły w cieniu czerwonych mroków loży niby kamea florencka w jej medalionie. Blada, z gardenią w ciemnych włosach, sama jedna w loży, opierała o parapet balkonu rękę kształtem swym zdradzającą znakomite pochodzenie. Przy staniku sukni z czarnej mory, przybranym koronkami, zniszczony kamień, wspaniały opal – na obraz jej duszy zapewne – lśnił w złotym otoku. Samotna, obojętna na wszystko dokoła, zdawała się zapominać o własnym istnieniu pod nieodpartym czarem muzyki.

Traf chciał jednak, że zwróciła niewidzące spojrzenie na tłum; w tym momencie oczy młodego człowieka spotkały się z jej wzrokiem na przeciąg sekundy, na tyle, by zabłysnąć i zgasnąć.

Czy znali się kiedyś?... Nie. Przynajmniej nie na ziemi. Lecz niechaj ci, którzy mogą określić, gdzie zaczyna się Przeszłość, orzekną, gdzie tych dwoje należało już istotnie do siebie, gdyż to jedyne spojrzenie przekonało ich teraz i na zawsze, że byt ich nie zaczął się od kołyski. Błyskawica w nocy oświeca jednym rzutem pieniste grzywy morza i dalekie srebrne linie widnokręgu, podobnie w sercu młodzieńca wrażenie tego szybkiego spojrzenia nie potęgowało się stopniowo; było to wewnętrzne magiczne olśnienie światem, co się odsłania! Przymknął powieki jakby dla zachowania dwóch błękitnych błysków, które pod nimi zginęły; po czym chciał stawić czoło dojmującemu zawrotowi głowy. Podniósł oczy na nieznajomą.

Zadumana, opierała jeszcze wzrok na jego wzroku, jak gdyby pojęła myśl tego dzikiego kochanka i jak gdyby to było całkiem naturalne! Felicjan uczuł, że bledzie; w tym mgnieniu oka miał wrażenie, iż dwoje ramion zamyka się w omdleniu dokoła jego szyi. Stało się! Twarz tej kobiety odbiła się w jego duszy jak w znajomym zwierciadle, wcieliła się w nią, p o z n a ł a w niej siebie, utrwaliła się w niej na zawsze pod magią myśli niemal boskich. Pokochał pierwszą niezapomnianą miłością.

Tymczasem młoda kobieta, rozłożywszy wachlarz, tak iż czarne koronki dotykały jej warg, wróciła, rzekłbyś, do wcześniejszej obojętności. Teraz wyglądała tak, jakby słuchała wyłącznie melodii *Normy*.

W chwili gdy miał skierować lornetkę na lożę, poczuł Felicjan, iż byłoby to nietaktem.

„Skoro ją kocham", rzekł do siebie.
Niecierpliwie oczekując końca aktu, skupił się w sobie. Jak zbliżyć się do niej? Jak dowiedzieć się jej nazwiska? Nie znał nikogo. Przejrzeć jutro listę abonentów Opery Włoskiej? A jeśli tę lożę wykupiła przypadkowo, tylko na dzisiejszy wieczór? Pora nagliła, wizja miała lada chwila zniknąć. No cóż, jego powóz pojedzie za jej powozem, ot co... Zdawało mu się, iż nie ma innego sposobu. Potem zobaczy! Po czym w swej naiwności... wzniosłej powiedział sobie: „Jeżeli mnie kocha, spostrzeże się niechybnie i zostawi mi jakąś wskazówkę".
Kurtyna opadła. Felicjan opuścił salę bardzo szybko. Znalazłszy się w perystylu, zaczął spacerować po prostu przed posągami.
Podszedł jego lokaj, on szepnął mu jakieś instrukcje; lokaj cofnął się do kąta i stał tam bardzo czujnie.
Huczny zgiełk owacji zgotowanej śpiewaczce umilkł powoli, jak milknie wszelki zgiełk triumfu na ziemi. Zaczęto schodzić po głównych schodach. Felicjan czekał wpatrzony w ich szczyt między dwiema wazami z marmuru, skąd spływał olśniewającą rzeką tłum.
Ani twarzy promieniejących, ani strojów, ani kwiatów u skroni młodych dziewcząt, ani gronostajowych zarzutek i całej błyskotliwej fali toczącej się przed nim w świetle lamp, nic z tego wszystkiego nie widział.
I całe to zgromadzenie niebawem ulotniło się stopniowo – a młodej kobiety nie było widać.
Czyż dał jej zniknąć, nie poznawszy w tłumie? Nie! To było niemożliwe. Stary służący w peruce i w futrze stał ciągle w westybulu. Na guzikach jego czarnej liberii błyszczały liście akantu korony książęcej.
Naraz u szczytu pustych już schodów zjawiła się o n a! Sama!
Wysmukła pod aksamitnym płaszczem, z włosami

ukrytymi pod szalem z koronki, opierała dłoń w rękawiczce na marmurowej poręczy. Ujrzała Felicjana stojącego obok posągu, lecz nie zwróciła uwagi na jego obecność. Zeszła spokojnie. Gdy zbliżył się służący, powiedziała parę słów zniżonym głosem. Lokaj skłonił się i oddalił niezwłocznie. Chwilę potem dał się słyszeć turkot odjeżdżającej karety. Wtedy wyszła. Zstąpiła, wciąż sama, po zewnętrznych schodach teatru. Felicjan zaledwie miał czas rzucić do lokaja:

– Wracaj sam do hotelu.

W mgnieniu oka znalazł się na place des Italiens, o kilka kroków od owej damy; tłum rozpierzchł się już w sąsiednich ulicach, słabło oddalające się echo turkotu pojazdów.

Była noc październikowa, sucha, gwiaździsta.

Nieznajoma szła bardzo wolno, jakby nie przywykła do chodzenia po mieście. Iść za nią? Koniecznie, postanowił. Wiatr jesienny przynosił mu nikły zapach ambry idący od niej i powłóczysty wyraźny szelest mory po asfalcie.

Przed rue Monsigny zatrzymała się na sekundę dla orientacji, po czym szła dalej, jakby jej było wszystko jedno, aż do rue de Grammont, pustej i ledwo oświetlonej.

Wtem młody człowiek przystanął, przez głowę przemknęła mu myśl: może to cudzoziemka!

Mogła się nawinąć dorożka i zabrać mu ją na wieczne czasy! A jutro będzie szlifował bruki miasta, nie znajdując jej!

Być nieustannie oddalonym od niej przez traf jakiejś ulicy, jednego momentu, który może trwać wieczność... Co za przyszłość! Ta myśl przeraziła go, aż zapomniał o wszelkich względach przyzwoitości.

Wyminął młodą kobietę na rogu ciemnej ulicy; obrócił się, zbladł straszliwie i opierając się o żelazny słup latarni, pokłonił się; po czym z prostotą zaczął mówić, a czar magnetyczny bił z całej jego istoty:

– Pani – rzekł – pani wie: zobaczyłem ją tego wieczoru po raz pierwszy. Ponieważ lękam się, że jej więcej nie ujrzę, muszę pani powiedzieć... – siły go opuszczały – ...że ją kocham! – dokończył przyciszonym głosem. – I że jeśli mnie pani wyminie, umrę, nie powtórzywszy tych słów nikomu więcej.

Zatrzymała się, podniosła woal i wpatrzyła się w Felicjana z badawczą uwagą.

– Panie – odparła po krótkim milczeniu głosem, przez którego czystość przebijały najtajniejsze intencje myśli – panie, uczucie, które wywołało w panu tę bladość i to zachowanie, musi być istotnie bardzo głębokie, skoro znajduje pan w nim usprawiedliwienie tego, co czyni. Toteż nie czuję się bynajmniej obrażona. Proszę się uspokoić i uważać mnie za przyjaciółkę.

Felicjan nie był zdumiony tą odpowiedzią: wydawało mu się naturalne, że ideał odpowiedział idealnie.

Okoliczności były istotnie takie, że oboje musieli sobie przypomnieć, jeśli byli tego godni, że należą do rasy tych, którzy tworzą konwenanse, a nie tych, którzy im podlegają. To, co zwykli śmiertelnicy nazywają przy każdej okazji konwenansami, jest tylko naśladowaniem mechanicznym, służalczym i prawie małpim tego, co swobodnie stosują natury wyższego rzędu w okolicznościach pospolitych.

W porywie naiwnej tkliwości ucałował podaną mu rękę.

– Czy zechce pani dać mi kwiat, który miała we włosach przez cały wieczór?

Nieznajoma w milczeniu zdjęła pod koronką jasny kwiat i podając go Felicjanowi, rzekła:

– Teraz żegnam pana, i to na zawsze.

– Jak to…? – wybąkał. – A więc mnie pani nie kocha! Ach, jest pani zamężna! – wykrzyknął nagle.
– Nie.
– Wolna! O nieba!
– Jednakże zapomnij o mnie! Tak trzeba, panie.
– Lecz pani stała się w jednej chwili biciem mego serca! Czyż mogę żyć bez pani? Nie chcę oddychać innym powietrzem niż to, którym pani oddycha! Ja nie rozumiem zupełnie, co pani mówi! Zapomnieć o niej… jakże to?
– Straszne mnie dotknęło nieszczęście. Wyznać je, znaczyłoby zasmucić pana aż do śmierci. To niepotrzebne.
– Jakież nieszczęście może rozłączyć tych, co się kochają?
– Właśnie to.
Wymawiając te słowa, zamknęła oczy.
Ulica ciągnęła się w dal zupełnie pusta. Obok nich widniała na oścież rozwarta brama w ogrodzeniu otaczającym coś w rodzaju niedużego smutnego parku, który zdawał się ofiarowywać im swój cień.
Felicjan, niby dziecko niepowściągliwe w uwielbieniu, zawiódł ją pod sklepienie z mroków, obejmując bezwolną kibić.
Upajające wrażenie ciepłego, opinającego ciało jedwabiu zapaliło w nim gorączkowe pragnienie, by objąć ją, przytulić, zatracić się w jej pocałunku. Pohamował się, lecz szał zmysłów odjął mu mowę. Zdobył się zaledwie na te słowa wybąkane niewyraźnie:
– Boże mój, jakże ja cię kocham.
Wówczas kobieta schyliła głowę na pierś tego, który ją miłował, i powiedziała głosem gorzkim, zrozpaczonym:
– Ja pana nie słyszę! Umieram ze wstydu! Nie słyszę pana! Nie usłyszę twego imienia! Nie usłyszę twego ostatniego tchnienia! Nie słyszę bicia twego serca, co

mi pali skronie i powieki! Czyż pan nie widzi okropnego cierpienia, które mnie zabija?! Jestem... ach, jestem g ł u - c h a!

– Głucha! – krzyknął Felicjan rażony zimnym osłupieniem, drżąc od stóp do głów.

– Tak! Od lat! Och, cała wiedza ludzka jest bezsilna, nie może mnie wydobyć z tej straszliwej ciszy. Jestem głucha jak niebo i grób, panie! To okropne, że można przeklinać dzień, w którym się ujrzało światło, lecz taka jest prawda. Toteż zostaw mnie pan!

– Głucha! – powtarzał Felicjan, który wobec tej rewelacji nie do pojęcia trwał bez myśli, wstrząśnięty do dna duszy, niezdolny nawet zastanowić się nad tym, co mówi. Głucha?... Wtem zawołał: – Ale dzisiaj w operze pani oklaskiwała jednak tę muzykę!

Urwał, uświadomiwszy sobie, że pewnie go nie słyszy. Rzecz stawała się raptownie tak przerażająca, że wywoływała uśmiech.

– W operze? – odparła, sama się uśmiechając. – Zapomina pan, że miałam czas nauczyć się udawania wielu wzruszeń. Czyż ja jedna jestem w tym położeniu? Należymy do sfery, w której nas los postawił, i naszym obowiązkiem jest godnie w niej trwać. Niezwykła kobieta, która tam śpiewała, zasługiwała chyba na niejakie oznaki sympatii? Czy sądzi pan zresztą, że moje oklaski różniły się tak bardzo od braw najzagorzalszych miłośników? Ja sama grałam ongiś...

Na te słowa Felicjan spojrzał na nią nieco stropiony i wysilając się jeszcze na uśmiech, powiedział:

– Och, czy pani igrasz sercem, które cię kocha do rozpaczy? Oskarża pani siebie, że nie słyszy, a tymczasem odpowiada mi!

– Cóż – rzekła – to dlatego, że... to, co mówisz, wydaje ci się osobiste, drogi panie! Pan jest szczery; lecz słowa pańskie są nowe tylko dla niego. Dla mnie pan recytuje dialog, którego wszystkich odpowiedzi nauczyłam się naprzód. Od lat jest on dla mnie zawsze ten sam. To rola, której wszystkie zdania są nieodzowne i podyktowane z dokładnością naprawdę okrutną. Umiem tę rolę tak świetnie, iż gdybym się zgodziła, co byłoby zbrodnią, złączyć swą udrękę, bodaj na kilka dni, z pańskim losem, zapominałby pan co chwila o fatalnym moim zwierzeniu. Stworzyłabym iluzję zupełną, ścisłą, dając panu ani mniej, ani więcej niż każda inna kobieta, zapewniam pana! Byłabym nawet nieporównanie bardziej rzeczywista niż sama rzeczywistość. Niech pan pomyśli, że okoliczności dyktują zawsze te same słowa i że wyraz twarzy harmonizuje zawsze trochę z nimi! Nie uwierzyłby pan, że go nie słyszę, tak trafnie bym zgadywała. Nie myślmy więcej o tym, dobrze?

Tym razem zdjął go lęk.

– Ach! – powiedział. – Jakże gorzkie słowa ma pani prawo mówić!... Lecz ja, skoro tak jest, chcę dzielić z tobą choćby i wieczne milczenie, skoro nie może być inaczej. Dlaczego chce mnie pani wyłączyć z tej niedoli? Przecie dzieliłbym z tobą szczęście! A dusze nasze mogą nam starczyć za wszystko, co istnieje.

Młoda kobieta wzdrygnęła się i spojrzała na niego oczyma pełnymi światła.

– Zechce pan podać mi ramię i przejść się po tej ciemnej ulicy? – rzekła. – Wyobrazimy sobie, że jest to spacer pośród drzew, wiosny i słońca! Ja też mam panu do powiedzenia coś, czego już więcej nie powtórzę nigdy.

Kochankowie z sercem w kleszczach niezwalczonego smutku szli dłoń w dłoni niby dwoje wygnańców.

– Niech pan mnie słucha – zaczęła – pan, który może słyszeć dźwięk mego głosu. Dlaczegóż uczułam, że mnie pan nie obraża? I dlaczego odpowiedziałam? Czy pan to wie?... To oczywiste, że z rysów twarzy i zachowania nauczyłam się odczytywać uczucia determinujące ludzkie czyny, osobna rzecz jednak, że zgaduję z dokładnością równie głęboką i niejako prawie bezgraniczną wartość i jakość tych uczuć, a także ich wewnętrzną harmonię w duszy tego, kto do mnie mówi. Kiedy pan poważył się tak niestosownie względem mnie zachować, byłam może jedyną kobietą, która mogła w okamgnieniu pochwycić prawdziwe znaczenie tego.

– Odpowiedziałam panu – ciągnęła – ponieważ zdało mi się, że ujrzałam na twym czole błyśnięcie tajnego znaku zwiastującego tych, których myśl, daleka od wszelkiego zaciemnienia, zdominowania i skrępowania przez żądze, powiększa i uświęca wszystkie wzruszenia życia i wyłania z siebie ideał zawarty we wszystkich odczuciach, jakich tacy ludzie doznają. Przyjacielu, pozwól, że ci wyjawię swoją tajemnicę. Z początku tak bolesne przeznaczenie, które poraziło moją materialną istotę, stało się dla mnie wyzwoleniem z niejednej niewoli. Wybawiło mnie z pęt duchowej głuchoty, której ofiarą jest większość kobiet.

– Tak, ja jestem głucha... – mówiła. – Ale one! Co one słyszą?... A raczej czego słuchają w słowach do nich kierowanych prócz głuchego szumu harmonizującego z grą fizjonomii tych, którzy do nich mówią? Tak że słuchając z uwagą pozornego sensu, a niebaczne na jakość, głęboką i odsłaniającą istotę myśli, na prawdziwe znaczenie każdego słowa, zadowalają się wyłuskaniem ze słów intencji pochlebstwa, które wystarcza im w pełni. To właśnie nazywają „trzeźwością życia" z tym swoim uśmiechem... Och, zobaczy pan, gdy pożyje! Zobaczy pan, jaki tajemniczy bezmiar naiwności, ciasnoty i niskiej swawoli kryje w sobie ten rozkoszny uśmiech! Niech pan spróbuje wyłożyć jednej z nich otchłań miłości uroczej, boskiej, niepojętej, prawdziwie gwiaździstej jak Noc, miłości, do jakiej są zdolne takie natury jak pan! Jeśli słowa pańskie, dające wyraz takiemu uczuciu, dotrą do jej mózgu, wypaczą się tam, podobnie jak zmętnieje czyste źródło, gdy przejdzie przez bagno. Tak iż w rzeczywistości ta kobieta nie usłyszy ich. „Życie nie jest w stanie wcielić tych marzeń – powiadają takie jak ona – i pan za wiele od życia żąda!" Ach! Jakby Życie nie było dla żyjących!

– Boże drogi! – szepnął Felicjan.

– Przypisujecie kobietom zagadkowość dlatego, że one wyrażają się jedynie czynami. Dumne, pyszniące się tajemnicą, której same nie znają, lubią dawać do zrozumienia, że można je odgadnąć. I każdy mężczyzna, któremu pochlebia mniemanie, że to on właśnie jest tym wyczekiwanym czarodziejem, sprzeniewierza się swemu życiu, by poślubić sfinksa z kamienia. I żaden z nich nie może się pierwej wznieść do tej refleksji, że wszelka tajemnica, choćby najstraszliwsza, jeśli jej się nigdy nie wyjaśni, jest nicością.

Bénédicte Ombredanne przystanęła.

– Jestem dzisiaj pełna goryczy – ciągnęła po chwili – oto dlaczego: nie zazdrościłam im tego, co posiadają, przekonawszy się, jaki użytek z tego robią… i jaki ja sama robiłabym bez wątpienia! Lecz oto pan, którego kiedy indziej tak bym kochała!… widzę cię!… zgaduję cię!… poznaję duszę twą w twoich oczach… Ofiarowujesz mi ją, a ja nie mogę ci jej zabrać!

Bénédicte Ombredanne skryła czoło w dłoniach.

– Och! – odezwał się bardzo cicho Felicjan z oczyma pełnymi łez. – Mogę przynajmniej ucałować twoją duszę w oddechu twych ust! Zrozum mnie! Oddaj się życiu! Jesteś taka piękna!… Milczenie naszej miłości uczyni ją bardziej niewysłowioną i wznioślejszą, namiętność moja wzrośnie przez całe twe cierpienie, przez całą naszą melancholię… Droga żono na wieki mi poślubiona, pójdź na wspólne życie!

Wpatrywała się w niego wzrokiem także we łzach skąpanym, po czym kładąc rękę na opasującym ją ramieniu, rzekła:

– Pan sam przyzna, że to niemożliwe! Niech pan jeszcze słucha! Chcę teraz odsłonić całkowicie myśl moją... gdyż więcej mnie pan nie usłyszy... A nie chcę być zapomniana.

Mówiła powoli i szła z głową schyloną na ramię młodzieńca.

– Wspólne życie, mówi pan... Zapomina pan, że po pierwszych uniesieniach życie wspólne nabiera tak poufałego charakteru, że potrzeba ścisłych wypowiedzi staje się koniecznością. To jest moment święty! I okrutny zarazem, gdy ci, co złączyli swe istnienia, niebaczni na własne słowa ponoszą nieuniknioną karę za małą wartość, jaką przypisywali jakości jedynego sensu rzeczywistego, który wkładali w słowa ci, co je wypowiadali.

– Bo nie chcą – ciągnęła – widzieć, że posiedli to tylko, czego pragnęli! Nie mogą żadną miarą uwierzyć, że oprócz Myśli, która wszystko przeobraża, cała reszta jest złudzeniem na tym padole. I że wszelka namiętność, przyjęta i poczęta w samej tylko zmysłowości, staje się niebawem bardziej gorzka niż śmierć dla tych, którzy jej się oddali. Niech pan spojrzy przechodniom w twarz, a zobaczy pan, czy jestem w błędzie! Lecz my jutro... gdy ten moment nadejdzie... Będę miała twe spojrzenie, lecz nie będę miała twego głosu! Będę miała twój uśmiech... lecz nie twe słowa! A czuję, że pan mówi zgoła inaczej niż inni!...

Słuchając tych słów, młody człowiek sposępniał: teraz doświadczał trwogi.

– Och! – zawołał. – Rozwiera pani przecież w mym sercu otchłanie gniewu i nieszczęścia! Trzymam nogę na progu raju i mam zamknąć przed sobą wrota wszystkich

radości życia! Czy pani jest najsilniejszą, ostateczną kusicielką?... Zdaje mi się, że widzę w pani oczach błysk jakiejś dumy, że mnie pani doprowadziła do rozpaczy!
– Przestań! Ja jestem tą, która cię nie zapomni! – odparła. – Jakże zapomnieć słowa przeczute, których się nie słyszało?
– Pani, na litość!... obracasz wniwecz bez przyczyny całą nadzieję młodości, jaką złożyłem w tobie!... Jeśli wszakże będziesz tam, gdzie ja będę, zwyciężymy przyszłość wspólnymi siłami! Kochajmy się odważniej! Pójdź za mną!

Ruchem nieoczekiwanym i kobiecym złączyła swe usta z jego ustami w mroku, łagodnie, na chwil parę. Po czym powiedziała z odcieniem znużenia:
– Przyjacielu, wierz mi, że to niemożliwe. Nie sprofanuję swego życia połowiczną Miłością. Wdową jestem, choć dziewiczą, po marzeniu i chcę pozostać nienasycona. Powtarzam, nie mogę wziąć twej duszy w zamian za swoją. Chociaż byłeś przeznaczony do zatrzymania mej istoty... I dlatego właśnie obowiązkiem moim jest pozbawić cię mojego ciała. Zabieram je. To moje więzienie. Obym mogła niezadługo być z niego uwolniona! Nie chcę znać twego imienia... Nie chcę go czytać! Żegnaj mi! Żegnaj...

Jakiś pojazd błyskał światłem w pobliżu, na zakręcie rue de Grammont. Felicjan poznał jak przez mgłę lokaja z perystylu Opery Włoskiej, gdy na skinienie swej pani służący opuścił stopień karety.

Nieznajoma puściła ramię Felicjana, uwolniła się jak ptak, wsiadła do powozu. Chwilę potem wszystko znikło.

Hrabia de la Vierge wyjechał nazajutrz z powrotem do swego samotnego zamku Blanchelande – i odtąd słuch wszelki po nim zaginął.

Zaiste mógł się chełpić, iż spotkał od razu kobietę szczerą – mającą nareszcie odwagę wyrażania swych przekonań.

6

Kiedy się obudziła, powiedziano jej, że jest tu od siedemdziesięciu dwóch godzin, że już kilka razy rozmawiała z lekarzami, lecz zawsze potem głęboko zasypiała.

Nic nie pamiętała.

Znajdowała się na psychiatrycznym oddziale ratunkowym szpitala okręgowego w Metzu w pokoju jednoosobowym.

Była w stanie niezagrażającym życiu. Wyjaśniono jej, że dwa blistry xanaxu jeszcze nikogo nie pozbawiły życia, lecz prawdopodobnie o tym wiedziała, skoro zdecydowała się na ten czyn. W mieście takim jak Metz rzadko zdarzała się noc, żeby nie przyjęto kilku osób na oddział ratunkowy szpitala publicznego z powodu zatrucia lekami – i żadna z nich tak naprawdę nie chciała umrzeć, co za każdym razem łatwo było sprawdzić. Zapytano ją, dlaczego to zrobiła, a Bénédicte Ombredanne odparła, że nie ma pojęcia, pewnie ze zmęczenia, może z rozpaczy. Wobec tego spytano, z jakiego powodu była w rozpaczy, ona zaś w odpowiedzi wzruszyła ramionami, po czym zamknęła oczy. Nazajutrz jej oznajmiono, że ma wrócić do domu.

Nie miała na to ochoty.

Zapytała, czy może zostać jeszcze kilka dni, ale usłyszała, że jej stan tego nie uzasadnia. Oświadczyła, że nie chce wracać do domu, życzy sobie jeszcze poodpoczywać. Wytłumaczono jej zatem, że sama potrzeba odzyskania sił nie może być powodem przedłużenia jej pobytu w szpitalu. Na prośbę Bénédicte Ombredanne ordynator oddziału przyszedł wysłuchać jej zażalenia, lecz podtrzymał swoją decyzję odmowną, ponieważ jak sama nazwa wskazuje, psychiatryczny oddział ratunkowy nie jest po to, aby trzymać dłużej pacjentów. Ordynator wydał się jej dość oschły. Zapytał, czemu nie chce wrócić do domu, próbował się zorientować w jej położeniu, wypytując o środowisko rodzinne, o to, czy stanowi dla niej jakieś zagrożenie. Zaprzeczyła, kręcąc głową, uparcie jednak odmawiała wyjaśnień w kwestii swojej sytuacji, powtarzała tylko, że potrzebuje odpoczynku, spokoju, chce pobyć sama, bez pracy, z dala od najbliższych. Ma pani problemy z najbliższymi? Bénédicte Ombredanne na kilka sekund zamknęła oczy, a kiedy je otworzyła, były pełne łez. Psychiatra oświadczył, że ją skieruje do Sainte--Blandine, gdzie będzie mogła pobyć dwa tygodnie, tylko dwa tygodnie, jeśli tego pani sobie życzy, powiedział. Jak pani zapewne wie, Sainte-Blandine to prywatna klinika psychiatryczna w centrum miasta, nie wyślę pani do szpitala psychiatrycznego w Jury z powodu zażycia dwóch blistrów anksjolityku, to by była przesada. Życzę powrotu do zdrowia.

Równie powściągliwa była wobec psychiatry z Sainte-Blandine, który ją przyjmował. Powiedziała mu o bezmiernym zmęczeniu związanym z chroniczną bezsennością, twierdziła, że nie wie, z jakiego powodu nie może spać. Wymijająco odpowiadała na wszelkie pytania odnoszące się do jej życia rodzinnego, niezmiennie wyrażając się nieprecyzyjnie, zapewniając stanowczo, że na tym polu nie ma jakichś szczególnych problemów, w każdym razie nie większe niż przeciętna rodzina, oznajmiła. Po nacisku, z jakim ją wypytywał o męża, wyczuła, że żywi wobec niego niejakie podejrzenia. Chce pani, żebym się z nim spotkał? zapytał. Nie, nie, tylko nie to, odparła. Psychiatra oświadczył, że będą codziennie odbywali rozmowy, przepisze jej anksjolityki i środki nasenne i, jeśli nie będzie przeciwwskazań, będzie mogła prawdopodobnie opuścić klinikę za dwa tygodnie.

Przez dwa pierwsze dni spała i wypoczywała, nie wystawiając nosa na zewnątrz. W Sainte-Blandine posiłki, podobnie jak leki, przynoszono pacjentom do pokoju. Psychiatra się nie upierał, żeby ich rozmowy odbywały się poza tym zacisznym odizolowanym miejscem, gdzie Bénédicte Ombredanne, jeszcze nie w pełni sił, wyraźnie czuła się dobrze, bezpiecznie.

Mąż odwiedzał ją każdego popołudnia po pracy. Aby jej nie omotał i nie próbował częściej się zjawiać, przyjmowała wobec niego postawę chłodną, żeby nie powiedzieć oziębłą. Często w jego obecności nawet przymykała oczy i udawała, że zasypia, aby sobie poszedł i przestał napastliwie zadawać wciąż to samo raniące pytanie, z jakichże powodów próbowała odebrać sobie życie. Pech chciał, że nierzadko Jean-François przychodził w porze kolacji, przez co Bénédicte Ombredanne musiała stawiać czoło jego obsesyjnemu wypytywaniu i wyrzutom, i lamentom, nie mogąc ich uniknąć inaczej, niż skupiając uwagę na zawartości talerza, ze spuszczoną głową w milczeniu wpatrując się w białe mięso i ziemniaki. Jean-François wcale nie chciał jej pocieszać czy przekonywać, że wszystko będzie lepiej, kiedy Bénédicte Ombredanne wróci do domu – co wieczór zjawiał się u żony w charakterze urażonej, zasługującej na zadośćuczynienie ofiary czynu, który jego zdaniem mu uwłaczał: chciała przecież u jego boku zejść z tego padołu, tak podstępnie, w czasie gdy on spał, aby rano stwierdził, że spoczywa obok zimnego trupa, a ich łóżko przeobraziło się w grób. W jego mniemaniu Bénédicte Ombredanne ewidentnie pragnęła odegrać się na nim za sytuację, w której znalazła się wyłącznie na własne życzenie, aczkolwiek o tym akurat zdawała się zapominać: nie on przecież puścił się w pewne czwartkowe popołudnie z nieznajomą poznaną przez Internet. Zdajesz sobie sprawę, co by było, gdyby ci się udało? Zdajesz sobie sprawę, co by się stało z moim życiem, gdybym po przebudzeniu znalazł cię martwą w łóżku? Zdecydowanie przerażeniem napawała go myśl, że mogło mu się coś tak strasznego przydarzyć i ciążyć mu na pamięci aż po kres jego dni (nie mówił: „na sumieniu", lecz właśnie „na pamięci"): że własna żona mogła pozbawić się życia w ich sypialni, za jego plecami, wyzionąć ducha bez jego wiedzy pod małżeńską kołdrą, w czasie gdy on spał, gdy spał snem niewinnego, że próbowała rzucić na niego pośmiertnie oskarżenie, nieme i na wieki, to szokowało go w stopniu najwyższym, tak że domagał się od niej codziennie banalnych przeprosin za ów straszny czyn, którego się dopuściła, za czyn wymierzony przeciwko niemu. Kiedy Jean-François wieczorem zaczynał tak perorować, pozostawiała wszystko bez odpowiedzi, udając senność pod wpływem neuroleptyków, a słowa, które wygłaszał, jakby przelatywały jej przez głowę niezdolną do przeanalizowania ich, pozostając nieprzeniknione i krnąbrne niczym kruki widziane na niebie.

Nie zgodziła się na odwiedziny dzieci, nie chciała, aby oglądały ją w tym stanie bądź spotkały na korytarzu pacjentów otumanionych lekami, poruszających się chwiejnie lub bardzo powoli, o oczach zamglonych marzeniami zaledwie zgasłymi albo rozbłyskujących przejmującymi lękami. Takie otoczenie by je przybiło, to pewne, i rzuciłoby na nią fałszywie niepochlebne światło.

Lola i Arthur będą mogli przyjść później, za kilka dni, kiedy poczuję się lepiej, uściskaj ich ode mnie, powiedz im koniecznie, że ich kocham i bez przerwy o nich myślę. Kiedy wracasz? spytał mąż. Nie wiem, w założeniu mam tu zostać dwa tygodnie. Co?! Dwa tygodnie? Czemu aż dwa tygodnie? uniósł się. Przecież widzę, że nic ci nie jest: nie ma powodu, żeby cię tu trzymali. Powiedziałaś psychiatrze, że chcesz wrócić do domu? Tak? Powiedziałaś mu czy nie?! Nie, jeszcze nie, odparła niechętnie, udając senność. Patrzył na nią z dezaprobatą. Oznajmił, że nie rozumie, dlaczego Bénédicte Ombredanne tak chce pozostać w zamknięciu; myślał, że lepiej jej będzie w domu niż w klinice psychiatrycznej, wśród wariatów. To nie są wariaci, sprzeciwiła się surowo. Tak? A niby kto? zapytał z ponurym śmiechem. Większość ma depresję, odparła. Są też osoby z chorobą dwubiegunową. I z tego co zrozumiałam, ludzie z traumą. Z depresją? Z traumą? Prychał, kręcąc głową, ze wzrokiem utkwionym w buty, którymi bez przerwy postukiwał o posadzkę, rytmicznie, niecierpliwie, jak perkusista rockowy, zdesperowany, że musi codziennie przyjeżdżać do tego szpitala wariatów, by odwiedzić biedną żonę. Zapytałam psychiatrę, odpowiedziała, i tak, większość ma depresję, są zmęczeni, wypaleni zawodowo, w stanie szoku. Odpoczywają tu po prostu od swojej rzeczywistości. Ci ludzie nie są wariatami.

Wyraźnie czuła, że w obrębie tego pilnie strzeżonego budynku mąż nie czuje się wystarczająco swobodnie, by przyjąć wobec niej postawę groźną, nienawistną, otwarcie przymuszającą (choć ewidentnie miał na to ochotę), na którą ewentualnie mogłaby się poskarżyć podczas rozmowy z psychiatrą. Pewnie się bał, że kiedyś wieczorem lekarz poprosi go do siebie pod pretekstem omówienia wszystkiego, a faktycznie zechce zweryfikować cały mechanizm, to, co powiedziała temu człowiekowi o ich życiu osobistym w ostatnich miesiącach. Tak właśnie myślała, gdy mówiła Jeanowi-François: „zostaw mnie już, chcę być sama, nie chcę nikogo oglądać", a on posłusznie, prawie bez protestów wychodził – aczkolwiek czuła, że pragnie obśmiać jej stan, rozbić w drobny mak delikatną szklaną osłonkę, w której znalazła schronienie przed nim, odkąd znalazła się tutaj, w Sainte-Blandine, niczym kruchy przedmiot pod przezroczystym kloszem. Jej radość, że ma pokój tylko dla siebie, że jest jak księżniczka w zamkowej wieży, w zacisznej alkowie z dala od szaleństw świata, wyraźnie do głębi oburzała jej męża, wprawiała go w osłupienie. Czasami mamrotał dwa, trzy słowa skargi, licząc, że wzbudzi w niej litość, że usłyszy dobra, zostań jeszcze chwilę, lecz Bénédicte Ombredanne pozostawała nieugięta i spojrzeniem czarnym, frontalnym, upartym, stalowym popychała męża niczym grabkami ku drzwiom pokoju, wycofywał się zatem jak niepyszny, straciwszy kontenans, z lekkim niesmakiem złożywszy na jej ustach pocałunek.

W czasie rozmów z psychiatrą Bénédicte Ombredanne prawie się nie odzywała, nie chcąc wyjawić nic z tego, co ją doprowadziło do połknięcia dwóch blistrów xanaxu. Bała się, że jeżeli coś wyzna, jej przypadek odgórnie zostanie zakwalifikowany do kategorii faktów społecznych, psychiatra kiedyś wieczorem wezwie ich oboje do swojego gabinetu, żeby się zastanowili nad swoją sytuacją, niewątpliwie zaleci im terapię małżeńską, będzie próbował przemówić Jeanowi-François do rozsądku, zaordynuje mu szanowanie żony czy coś w tym stylu. W takim wypadku raz-dwa skończyłby się jej pobyt w Sainte-Blandine (ta klinika nie przyjmowała kobiet dręczonych przez mężów, jak przypuszczała), bezpowrotnie niszcząc spokój wreszcie zyskany, gdy znalazła schronienie w tym azylu, który tak już polubiła, w którym po raz pierwszy od wielu lat znowu błyskała jej w myślach, w myślach znowu wyrazis t y c h, iskierka pragnienia życia i nadzieja na odrodzenie. Ta wyrazistość była jeszcze dość niemrawa oczywiście, niepewna, lecz bezsprzecznie istniała, pozwalała jej wierzyć, że dzięki jedynie swemu umysłowi – jakby wsiadła na zreperowany rower – uda jej się gdzieś dojść, osiągnąć jakiś efekt, a nawet stworzyć coś pięknego, tak, czemu nie, coś pięknego za pomocą słów, zdań i wewnętrznych rytmów, gdy spod jej pióra nocą, w zaciszu zamkniętego pokoju, wyłonią się obrazy porównywalne do pojawienia się jelenia przed spacerowiczem w głębi lasu, wśród gałęzi chwili zawieszonej, wzbudzając podniosłe rozedgrane zaskoczenie. Długie sekundy patrzyliby sobie w oczy ona i zwierzę, o n a i o n a, zanimby zwierzę uciekło, drżąc ze strachu, i zanim mogłaby sobie powiedzieć, że odnalazła swoją drogę oraz że nareszcie dojrzała siebie, tak, s i e b i e, patrząc sobie w oczy w metafizycznym odbiciu ulotnej chwili. Właśnie tego rodzaju zdarzenia czuła się zdolna stworzyć zdaniami – w ciągu swoich ufortyfikowanych nocy, jak mówi się o mieście zamkniętym za umocnieniami. Czy mogła wyznać to psychiatrze? Nie, w żadnym razie, bała się, aby jej nie powiedział, że klinika to nie hotel, że równie dobrze może sobie zafundować pobyt na wsi w jakimś skromnym pensjonacie, skoro szuka spokoju i ciszy, samotności ze swoimi głębokimi przemyśleniami, tam będzie mogła pisać i medytować, odzyskać pełnię człowieczeństwa i kobiecości. To właśnie powiedziałby jej psychiatra, gdyby zaczęła szczerze z nim rozmawiać. Toteż kryjąc się za pozornym przygnębieniem, za wyrachowanym milczeniem, za nieruchomym wilgotnym od łez spojrzeniem utkwionym w ścianie, na użytek psychiatry stwarzała coś w rodzaju niezgłębionego złudnego obrazu, fałszywie patologicznego, zdolnego wprowadzić lekarza z całą jego wiedzą medyczną na kręte ścieżki niejasnych domniemań, byle jej pobyt w klinice został przedłużony.

W ciągu dnia, jeśli nie spała, próbowała czytać, przede wszystkim jednak pisała. Przydałby się jej zeszyt, ale nie śmiała o niego poprosić męża, który mógłby go kupić po wyjściu z pracy: bała się jego pytań, na co jej potrzebny zeszyt i co zamierza pisać, i po co, i dla kogo, i żeby kiedyś później nie domagał się, aby mu ten zeszyt pokazała, żeby go nie szukał pod jej nieobecność, nie próbował go znaleźć, aby zyskać dowód, że jego żona istotnie jest osobą dwulicową, niezrównoważoną, skrywającą wstydliwe sekrety, kobietą o chorej wyobraźni. Była pewna, że poproszenie Jeana-François, aby przyniósł jej zeszyt, stałoby się powodem kłopotów, oznaczałoby zasianie w jego umyśle niepokoju, rozdrapanie ran, dolanie oliwy do ognia jego bólu i odczucie w zamian wszystkich szkodliwych tego efektów po przeobrażeniu jego cierpienia w mechanizm udręki. Tę swoją aktywność, pisanie, musiała zachować w tajemnicy, zwłaszcza że w planach miała skrupulatne spisanie wszystkiego, co pozostało jej w pamięci z tamtego popołudnia 9 marca: wypowiedziane przez nią i przez Christiana całe zdania, jeśli tylko okaże się to możliwe, opis domu, mebli i przedmiotów, które tam zauważyła. Obydwa zbliżenia cielesne także pragnęła jak najdokładniej opisać ze swojego intymnego punktu widzenia, odnotować każde odczucie, sporządzić ich pełny wykaz, ustalić następstwo i stopniowe przemiany. To, jak każde rezonowało w jej ciele i gdzie dokładnie, i jak długo, zanim się rozwiało, i w jaki sposób, z jaką prędkością zostało potem zastąpione innym i z jaką intensywnością, przez jakie, jakiej natury, pod wpływem jakiego wyszukanego działania, zaskakującego, przeprowadzonego z talentem i w ramach strategii albo przeciwnie, całkowicie instynktownie, z inicjatywy Christiana, jej niezwykłego jednodniowego kochanka. Spytała psychiatrę pewnego ranka, gdy już miał odejść, czy byłby tak miły i dostarczył jej papier i ołówek. Nie odpowiedział konkretnie, pokiwał tylko głową ze zrozumieniem na twarzy. I dziesięć minut później do drzwi zapukała sekretarka, która wręczyła jej plik kartek oraz ołówek automatyczny, pytając, czy to wystarczy. Miała około trzydziestki, rude włosy i pulchną figurę, była urocza: rumieniła się, ilekroć się odezwała. Trzymając ten prezent w rękach, Bénédicte Ombredanne nie posiadała się z radości na myśl, co będzie mogła zrobić dzięki tym przyniesionym jej tak przecież banalnym rzeczom, w których z dziecięcą uciechą, jakby stały się dobrem nadzwyczajnie rzadkim z powodu długiego ich braku, odnajdywała całą ich pierwotną wartość: naraz nic nie wydawało jej się cenniejsze od kartki i ołówka. Nie, wystarczy, bardzo dziękuję, jeśli będę potrzebowała więcej, poproszę, zapewniła ze łzami w oczach. Proszę mówić, gdyby pani zabrakło, z przyjemnością dam pani więcej, odparła sekretarka, rumieniąc się, wyraźnie także wzruszona, po czym zamknęła za sobą drzwi.

Tak, właśnie to działo się w jej życiu: odnajdując pierwotną wartość zwykłej kartki papieru, zaczynała zarazem dostrzegać w sobie promienną wartość swojej osoby, swój smak, to, co definiowało ją jako istotę odmienną od innych, jedyną, niewysłowioną, godną szacunku. Na nowo uczyła się siebie lubić: najpierw nieśmiało, jakby po omacku, z niedowierzeniem, i coraz śmielej potem, w miarę jak upływały dni i przybywało zapisanych przez nią kartek. Ilekroć je odczytywała, doświadczała wrażenia, że odbija się w lustrze, w lustrze, w którym zawsze ze zdziwieniem widziała się jako wyjątkowa i godna szacunku, poetyczna zgodnie ze swoim gustem. Czy działo się tak dlatego, że spała wcześniej przez siedemdziesiąt dwie godziny i dostąpiła oczyszczenia za pośrednictwem tak głębokiego snu? Szczęście, którego zaznawała, odkrywszy na nowo w sobie tę zapomnianą złotą żyłę, innymi słowy całą pierwotną wyjątkowość swojej wrażliwości i umysłowości, złoże, z którego z radością znowu mogła czerpać za pośrednictwem swojego pisania codziennie dopóty, dopóki potrwa jej pobyt w Sainte-Blandine, owo szczęście wydało jej się niezrównane, w dużej części równoważne szczęściu, jakim by ją przepełniło wejście Christiana do jej pokoju (Christiana z krwi i kości, z tym szerokim uśmiechem między nawiasami dołeczków) bądź też możliwość powrotu do przeszłości i przeżycia raz jeszcze dnia 9 marca za sprawą jakiejś magicznej mocy.

Jakim szczęściem jest pisanie, jakim szczęściem jest możliwość nocą, często nocą, wniknąć w siebie i odmalować to, co się tam widzi, co się czuje, co się słyszy szeptane przez wspomnienia, tęsknotę albo potrzebę odnalezienia nienaruszonej swojej zgasłej atrakcyjności, zgasłej w rzeczywistości, lecz żywej w głębi siebie, żywej w głębi siebie i jarzącej się światłem w oddali niczym dom w nocy, dom, ku któremu człowiek kieruje swe kroki sam, wiedziony ufnością, natchnieniem, odradzającymi się przeczuciami, pragnieniem, aby dotrzeć do tego miejsca, które w ciemnościach widać promieniejące w dali, do miejsca kuszącego, oświetlonego, wiedząc, że tam będzie się u siebie, że tam, w głębi siebie, zamknięte jest to, co ma się najcenniejszego, najsekretniejsza część jestestwa. (Naturalnie tej wędrówce towarzyszą silne doznania fizyczne. Od niedawna czuję w brzuchu punkt o skrajnej gęstości, palący żywym ogniem, podobny do mrowienia z radości, podobny do nieustannego trzepotania na poziomie molekularnym, jakby mój organizm w tym miejscu powiększało szkiełko mikroskopu i jakby owo powiększenie zauważalne było nie w postaci obrazów, nie, nie, lecz w postaci nasilenia doznań sensorycznych wzbudzanych tam przez szczęście. Granice tego palącego wzmocnienia sięgają mi aż do gardła, w którym często rodzą się euforyczne czknięcia, a szczególnie odczuwalne są w podbrzuszu, nierzadko wilgotnym i rozśpiewanym, w którego głębi penis Christiana odciska się okrutną tęsknotą za nim tam, we wnętrzu mojego ciała). Dziwne, kiedy człowiek tak wnika w siebie i kroczy ku temu odległemu światłu oznaczającemu czyjąś obecność, rozpościera się przed nim jakby nocny pejzaż, imponujący, wypełniony doznaniami i zdaniami niczym las ptasim świergotem i szelestem przemykających zwierząt, zapachami kwiatów i żywicy, mchu, grzybów: mentalnie jest przeobrażony w pejzaż albo w las, w terytorium myśliwego lub zbieracza, gdzie rozsnuwają się wąskie, ostro skręcające ścieżki wśród drzew, zagajników i kolczastych krzewów albo przeciwnie, przyjaźniejsze, pozwalające iść szybciej, prosto po epidermie ziemi uprawnej. Słowa są takie miłe, zadziwiająco uległe i życzliwe, pozwalają się łatwo wypatrzyć i zebrać, układam je na papierze w zdania, które mi się podobają, które powstają spontanicznie, w miarę jak posuwam się naprzód, odsłaniając przed sobą swoje ciało przepełnione doznaniami i siłą. Odkrywają się te zdania przede mną jak krajobraz wzdłuż drogi, wystarczy, żebym otworzyła oczy, a zdania już są, są w moich myślach, więc je notuję, pozwalam, aby same się zapisywały na kartce, dość, żebym była przytomna, dyspozycyjna, cała skupiona na tym, co się dzieje we mnie, kiedy idę i piszę, kiedy idę w sobie i zebrane słowa składam na papierze, jakbym znowu była dziewczyną taką jak ongiś, całą w swoim ciele, całą w języku, całą w słowach, całą w swoim jestestwie: nigdy bowiem nie jestem tak bardzo sobą i w sobie, i w swojej prawdzie jak za pośrednictwem słów, zdań, książek, wielkich pisarzy i ostrego przebłysku ich słownego geniuszu. Niewątpliwie trzeba będzie trochę skrócić to, co napisałam, w paru miejscach się powtarzam, ale to drobiazg, najważniejsze to czuć, że w środku kąsa cię pragnienie pisania, czuć, że pisanie kąsa i trzyma, i ciągnie niczym zwierzę, które złapało cię zębami, czuć, że gotowa jestem zrobić za dużo i posunąć się za daleko, krzyczeć z bólu w kleszczach tej paszczy, to nic. Po tylu latach wewnętrznej suszy nie będę się skarżyła, że piszę barokowo, obciążając swój tekst metaforami jak marokański wieśniak muła! (Żartuję oczywiście, natrząsam się z siebie). Cóżem uczyniła, żeby na to zasłużyć, żeby zasłużyć na tyle życzliwości ze strony słów i języka francuskiego, który przecież tak zaniedbywałam ostatnimi laty, ograniczając się do nauczania, pozostając dokładnie taka sama jak wtedy, kiedy postanowiłam taka być, uparcie rok po roku pozostając taka sama, niezmienna, nie rozwijając się, zadowalając się tym, co już nabyłam, przechodząc do porządku nad tym, czego musiałam się wyrzec, zapomniawszy, jaka byłam u progu życia aż do owej nocy dwunastu różowych pastylek?

Bénédicte Ombredanne poprosiła męża o swoją ulubioną lampkę odziedziczoną po babci, lampkę z abażurem, która oświetlała tylko czy prawie tylko kartkę papieru, jakby ta kartka była sceną teatru, a jej ręka trzymająca ołówek automatyczny aktorką, która wygłasza monolog, cały pokój zaś spowijała ciemność równie gęsta jak na zewnątrz kliniki – tym sposobem spojrzenie piszącego, w tym wypadku jej, znajdowało się na granicy mroku i światła, nocy i wewnętrznej jasności, identycznie jak powstająca myśl, kiedy z wolna się wyłania z pierwotnej czerni, spoczywając ostatecznie w świetle inteligencji. Bénédicte Ombredanne budziła się, wkładała szlafrok, zapalała lampkę, tylko tę malutką intymną lampkę babci, pozostawiając zgaszone posępne odległe oświetlenie sufitowe (które przypominało jej męża), i wtedy pisała, pora była między trzecią a czwartą nad ranem i Bénédicte Ombredanne pisała w środku nocy, coraz głębiej wchodząc w siebie, szczęśliwa jak nigdy od czasów młodości, kiedy mieszkając z rodzicami, w obliczu surowości nieprzejednanego ojca, pracując coraz więcej, sporządzając fiszki, czytając książki i annały, zapamiętując co dzień setki najróżniejszych faktów, a wszystko po to, aby zgodnie ze swymi najszczerszymi pragnieniami, owszem, szczególnie jednak z ambicjami wyrażonymi przez ojca zaliczyć drugi rok kursu przygotowawczego i dostać się do École Normale Supérieure – w tamtym czasie czekała, aż cały dom zaśnie, i porzucała rolę, którą jej narzucano i którą zresztą wzorowo odgrywała, ulegle i z dobrym skutkiem, aby nareszcie znowu wejść do swojego prawdziwego świata wewnętrznego. Zapalała lampkę odziedziczoną po babci i czytała pod kołdrą, układała z pościeli długą, przestronną, dość niską białą dziuplę, wstawiała do niej lampkę i czytała książki, które naprawdę chciała przeczytać, nieuwzględnione w programie, zbawcze, dla samej przyjemności doświadczenia dreszczu pod wpływem piękna odkrywanych zdań, zdań intymnych, tylko do niej skierowanych, zupełnie jak w rozmowie głębokiej, lecz prowadzonej w milczeniu, za pośrednictwem pisma, gdy ze swojej dziupli sama kierowała do autora ponad stuleciami odpowiedzi nasuwające się po przeczytaniu zdań zachwycających, wynurzenia, pochwały, szeptane słowa miłości. Ta ostrożność, mam tu na myśli dziuplę i szepty, była po to, żeby ojciec, gdyby wstał do toalety, nie zarzucił jej, że trwoni cenne godziny przeznaczone na sen, stracone bowiem bezpowrotnie będą rzutowały na jej koncentrację i wydolność w następnych dniach, a przez to również na jej przyszłość, na całą przyszłość, powiedziałby jej rozzłoszczony, tego była pewna. Uwielbiała to w wieku osiemnastu, dziewiętnastu lat, uwielbiała czytać nocą w ciszy domu, kiedy wszyscy spali i tylko ona czuwała otoczona ciemnościami wsi, wreszcie wolna i żyjąca, rozświetlana od środka szczęściem czytania, pod sklepieniem długiej, niskiej białej dziupli. Odkąd przebywała w Sainte-Blandine, właśnie czegoś takiego doświadczała, kiedy w nocy wstawała, aby pisać w ciszy uśpionej kliniki.

Przykładam prawą dłoń do lewej skroni Christiana, tak że oczko mojego pierścionka jest tuż obok oka mojego kochanka.

ON: Co robisz?

JA: Czekaj, nie ruszaj się, coś sprawdzam.

ON: Zabawna jesteś. No i? Jaki wniosek, kochana?

JA: No cóż, wariactwo.

ON: Zalewasz.

JA: Nie.

Christian wybucha śmiechem. Wtóruję mu.

JA: Przestań się śmiać, bo będzie inaczej, wszystko się zmieni. Kochanek mojej przodkini nie śmiał się, kiedy pozował malarzowi. Bądź poważny, skup się na chwilę, żebym sprawdziła.

ON: Przynajmniej kolor jest taki sam.

JA: Słuszna uwaga. Nie bez kozery jesteś antykwariuszem.

ON: Mam oko! I to żadna tania gra słów. O rany, wybacz. No dobra, wstyd mi, żałośnie to wyszło.

JA: Taki sam kolor szaroniebieski, dokładnie taki sam. Rzęsy dość długie, niemal kobiece. Wybaczam ci ten tani żart. Mówił ci ktoś, że masz piękne rzęsy?

ON: W dzieciństwie. Potem nie. Co chyba znaczy, że nie wypada prawić facetowi komplementów na temat rzęs. Myślałem, że przestały być ładne, skoro kobiety nigdy o nich nie mówiły.

JA: Kobiety pewnie mówią o twoim wacku, jeszcze ładniejszym niż rzęsy.

ON: Och, własnym uszom nie wierzę! Bénédicte, jak możesz!...

JA: A co, może nie? Lubię twojego wacka, jest śliczny, strasznie mi się podobało to, co mi robił przed chwilą, kiedy był we mnie. Po prostu ci o tym mówię.

Christian uśmiecha się wzruszony tym, co powiedziałam.

Moja twarz poważnieje, wychodzą na nią emocje, które wzbierają we mnie, jego twarz także zaraz poważnieje: to lustrzane odbicie naszych uczuć, a także niewątpliwie tępego bólu w dole brzucha na myśl, że niedługo przyjdzie nam się rozstać.

Cały czas prawą dłoń, która teraz lekko drży, trzymam przy jego lewej skroni, oko Christiana rozbłysło i pasuje tym samym do laserunku miniatury. Te oczy mają identyczny wyraz. Identyczną głębię. Identyczną szlachetną słodycz nastawioną na szczęście tej, na którą jest skierowane. Identyczną prawość moralną i intelektualną. Identyczną leciutką melancholię związaną ze statusem sekretnego kochanka, którego pragnienie, aby nadal podobać się ukochanej, stara się ukryć za pogłosem elegancji. I to wszystko w dubeltowym spojrzeniu, jednym żywym i drugim namalowanym farbą olejną, jednym dawnym i drugim teraźniejszym, jednym i drugim wpatrzonym w moją niespokojną i olśnioną twarz. Identyczne cechy w odstępie stuleci.

JA: Nie do wiary, nawet kształt oka jest taki sam, kształt migdała, odrobinę skośny, z opadającą powieką dość ciężką i wypukłą – to właśnie nadaje twojemu spojrzeniu taki lekko chmurny wyraz, poważny, chociaż źrenice błyszczą. Niesamowite. Kocham twoje oczy.

ON: Więc zgadzasz się?

Patrzę na Christiana, nie rozumiejąc.

ON: Jakiego jeszcze dowodu potrzebujesz, by uwierzyć, że jesteśmy dla siebie stworzeni? Czy to nie jest znakiem od losu?

Wybucham śmiechem.
Christian zachowuje powagę.
JA: Albo śnię, albo właśnie po raz drugi dzisiaj prosisz mnie o rękę?
ON: I co z tego? Chyba ci to nie przeszkadza?
JA: Już ci powiedziałam: nie jestem wolna. I to samo chyba mówi pierścionek, prawda?
ON: Pierścionek coś mówi?
JA: No że jestem twoją kochanką, ale sekretną! I że ty jesteś moim kochankiem, ale w tajemnicy! W tajemnicy, Christian! Nie możemy się pobrać! Nie jestem wolna! Jestem mężatką!

Sześć dni po przybyciu do Sainte-Blandine, zapisawszy czterdzieści kartek, Bénédicte Ombredanne zdecydowała się wyjść z pokoju.

Pochodziła tylko po korytarzach, spotkane osoby pozdrawiając, ale jedynie wzrokiem, nieśmiało, właściwie wstydliwie.

Odkryła niedużą świetlicę, wyposażoną w krzesła, niski stolik i telewizor często wyłączony, lecz nie odważyła się do niej wejść. Mijając ją, widziała przez szybę, że w niewielkim gronie przy stoliku toczą się rozmowy, jakby ich uczestnicy znali się od dawna i niespecjalnie mieli ochotę dopuścić kogoś nowego – przypominali spiskowców. Co wieczór grupka pensjonariuszy spotykała się tam przy herbatce ziołowej i słodyczach (stolik pokrywały paczki ciastek, które Bénédicte Ombredanne kupowała dla swoich dzieci, Figolu, Chamonix, Choco BN, Pépito, palmiery), starała się jednak za bardzo nie wgapiać w salę, by jej ciekawość nie wzbudziła nieufności, niechętnych czy nawet sarkastycznych komentarzy. Bała się poza tym, że gdyby w końcu ją przyjęli do swojej grupki, z pewnością zadawaliby pytania o powód jej pobytu w Sainte-Blandine, co w najwyższym stopniu by ją krępowało – nie miała ochoty mówić o sobie, a już szczególnie publicznie, przed tak dużym gronem. Od samego początku najbardziej tutaj podobało się jej, że można przez cały dzień nic nie mówić, nie będzie zatem wracała do zwyczajów obowiązujących w świecie zewnętrznym, który odwrotnie: każdego zmusza nieustannie do produkowania zdań.

W drugim dniu obserwacji, żeby nie powiedzieć: lękliwego błąkania się Bénédicte Ombredanne poza pokojem, w pewnej chwili zaczepiła ją młoda kobieta o rozbieganym spojrzeniu. Stanęła przed nią i powiedziała: a wiesz, podobasz mi się, naprawdę masz w sobie coś fajnego, co taka laska robi w tej mordowni? Może skoczymy na drinka? Głos miała niski, głęboki, ochrypły, niemal męski. Wybuchnęła dźwięcznym śmiechem na widok zaskoczenia Bénédicte Ombredanne stropionej zuchwałą bezpośredniością dziewczyny, która zwróciła się do niej, pomijając wszelkie preambuły: od razu przeskoczyła do piętnastej minuty spotkania skodyfikowanego zgodnie ze zwyczajami obowiązującymi w cywilizowanym towarzystwie. Spoważniała i spytała, czy się zgadza. Bénédicte Ombredanne wzrokiem przytaknęła, po czym zapytała, dokąd niby miałyby pójść (naprawdę nie miała pojęcia, gdzie mogłyby pójść „na drinka"). Ależ na dół, do kawiarni! odparła dziewczyna. Nie byłaś tam jeszcze? zdumiała się. Nie zauważyłaś, że na dole jest kawiarnia? Chodź, pokażę ci! Faktycznie Bénédicte Ombredanne, przywieziona do Sainte-Blandine karetką, nie zauważyła kawiarni (jakoś zresztą nie bardzo jej pasowała kawiarnia na dole budynku kliniki). Zafascynowana patrzyła na mówiącą do niej młodą kobietę, której powierzchowność nasuwała jej skojarzenia z Mają pędzla Goi – acz w wyobraźni wzbogaconą innymi okrutniejszymi obrazami tego malarza, okrutniejszymi i znacznie bardziej posępnymi. Była tak samo zbudowana, miała tak samo błyszczący wzrok jak bezwstydna Maja wyciągnięta na łożu rozkoszy, gęste ciemne włosy, śniadą lśniącą skórę. Hiszpańska krzykliwość, tragiczna i przesadna, dzika, pobrzmiewała w niej niczym echa zabawy dochodzące zza okien mieszkania. Jej pełne napięcia spojrzenie, krytyczne, sceptyczne, kpiące, złośliwe, groźne i ironiczne, niemal wyzute z naiwności i pozbawione złudzeń, przepełniało życie i gorące pragnienie, by całą sobą uczestniczyć w nim i w jego uciechach, w przygodach i niespodziankach, uczestniczyć bez wytchnienia, podejmując każde ryzyko, z ryzykiem śmierci włącznie – albowiem nic nie ma do stracenia, a w ogóle w dużej części już jest martwa, co zdawała się wyrażać nieprzenikniona rozmigotana materia jej wzroku, wilcza grzywa albo noc na morzu, mówiła sobie w duchu Bénédicte Ombredanne, przyglądając się rozmówczyni. Ubrana była w białe spodnie dresowe ze sztucznego weluru i w również biały T-shirt, który zbiegł się w praniu i odsłaniał krągły brzuch, delikatny, opalony, o pępku tak głębokim, że bez przerwy przyciągał wzrok Bénédicte Ombredanne. Na nogach miała dość szpetne pantofle i skarpetki frotowe, a mimo byle jakiego stroju wyglądała ślicznie (jest pewnie w tym samym wieku co ja, trzydzieści pięć, trzydzieści sześć lat, oceniła Bénédicte Ombredanne, obserwując ją), zwłaszcza ze względu na wyrazistą twarz, zniewalającą, można by powiedzieć, twarz, która zdawała się sunąć jak rozpędzony dziób statku pośród wysokich fal, opryskiwany otaczającą rzeczywistością, pokrywany bryzgami teraźniejszości, które trafiały na jej skórę, w oczy, co zdawało się wprawiać ją w wielkie oszołomienie – aż od tego jaśniała. Naprawdę jej pęd, wewnętrzny pęd, nawet gdy rysy jej nieruchomiały, charakteryzował wrażenie, jakie wywierała jej twarz, która zdawała się wychodzić rozmówcom naprzeciw w wiecznym biegu ku życiu i ku innym ludziom – aż niekiedy człowiek chciał się usunąć, aby go dosłownie nie przewróciła. Jej ożywienie świadczyło o wielkiej zmysłowości, a raczej o nienasyconej łapczywości, jakby ta kobieta już-już miała ulec przemożnemu pragnieniu seksu: często wpatrywała się w kogoś niewidocznego na prawo od Bénédicte Ombredanne, czasem temu komuś rzucała krótki uśmiech, zanim przeniosła oczy na nią speszona, że przez chwilę była nieobecna. Kiedy indziej miała wzrok kobiety, która dopiero co popełniła jakąś straszną zbrodnię i teraz o niej rozmyśla zapatrzona w blat stołu, ze splecionymi palcami, próbując dociec, co to znaczy zamordować i jakie mogą być tego konsekwencje. W takich chwilach Bénédicte Ombredanne czuła strach, lecz nie decydowała się odejść w obawie, że zdenerwuje przyjaciółkę.

Muszę teraz opisać topografię Sainte-Blandine. Udałem się tam ostatnio na rozpoznanie, aby napisać ten rozdział, albowiem pewne szczegóły nie były dla mnie jasne na stronicach, które otrzymałem jesienią 2008 roku, napisanych w klinice między 6 a 21 lipca dwa lata wcześniej. Niepodobna zrozumieć dalszych wydarzeń, nie mając jasnego obrazu tego miejsca.

Całość ma formę dość głębokiej litery U, której podstawa na wprost jedynego wejścia ze świata zewnętrznego mieści oddział psychiatryczny.

Wjazd do kliniki, wychodzący na duży plac niedaleko historycznego centrum miasta, zamyka budynek z przewiązką z lat 60. XX wieku, pod nią piesi i pojazdy mogą się dostać do wnętrza U.

Dwa skrzydła tego zróżnicowanego kompleksu złożonego z budowli z rozmaitych epok (część z nich, prawdopodobnie zabudowań klasztornych, pochodzi z XVIII wieku, w tym urocza doprawdy kaplica) mieszczą oddziały diabetologii, chorób metabolicznych, endokrynologii, opieki paliatywnej, nefrologii i tym podobne.

W długim niezabudowanym kanale między dwoma ramionami U, oprócz miejsc parkingowych przeznaczonych dla personelu szpitala, znajdują się dwa okrągłe tarasy ocieniane drzewami różnych gatunków, dość nawet okazałymi, poprzedzielanymi trawnikiem, który przerzedziła letnia susza.

Podstawa U, piękny przykład architektury szpitalnej lat 50. XX wieku (pozostały dotąd piękne oryginalne elementy, na przykład posadzki, futryny, poręcze, oświetlenie, a także woń starego automobilu, która wydała mi się z innej epoki), obejmuje zewnętrzną, ciekawie pomyślaną, zbudowaną z prefabrykatów w latach 70. XX wieku uroczą przybudówkę mieszczącą kawiarnię – kawiarnię pełniącą dokładnie tę samą funkcję co klasyczna kafejka szpitalna, lecz dość zaskakującą w tym miejscu, wyglądającą bowiem na autentyczny lokal miejski, atrakcyjny, otwarty dla wszystkich, tak że każdy ma tam swobodny wstęp, kawiarnię nazywaną Bańką. Jak łatwo się domyślić, mieszkańcy Metzu nie umawiają się tam z kolegami na drinka po pracy (a niesłusznie): w kawiarni głównie bywają chorzy i ich rodziny, na ogół zaś w zasadzie tylko pensjonariusze mieszczącego się powyżej oddziału psychiatrycznego, którego schody zaczynają się kilka metrów od przeszklonych drzwi na tyłach lokalu (wyjście awaryjne podobne w tym wypadku do wejścia dla artystów) pod krytą galerią pozwalającą pacjentom bezpośrednio tam dojść.

Właśnie do Bańki Élisa pociągnęła Bénédicte Ombredanne kilka minut po zawarciu znajomości, właśnie w Bańce Bénédicte Ombredanne, przyprowadzona przez nową znajomą, spotkała pewną liczbę innych pacjentów, którzy zachodzili tam dla relaksu i aby coś przekąsić w atmosferze pośredniej między życiem na zewnątrz, które ich raniło i przed którym uciekli, a życiem w enklawie kliniki, w której znaleźli schronienie. Dawało się tam wyczuć jakąś sztuczność, teatralność, coś, co przywodziło na myśl zarazem świat rzeczywisty i świat szpitalny, jakby dwoiste niejednoznaczne dekoracje, z którymi wyobraźnia chorych mogła do woli negocjować. O uroku lokalu stanowiła sanatoryjna atmosfera: Bénédicte Ombredanne od razu pomyślała o *Czarodziejskiej górze*, swojej ukochanej powieści, kiedy usiadła przy stoliku naprzeciw Élisy. W Bańce można było prowadzić życie towarzyskie wzorowane na życiu w świecie realnym, lecz wolne od zagrożeń już przez samo to, że kawiarnia słusznie uchodziła za naturalną część kliniki: wydawało się, że pod postacią niewielkiego lokalu usytuowanego u stóp budynku odtworzono miejsce spotkań towarzyskich tylko dla pensjonariuszy oddziału psychiatrycznego kliniki Sainte-Blandine, aby spokojnie mogli na powrót przywyknąć do nieprzyjaznych warunków świata zewnętrznego, zanim do niego wrócą na dobre. Prawdę powiedziawszy, miejsce to przypominało namiastkę, a raczej zabawkę, tyle że wielkości naturalnej i przeznaczoną dla dorosłych, których zmęczenie życiem wepchnęło w coś na kształt dość głębokiego dzieciństwa społecznego. Tak to w swoim wypadku odczuwała Bénédicte Ombredanne: czuła, że z dnia na dzień cofa się w rozkoszny brak odpowiedzialności, nareszcie kapitulowała i po raz pierwszy w życiu pozwalała sobie z przyjemnością wejrzeć w głąb siebie, nie bojąc się, że zostawia rzeczywistość jej smutnemu losowi (przez kilka dni rzeczywistość sobie beze mnie poradzi, myślała), i doprawdy cudownie było nie poczuwać się do żadnych obowiązków, do przestrzegania żadnych zasad, do żadnych powinności z racji pełnionych funkcji ani wobec żadnych osób. Dzięki czemu odzyskiwała właśnie to, co wcześniej niepostrzeżenie utraciła w codziennym jednostajnym życiu na przestrzeni ostatnich dziesięciu lat, poczynając od świadomości tego, kim jest – a wyraźny ślad tej osoby znajdował się w odległej przeszłości, o czym już chyba wyżej napomykałem. Wnętrze kawiarni wyłożonej lakierowaną brązową boazerią było bardzo ciepłe: krzesła pokryte czerwonym skajem, szare obrusy, sztuczne rośliny wprowadzające do nastroju elementy dziewiczego lasu na modłę Henriego „Celnika" Rousseau, lustra, obrazy. Rośliny stały wprost na podłodze lub na niskich sprzętach, girlandy kwiatów zdobiły wspomniane lustra, niepasująca do reszty biała ogrodowa lampa oświetlała piłkarzyki, w które nikt nigdy nie grał, w gablocie widniały przeznaczone do sprzedaży najrozmaitsze figurki porcelanowe, żabki, wróżki, buddowie, wierzgające konie, amazonki, co kto chce. Wedle rytuału, w który Bénédicte Ombredanne się włączyła, ściągano tu w porze podwieczorku na gofry okładane przez właściciela tak hojnie kremem chantilly, że wyglądał jak żwirowa górka na barce. Nigdy nie widziała tyle chantilly na ciastku, szczegół ów jasno wskazywał, że istotnie pensjonariusze Sainte-Blandine są dużymi dziećmi, które łakome i skupione, skrupulatne, ogromnie wzruszające, przechodzą tu regresję. Trzeba było widzieć, jak delektują się bitą śmietaną nałożoną w ilościach zgoła humorystycznych na gofry, sama Bénédicte Ombredanne przeżywała ten rytuał jako czarowną chwilę powrotu do dzieciństwa, zwłaszcza że nikt się wtedy nie odzywał, wszyscy z wielką powagą zmagali się z kremem, który mieli wszędzie, na palcach, wokół ust, na brodzie, nosie, policzkach, czasem nawet na czole. Po spożyciu gofrów i wymianie paru zdań, sennej, bo w stanie lekkiej ospałości spowodowanej trawieniem, lokal pustoszał, jedni wracali do pokojów, drudzy przysiadali się do innych stolików i rozmówców, niektórzy wychodzili na papierosa na krytą galerię albo z rozmarzeniem gapili się przez szyby na skwerek i iglaki, które mijali pielęgniarze, lekarze, ludzie z noszami, karetki, zmartwione rodziny chorych, chorzy o kulach albo w szlafroku i z papierosem w ręce ciągnący za sobą kroplówkę na stojaku. Élisa bardzo dużo czasu spędzała w kawiarni, miała własny stolik, przy którym nikt nie miał prawa usiąść, nawet jeżeli ona była nieobecna. Bénédicte Ombredanne widziała, jak się rozzłościła na młodą kobietę, która mimo ostrzeżeń kelnerki miała czelność zająć jej krzesło. O mało się nie pobiły, a raczej Élisa o mało nie stłukła ryzykantki, która postanowiła zawalczyć o terytorium.

Bańka pozwalała pensjonariuszom Sainte-Blandine przeżywać niekiedy wstrząsające seanse zwierzeń, obnażania się. W bezczynności długich letnich popołudni przypadkowe sąsiedztwo przy stoliku skutkowało wzajemnym odkrywaniem swojego świata, co z kolei pobudzało do nieskładnych rozmów, w których każdy opowiadał innym, a szczególnie nowo przybyłym, co takiego wydarzyło się w jego życiu, że konieczny okazał się pobyt tutaj, na oddziale psychiatrycznym kliniki Sainte-Blandine. Podobnie jak wpatrywanie się w ocean wywołuje marzenie o podróży morskiej, zaświatach, nieskończoności i sprawia, że człowiek się uwalnia od świata rzeczywistego i od swojego kruchego ciała, stając się jednym wielkim spojrzeniem, życiem wewnętrznym zawieszonym w oceanicznym świetle, tak popołudnia spędzane w abstrakcji kawiarni stawiały pensjonariuszy w obliczu jedynie metafizycznej esencji istoty ludzkiej – i każdy wyznawał sąsiadowi, obcej osobie, to, czego nigdy dotąd nie odważył się wyjawić nikomu, nawet najlepszemu przyjacielowi, nawet przyjaciołom z dzieciństwa. Podczas tych przypadkowych spotkań, o których kadłub rozpryskiwały się mijające godziny, wolne, niemal stojące, wypełnione pustką (bo akceptacji milczenia przestrzegała większość pensjonariuszy, tolerując je w takim samym stopniu jak personel medyczny, można było milczeć i nikomu to nie przeszkadzało), Bénédicte Ombredanne opowiedziała o swoim mężu i o ich związku, o „telefon dzwoni", Meeticu, Christianie, koszmarze czterech ostatnich miesięcy. Towarzystwo przy stoliku, które najbardziej lubiła, to, przed którym posunęła się najdalej we wstydliwych, pełnych wahania i nieśmiałości wynurzeniach, składało się z Élisy, Patricka, Grégory'ego, Véronique, Marie-France.

Élisa wcale nie była Hiszpanką, pochodziła z Algierii. Jej brat mieszkający na Lazurowym Wybrzeżu, mający świetną pracę, wysokie dochody, piękną willę z basenem, w której często spędzała urlop, pojechał do Algierii w odwiedziny do matki, pojechał sam, bez żony i dzieci, pojechał na tydzień w październiku przed trzema laty. Wyszedł jednego popołudnia po papierosy i został zamordowany. Bez powodu pięciu facetów napadło go na ulicy i zadźgało, ciało miał poranione licznymi ciosami noża. Élisa nigdy się po tym nie pozbierała: zaraz się rozchorowała przytłoczona tym doświadczeniem. Pracowała jako pomoc pielęgniarska w domu opieki, lecz nie znajdowała w sobie siły, by troszczyć się o starsze osoby powierzone jej pieczy, coraz trudniej było jej wychodzić rano do pracy. Nie mogła znieść dostosowywania się przez osiem godzin do ich powolności, karmienia ich, słuchania, ostrożnego przeprowadzania w inne miejsce, właściwego reagowania na marudzenie albo znoszenia bojowych nastrojów (co wymagało uspokajających gestów, uśmiechów, krzepiących słów lub cierpliwego negocjowania ustępstw), krzyczenia do ucha sylabami, żeby ze zdań zdołali wyłuskać znaczące słowa – to wszystko wyprowadzało ją z równowagi, stawała się szorstka i popędliwa, prawie nienawistna. Miała żal do całego świata.

Palce Élisy musiały dotykać szorstkiej skóry, myć tyłki, szorować plecy, ubierać zesztywniałe ciała – tymczasem przed oczami bez ustanku, w każdej chwili każdego dnia, miała twarz brata, wspólne dziecięce zabawy, chwile spędzone z nim w wieku dorosłym, niezapomniane chwile na brzegu basenu latem w Cannes, gdy śmiejąc się radośnie, popijali drinki. Ci starcy w większości niczego nie pragnęli bardziej od śmierci, mówili i domagali się jej bez przerwy, odnosili się wrogo, krytycznie, niemiło do tych, którzy im towarzyszyli w absurdalnym trwaniu ich organów – podczas gdy jej brata, wysportowanego, kwitnącego, przedsiębiorczego i ambitnego, noże oprychów zatrzymały w pędzie ku bogactwu i szczęściu, którymi z wrodzoną hojnością dzielił się ze wszystkimi wokoło. Élisa w końcu poszła na zwolnienie lekarskie i odtąd już tylko marniała. Własna córka, widząc, jak matka z dnia na dzień podupada, zapragnęła zamieszkać z ojcem i Élisa wyraziła na to zgodę, ponieważ nie czuła się na siłach zajmować dziesięcioletnim dzieckiem. Kiedy została sama, żadne już czynniki zewnętrzne nie zmuszały jej do zajęć, które regulują życie, nie było pór posiłków ani snu, nie było godzin otwarcia urzędów i sklepów, nie było szkoły. Całe dnie spędzała w łóżku, oglądając telewizję, nie wychodziła z domu, nie ubierała się, nie myła. Sąsiadka robiła jej zakupy i sprzątała mieszkanie, które przemieniło się w zapuszczoną norę. A na koniec Élisa pogrążyła się w takiej desperacji, że przestała otwierać drzwi sąsiadce. Chciała być sama, cuchnęła, nie jadła, zerwała całkowicie ze światem zewnętrznym, jakby wyruszyła w długą niebezpieczną podróż przez ciemności, ku granicom świata rzeczywistego, ku bramom śmierci. Pragnęła połączyć się z bratem, była to jej obsesja, ale nie zabijając się, co to, to nie, tylko raczej zanurzając się bez reszty we wspomnieniach, w refleksjach, w rozpamiętywaniu ich całymi dniami – nie mogła się od nich uwolnić. Marzyła, by cierpienie wchłonęło ją całą. Cierpienie to bowiem, wiedziała, zdążało ku miejscu, gdzie przebywał jej brat, cierpienie wertykalne, bezmierne, pełne miłości, czarne jak bezdenna studnia. Cierpienie jak bezdenna studnia wychodzące z jej trzewi i tam wracające. Wtedy właśnie sąsiadka przy pomocy ślusarza zdołała wejść do mieszkania, wezwała pomoc i wychudzoną, półżywą Élisę zawieziono do szpitala. Było to dwa lata wcześniej. Powoli doszła wówczas do siebie, jednakże niedawno, przed trzema tygodniami, czując, że wracają znajome objawy, poprosiła lekarza, aby ją skierował do Sainte-Blandine, gdzie poprzednio przeszła pięciotygodniową decydującą fazę rekonwalescencji. W gruncie rzeczy jednak okazało się, że ów nawrót choroby był fałszywym alarmem, ponieważ zaraz po przyjęciu do kliniki poczuła się dobrze – widok dokoła osób tak schorowanych podziałał na nią odstraszająco. Miała chęć żyć, czuć się ładna i godna pożądania, podziwiana, chciało jej się działać!

Kiedy Élisa to mówiła, i to z głośnym śmiechem, towarzystwo przytakiwało, że pewnie, widać wyraźnie, że ma się dobrze, jest w olśniewającej formie! Z tego właśnie, rozumiecie, zdałam sobie sprawę, kiedy mnie tu przyjęli, zgadzała się Élisa: jak zobaczyłam was wszystkich w tym stanie, dotarło do mnie, że już nie chcę czuć się źle, może tym razem właśnie tego szukałam w Sainte-Blandine, mówiła ze śmiechem. Weźcie się w garść, do diabła! Nie pozwólcie, żeby lęki panowały nad wami, przepędźcie je, wróćcie do życia, bawcie się!

Cieszę się, że masz w sobie tyle energii, ale dla mnie na to jeszcze za wcześnie, mówiła Véronique drżącym głosem.

Jesteś taka piękna, zapewniała Marie-France.

Skoro tak, dlaczego tu jesteś? pytała Bénédicte Ombredanne.

Rozmówcy Élisy, w większości nafaszerowani środkami uspokajającymi, z trudem mówili, jakby z kluchą w ustach, twarzą nieruchomą, niezmiennie z tą samą miną jakby zastygłą w wosku. Oczy Élisy przeciwnie, skrzyły się radością – nawet jeżeli pośród ich lśnienia połyskiwały czasem, i to mocno, ulotne refleksy niezdrowych myśli naznaczonych trwale rozpaczą. Właściwie, kilkakrotnie powiedziała sobie Bénédicte Ombredanne, Élisa jest na poły sparaliżowana, tyle że w głowie, w sposobie postrzegania życia i świata: połowa Élisy jest martwa, pogrzebana w przeszłości, we wspomnieniach.

Ależ mi dobrze z wami! Zostanę tu jeszcze kilka dni, by mieć pewność, że na dobre doszłam do siebie, że zrobiłam decydujący krok. Chce mi się żyć, chcę odzyskać córkę, zakochać się, bawić, oglądać ładne kutasy! Wszyscy się śmiali, Marie-France udawała oburzenie na te słowa. Tak, tak, słyszeliście dobrze, ładne robotne kutasy! Jasne, trochę się boję, że znowu dopadną mnie tamte lęki, jak wrócę do domu, dlatego jestem tu z wami, fajnie jest, można pożartować, najeść się gofrów... chcecie jeszcze? Bénédicte, serce ty moje, moja ty poetko, chcesz jeszcze gofra?

Nie, dziękuję, wystarczy, odpowiadała Bénédicte Ombredanne z serdecznym uśmiechem, miła jesteś, ale już się najadłam.

Nie, no, jesteś taka chuda, trzeba cię podtuczyć! Co pomyśli Christian, jak cię zobaczy taką chudą jak szczypiorek? Myślisz, że będzie miał ochotę cię przytulić? Zdaje ci się, że jego dorodne przyrodzenie będzie chciało zgłębiać tajemnice niebiańskiej groty w takim szkielecie? Nie! Na pewno nie! Pozostanie zwisem męskim. No już, obowiązkowo jeszcze jeden gofr!

Daj jej spokój, mówił Patrick. Dla mnie Bénédicte

jest akurat w sam raz. Nie wiadomo, może ten Christian ma taki gust jak ja?

Ho, ho! patrzycie tylko? Idylla na horyzoncie! Ostatnio krucho z tym było! No, mili moi, zostawiam was, idę po gofra, zaraz wracam, a wy tu bądźcie grzeczni!

Wszyscy wybuchali śmiechem, Bénédicte Ombredanne pierwsza radowała się tymi prowokującymi dogadywaniami, dobrze wiedząc, że celem takich odzywek Élisy jest rozruszanie towarzystwa, żeby każdy szybciej doszedł do siebie i wrócił do życia. Na Patricka spoglądała z wdzięcznością w oczach, jego uznanie krzepiąco działało na nią, od tak dawna przecież nikt jej nie komplementował.

Właściwie ja też mam chęć na jeszcze jednego gofra, decydowała się naraz Aurélie, wstając i spiesząc za Élisą do kawiarnianego kontuaru.

Bénédicte Ombredanne ciepłym spojrzeniem odprowadzała Aurélie. Odnosiła wrażenie, że od kilku dni wygląda jakby lepiej.

Chyba się jej poprawia, mówiła Véronique.

Zabawne, że to mówisz. Akurat o tym myślałam.

I dobrze, stwierdzał Patrick. Kiedy ją przyjęli, nie dałbym za nią pięciu groszy. Zastanawiałem się, jak da radę się wspiąć z powrotem, skoro zjechała tak nisko.

Ja też, przyznawała Bénédicte Ombredanne. Cieszę się, że jest jej lepiej. Bardzo ją lubię.

Biedna, mam nadzieję, że odzyska urodę.

Częściowo już chyba odzyskała, nie sądzicie?

Też tak uważam. Jest trochę swobodniejsza niż trzy dni temu.

Popatrzcie, towarzystwo Élisy naprawdę dobrze jej robi. Aż się roześmiała w głos. Nigdy nie widziałem, żeby Aurélie tak się śmiała.

Patrzcie, Élisa prosi szefa kawiarni, żeby dołożył

jeszcze trochę chantilly na gofra Aurélie, nie wiem, jak ona to zje! mówiła rozbawiona Marie-France, niby to ze strachem przykładając dłoń do ust. Aurélie, jak się z jej własnych ust dowiedzieli kilka dni wcześniej, od dwóch lat nęka jakiś człowiek, który w nocy kręci się przed jej domem. Krąży wokół jej samochodu, gładzi maskę, zagląda do środka albo zostawia ślady swojej obecności na karoserii, szczególnie na lewych przednich drzwiach – albo ocierania się widocznego na warstwie brudu, śniegu czy szronu, albo słowa lub rysunki, albo po prostu krechy. Czasami dzięki tym śladom udaje się jej zorientować, że był w nocy, wyznała Aurélie przy stoliku w Bańce w dniu, kiedy opowiedziała im swoją historię. Już nie może tego znieść, trwa to od dwóch lat, w zeszłym roku człowiek ten spędził sześć miesięcy za kratkami po złożonym przez nią doniesieniu (jej teściowi udało się pewnej nocy przyłapać go na gorącym uczynku, niespodzianie zjawił się na motocyklu i sfotografował go przed domem), ale odsiadka niczego nie zmieniła, co to, to nie, niczego nie zmieniła, wręcz przeciwnie. W pudle sprawował się wzorowo, przysiągł, że nie będzie jej więcej nachodził, uwierzono mu, zrobił znakomite wrażenie na służbie więziennej, na sędzi, psychiatrze i kuratorze, tak że resztę kary ostatecznie mu zawieszono. Niewiele brakowało, a wszystko obróciłoby się przeciwko niej, wszyscy ci ludzie o mało nie zażądali, żeby to ją zamknięto za taki brak życzliwości. Jak śmiała nastawać na człowieka takiego jak on, z taką klasą! Wypowiada się tak pięknie, inteligencję ma wyraźnie powyżej przeciętnej, to właśnie jest straszne, strasznie być prześladowaną przez człowieka na tyle przebiegłego, żeby nie dał się przyłapać po raz drugi, a gdyby nawet został przyłapany, miałby dość sprytu, by śledczy potraktował go wyrozumiale: byłby postrzegany jako nieszczęśliwie zakochany, którego chce zniszczyć zdzira histeryczka.

Aby ponownie trafił za kratki, Aurélie potrzebowała znowu przyłapać go na gorącym uczynku: na mocy wyroku miał zakaz przebywania w jej dzielnicy. Dlatego odkąd wyszedł na wolność, próbuje go sfotografować, facet ma jednak jakiś szósty zmysł, jest poniekąd jak dzikie zwierzę, zawsze udaje mu się przemknąć w pobliże jej samochodu, kiedy ona akurat zejdzie z posterunku za firanką. W dodatku jak niepostrzeżenie zrobić zdjęcie w nocy, w ciemnościach słabo oświetlonej ulicy? (najbliższa latarnia stoi w odległości około dziesięciu metrów). Wyobraźmy sobie, że w końcu uda się jej zauważyć go przed domem – będzie musiała otworzyć okno i stanąć w nim, tak że czasu będzie miał aż nadto, by zniknąć, zanim ona zwolni spust aparatu. Gdyby miała pieniądze, zaangażowałaby prywatnego detektywa, który zdobyłby dowody niezbędne, aby natręta posłać z powrotem do więzienia albo wystarać się o definitywne wydalenie go z okolicy, tyle że nie stać jej na usługi prywatnego detektywa. Oczywiście policja regularnie patroluje ten rejon, Aurélie często widuje mundurowych przechodzących koło jej domu, lecz nigdy się nie zdarzyło, żeby się zjawili akurat w chwili, gdy jest tam również prześladowca. W lutym pewnego wieczoru, kiedy była okropnie wystraszona, bo od tygodnia co noc ją nachodził (przekonywała się o tym rano dzięki śladom pozostawionym na samochodzie, tu nie było mowy o pomyłce), poprosiła przyjaciółkę, aby u niej przenocowała. Nie kładły się spać, chciały na niego poczekać przy oknie kuchennym, po ciemku, siedziały, popijając czerwone wino, rozmawiały, koleżanka próbowała ją uspokoić, godziny mijały, a jego wciąż nie było. W pewnym momencie koleżanka poszła wziąć prysznic. Kilka minut później zawołała z łazienki, że nie może znaleźć szamponu, więc Aurélie na chwilę odeszła od okna, a kiedy wróciła, na śniegu leżącym na dachu samochodu widniało wypisane jej imię. Od tamtej nocy zaczęła się naprawdę bać. Wszystko przebiegało tak, jakby ten człowiek miał jakieś nadnaturalne zdolności, dzięki którym zgadywał, kiedy może się pojawić przed jej domem, nie ryzykując, że zostanie nakryty. Jej strach odtąd nie zmalał, przeciwnie, nawet wzrósł, jakby natrętowi już nie wystarczało, że co noc zjawia się przed jej domem, by zostawić znak na karoserii jej samochodu – jakby teraz rozgościł się w jej głowie niczym wirus, wirus, który podsyca w niej irracjonalny lęk, nieustanny, przenikający jej myśli, przepełniający świadomość: facet nie tylko błąkał się w nocy po chodniku przed jej domem, błąkał się też po jej głowie, był w każdej chwili doby, a ona nic nie mogła na to poradzić. Ten człowiek zdominował jej życie: nie było w nim już nic oprócz niego. Dlatego przed miesiącem poszła na zwolnienie chorobowe, lecz nawet na zwolnieniu nie mogła spać: ciągle wstawała w nocy z aparatem zawieszonym na szyi i pilnowała chodnika przed domem, a w ciągu dnia z powodu światła i natrętnych hałasów nie mogła spać. Miała wrócić do pracy w ubiegłym tygodniu, ale nie starczyło jej sił – uczyła w starszych klasach podstawówki. Bez przerwy płakała, nadal nie mogła spać, dlatego lekarz zalecił jej wypoczynek w Sainte-Blandine.

Towarzystwo przy stoliku wpatrywało się w Aurélie życzliwie i współczująco. Rozpłakała się. Powiedziała, że ten facet rozwala jej życie, dotąd nie miała lekko, przeszła ciężkie chwile, zasłużyła na to, by los nieco jej odpuścił i pozwolił doświadczyć odrobinę milszych chwil, tylko tyle, odrobinę milszych chwil. Nie oczekiwała gwiazdki z nieba! Chciała po prostu być szczęśliwa! Szczęśliwa jak wszyscy, pragnęła zwykłego normalnego szczęścia! I właśnie wtedy jakby przypadkiem, powiedziała zapłakana

Aurélie, w jej życie wkroczył ten facet i zaczął je dewastować, dewastować metodycznie, jak gdyby co do joty realizował plan zniszczenia, jak gdyby zamierzał wykonać go do końca, aż do całkowitego unicestwienia, do unicestwienia jej. Dobiegała czterdziestki, marzyła o dzieciach, zostało jej dwa lata, by znaleźć sobie faceta i wyjść za niego – i te lata, lata nie do odrobienia, przepadły jej przez tę okropną historię, przepadły nieodwołalnie. Dlaczego ją to spotkało? Dlaczego musiało paść akurat na nią? To końcówka mojej młodości, zniszczona do cna, niedługo będę stara, a ostatnie lata ten człowiek wyjął mi z życiorysu. Rozumiecie? Moje życie upływa w ciągłej obecności tylko tego jednego człowieka, poza tym nie mam nikogo, dzieli nas wyłącznie okno, gość zjawia się nocą i nikt nic nie może zrobić, żeby skończyć z tą anomalią: totalna bezkarność. Ciągle tylko płaczę i płaczę, nie śpię, zobaczcie, jak wyglądam, strasznie, przypominam upiora. A jestem wesoła z natury! Kto by uwierzył, patrząc na mnie teraz? Ale przysięgam, kocham życie, normalnie jestem zabawna, wesoła, bardzo lubię się śmiać!

Na potwierdzenie swoich słów spróbowała się roześmiać, lecz tylko zalała się łzami.

Skulona w sobie, drżała jak wyczerpane zbyt długim pościgiem zwierzątko, które przycupnęło pod drzewem niezdolne biec dłużej i czeka, aż prześladowca je dopadnie, zdecydowało już bowiem, że da się pożreć.

Pulchna, kobieca Aurélie miała bardzo regularne rysy, kształtne dłonie, długie paznokcie, opadające na ramiona ciężkie jasnokasztanowe włosy godne Herodiady albo poematu Mallarmégo, pomyślała kilkakrotnie Bénédicte Ombredanne. Oczy miała jasnoniebieskie, cerę bladą, jednakże lęki odcisnęły się na jej twarzy, która straciła wdzięk. Dawało się wyczuć, że niegdyś była figlarna i zmysłowa, uwodzicielska, ale to się skończyło: Aurélie prezentowała się teraz jako kobieta wiecznie przerażona, spanikowana, trupio blada i nerwowa, wyzuta z pozytywnych spokojnych myśli.

Kim jest ten człowiek? Jak to się stało, że od dwóch lat tak cię prześladuje? spytała Élisa przy podwieczorku, serdecznym gestem ujmując Aurélie za ręce. To jakiś twój dawny kolega? zagadnęła Bénédicte Ombredanne. Znałaś go wcześniej, zanim zaczął cię nękać? Nie, nic z tych rzeczy, spotkała go na miejskim kąpielisku. Bardzo lubiła w letnie wieczory, jeszcze przed tą historią, wyskoczyć do kąpieliska, by posłuchać koncertu wyciągnięta na leżaku, z drinkiem w ręce, sama, dla odprężenia. Tamtego wieczoru zauważyła człowieka, który z kolegą siedział niedaleko jej leżaka i co rusz obrzucał ją spojrzeniem, wyraźnie zainteresowany. Ona natomiast starannie unikała jego wzroku, zawsze jest bardzo ostrożna z facetami, zachowuje się wobec nich z wielką rezerwą, żeby przypadkiem nie pomyśleli, że ich podrywa. Po koncercie (ten akurat nieszczególnie się jej podobał) udała się do wyjścia, zamierzając wrócić do domu. Przeszła może ze sto metrów, kiedy ją dogonił, powiedział, że szkoda, że odchodzi, chciałby się z nią poznać, nie mogłaby jeszcze zostać? Odmówiła, zaznaczyła, że przykro jej, ale nie może. Nawiązał rozmowę, wyrażał się zadziwiająco precyzyjnie, ładnie zbudowanymi zdaniami i z niejaką wykwintnością (jakby się wychował w bogatym mieszczańskim domu), wzbudził w niej zaufanie. Było to naprawdę miłe przypadkowe spotkanie kobiety i mężczyzny w jednym wieku, w piękną letnią noc pogadali, spodobali się sobie, nie było w tym nic zdrożnego. Zostawił jej numer telefonu, zadzwoniła kilka dni później, zaprosił ją w sobotę na drinka do swojej kawalerki. Poszła, trochę porozmawiali, całowali się, niemniej w jego zachowaniu była jakaś natarczywość, która jej się nie podobała: wpatrywał się w nią z przesadnym nabożeństwem, jakby ją uważał za bezkonkurencyjną boginię – już wtedy powinna była zrozumieć, że to chory człowiek, i mieć się na baczności. Całowali się, pieścili, zdjęła tylko biustonosz. W chwili gdy dramaturgia wieczoru nakazywałaby pójście do łóżka, powiedziała mu, że musi już wracać. Dlaczego? zapytał. Bo muszę się wyspać, miałam długi ciężki tydzień. Przenocuj u mnie, jeśli chcesz, nie tknę cię, możesz mi zaufać, chciałbym po prostu spać z tobą, tylko spać. Po jego oczach Aurélie widziała, że faktycznie może mu zaufać, że jej nie tknie. Mimo to nie miała ochoty zostać.

Do stolika dosiadł się Patrick i wobec milczenia towarzystwa, które w skupieniu słuchało opowieści Aurélie snutej słabym, drżącym głosem, czasem nawet przerywanej płaczem, uśmiechnął się jedynie i pociągnął przez słomkę przyniesioną coca-colę, po czym również wpatrzył się w piękną, delikatną i zgnębioną twarz Aurélie.

I co było potem? spytała Marie-France.

No właśnie, jak doszło do tej sytuacji, skoro wycofała się w porę i nie spędziła nocy z tym gościem? dociekała Bénédicte Ombredanne.

Usłyszawszy te pytania, Aurélie wydała z siebie przeciągłe westchnienie, któremu towarzyszył smutny uśmiech: oczywiście, zdawała się mówić, żadne z was, gdyby się wyrwało ze szponów tego wariata, nie dałoby się wciągnąć w piekło, w jakim ona tkwi od dwóch lat. Popełniła bowiem duży błąd. Powinna była zadzwonić i bez ogródek mu powiedzieć, że to koniec, tak by uczynił każdy siedzący przy tym stoliku. Albo nie dzwonić, tylko zniknąć bez wyjaśnienia. Nie wyczuła tego, wolno jej, nie miała obowiązku z niczego się tłumaczyć. Tylko że największą jej wadą jest to, że zawsze za bardzo się przejmuje tym, co czują inni. Spotkała się więc z nim, aby mu powiedzieć, że chce zakończyć tę znajomość. Dwie godziny gadali, nie mogła się go pozbyć, omotał ją, był trochę lepszy w perswazji. Mówił, że zmieni zdanie, że go kocha, choć jeszcze o tym nie wie, bo sprawy poszły za szybko jak dla niej. Normalne, że czuje się rozchwiana spotkaniem nie dość, że nieprzewidzianym, to jeszcze decydującym dla ich wspólnej przyszłości, mówił jak najpoważniej. On jednak ufa, że wszystko się ułoży, poczeka, da jej czas na przeanalizowanie uczuć, jakie wzbudziło w niej jego pojawienie: nie martwi się i absolutnie nie wątpi w pozytywny efekt jej przemyśleń. Wtedy wieczorem, kiedy się całowali na kanapie, wyczuł, że ona też zakochała się od pierwszego wejrzenia, że czują do siebie nawzajem pociąg: nie całuje się w taki sposób chłopaka, którego nawet nieświadomie nie darzy się głębokim uczuciem, miłością. Powinna była wtedy, gdy wygadywał takie rzeczy, powiedziała Aurélie przyjaciołom z Sainte--Blandine, potraktować go jak chorego i zakończyć tę znajomość, wyjść od niego, trzaskając drzwiami, obśmiać go, zagrozić mu. Pokazać mu, że nie jest dziewczyną, którą można manipulować. Nie zrobiła tego jednak. Nie wiedziała, co powiedzieć, aby się wydobyć z tego oblepiającego ją szaleństwa. Siedziała grzecznie na kanapie, próbując się wyrażać jak najoględniej. Nadawała zdaniom kształt. Zaokrąglała kanty. Unikała ostrych słów. Zamierzała delikatnie, na raty niejako, bez pośpiechu, rozwiać iluzje tego człowieka tak, aby go nie upokorzyć. Argumenty, których używała, łagodziły jej niechęć do niego, toteż niewątpliwie były mylące, może uznał, że Aurélie się waha, może oględność brał za uczucie, jakby miał do czynienia z młodą niezdecydowaną kobietą pozbawioną przekonania, taką, którą łatwo będzie stropić. Mamrotała, że przyszła mu powiedzieć, iż to koniec, zjawiła się, ponieważ uważała, że nie wypada na odległość zrywać znajomości, zwłaszcza z mężczyzną takim jak on, uprzejmym, dobrze wychowanym. Wspaniały z niego facet, tak, chciała, by wiedział, jak bardzo go szanuje i ceni, niemniej nie zmieni zdania, nie, podjęła decyzję, niczego już po mnie nie oczekuj, to koniec, było miło wtedy wieczorem, naprawdę, zapewniam cię, ale sama nie wiem, nie jestem pewna, wolałabym na tym poprzestać, powiedziała wówczas Aurélie, i to właśnie powtórzyła potem przyjaciołom w Sainte-Blandine. Niech będzie, przez jakiś czas możemy się nie widywać, odparł nieustępliwie, żebyś się otrząsnęła ze wstrząsu, jakim było nasze spotkanie, z tempa, w jakim nawiązaliśmy bliższe stosunki, ale jeszcze się zobaczymy, na pewno, i razem przeżyjemy tę piękną miłość. Nie, nie sądzę, to chyba naprawdę skończone na dobre, odrzekła nieśmiało speszona Aurélie, siedząca na brzegu kanapy ze splecionymi dłońmi i patrząca błagalnym wzrokiem. Wyszła po dwóch godzinach, kładąc kres rozmowie, która kręciła się wokół tego samego, składała z odpychających frazesów powtarzanych w kółko, z frazesów miłości i czułości, oddania, wiary w przyszłość, frazesów całkowicie sprzecznych z tym, co ona mówiła, a zwłaszcza z tym, co czuła. Faktycznie miała do czynienia z wariatem, nie dało się zaprzeczyć, z człowiekiem zamkniętym w swoim szaleństwie, które stworzył dla siebie jednego i zasilał chorą wyobraźnią odciętą od rzeczywistości.

Bénédicte Ombredanne spoglądała na Aurélie z pragnieniem, aby ją kochać i chronić przez resztę życia.

Jakiś czas później na karoserii jej samochodu zaparkowanego przed domem wypisał na warstwie brudu: KOCHAM CIĘ, AURÉLIE. I jeszcze: JESTEŚ MIŁOŚCIĄ MOJEGO ŻYCIA. Jak się dowiedział, gdzie mieszka? Nie podała mu adresu, był na jej czarnej liście, nie znał także jej nazwiska. A zatem musiał kiedyś śledzić ją po pracy, niebacznie bowiem wyjawiła mu, czym i gdzie się zajmuje. Zaczęła się bać. Wyraźnie nie miał zamiaru dać jej spokoju – odtąd zostawiał jej na samochodzie wiadomości, a czynił to tak regularnie, że odnosiła wrażenie, iż ją omotuje, każdej nocy oplata jednym więcej sznurem, całe jej jestestwo było przez to coraz bardziej skrępowane, przywiązywał ją coraz ciaśniej do czegoś nieznanego, potwornego, do czegoś, co zaczynało ją terroryzować, przepełniać wszystkie jej myśli. Zadzwoniła do niego z prośbą, aby zostawił ją w spokoju, przecież wyraźnie mu powiedziała przy rozstaniu: niech niczego od niej nie oczekuje, niech gdzie indziej poszuka sobie innej dziewczyny, ona zdania nie zmieni. Tak ci się tylko wydaje, odrzekł. Kochasz mnie, tylko jeszcze o tym nie wiesz, coś takiego często się zdarza, rozumiesz? Dowód: pozwoliłaś się zagadnąć, przyszłaś do mnie, całowaliśmy się, odkryłaś przede mną piersi. Czyli podobam ci się, to fakt, tak to już jest i niczego nie zmienisz. Ale z e r w a ł a m z n a j o m o ś ć z t o b ą, powiedziałam ci, że to koniec! zaoponowała stanowczo. Potem jeszcze raz do mnie przyszłaś! odparł na to. Nie oparłaś się pokusie i zjawiłaś się u mnie osobiście! Ale wyłącznie dlatego, że chciałam, by wszystko odbyło się nie brutalnie, tylko kulturalnie, w sposób cywilizowany! broniła się Aurélie. Wcale nie chodziło mi o przyjście do ciebie, źle to odebrałeś, to nieporozumienie! (Wpadła w panikę, usłyszawszy te słowa: jak mógł pomyśleć, że przyszła znowu do jego kawalerki, bo ją pociągał, Boże, co za zwariowany pomysł, jakie żałosne nieporozumienie, ależ się wpakowała, koszmarna sytuacja!) Nie ma czegoś takiego jak nieporozumienie, powiedział, albo coś się robi, albo nie. Wiesz, jak działa podświadomość, prawda? Słyszałaś o podświadomości, o czynnościach pomyłkowych, o uczuciach wypieranych, tak? Przyszłaś do mnie znowu i zostałaś dwie godziny, nie mogłaś wyjść, rozczulenie mnie brało, kiedy patrzyłem, jak się wijesz na kanapie, nie mogąc się zdecydować na wyjście, coś cię mocno trzymało przy mnie, jakaś siła magnetyczna, pamiętasz? Nic się nie bój, zobaczysz, że się pokochamy, bez dwóch zdań, to tylko kwestia czasu. Nie, odpowiedziała, nigdy cię nie pokocham, tego jestem pewna, na sto procent. Daj mi spokój raz na zawsze albo wezwę policję. Właśnie wtedy nieoczekiwanie – chyba że jego przemyślana strategia wówczas polegała właśnie na tym, aby pokazać jej nieuchronność procesu, w który ją wciągnął – poczynił osobliwe wyznanie, wyjawił jej coś, co logicznie rzecz biorąc, powinien był zachować w sekrecie. Chyba że znowu z założenia miał nadzieję, iż na wzbudzonym w niej lęku poczyni znaczące postępy, dążąc do realizacji swojego diabolicznego planu. Oświadczył mianowicie, że to nic nie da, że jej mentalność jest szczurza, że nie uda się jej tak łatwo wyplątać, jemu policja niestraszna, gorsze rzeczy już przeżył. Wtedy przy telefonie Aurélie zamilkła, tak jak zamilkła później w kawiarni w Sainte-Blandine. Wszyscy wpatrywali się w nią, nie śmiąc się poruszyć. W oczach wezbrały jej łzy, które przełknęła wstydliwie, by nie popłynęły. Wtedy jakby każdy w tej samej chwili stanął w obliczu tych samych przeciwieństw, na twarzach osób siedzących przy stoliku pojawiły się równocześnie współczujące miny niczym otwierane parasole i łzy zamgliły spojrzenie wszystkich słuchaczy Aurélie, łącznie z Bénédicte Ombredanne, która zaraz palcem otarła samotną kroplę toczącą się jej po policzku. Jakiś czas wcześniej w Tuluzie, wyjawił jej, a Aurélie to powtórzyła, podejmując swoją opowieść w kawiarni w Sainte-Blandine, przez pięć lat miał oko na pewną młodą kobietę. Żył z nią przez tydzień, a zatem sprawy posunęły się dalej niż z Aurélie, i wytrwale uganiał się potem za nią przez pięć lat bez przerwy. Trzykrotnie trafił za kratki: raz na pół roku, raz na dziewięć miesięcy, pół roku trzymano go w szpitalu psychiatrycznym, po czym wymiar sprawiedliwości wydalił go z departamentu: nie miał prawa postawić tam nogi. Przeniósł się więc do Metzu i nie żałował, bo w tym właśnie mieście, choć tak mało seksownym, zawarł niesamowitą znajomość: przyznał, że to, co dzieje się między nim a Aurélie, jest tysiąc razy silniejsze niż w Tuluzie. Aurélie z całą pewnością jest kobietą, na którą zawsze czekał. Bez wątpienia w końcu się w nim zakocha do szaleństwa, los bowiem tak chciał, a on wierzy w przeznaczenie. W przeciwieństwie do tamtej, rzekł tamtego wieczoru przez telefon, Aurélie zaś opowiedziała to przyjaciołom w Sainte-Blandine, jej nie odpuści, poczeka ile będzie trzeba, póki do niej nie dotrze, że tak postanowiła opatrzność. Kiedyś w końcu ich życie się połączy. I Aurélie urodzi mu dzieci.

Przy stoliku zapadło milczenie.

Szaleństwo, powiedziała Bénédicte Ombredanne, ocierając drugą łzę.

Kompletnie porąbane, dodała Élisa. Zatłukę drania. Dasz mi jego adres. Już ja z nim pogadam, bo tak dalej nie może być.

Kiedy teraz mąż Bénédicte Ombredanne przyjeżdżał w odwiedziny, mówił o zimnych spojrzeniach, którymi obrzucali go nie tylko pensjonariusze Sainte-Blandine, ale także psychiatra i personel kliniki, i obwiniał ją, że nastawiła ich przeciwko niemu. Zanim dotarł do jej pokoju, musiał minąć przeszkloną kawiarnię, potem podążyć krytą galerią, schodami, przejść przez hol i na koniec przebyć długi korytarz, natykając się wedle jego słów na niewiarygodnie liczne spojrzenia dezaprobaty, wręcz nienawistne lub obraźliwe, i przez całą wizytę robił z tego powodu żonie wyrzuty: teraz interesował go jedynie ten temat.

Szczególnie ta Hiszpanka, nie pamiętam, jak się nazywa, mówił.

Masz na myśli Élisę, jak sądzę, odpowiadała Bénédicte Ombredanne ze znużeniem.

Wiecznie ten ironiczny wzrok i bezczelny uśmieszek. Niech lepiej uważa, bo ostrzegam, któregoś dnia stracę nad sobą panowanie, puszczą mi nerwy, a wtedy ta baba nawet się nie zorientuje, co się dzieje.

Odradzam, kochanie. Ta baba jest dużo silniejsza od ciebie, strasznie porywcza, takiego urzędnika jak ty załatwi małym palcem! mówiła ze śmiechem Bénédicte Ombredanne, próbując rozładować atmosferę.

W gruncie rzeczy Jean-François wcale się nie mylił: pensjonariusze kliniki darzyli go rzucającą się w oczy niechęcią, co napawało radością Bénédicte Ombredanne. Po raz pierwszy od ślubu dzieliła się z innymi ciężarem obecności męża – ciężarem przytłaczającym – dzięki czemu wydawał się jej mniej przerażający, nauczyła się dawkować jego efekty toksyczne samym ukierunkowaniem swoich myśli. Silniejsza dzięki wsparciu przyjaciół, którzy zdawali się z dala obserwować jej poczynania, solidaryzując się z nią, spostrzegła, że jeśli się skupi i w duchu postanowi, że nie pozwoli temu człowiekowi wpływać na siebie, do czego zazwyczaj doprowadzały jego destrukcyjne działania, wtedy ciężar samoistnie maleje, udaje się jej postrzegać męża takiego, jaki jest naprawdę, mówiła sobie, że co wieczór ma przed oczami gniewnie krążące po pokoju wrzaskliwe rozkapryszone dziecko, żałosnego, nijakiego, pospolitego człowieczka – i zastanawiała się, jakim cudem, skoro to taka miernota, mógł tak łatwo zniszczyć jej życie, jakim cudem natykał się na tak słaby opór: jak to się w ogóle stało, że potrafił ją zdominować, górować nad nią choćby przez kwadrans? Jeśli chodzi o psychiatrę i personel medyczny, to odczucia Jeana-François mogło tłumaczyć to, że ci ludzie nie byli głupi: wiedzieli z doświadczenia, że jeśli młoda kobieta nie chce wyjawić, z jakiego powodu chciała odebrać sobie życie, i z uporem prosi, by trzymano ją w szpitalu jak najdłużej, prawdopodobnie w domu nie jest dobrze traktowana przez męża, którego surowość wzrosłaby w dwójnasób, gdyby się dowiedział, że komuś wyznała prawdę – a taka świadomość nie mogła w personelu Sainte-Blandine wzbudzić szczególnej sympatii, stąd mało przyjazne spojrzenia, którymi obrzucano Jeana-François, gdy w porze kolacji twardo krążył po pokoju żony, czekając na wyjście obsługi, aby wznowić swoje dręczenie.

Coś im naopowiadała? pytał. (Jego cichy głos ociekał nienawiścią. Kiedy Jean-François tak mówił przez zęby, najpierw miażdżył nimi słowa, które potem rzucał jej w twarz niczym łupinę z winogrona, ledwie słyszalne, tak były zduszone pogardą, jaką darzył żonę). Jakie znowu zmyśliłaś potworności na mój temat? Uprzedzam, moja noga więcej tu nie postanie!

I bardzo dobrze, nie przyjeżdżaj! odpowiadała Bénédicte Ombredanne jasnym, dźwięcznym głosem. Nie naczekasz się zresztą, za trzy dni wychodzę, już niedługo będziesz znosił tę upokarzającą sytuację, dodawała ironicznie.

Nie do wiary, słuchając cię, można by przysiąc, że nie masz ochoty wyjść z tego wariatkowa! Nie mów, że wolałabyś zostać tutaj, między obłąkanymi, niż wrócić do domu, do dzieci!

Istotnie Bénédicte Ombredanne nie chciała opuścić kliniki.

Polubiła ludzi, z którymi się zbliżyła. Wystarczyły dwa tygodnie, żeby wolała ich towarzystwo od każdego innego na zewnątrz. Z perspektywy szpitala Amélie wydawała jej się pusta, ślepa, sztuczna i banalna jak sztywna lalka wygrana na strzelnicy w letni wieczór: przeciętnie się przystosowała do przeciętnego rozczarowującego życia, pełnego skumulowanych przez nieuwagę drobnych aktów kapitulacji, których zresztą nawet już nie pamiętała (tak samo jak ona przed nocą dwunastu różowych tabletek), podczas gdy tutaj w taki czy inny sposób wszyscy tę wewnętrzną hipokryzję wobec siebie rozbili w puch, mieli odwagę to uczynić albo pozwolili sobie wybuchnąć w środku, obnażyć się przed sobą.

Odnosiła wrażenie, że wreszcie znalazła swoje miejsce, swoje prawdziwe miejsce w obrębie tej kliniki, na dziewięciu metrach kwadratowych swojej celi poetki, jak czule nazywała ją Élisa.

Nie chciała stąd odejść.

Mówiła sobie czasem oczywiście, że po kilku miesiącach na pewno by zapragnęła odfrunąć. Tyle że wtedy byłaby gotowa radykalnie odmienić swoje życie, przebyłaby bowiem w swoim jestestwie znaczne odległości, odkryłaby nowe krajobrazy, odcisnęłaby swój ślad w nieznanych wizjach siebie, dopracowałaby nowe dawkowanie komponentów, które od zawsze składały się na dość złożoną i zagmatwaną, niezupełnie przekonującą formułę jej osobowości, jej obecności w świecie. Po kilku miesiącach spędzonych tutaj, mówiła sobie, niewątpliwie byłaby zdolna odejść od męża, wyjechać z Metzu, zabrać dzieci i odbudować swoje życie gdzie indziej, w nowym środowisku, nieznanym. Klinika Sainte-Blandine wzbudziła w niej pragnienie, by posmakować nieznanego. Skonfrontowanie swoich wyobrażeń z przeżyciami szpitalnych przyjaciół natchnęło ją wystarczającą siłą i odwagą, i niejakim dystansem do własnych problemów, aby dążyła do ryzykownych, osobliwych doświadczeń, do otoczenia niemającego nic wspólnego z tym, które dotąd znała. Skończy z uczeniem: wyrwie się również z tego więzienia, które trzymało ją zamkniętą w ciasnej definicji siebie (powołanie, zaangażowanie polityczne i społeczne, oddanie młodzieży i przyszłości Francji, i tak dalej) ze szkodą dla ambitniejszych aspiracji. W sumie dość miała poświęcania się niemal wyłącznie kolejno mężowi, własnym dzieciom i dzieciom innych bez nadziei na jakiś konstruktywny zwrot. Zrobi kursy dokształcające, żeby pracować w branży wydawniczej: ma przecież studia filologiczne, na pewno mogłaby być korektorką albo redaktorką, kto wie, może nawet – czemu nie? – cenioną przez autorów. Do pisania raczej nie miała talentu w swoim mniemaniu, pominąwszy słowa, które przelewała nocą na papier, aby zaznać upojenia jak najgłębszym wnikaniem w swoje jestestwo, ale robiła to tylko dla siebie, dla własnego spełnienia, po kryjomu, jakby prowadziła pamiętnik. Nie miała ochoty wystawiać swoich doświadczeń na widok publiczny, aczkolwiek właśnie ten zabieg ceniła u współczesnych pisarzy, których czytywała, ten zabieg bardziej niż jakikolwiek inny, bardziej niż zabiegi czysto powieściowe, chciała przez to powiedzieć, ależ zrozumiał mnie pan, Éricu. Ona nie, była zbyt delikatna, żeby tak się odsłaniać przed wzrokiem innych, nawet jeśli kryła się za tym, co napisała. Właściwie zwłaszcza że kryła się za tym, co napisała, myślała, bo wyobrażała sobie zapisane kartki jako oświetlony w nocy pokój wychodzący na ulicę: im lepiej było to napisane, tym ciemniejsza wydawała jej się ulica, a tym wyraźniejsza i jaśniejsza była ona krążąca nago po oświetlonym mieszkaniu, nie dało się zaś dojrzeć, kto patrzy z ulicy, kto i ile osób, i jaki ci obserwatorzy mają do niej stosunek. Nie, pisanie to nie dla niej. Natomiast praca w branży wydawniczej w Paryżu, gdzie zamieszkałaby z dziećmi, owszem, takie rozwiązanie mogła rozważać, gdyby jej pobyt w Sainte-Blandine potrwał na tyle długo, że nabrałaby sił i odwagi, by zbudować w sobie solidną pewność, nie tylko mgliste iluzoryczne marzenie, lecz właśnie solidną pewność, stanowczą decyzję budowaną miesiącami, poważnie i realistycznie, w ufności, jaką codziennie wzbudzało w niej to miejsce chronione przed przykrościami świata. Dlaczego budowanie w sobie projektu nowej przyszłości miałoby zająć mniej czasu niż wznoszenie prawdziwego domu? Czy w dwa tygodnie można postawić dom od fundamentów? Dlaczego wolno jej zostać w Sainte-Blandine tylko krótkie dwa tygodnie? Czy nie byłoby uzasadnione, żeby przebywała w Sainte-Blandine na przykład przez czas, jakiego wymaga zbudowanie piętrowego dwustumetrowego domu łącznie z wykończeniem? Tymczasem została wypluta jak byle pestka w stare środowisko, gdzie zastała identyczną, choć cięższą, nieznośną sytuację, od której uciekła dwa tygodnie wcześniej, połykając dwanaście różowych tabletek w ciężką lipcową noc.

Rozumie pan, o co mi chodzi? powiedziała mi wtedy Bénédicte Ombredanne. Chciałam tam zostać przez czas, jakiego potrzebowałam, by podjąć radykalną decyzję. Ale psychiatra inaczej to rozumiał: łaskawie dorzucił jeszcze cztery dni, po czym oświadczył, że muszę wracać do domu.

Piliśmy białe wino, ona była przy trzecim kieliszku, kierowałem jej opowieścią pytaniami albo życzliwymi zachętami. Światła na place Colette były coraz bardziej namacalne i coraz mocniejsze, żywe, przepełnione obecnością, jakby miasto pozwalało się opanować poczuciu pełni i wesołości: roziskrzone przeczucie spełnienia panowało na tarasie kawiarni, w której siedzieliśmy przy stoliku, obejmowało wszystkich klientów słodyczą swoich wizji, obiecując nam rychłe szczęście, pomyślne zrządzenia losu, przełomowe spotkania, powszechny dobrostan. Chociaż Bénédicte Ombredanne przez całe popołudnie mnie straszyła, wydawało mi się, że sobie z tym poradzi, że nastaną dla niej szczęśliwe czasy, tak przynajmniej podszeptywały nam światła, które zalewały plac. Albowiem na naszych oczach atmosfera stwarzana przez miasto, krzepiąca niczym słowa szeptane nam do ucha przez kogoś cudownego, wyjątkowego, godnego zaufania, niewidocznego, lecz materialnego, żyjącego od wieków, przemawiającego z innego miejsca niż nasza teraźniejszość, z miejsca świętszego, atmosfera zatem stwarzana przez miasto upewniała mnie, że Bénédicte Ombredanne jest klejnotem czystej wody minionych czasów, klejnotem czystej wody zasługującym na ochronę, klejnotem, który w końcu kiedyś zostanie nim okrzyknięty za sprawą wydarzeń z jej życia. Bénédicte Ombredanne upiła kolejny łyk wina, po czym odstawiła kieliszek. Z pewnością była odrobinę podchmielona i podejrzewam, że to upojenie sprzyjało porywowi, za którym poszła, silnemu i nieustępliwemu, i niestrudzenie opowiadała mi o tamtej okrutnej wiośnie 2006 roku.

Czasami, kiedy była naprawdę zdesperowana, podchodziła pod dawne koszary na tyłach kliniki i spoglądała w okno swojego pokoju, długo się w nie wpatrywała, próbując odtworzyć w myślach jasność, której tam zaznała. Jasność odrodzenia, nadziei i nowego początku. Jednakże nigdy więcej tej jasności nie odnalazła: światło znowu zgasło. Definitywnie.

Kiedy indziej nocą schodziła do swojego gabinetu i usiłowała pisać, lecz te próby prowadziły donikąd, nie udawało się jej rozpostrzeć w sobie pejzaży, które za pośrednictwem pisania przemierzała, wolna i szczęśliwa, w Sainte-Blandine godzinami, aż do zatracenia, co z bólem wspominała. Teraz pozostawała na powierzchni, jakby leżała na plaży, widziała swoje usiłowania, widziała siebie spoglądającą na swoje usiłowania aż do chwili, gdy plażę w całości zasłaniała sama figurka Bénédicte Ombredanne rozmyślającej w nieskończoność, nie potrafiącej znaleźć zapomnienia. Ale też bywało, że pragnąc wiedzieć, co Bénédicte Ombredanne knuje, albo sprawdzić, czy aby nie pisze właśnie do potencjalnego kochanka poznanego przez Internet, jej mąż pojawiał się znienacka u progu gabinetu, a zatem u progu obrazów, które może się jej akurat objawiły, i w okamgnieniu je niszczył, nagle burzył cały czar zaczynający się może w tej fatalnej chwili formować, jeśli tego wieczoru jej usiłowania dobrze rokowały.

Przyślę panu to, co tam napisałam, wszystkie te kartki trzymam w swojej szafce w szkole, w dużej kopercie z papieru typu Kraft. Zrobię kserokopię i przyślę to panu, może kiedyś je pan wykorzysta, jeśli moja historia pana zainspiruje. Dziś nie zdążyłam wszystkiego opowiedzieć. Ale na tych czterdziestu kartkach jest wszystko, wyślę je w przyszłym tygodniu.

Powrót do domu był chłodny, żeby nie powiedzieć oziębły. Moje dzieci nie wykazały się życzliwością. Były trochę zakłopotane, jakieś nienaturalne, jakby uważały, że ich matka jest wariatką albo że w czymś zawiniła. Czy słyszały, że mój mąż przez telefon mówił o Sainte-Blandine jako o szpitalu wariatów, że mnie obgadywał? Nie wiem. Ale przez kilka tygodni wyczuwałam w nich pewną formę pytającej rezerwy, przyglądały mi się z zaniepokojonymi minami i z troską w spojrzeniu, trochę wycofane, jakby mnie badawczo obserwowały, jakby z obawą wyczekiwały czegoś w moim zachowaniu. Nie chcę przez to powiedzieć, że martwiły się, iż coś im może grozić ze strony matki, co to, to nie: wydawały mi się zmartwione, że muszą mieszkać z kobietą, która nie tylko jest ich matką, ale także po trosze kimś nieznanym, niedokładnie zbadanym terytorium porosłym w dużej części gęstą przerażającą dżunglą pełną dzikich zwierząt, owadów i węży, dżunglą, w której mogłyby się zgubić i która mogłaby ich także wchłonąć. Na pewno oboje uważali, że ich mama nie jest taka jak matki ich kolegów. Że jest być może groźna, nieodgadniona, nieprzewidywalna, nie do końca zdolna zapewnić im bezpieczeństwo.

Z czasem jednak się ułożyło, naprawdę.

Jeśli chodzi o mojego męża, to ma na przemian różne fazy, w jednych obwinia się, że z mojego życia zrobił piekło, albo przedstawia siebie jako mojego oprawcę i pyta, jak mogę go nadal kochać, błagając ze łzami w oczach, abym mu wybaczyła, nie zostawiała go. W innych fazach wyrzuca mi, że dosłownie zniszczyłam mu życie, lamentuje, że związał się z koczkodanem, z chudzielcem o cuchnącej myszce, z kobietą, która raz stroi się kusząco w nadziei, że obcy facet ją przeleci, a jeśli wyciągnę z tego konsekwencje, ubiera się jak kocmołuch, bez gustu, jakby on, Jean-François Ombredanne, przyszedł na świat, by wziąć sobie na głowę takie coś, co ledwie można nazwać kobietą i co przynosi mu wstyd. Nie jesteś kobietą, powiedział mi. Kiedy idziemy ulicą i mijamy ładną dziewczynę, a nawet zwyczajną kobietę, mówi: o, widzisz? To jest kobieta, zauważasz różnicę? Ty nie jesteś kobietą, Bénédicte, nie wiem, czym jesteś, ale nie kobietą. Odkąd wyszłam z Sainte-Blandine, jest odległy, obojętny. Nie dostrzega mnie. Właściwie przestał się do mnie odzywać. Nigdy o nic nie pyta. Jeśli coś do mnie mówi, zawsze są to albo wyrzuty, albo zniewagi. Nigdy nie patrzy mi w oczy. Zachowuje się, jakby mnie nie było.

Na pewno robi tak, bo wie, że cierpię albo i gorzej, ale nie śmiem tego wyjaśnienia uznać za najwłaściwsze, bo on jest zdania, że moje istnienie nie zasługuje na uwagę. Traktuje mnie jak gosposię. Często kolację je sam w salonie przed telewizorem, muszę mu przygotować posiłek na tacy i przynieść. Kiedy jemy we czwórkę, nie słucha, co mówię, nigdy się nie odezwie tak, żeby nawiązać rozmowę, jeśli o coś go zapytam, ostentacyjnie uchyla się od odpowiedzi, skupia się wyłącznie na dzieciach, wobec których zawsze jest miły i słodki. Obchodzi go tylko to, czy im jest dobrze, bo wtedy ja przez kontrast czuję się kompletnie pozbawiona uczuć, odtrącona. Liczę się mniej niż zwierzę, które się głaszcze, mniej niż roślina w doniczce, którą się podlewa, mniej niż przedmiot, który się odkurza, mniej niż dziwka, której się płaci za usługę. Może pan to nazwać, jak chce. Ta pogarda nie przeszkadza mu w nocy, po zgaszeniu światła, kiedy przyjdzie mu ochota, położyć się na mnie i wyegzekwować prawa męża. Pozwalam na to, myśląc sobie, że stosunek seksualny jest może jedyną rzeczą, która jeszcze jest w stanie wykrzesać między nami jakąś iskierkę, chociaż w to także przestałam już wierzyć. Zwykle zresztą kiedy mnie bierze, płaczę, ale on tego nawet nie zauważa.

W zeszłym roku dwukrotnie próbowałam od niego odejść. Za każdym razem groził, że najpierw zabije dzieci, a potem sobie odbierze życie. W odróżnieniu od ciebie, zapewniam cię, nie popełnię operetkowego samobójstwa. Wiem, jak się do tego zabrać, żeby były trupy.

To szantaż, zwróciłem uwagę Bénédicte Ombredanne. Nie wolno ustępować. Ale rozumiem, że niełatwo reagować na coś takiego.

Zwłaszcza kiedy człowiek nie ma formy, jest podatny na ciosy i zmęczony, i wystraszony jak ja od kilku lat.

Tak jak pani mówiła, należało zostać dłużej w Sainte-Blandine, wzmocnić się i zerwać ten związek raz a dobrze.

Oczywiście po wyjściu z Sainte-Blandine sypiałam trochę lepiej niż przedtem, mąż przestał mnie wypytywać nocami o to, co robiłam z Christianem, tyle że jego obojętność wzbudzała we mnie taką samą pustkę jak brak snu, tak samo mi ciążyła zimnym nieruchomym ołowiem.

Strach na stałe zagościł w moim całym ciele. Czułam się martwa, ciężka i zimna, identycznie jak przed przyjęciem do szpitala w Metzu. Jaśniejszy czas pobytu w Sainte--Blandine, niespodziewany, jakby cudem rozstąpiły się zawieszone nade mną dwie czarne chmury, zalał moje życie światłem odrodzenia: w ciągu tych dwóch tygodni często sobie mówiłam w ciszy swojego pokoju, że nareszcie moje życie będzie piękne, zaskakujące, pełne miłych chwil, blasku, rozkoszy, tajemnic, słodyczy, muzyki, wydarzeń, elektryzujących przedsięwzięć. Moje życie miało zostać wznowione jak mecz po strzelonym golu. Właśnie zdobywałam bramkę, pobyt w Sainte-Blandine był zdobywaniem bramki w zwolnionym tempie, widziałam, jak mój los wkracza na ścieżkę szczęścia, a wyjście z kliniki zbiegnie się z chwilą, gdy je osiągnę, gdy balon zerwie się z uwięzi. Nic nie mogło przeszkodzić, nikt nie mógł stanąć na zawadzie, żeby to szczęście zagościło w mojej piersi. Może odważę się zadzwonić do Christiana? Kiedyś przed południem spotkam się z nim i jego wzrok zanurzy się w moim spojrzeniu, aby podsycić miłość, którą dane mi było w nim wzbudzić, myślałam euforycznie w swoim pokoiku w Sainte-Blandine. Długo będziemy się kochali, zamieszkam z nim, może doczekamy się dzieci. Zaczynałam dostrzegać cudowną wizję, mówiłam sobie, że niedługo będę mogła się kąpać naga i szczęśliwa w ciemnym jeziorze bez końca, przejrzystym, ozdobionym gwiazdami. Tyle że przejście nagle się zatrzasnęło z wielkim przerażającym hukiem. Kiedy wyszłam z Sainte-Blandine, znalazłam się przytrzaśnięta klapą głupiej dwutygodniowej nadziei, która gwałtownie opadła na zwykły smutek mojego życia, opierając się o mur postawiony w ciemności przed moimi oczami, oddzielając mnie od szczęścia dostrzeganego wcześniej. Tym murem był mój mąż, jałowe życie, które mi narzucał. Życie w piwnicznej izbie. Miesiącami w niej tkwiłam, siedziałam na zimnym stopniu uwięziona, często zapłakana. Dopiero przeczytanie pańskiej książki we wrześniu dwa tysiące siódmego roku znowu przyniosło mi odrobinę światła: podniosłam głowę, znowu zaczęłam wierzyć w siebie i pragnąć walki, powrotu do rzeczywistości i szczęścia. Podniosłam wtedy klapę, wyszłam z piwnicy i oto opowiadam panu teraz o swoim życiu na tym słonecznym tarasie w piękne jesienne popołudnie. Proszę spojrzeć, jakie cudowne jest światło, słusznie podkreślił pan to w swojej książce, właśnie jesienią światło jest najpiękniejsze, dzisiaj jest po prostu cudowne, czuć, jak wibruje w powietrzu miliardami cząstek. Mam wrażenie, że jeśli przysunę rękę do piękna tego widoku, zdołam go dotknąć, a ono zareaguje jak kot, kiedy położyć mu dłoń na sierści.

W taksówce wiozącej nas na Gare de l'Est zapytałem Bénédicte Ombredanne, dlaczego powiedziała w pewnym miejscu swojej opowieści, że jej mąż musiał w pracy przejść na część etatu. Oświadczyła pani córce, że nie stać was na kiecki z butiku pod arkadami przy rue Gambetta, odkąd pracuje na część etatu, pamięta pani?

Miał w pracy poważne problemy w zakresie kontaktów międzyludzkich. Za jej mężem, człowiekiem o skomplikowanej psychice, trudno nadążyć w rozumowaniu, reakcjach, zajmowanym stanowisku. Jest poza tym chorobliwie podejrzliwy i strasznie zawzięty, ma wprost fenomenalną pamięć do każdej krzywdy wyrządzonej przez tego czy tamtego kolegę, niczego nie zapomina, gromadzi w głowie wszelkie urazy, które przyprawiają go o cierpienie skrywane, acz nieustępliwe – słusznie bądź nie. Wszedł w nieznośny konflikt z jednym z kolegów, często gęsto spory rozsądzać musiała dyrekcja. Po jakimś więc czasie zdecydowano o zmianach organizacyjnych w oddziale banku, aby zupełnie rozdzielić teren działania i prerogatywy obu zwaśnionych. Ustalono, że odpowiada za to przede wszystkim jej mąż, wszyscy to potwierdzali. Dyrektor oddziału powiadomił go, że reorganizacja wymaga zatrudnienia nowej osoby, ale będzie to możliwe jedynie pod warunkiem, że on, Jean-François Ombredanne, zrezygnuje z części poborów, czyli zrezygnuje z części etatu. Albo się na to zgodzi i odtąd będzie zatrudniony na cztery piąte wymiaru godzin, albo się nie zgodzi i wtedy dyrekcja będzie zmuszona wręczyć mu wymówienie z powodu nieprzewidywalności nastrojów. Naturalnie szef oddziału liczył, że Jean-François przyjmie złożoną mu propozycję.

Skręciwszy w rue Sainte-Anne, taksówka jechała dalej jej przedłużeniem, rue de Gramont, która biegnie niedaleko Teatru Włoskiego, czyli opery komicznej wciśniętej w kwartał budynków po naszej prawej, po stronie Bénédicte Ombredanne, która odpowiadając na moje pytania, nie wiedziała, że znaleźliśmy się na ulicy, na której nieznajoma Villiersa de L'Isle-Adam z wdziękiem odprawiła oczarowanego Felicjana de la Vierge. Mogliśmy dostrzec ich oboje w ukradkowym mignięciu przeszłości w postaci dwojga ludzi stojących naprzeciw siebie, gdy taksówka szybko jechała ulicą.

Jeśli dobrze rozumiem, nie tylko pani uważa zachowania swojego męża za problematyczne, by nie rzec: patologiczne.

Dlatego właśnie zawsze musiałam mu matkować, chronić go, krzepić, i tak jest nadal mimo ochłodzenia stosunków. Co nie przeszkadza, że dwadzieścia minut po tym, jak go pocieszę po jakimś niepowodzeniu w pracy, obrzuca mnie wyzwiskami. Przeszedł więc na część etatu i zrobiło się krucho z pieniędzmi z powodu kredytów na dom i na dwa samochody: wszystko mieliśmy wyliczone co do grosza. Obcięcie o jedną piątą jego pensji wystarczyło, by zachwiać naszym budżetem domowym: musieliśmy jeszcze bardziej liczyć się z groszem niż dotąd, ograniczać wydatki. Zrezygnowałam z usług pomocy domowej, wzięłam w szkole nadgodziny. Spadło na mnie pranie. W przerwie na lunch wracałam, żeby zająć się obowiązkami domowymi, zamiast iść do stołówki, jak wcześniej robiłam co najmniej dwa razy na tydzień, żeby pogadać z koleżankami z pracy.

Dojechaliśmy już do Gare de l'Est i szliśmy na perony.

Dobijały mnie powoli godziny przestane przy desce do prasowania. Wszystko zaczęło się od prasowania, od nieznośnych godzin po południu albo w porze lunchu, w ciszy, która doprowadzała mnie do szaleństwa, nawet jeśli włączyłam muzykę na cały regulator, od godzin spędzanych na prasowaniu, gdy stałam w tej absolutnej pustce z żelazkiem w ręce, zwilżałam pościel, przesuwałam po niej żelazkiem, słysząc dokuczliwy syk parującej wody, składałam pościel i ubrania, roznosiłam do pokojów, układałam w szufladach. Pod wpływem zmęczenia bardzo szczególnie postrzegałam rzeczywistość, wszystko było wyostrzone, powiększone, obłędne. Po głowie chodziły mi różne myśli, głosy mnożyły się w nieskończoność, wrzeszczały coraz bardziej w czasie tych godzin prasowania, godzin pustki, nudy, upokorzenia. Poczucia absurdu. Rozsypki. W takim właśnie kontekście doszło do historii z audycją radiową *Le téléphone sonne* i do tego, co nastąpiło potem. Który to peron? Nie widzę, co jest napisane na tablicy, za małe litery.

– Peron G. Tędy, na prawo, chodźmy, mamy jeszcze dziesięć minut, odprowadzę panią do samego pociągu. Który ma pani wagon?

– Już kasuję bilet, chwileczkę.

Bénédicte Ombredanne wsuwa bilet do szpary kasownika, rozlega się dzwonek, więc wyjmuje bilet i wkła-

da go drugą stroną, po skasowaniu przez maszynę wyjmuje kartonik i odczytuje:
– Wagon siódmy, miejsce dwudzieste czwarte.
– Chodźmy.
– Na pewno pan chce? Przecież poradzę sobie sama. Walizka nie jest taka ciężka, a stracił pan przeze mnie już całe popołudnie.
– Niczego nie straciłem, Bénédicte. Odprowadzę panią do wagonu, idziemy.
Maszerujemy peronem do wagonu 7.

Bénédicte Ombredanne dziękuje mi, że poświęciłem jej tyle czasu, już czuje, że wygadanie się przede mną bardzo dobrze jej zrobiło. Dotąd opowiadała swoją historię tylko pensjonariuszom Sainte-Blandine. Gdy szyby TGV relacji Paryż–Luksemburg odbijają nasze postacie zmierzające do wagonu 7, pytam, czy ich widuje. Czy zobaczyła się z Élisą, Aurélie, Patrickiem i Grégorym? Wstyd jej było wyznać, ale nie, więcej nie miała z nimi do czynienia, każdy dał jej numer telefonu i adres, lecz wróciła do swojego życia, nie mając ochoty oglądać się wstecz. Élisa, Patrick, Aurélie i reszta ich paczki zostali w Sainte-Blandine, kiedy ona zgnębiona opuściła klinikę, toteż dla niej wszyscy jakby nadal tam przebywali, jakby nie istnieli poza kliniką, jakby to było ich jedyne siedlisko. Jakby pojawili się w świecie rzeczywistym za sprawą jej pobytu tam, po czym na powrót się rozwiali, kiedy odeszła. Jak w Brigadoon, o którym tak ciekawie pan opowiada w swojej książce: dla mnie Sainte-Blandine to takie Brigadoon. Nie zakochałam się tam, przynajmniej nie dosłownie, może tylko we własnym wyobrażeniu siebie i w możliwym swoim wizerunku w poszerzonej rzeczywistości. Zakochałam się też w każdym, kogo tam poznałam, tak, w każdym, i w przyjacielskich więzach, i w zaufaniu, którym darzyliśmy się nawzajem: to było coś wyjątkowego. Chciałabym tam wrócić i spotkać ich wszystkich, i żeby rzeczywistość zgasła za mną definitywnie, żeby znowu zniknęła na sto lat, jakbym miała dalej żyć tam z nimi, na zawsze, tak samo jak w filmie.

Stanęliśmy przy wagonie numer 7.

Pociąg miał odjechać za dwie minuty.

Z głośników dobiegał kobiecy głos mówiący, że pasażerowie zajęli już miejsca w pociągu TGV numer 2835 relacji Paryż–Luksemburg, że bagaże powinny być oznakowane i że osoby odprowadzające uprasza się o opuszczenie składu.

Wstawiłem do wagonu walizkę i odwróciłem się przodem do Bénédicte Ombredanne.

Stojąc twarzą w twarz na peronie, długo spoglądaliśmy sobie dość poważnie w oczy, bez ruchu, bez uśmiechu, po czym ucałowałem Bénédicte Ombredanne w obydwa policzki, jak najserdeczniej, delikatnie ściskając jej ramiona, aby poczuła, że jestem z nią i może na mnie liczyć. Powiedziała, że przyśle mi kopię zapisanych w Sainte-Blandine osławionych czterdziestu kartek, które przyniosła jej rudowłosa sekretarka – bardzo mi się zresztą spodobała, lubię rudzielców, zakończyła, puszczając do mnie oko. Zapowiedziała, że będziemy do siebie pisać, ogromnie ją radowała perspektywa korespondowania ze mną. Odparłem, że ja także bardzo się będę cieszył i że bez wahania może do mnie dzwonić, wysyłać esemesy, zwłaszcza jeśli będzie jej smutno albo ciężko.

Przy akompaniamencie przeciągłego sygnału dźwiękowego z głośnika dobyła się zapowiedź odjazdu, uwaga na zamykanie drzwi.

Proszę o siebie dbać, powiedziała jeszcze Bénédicte Ombredanne.

Wsiadła do wagonu 7 pociągu TGV 2835 z godziny 18.40, odjeżdżającego do Luksemburga, drzwi zaraz się za nią zamknęły i nigdy jej więcej nie zobaczyłem.

Korespondowaliśmy aż do wiosny za pośrednictwem poczty elektronicznej, roztrząsając to, co mi opowiedziała na tarasie kawiarni Le Nemours. Nietrudno było mi zrozumieć, że w tym czasie mąż poniżał ją jak nigdy, stąd wynikały przerwy w wymianie mejli, niekiedy dość długie – jak przypuszczałem, okoliczności zmuszały wtedy Bénédicte Ombredanne do skupienia się wyłącznie na chronieniu siebie. Później odzywała się znowu, niczego nie wyjaśniała, prosiła tylko, abym jej wybaczył milczenie. Pytałem, czy u niej wszystko w porządku, odpowiadała, że miała czas gorszy niż zwykle, ale wszystko wróciło do normy, dziękowała mi za cierpliwość i wyrozumiałość, świadomość, że czuwam u bram jej życia, działa na nią kojąco.

Bénédicte Ombredanne miała wtedy dwa telefony komórkowe: ten, który mąż pozwolił jej kupić niedługo po opuszczeniu Sainte-Blandine i z którego sam doraźnie korzystał, oraz drugi, sekretny, nabyty w czasach naszej korespondencji, o którym mało kto wiedział. Ucieszyłem się ogromnie, dowiedziawszy się o tym drugim telefonie, świadczyło to bowiem, że Bénédicte Ombredanne miała w sobie dość determinacji, by nie pozwolić zakneblować się mężowi. W pewnym sensie, pomyślałem, zeszła do podziemia i być może ożywiana buntowniczym duchem zdoła opracować jakiś sensowny plan ucieczki: mając tajny telefon, będzie mogła wysyłać sygnały poza mury otaczające jej życie (niekoniecznie miałem na myśli Christiana czy jakichś kochanków, ale raczej nawiązywanie kontaktów w związku z kursami dokształcającymi, nowych znajomości, stosunków towarzyskich godnych tego miana, niezależnych od życia małżeńskiego), co zdawało mi się warunkiem niezbędnym w dążeniu do wyzwolenia. Rzadko porozumiewaliśmy się przez telefon: ponieważ nie widywaliśmy się, a ona była dość dyskretna w odniesieniu do szczegółów swego życia codziennego, nasza wymiana zdań nigdy nie wymagała pilnej odpowiedzi (mogliśmy wręcz po staremu wysyłać listy tradycyjną pocztą, bez pośpiechu), wiedziałem ponadto, że ten drugi telefon często leżał ukryty w jej szafce w szkole, w towarzystwie czterdziestu kartek z Sainte-Blandine oraz wydruków listów, któreśmy do siebie pisali. Wydruki te zresztą Bénédicte Ombredanne robiła w pokoju nauczycielskim u siebie w szkole, z ostrożności postanowiła bowiem założyć sobie konto pocztowe zarezerwowane wyłącznie dla naszej korespondencji i nigdy nie otwierać skrzynki w domu, na swoim komputerze.

Pewnego wiosennego dnia w 2009 roku, a dokładnie w marcu, w czasie gdy od kilku tygodni nie miałem od niej wieści, Bénédicte Ombredanne zadzwoniła do mnie. Znajdowałem się akurat przed szkołą podstawową przy rue de Chabrol, niedaleko od mojego domu, czekałem bowiem na syna uczęszczającego do pierwszej klasy. Zdziwiłem się, że Bénédicte Ombredanne tak niespodzianie telefonuje do mnie, zaniepokoiłem się, odebrałem połączenie. Jej głos świadczył, że jest wzburzona, przepraszała, że przeszkadza, ale to pilne, czy możemy teraz chwilkę porozmawiać? Powiedziałem, że owszem, czekam na syna przed szkołą, przyszedłem jednak za wcześnie, mamy kilka minut, o co chodzi? Musimy na jakiś czas zawiesić wszelkie kontakty, a przede wszystkim pod żadnym pozorem nie wolno mi wysyłać do niej esemesów, usłyszałem. Zauważyłem, że tego nigdy nie robię, odparła wiem, niemniej chciałam pana ostrzec, na wypadek gdyby akurat postanowił pan posłać mi wiadomość. Ciężko oddychała, pewnie biegła, zanim wybrała mój numer, mówiła cicho i pospiesznie, tak że z trudem ją rozumiałem. Sprawiała wrażenie skulonej, przerażonej, że mąż ją usłyszy, jakby siedziała w ciemnej komórce i bała się, że lada chwila zostanie tam odkryta. Poznała kogoś, z kim dobrze się rozumie, dlatego nie odzywała się do mnie ostatnimi czasy, dodała jeszcze szybciej, jakby odliczała wstecz w momencie zagrożenia. Tak? I co w związku z tym? W czym problem? spytałem. To doskonała wiadomość, Bénédicte! Przerwała mi oschle. Problem w tym, że mąż odkrył jej drugi telefon, a w nim liczne aluzyjnie brzmiące wiadomości, niejednoznaczne i w treści niemające nic zdrożnego, lecz naprawdę serdeczne, które wymieniała z tamtym mężczyzną. Schowała telefon w biblioteczce w swoim gabinecie za dziełami zebranymi Mallarmégo, ale jak ostatnia kretynka zapomniała wyłączyć sygnał dźwiękowy powiadomień o nadejściu esemesa, dyskretne, ledwie słyszalne piknięcie ustawione na najniższy poziom głośności, i przypadkowo akurat gdy mąż był z nią, rozległo się nagle to cichutkie piknięcie, zaraz więc na ziemię poleciały wszystkie książki w strefie, w której rozległ się sygnał, i Jean-François oczywiście znalazł aparat. Zapytał, co to za telefon, do kogo należy i co tu robi. Wybuchła nieprawdopodobna awantura. Otworzył odebraną wiadomość i przeczytał, przeczytał też inne esemesy otrzymane od tego człowieka. Mocno odepchnął Bénédicte, która poleciała na ścianę i uderzyła się, chciał bowiem bez przeszkód z jej strony grzebać w trzewiach telefonu, skaleczyła się w czoło, pierwszy raz zastosował wobec niej przemoc fizyczną. Kiedy to było? zagadnąłem. Dziś rano, odparła Bénédicte Ombredanne drżącym głosem. Mąż spytał, czy te wiadomości pochodzą od jej strasburskiego kochanka sprzed trzech lat, ponieważ jednak esemesy nie zawierały żadnych aluzji erotycznych, nietrudno było go przekonać, że to absurd. Chciał wiedzieć, czy to mój nowy kochanek, ale zdecydowanie zaprzeczyłam: nie mam żadnego kochanka, przecież widzi, że wiadomości są życzliwe, przyjazne, serdeczne i nic ponadto! Tak to się zaczyna, od serdeczności, i wiadomo, jak się kończy, kończy się w łóżku! odparł jej mąż. Wtedy żeby uciąć wszelkie podejrzenia, chronić tego mężczyznę i zapobiec fiksacji męża na tym punkcie, powiedziałam mu, że chodzi o pana, Éricu. O mnie? wykrzyknąłem zdumiony. Powiedziała mu pani, że chodzi o mnie?! W tej chwili z wąskich drzwi szkoły wysypała się dzieciarnia i naraz zobaczyłem swojego synka, który odłączył się od grupy i kierował w moją stronę, idąc powoli z dużym tornistrem na plecach, zmęczony (był piątek, tylko w piątki odbierałem go po szkole), przyłożyłem więc palec do ust, dając mu znak, aby mi nie przeszkadzał, i ruszyliśmy do domu, obejmowałem jedną ręką ramiona Donatiena, słuchając dalej tego, co jeszcze miała mi do powiedzenia Bénédicte Ombredanne. Jest pan jedynym człowiekiem dla niego niedostępnym, wie, że spotkałam się z panem rok temu na rozmowę o literaturze (nie przyznałam się, że widzieliśmy się znowu jesienią), udało mi się przekonać go, że zapałał pan do mnie sympatią po tym, co powiedziałam o pańskich powieściach, bo bardzo to pana ujęło. Jest na pana zły za te esemesy, nie przeczę, czuje się gorszy, gorszy i upokorzony, zdruzgotany, on, skromny urzędnik bankowy, przybity szacunkiem, jakim darzy pan jego żonę, będzie chował o to niewzruszoną urazę, tak, to pewne, ale nic panu nie może zrobić, nie ośmieli się, obiecałam mu, że zakończę naszą znajomość. Kazał mi przysiąc na głowę Arthura. Bardzo pana przepraszam, nie mogłam jednak postąpić inaczej, z pewnością pan to rozumie. Gdyby nie to, czekałyby mnie cztery miesiące ciągłych przesłuchań, żebym wyjawiła, kim jest ten mężczyzna. Bez wahania zresztą zadzwoniłby pod numer, z którego wysłano esemesy, w tej sytuacji jednak się nie odważy, nie będzie chciał z panem rozmawiać, tak mi się zdaje. Gdyby przypadkiem otrzymał pan połączenie z tego telefonu albo gdyby na komórce wyświetlił się panu nieznany numer, proszę nie odbierać, w żadnym razie, a jeśli zostawi wiadomość głosową, niech pan jej nie odsłuchuje, tylko zaraz wykasuje, proszę ją natychmiast wykasować, błagam. Niech minie trochę czasu, skontaktuję się z panem, jak sprawa przyschnie, dobrze? Muszę kończyć, do zobaczenia, jeszcze raz przepraszam, niech pan dba o siebie, będę czekała, kiedy pańska książka chwyci mnie za serce, kończę już, słyszę, że wrócił, ściskam pana. I Bénédicte Ombredanne się rozłączyła.

Byłem trochę zły, przyznaję, że bez mojej wiedzy zostałem wykorzystany jako parawan, ale mówiąc jej tamtego dnia przez telefon, że słusznie tak się uchroniła z moją pomocą przed gniewem męża, nie dałem poznać, że tak naprawdę oburzył mnie ten niestosowny postępek: zirytowałem się wykorzystaniem mnie w kłamstwie mającym ukryć małżeńskie wiarołomstwo, o którym Bénédicte Ombredanne ani słowem mi nie wspomniała, zirytowałem się, że zostałem zdradzony albo poświęcony, że wpadłem w pułapkę, że wmanewrowała mnie w sytuację, która mogła się okazać niebezpieczna, gdyby jej mąż wbił sobie do głowy zemstę. Naturalnie Bénédicte Ombredanne jak najbardziej zasługiwała na przyjemne chwile w towarzystwie mężczyzny darzącego ją czułością, co samo w sobie tłumaczyło, że chętnie bym jej służył jako piorunochron, zgodziłbym się niezależnie od tego, co zrobiła, że naraziła się na inkwizytorską manię męża – tyle że przez postawienie mnie pod ścianą i rozłączenie się zaraz potem, i przez uparte milczenie w następnych miesiącach (mogła przecież nazajutrz podziękować mi esemesem albo pchnąć mejl potwierdzający, że podstęp, w którym zostałem wykorzystany, dał owocne rezultaty), przez to wszystko czułem się zawiedziony i nie próbowałem się z nią kontaktować.

Mniej więcej rok później, w kwietniu 2010, Bénédicte Ombredanne przysłała mi mejlem życzenia urodzinowe, nie odpowiedziałem, ona się nie narzucała, nasza korespondencja znowu zamarła, co było bezpośrednim skutkiem ostatniej rozmowy telefonicznej, którą odebrałem przed szkołą podstawową przy rue de Chabrol.

Po kolejnym roku, w kwietniu 2011, napisałem do Bénédicte Ombredanne mejl z pytaniem, co u niej słychać, i z informacją, że zamiast hiciora, o którym rozmawialiśmy wiosną 2008 roku, skończyłem właśnie książkę będącą istną cegłą. Powie pani, że hity i cegły mają to do siebie, że się je reklamuje, ale ich działanie dość mocno się różni: ta powieść raczej by zaparła pani dech w piersi, napisałem żartobliwie, tłumacząc tym sposobem swoje milczenie w ciągu ostatniego roku. Wyślę ją pani pocztą z zaszyfrowaną dedykacją (by nie wzbudzić w pani mężu niepotrzebnych podejrzeń) na adres, który pani poda, kiedy książka się ukaże na przełomie maja i czerwca. Mam nadzieję, że nie rozczaruje się pani tą powieścią, ja odnoszę mgliste nieprzyjemne wrażenie, że nie dorównuje poprzedniej, brakuje jej czegoś, czego nie jestem w stanie określić, ale czuję to, czuję i cierpię z tego powodu, bardzo cierpię. Bardzo dobrze została przyjęta przez tych, którzy już ją czytali, a ja udaję, że bezwarunkowo podzielam ich entuzjazm. Jakiś nieokreślony opór, minimalny, lecz natarczywy, przewijający mi się przez myśli, nie pozwala mi jednak bezkrytycznie wpasować się w ten nastrój uwielbienia. Rozum każe mi w stu procentach akceptować tę książkę, ale tak się składa, że jakieś uczucie równie szkodliwe i zdradliwe jak nieuchwytne robi jakby dziurkę w balonie pochwał, którymi sam się obsypuję nieustannie, aby wmówić w siebie wiarę w tę książkę, i przez tę dziurkę nie do znalezienia, nie do wypatrzenia, nie do zatkania uchodzi niepostrzeżenie, lecz ciągle od dnia, gdy zacząłem ją pisać, wiara, że jest udana, że wyrasta ponad idee, z których wynika, że wypływa ze mnie z weryzmem i oczywistością nieuniknionego fenomenu, że ma wdzięk kasztana wrzuconego do kubła wyciągniętą ręką z odległości trzech metrów, z zamkniętymi oczami: s t r z a ł w d z i e s i ą t k ę, jeśli rozumie pani, do czego piję, napisałem do Bénédicte Ombredanne. Pani jednej to wszystko wyznaję, ponieważ tylko pani wie, że tygodniami wylewałem łzy ukryty w swoim gabinecie przez cały ten czas, gdy dojrzewała we mnie ta książka teraz pozwalająca tylko mnie nadal odczuwać niemal w każdym zdaniu strach, który mnie dręczył, paraliżujący strach dzień po dniu, miesiąc po miesiącu, strach, że jestem skończony jako pisarz, skończony na zawsze. Że od dawna nie napisałem żadnego magicznego zdania, że znalazłem się jakby na pustyni ogołoconej z czarowności literatury, że łączy mnie z nią, z literaturą, już tylko stosunek konia pociągowego, naskórkowy, sprowadzony do sfery pobożnych życzeń, usiłowań, rzemiosła, kształtu, formy, że to jakby peep-show, oglądanie ciał przez szybę – coś takiego właśnie stało się moim udziałem, jak sądzę. Prześladowało mnie nieuchwytne poczucie porażki i chciałem je zniszczyć, i uważam, że na tych pięciuset stronach jest za mocno wyczuwalne: ta powieść jest ni mniej, ni więcej tylko wciąż na nowo, dzień po dniu podejmowaną na pięciuset stronach próbą napisania jednego jedynego magicznego zdania, aby odnaleźć urok mojej poprzedniej książki. Tak że ta książka, teraz już niewątpliwie skończona, jest poniekąd jak monumentalny grobowiec, majestatyczny, z kamienia ciosowego (i wspaniały, powiedzą niektórzy), grobowiec tego, kim byłem przez dwa i pół roku i kto zwątpił w siebie tak bardzo, że aż umarł. Być może aby dostąpić w sobie odrodzenia, musiałem przejść przez to, przez tę książkę z marmuru, napisałem do Bénédicte Ombredanne (kopiuję tu dokładnie słowa, które jej posłałem tamtego dnia). Piszę o tym, chcę bowiem powiedzieć, że czuję się teraz gotowy na nowe otwarcie, zwłaszcza że powtarzam, bardzo lubię tę opasłą powieść, ale nie w tym rzecz i pani to rozumie, wiem. Proszę napisać, co u pani słychać, czy wszystko w porządku, mam też nadzieję, że nie chowa pani urazy o moje milczenie. Ściskam i serdecznie pozdrawiam.

Éric.

Wysłałem mejl i natychmiast otrzymałem zwrotną odpowiedź następującej treści:

Mail Delivery System – Undelivered Mail Returned to Sender – Uwaga! Jeden z Twoich listów nie dotarł do adresata. This is the mail system at host mwinf5d36.orange.fr. I'm sorry to have to inform you that your message could not be delivered to one or more recipients. be.ombre@me.com : host me.com (17.158.8.70) said : 550 5.1.1 unknown or illegal alias be.ombre@me.com.

Napisałem esemesa, w którym prosiłem Bénédicte Ombredanne, by zechciała mi podać swój nowy adres mejlowy, zanim go jednak wysłałem, przypomniałem sobie, że przed dwoma laty zabroniła mi używać tego numeru, wstrzymałem się więc. Wybrałem natomiast ten numer z telefonu stacjonarnego w pracowni, ostrożnie, gotów się rozłączyć, jeśli rozlegnie się męski głos, lecz w uchu nieprzyjemnie zabrzmiała mi wiadomość, że numer jest nieaktywny.

Wybrałem zatem, wciąż z telefonu stacjonarnego, numer pierwszego telefonu Bénédicte Ombredanne i znów usłyszałem tę samą informację przy akompaniamencie przenikliwych sygnałów dźwiękowych.

Nie miałem jak się z nią skontaktować.
Wobec tego wszedłem do Internetu i zacząłem wpisywać w Google nazwisko Bénédicte Ombredanne.
Na etapie wpisywania, gdy na pasku miałem „Bénédicte Ombre", pojawiły się różne podpowiedzi wyszukiwarki uściślające wyniki związane z nazwiskiem, w tym jeden, który mnie poraził: „Bénédicte Ombredanne pogrzeb".
Wybrałem tę podpowiedź i na liście wyszukanych stron kliknąłem na tę: dansnoscoeurs.fr/benedicte--ombredanne/448043. Na monitorze otworzyła mi się taka oto treść będąca kopią powiadomienia o śmierci opublikowanego w „L'Est Républicain":

Metz
Condé-sur-Marne
Reims
Jean-François OMBREDANNE, mąż
Arthur i Lola, dzieci
Jacqueline BAUSSMAYER, matka
Geneviève i Christophe BAUSSMAYER, siostra i brat
Marie-Claire i Damien OMBREDANNE, siostra i szwagier
Wujowie, ciotki, kuzyni, siostrzenice i siostrzeńcy
Z żalem powiadamiają o śmierci
BÉNÉDICTE OMBREDANNE
z domu BAUSSMAYER,
która odeszła w Metzu
23 stycznia 2011 r.
Pogrzeb kościelny odbędzie się w piątek 28 stycznia 2011 r.
w Condé-sur-Marne.

Naraz poczułem w sobie pustkę.
Zmroziło mnie, przez kilka minut wpatrywałem się w ten anons z palcami omdlałymi na klawiaturze, w całkowitym bezruchu.

Potem zapłakałem, zastanawiając się, jaki straszny błąd popełniłem, że wydarzyło się coś tak potwornego w bezpośrednim sąsiedztwie mojego życia, żeby nie powiedzieć: w moim życiu, na wyciągnięcie ręki, w odległości jednego mejla wysłanego z komputera w gabinecie.

Czy mogłem zapobiec tej śmierci, odsunąć ją albo może złagodzić, gdybym odpowiedział na ostatnią wiadomość od Bénédicte Ombredanne przysłaną mi przed rokiem na urodziny?

W samym sercu okolicznościowego układu typograficznego nazwisko BÉNÉDICTE OMBREDANNE nie przestawało wabić mojego spojrzenia, wciąż nie dowierzałem tej wieści, nazwisko wyśrodkowane jak kamień nagrobny przejmowało mnie bólem niewyobrażalnym, długie minuty trwałem skupiony na tym abstrakcyjnym substytucie ceremonii pogrzebowej.

Moje dyktowane pychą milczenie w ciągu dwóch ostatnich lat odsłaniało mi oto przerażającą logikę milczenia, w którym spoczywała teraz Bénédicte Ombredanne. Gdyby przypadek nie pozwolił mi odkryć, że umarła, te dwa milczenia nadal by się zlewały: usiłując odnowić z nią kontakt, spostrzegłem, że w pierwszym, które spowiło naszą znajomość dwa lata wcześniej z powodu mojego egoizmu, rozgościło się tymczasem drugie, tym razem nieodwracalne, przez co idiotycznie okolicznościowe pierwsze stało się definitywne.

Cóż za okrucieństwo.

Zawsze wiedziałem, że Bénédicte Ombredanne nigdy nie odejdzie od męża, że ten człowiek nadal będzie ją dręczył, znieważał, stosował wobec niej przemoc psychiczną, dlaczego więc tak ją zostawiłem?

Stałem się winny zaniechania wobec tej kobiety, tak krzyczało moje ciało owładnięte tym przekonaniem.

Jak umarła?

Poszukiwania w internecie do niczego nie doprowadziły: nic więcej nie znalazłem.

Przez następne dwa dni nie wiedziałem, co ze sobą zrobić, tak mnie przytłaczały żal i złość na siebie. Próbowałem minimalizować okrucieństwo wpływu tego zgonu na moją psychikę. Ostatecznie niezbyt dobrze znałem tę kobietę, spotkałem ją raptem dwa razy, w gruncie rzeczy co mnie obchodzi, że nie żyje, dlaczego jej śmierć tak mnie dotknęła? Jej odejście nie miało związku ze mną, nie muszę wiedzieć więcej, trzeba się zająć czym innym – na próżno jednak przemawiałem sobie w ten sposób do rozumu: myśli o Bénédicte Ombredanne nie odstępowały mnie nawet na chwilę. Dlaczego? Może dlatego, że jak sama powiedziała, nigdy nikomu się nie zwierzyła tak jak mnie (wyjąwszy pensjonariuszy Brigadoonu), a także dlatego, że w jednej z szuflad mojego biurka spoczywała kserokopia czterdziestu kartek, które zapisała w czasie pobytu w Sainte-Blandine, oraz wydruki listów otrzymanych od niej na przestrzeni wielu miesięcy, czasem naprawdę sążnistych, co nie było bez znaczenia.

To wszystko, co w ciszy letniej nocy w Sainte-Blandine usiłowała na piśmie wyrazić, ubierając w słowa swoje najskrytsze myśli i wewnętrzne prawdy, powierzyła wyłącznie mnie. Teraz nie żyła – teraz Bénédicte Ombredanne spoczywała w dwóch różnych miejscach, w dwóch miejscach dębowych, cichych, ułożonych poziomo: w trumnie pod ziemią i w szufladzie mojego biurka.

Śmierć i szuflady – być może są to dwie lokalizacje, które najłatwiej pozwalają zapomnieć o ludziach i przedmiotach.

Ja o Bénédicte Ombredanne nie mogłem zapomnieć.

Telefon do jej męża bądź matki, pewnie zdruzgotanej, nie wchodził w grę.

Bénédicte Ombredanne nigdy słowem mi nie napomknęła, że ma brata i dwie siostry, uświadomiłem sobie, że w ogóle nie rozmawialiśmy o jej rodzinie ani podczas spotkań w Le Nemours, ani w mejlach.

Mogłem więc zadzwonić do Geneviève lub Christophe'a Baussmayerów albo do Marie-Claire Ombredanne, acz w związku z nią pewien szczegół wprawiał mnie w zakłopotanie, mianowicie to, że obydwie, o dziwo, nosiły to samo nazwisko. Co to mogło znaczyć? Że Bénédicte i Marie-Claire poślubiły dwóch braci, ewentualnie dwóch kuzynów? Musiałem zachować ostrożność, nie wiedziałem, na jaki grunt wkraczam, niedobrze by było, rzecz jasna, gdybym zwierzył się ze smutku sojuszniczce Jeana-François Ombredanne – przy hipotetycznym założeniu, że Jean-François zdołał przeciągnąć na swoją stronę brata i szwagierkę, przekonawszy ich, że moja przyjaciółka była wariatką albo histeryczką czy nawet nimfomanką, wiadomo, jak to się odbywa niekiedy w rodzinie.

Przeszukując Internet, znalazłem informacje o firmie kierowanej przez niejaką Marie-Claire Ombredanne, z siedzibą w Reims przy rue des Élus 38, zarejestrowaną pod nazwą „Salon piękności". O Geneviève Baussmayer nie było nic. Jej brat Christophe mieszkał w Stanach, gdzie według portalu LinkedIn pracował w międzynarodowym koncernie petrochemicznym.

Po wpisaniu w wyszukiwarkę adresu rue des Élus natrafiłem na stronę, która wśród innych salonów tego rodzaju rekomendowała Instytut Turkusowe Piękno.

Turkusowe Piękno: pielęgnacja twarzy, pielęgnacja ciała, drenaż limfatyczny, estetyka, depilacja skóry wrażliwej.

W nekrologu, który się ukazał w „L'Est Républicain", padła nazwa Reims: pasowało.

Zadzwoniłem do Turkusowego Piękna.

Odebrała kobieta, którą spytałem, czy mogę skorzystać z zabiegów upiększających twarzy czy też zarezerwowane są wyłącznie dla pań. Usłyszałem uprzejmą odpowiedź, że zabiegi są przeznaczone zarówno dla pań, jak i dla panów. Zapytałem, czy mogę przyjść nazajutrz około południa, rozmówczyni odpowiedziała chwileczkę, już sprawdzam, tak, mam wolne okienko od jedenastej trzydzieści, odparłem, że to dla mnie idealna pora i że w takim razie zjawię się jutro o jedenastej trzydzieści na zabiegi pielęgnacyjne twarzy. Następnie kosmetyczka poprosiła mnie o nazwisko. Przez moment się wahałem, czyby się nie rozłączyć, bałem się bowiem, że na moje nazwisko kobieta zareaguje nieprzyjemnie (nie mogłem przecież wykluczyć, że Bénédicte Ombredanne rozmawiała z siostrą o moich książkach), lecz nie usłyszałem w jej głosie żadnej szczególnej zmiany, kiedy podałem swoje nazwisko, które zapisała w terminarzu, powtarzając po mnie każdą literę jasnym głosem, z zadowoleniem. Kto będzie wykonywał zabiegi? zapytałem potem. Ja oczywiście, usłyszałem. Jest pani szefową salonu czy pracownicą? Tylko ja tu pracuję, proszę pana, odpowiedziała siostra Bénédicte Ombredanne, a czemu pan pyta? A tak, chciałem wiedzieć i mieć pewność, że zabiegi będą wykonane jak należy, wyjaśniłem czym prędzej. Nie zawiedzie się pan, mój salon należy do najbardziej znanych w mieście.

Nazajutrz udałem się pieszo na Gare de l'Est, w automacie przewoźnika SNCF pobrałem bilet zarezerwowany poprzedniego dnia przez Internet, usadowiłem się na swoim miejscu i zasnąłem, byłem zmęczony, noc miałem niespokojną. Sen przerwany jedynie na szybko połknięte śniadanie niczego tak nie lubi jak warunków, które mu pozwolą na kontynuację śnienia, do czego miękkie kołysanie pociągu na torach znakomicie się nadaje.

Po przyjeździe do Reims, posiłkując się wskazówkami z iPhone'a, pomaszerowałem prosto na rue des Élus, gdzie punktualnie o wyznaczonej godzinie stanąłem przed witryną Instytutu Turkusowe Piękno i ujrzałem w niej siebie od stóp do głów, w czarnym płaszczu, popielatym szaliku na szyi, z niedużą skórzaną torbą, do której na wszelki wypadek spakowałem szczoteczkę do zębów i zmianę bielizny. Przez moje przezroczyste odbicie widoczne były gabloty z wyeksponowanymi kosmetykami ustawione na turkusowej wykładzinie, towarzyszyły im trzy fotografie części ciał opalonych, muskularnych, masowanych przez delikatne palce lśniące od oliwki. Na innym zdjęciu, młodej blondynki, tylko jej niebieskie oczy, nos, usta wygięte w lekkim uśmiechu błogiego zadowolenia widoczne były spod grubej warstwy białego nieprzejrzystego kremu nałożonego na twarz i szyję.

Pchnąłem przeszklone drzwi, zadźwięczał dzwonek i na spotkanie wyszła mi imponująca kobieta, szeroka w biodrach i ramionach, wyciągając na powitanie silną rękę o męskim uścisku, miłą w dotyku, którą z przyjemnością przytrzymałem w dłoni, gdy mówiła, że pewnie jestem panem umówionym na jedenastą trzydzieści na zabiegi pielęgnacyjne twarzy. Potwierdziłem to z uśmiechem, po czym długim korytarzem poszliśmy do pomieszczenia w głębi, gdzie ze zdziwieniem odkryłem wystrój znacznie ładniejszy, niż można było przypuszczać na podstawie tego, co zobaczyłem od frontu, czy plastikowej rośliny ustawionej koło biurka pełniącego funkcję recepcji. Dyskretnie przyglądałem się kosmetyczce, wbrew swoim przewidywaniom nie dostrzegając żadnego podobieństwa do siostry w rysach twarzy, wyglądzie, zachowaniu i budowie. Powiesiwszy mój płaszcz w szafie zasłoniętej grubą kotarą w kolorze surowego jedwabiu, Marie-Claire Ombredanne uprzejmym gestem zaprosiła mnie, abym wszedł do kabiny, którą wskazywała swą piękną dłonią, i zechciał się przebrać w znajdujący się tam szlafrok, a na nogi włożyć frotowe klapki. Zdumiałem się lekko, że do pielęgnacji twarzy trzeba się rozbierać, lecz posłusznie wykonałem polecenie – i parę minut później w stroju kuracjusza ległem na nakrytym białym ręcznikiem stole do masażu, którego jeden koniec, mocno nachylony, pozwalał ukośnie skierować twarz ku odległemu punktowi na suficie w głębi pomieszczenia.

Usiadłszy na wysokim taborecie, Marie-Claire Ombredanne spytała, jakie zabiegi sobie życzę, czy mam coś konkretnego na myśli, czemu już się poddawałem, czy też to mój pierwszy raz? Odparłem, że to pierwszy raz, mam delikatną cerę i długa ciężka zima mocno jej się dała we znaki, chciałbym, żeby odzyskała trochę blasku, powiedziałem do siostry Bénédicte Ombredanne, a raczej do jej domniemanej siostry. Może dałoby się zniwelować zaczerwienienia, proszę spojrzeć, skóra jest wysuszona i trochę zaczerwieniona, ciągnąłem, taksując jej brwi, zęby, zabawny, acz spory nos, czoło po nasadę kasztanowych włosów oraz iście średniowieczne piękno uszu, zdumiewających skrzydeł postawionych na sztorc, bardzo w moim guście. Ujrzałem, że przysuwa do mnie twarz, zielonymi oczami z wielką uwagą wodziła po powierzchni mojej wysuszonej cery, opuszką palca wskazującego dotknęła miejsca na nosie, gdzie od kilku tygodni uparcie trzymał mi się jakiś liszaj doprowadzający mnie do rozpaczy, po czym pewnym siebie jasnym głosem oświadczyła, że proponuje zabieg CatioVital od Mary Cohr. Trwa godzinę i piętnaście minut i kosztuje zwykle sześćdziesiąt pięć euro, ale dzisiaj może pan skorzystać z wyjątkowej trzydziestoprocentowej promocji, która trwa do końca miesiąca. To zabieg głęboko oczyszczający skórę, łagodzący podrażnienia, dostosowany do danej cery, połączony z modelowaniem z zastosowaniem olejków eterycznych, usłyszałem. Pozbawiona licznych zanieczyszczeń pańska skóra stanie się dotleniona i wypięknieje, zobaczy pan! Spośród wielu możliwych opcji proponowałabym zabieg łagodnie nawilżający, najlepiej w połączeniu z rozjaśniającym i dodającym blasku, o którym pomyślałam, gdy tylko pana zobaczyłam, ale to prawda, że skórę ma pan bardzo wysuszoną, jakiego kremu używa pan na co dzień? Nie pamiętam nazwy, jest w białym pojemniku w kształcie walca, sztywnym, z błękitną nakrętką, stoi normalnie. O, taki jest mniej więcej duży, wyjaśniłem siostrze Bénédicte Ombredanne, a raczej domniemanej siostrze, pokazując palcami przybliżoną wielkość pojemnika. Jeżeli jest biało-błękitny, to krem Biodermy, odrzekła i tu jej wpadłem w słowo, mówiąc, że na pewno taki jest i ma rację, to Bioderma. Czyli decyduje się pan na zabieg CatioVital od Mary Cohr łagodnie nawilżający w cenie sześćdziesiąt pięć euro w wyjątkowej promocyjnej cenie niższej o trzydzieści procent? zapytała. Odparłem tak i rzeczona Marie-Claire Ombredanne, z której omyłkowo nekrolog w „L'Est Républicain" zrobił siostrę mojej czytelniczki z Metzu, choć była jej szwagierką (ależ tak, nareszcie wszystko zrozumiałem, co za dureń ze mnie: ta kobieta była przecież żoną brata Jeana-François Ombredanne, inaczej mówiąc, w nekrologu powinno stać „Marie-Claire i Damien Ombredanne, jej szwagierka i szwagier", tyle że chochlik drukarski namieszał w lokalnej gazecie i tym sposobem znalazłem się w idiotycznej sytuacji, a raczej w pięknym frotowym szlafroku – w sumie przejechałem się do Reims wyłącznie w celu poddania się zabiegowi rewitalizującemu twarzy Mary Cohr, ot co), i po owym tak pieczętującym umowę rzeczona Marie-Claire Ombredanne odeszła w róg pomieszczenia, by przygotować miksturę potrzebną do poprawienia stanu mojej skóry.

Domniemana teraz szwagierka Bénédicte Ombredanne wymasowała mi następnie twarz olejkiem, którego łąkowy aromat wnet mnie zauroczył. Pod zamkniętymi powiekami widziałem tysiące żółtych kwiatków w rozsłonecznionej szmaragdowozielonej trawie, na której pojawiła się zaraz naga młoda kobieta o bardzo jasnej skórze, biegnąca ku mnie z rozłożonymi ramionami, rozwianymi włosami, piersiami kołyszącymi się miękko. Czułem na twarzy zniewalający dotyk silnych palców Marie-Claire Ombredanne, palców stanowczych i romantycznych, bezsprzecznie delikatnych, podniecających, palców, których umiejętnościom bez wątpienia zawdzięczałem ewidentnie gorszącą wymowę tych pierwszych wiejskich obrazów. Nigdy nie masowano mi twarzy i muszę przyznać, że było to doświadczenie zapierające dech w piersiach, aż kilkakrotnie w głowie błysnęła mi myśl o ostrym seksie z tą rozłożystą kobietą, zdołałem wszakże pohamować te impulsy. Kosmetyczka symetrycznie po obu stronach mojej twarzy przyciskała doświadczone sumienne dłonie, władcze, śliskie, bo nasmarowane olejkiem, pełne podtekstów, szeptów, zażyłości, otwierające promienne horyzonty na jej pragnienia lubieżnej nienasyconej wilczycy, mówiłem sobie naiwnie w duchu sprowadzony do poziomu larwy intelektualnej (co właśnie stwierdzono). Kiedy tak ugniatała ze zgoła dwuznacznym nastawieniem tę część mojego ciała, w której zawiera się świadomość swojego jestestwa, innymi słowy miejsce wrażliwe i delikatne, gdzie powstaje wyobrażenie siebie, pożądanie, marzenia, wstyd, znajomość drugiego człowieka, urzeczenie i rojenia, zdawało mi się, że jej palce kierują, i to kierują namacalnie, niemal kształtując, istotę mojej obecności na świecie, a dokładniej jej erotyczne odruchy. Inaczej mówiąc, wymazawszy całą tkankę kostną, masowała bezpośrednio moje życie, a raczej moją świadomość siebie i mojego życia, i okazywało się, że owa świadomość jest równie erogenna jak skóra na moim penisie. Oczywiście dłuższe przetrzymywanie męskiej twarzy przez wirtuozerskie dłonie masażystki w żadnym razie nie doprowadzi do orgazmu, jednakże ten fizjologiczny niedostatek kompensowały chwile gorących uniesień wzbudzonych myślami: można powiedzieć, że zawierzywszy umiejętnościom Marie-Claire Ombredanne, doznałem swego rodzaju orgazmu świadomości, bezwstydne rozdarcie wyłoniło się w pionie w mojej duszy z gwałtownością rozrywanej tkaniny – nie miałem pojęcia, że można szczytować twarzą. Chyba jęknąłem. Wystarczy – zdaje się, że zrozumiano ducha chwili. Po zakończeniu masażu rzuciłem Marie-Claire Ombredanne spojrzenie człowieka, który przeżył nieznane dotąd doświadczenie zasługujące na wyróżnienie świadectwem głębokiej wdzięczności: uśmiechnąłem się do niej błogo. Odwzajemniła uśmiech, wyczułem, że zna te symptomy wdzięczności i lubi je oglądać u masowanych osób obojga płci na dowód zwycięstwa swojego mistrzostwa nad ryglami wstydliwości. Dobrze panu, podobało się? spytała figlarnie, a ja odparłem tak, było cudownie, uwielbiam, jeszcze do pani przyjdę – te kilka słów wypowiedziałem z uśmiechem będącym lustrzanym odbiciem jej uśmiechu.

Po czym domniemana szwagierka Bénédicte Ombredanne płaskim pędzlem nałożyła mi na twarz białą tłustą maź, dość gęstą, zimną i pachnącą, maź, której krzepnięcie czułem na skórze. Nie wysychała ani nie twardniała jak gips, lecz przylegała mi mocno do twarzy, pozostając miękka, żywa, wilgotna, kremowa. Odebrałem to odczucie jako uspokajające, przedłużające niczym sjesta gorącą ekstazę masażu egzystencjalnego. (Sjesta w zimnym kojącym pomieszczeniu). Po starannym rozprowadzeniu maseczki kosmetyczka oświadczyła, że muszę z nią zostać pół godziny.

– Mogę mówić? – spytałem.

— Lepiej nie mówić, tylko odprężyć się, o niczym nie myśleć — odrzekła uprzejmie, utwierdzając mnie w przekonaniu, że wymiana zdań będzie płynna i owocna. — Proszę zamknąć oczy, potraktować tę chwilę jako wytchnienie, rozluźnienie, odprężenie. Nastawić jakąś muzykę?

— Proszę wybaczyć, że zapytam wprost, ale pani jest siostrą Bénédicte, prawda?

Marie-Claire Ombredanne, która właśnie zabierała się do poskładania przyborów, znieruchomiała zdumiona z drewnianą miseczką w jednej ręce i brudnym pędzlem w drugiej. Zielonymi oczami wpatrzyła się w moje, wpatrzyła się chłodno, nieufnie, jakby wystraszona.

— Przepraszam, że tak bez ogródek wspomniałem o pani siostrze, ale nie mogłem zrobić inaczej.

— Znał pan Bénédicte? — Na długą chwilę zapadło milczenie. Patrzyłem w twarz Marie-Claire Ombredanne, nie mając siły odpowiedzieć. — Był pan przyjacielem Bénédicte?

— Tak, w pewnym sensie — zdołałem w końcu wykrztusić. — Można powiedzieć, że byłem przyjacielem Bénédicte, jak najbardziej.

Miseczka i pędzel tkwiły wciąż na pierwotnej wysokości, miseczka nieco wysunięta do przodu, a pędzel trochę niżej, prawie na wysokości biodra. Zapomniawszy o nich, Marie-Claire Ombredanne miała pozostać w tej pozycji przez całą rozmowę, jakby dla potrzeb reportażu chciał ją uwiecznić fotograf, który poprosił, by ustawiła się w sposób charakterystyczny dla jej codziennych działań.

— Pańskie nazwisko nic mi nie mówi. Gdyby pan był przyjacielem Bénédicte, wiedziałabym o tym, powiedziałaby mi o panu. Siostra nie miała przede mną tajemnic — rzekła oziębłe, nadal nieufna, sceptyczna i niezadowolona.

— Jestem pisarzem, lubiła moje książki, napisała do mnie, to był wspaniały list i…

– Prawda, że pisała bardzo dobrze – przerwała mi Marie-Claire Ombredanne. – Przepraszam, wpadłam panu w słowo.

– Spotkaliśmy się dwa razy. Najpierw wiosną dwa tysiące ósmego, potem jesienią tego samego roku, za każdym razem w Paryżu w kawiarni w Palais-Royal – ciągnąłem z uśmiechem, ona jednak zachowywała powściągliwość. – Przez kilka miesięcy pisywaliśmy do siebie, ale korespondencja się urwała dwa lata temu z powodu, który może pani wyłuszczę, jeśli będzie nam dane zobaczyć się jeszcze. Wczoraj dowiedziałem się o jej śmierci.

Zapadła długa cisza.

Marie-Claire Ombredanne zdawała się zastanawiać. Po czym wciąż wpatrzona w moją twarz zapytała:

– Domyślam się, że mówiła panu o mnie?

– Owszem, zdarzyło się, że coś tam wspomniała.

– Czyli wie pan, jakie byłyśmy sobie bliskie.

– Och, rzadko poruszaliśmy temat rodziny, wyjąwszy najbliższe otoczenie Bénédicte, jej męża i dzieci. – Na dźwięk słowa „męża" Marie-Claire Ombredanne wzdrygnęła się jak użądlona przez osę, postarała się jednak zachować kontenans mimo dotkliwego bólu. Drewniana miseczka w tej chwili zmieniła orbitę, jakby wzrósł jej ciężar: znajdowała się teraz w stosunku do bioder idealnie symetrycznie z pędzlem trzymanym pionowo i nieco ukośnie. – Prawie nic nie wiem o jej rodzinie. Kiedy wczoraj w Internecie odkryłem, że Bénédicte nie żyje, uświadomiłem sobie, że nigdy nie opowiadała o swoim dzieciństwie. Nie wiem nawet, czym się zajmowali jej rodzice.

– Rolnictwem.

– Tak? Nigdy bym nie pomyślał – rzekłem zdziwiony. O mało nie powiedziałem: „Jest pani pewna, że rolnictwem?". – Gdzie? W tym regionie?

– Rodzina. To było dla niej najważniejsze. Rodzice, starsza siostra, brat, siostra bliźniaczka.
– Bliźniaczka?
– To ja. Jej bliźniaczka. Nie wiedział pan? Nie powiedziała panu? Dziwne, naprawdę.

Bez wątpienia maź pokrywająca moją twarz wzmacniała siłę spojrzenia, które zaskoczone, złaknione wyjaśnień było prawdopodobnie równie wyraziste jak upierzenie ptaka egzotycznego skaczącego na ośnieżonym polu w poszukiwaniu ziaren. Marie-Claire Ombredanne, wpatrzona bacznie w moje oczy, starała się wyczytać z nich i przeanalizować wszelkie niuanse, zdziwiona tyloma niewyrażonymi pytaniami mocno różniącymi się między sobą.

– Wiem, co chce pan powiedzieć, wszyscy zawsze to mówili: byłyśmy swoim przeciwieństwem. W przypadku bliźniąt dwujajowych, a nawet jednojajowych, często w brzuchu, czyli w łonie matki, jedno, czując się zagrożone, rozwija się szybciej niż drugie. Zawsze się bałam, że będę gorsza. To fundament mojej osobowości. Przepełniają mnie energia i witalność, bardzo dużo jem, szesnaście godzin tygodniowo poświęcam na sport, czerpię z życia pełnymi garściami. Może dlatego moje ciało mocno się rozrosło, a moja bliźniaczka wyglądała jak dziewczątko. Bénédicte była bardziej uduchowiona niż ja, bardziej uduchowiona i słabszej budowy, bardziej lękliwa. Za młodu miała w sobie więcej przebojowości, później jej przeszło. W młodości była z niej naprawdę wesoła dziewczyna, proszę mi wierzyć. Z poczuciem humoru, prowokująca. W szkolnych latach pyskata. Później pierwsza się rwała do zabawy w sobotę wieczorem. Kto by w to uwierzył w ostatnich latach? Słabo ją pan znał, i to w ostatnim czasie, uwierzyłby pan?

– Raczej nie. Jakoś nie umiem sobie wyobrazić Bénédicte jako młodej dziewczyny, która lubi się zabawić w sobotę.

– No właśnie! – rzuciła z siłą, jakby walnęła pięścią w stół ze złością na podkreślenie swoich słów.

Marie-Claire Ombredanne odeszła do laboratorium znajdującego się za mną.

W milczeniu czekałem na jej powrót. Słyszałem jedynie cichutkie pociąganie nosem. Zjawiła się kilka minut później z zaczerwienionymi oczami, ściskając w dłoni chusteczkę higieniczną.

– Przepraszam pana, nie mogę się pozbierać po jej odejściu, nie ma dnia, żebym się nie rozpłakała przy kimś z klientów. I teraz jeszcze pan się zjawia, mówi, że dobrze znał moją siostrę, a ona nigdy mi o panu nie mówiła, to dla mnie za wiele, wymiękam.

Marie-Claire Ombredanne usiadła na wysokim taborecie i zalała się łzami, pozwalała im płynąć, szlochała, uległszy niszczącej sile swojego bólu, wstrząsana spazmami.

Byłem bezsilny, leżąc na stole do masażu z twarzą pokrytą maseczką nawilżającą Mary Cohr (którą dosłownie przebijało moje współczujące spojrzenie wlepione w twarz Marie-Claire Ombredanne, całej poczerwieniałej, jakby ukrytej pod superhipernawilżającą maseczką głębokiego smutku), ująłem wilgotną dłoń Marie-Claire Ombredanne i ściskałem ją jak najserdeczniej zbulwersowany jej płaczem.

W końcu się uspokoiła. Wypuściłem jej dłoń, Marie--Claire Ombredanne wysiąkała nos i otarła twarz chusteczkami, które wyrzuciła do chromowanego kubła stojącego u jej stóp, po czym przeniosła na mnie spojrzenie czerwonych nabrzmiałych oczu.

– On ją zabił.

– Ma pani na myśli jej męża?

Przez krótką chwilę bałem się, że znowu wybuchnie płaczem, jakby w swojej rozpaczy wróciła do początku, do punktu wyjścia, w którym znajdowała się kwadrans wcześniej. Wzięła się jednak w garść, w ustach miała jak dziecko gęstą ślinę, gdy mówiła głosem słabym, bardziej niż dotąd stłumionym i zduszonym. Bez przerwy pociągała nosem, z którego jej ciekło, więc co rusz wycierała go zużytą chusteczką.

– A kogóż by? Nie wie pan, jaki był?

– Oczywiście, że wiem. Ale co ma pani na myśli, mówiąc, że on ją zabił? Nie wiem nawet, jak Bénédicte umarła.

– Na raka.

– Na raka?

– Najpierw pod koniec dwa tysiące szóstego okazało się, że ma raka piersi, poważna sprawa, czwarty stopień, osiem chemii, potem operacja zachowawcza i codzienne naświetlania przez siedem tygodni. Mówił pan, że kiedy spotkaliście się z Bénédicte pierwszy raz?

– Na wiosnę dwa tysiące ósmego. W marcu.

– Terapia trwała do końca października dwa tysiące siódmego. W chwili gdy ją pan poznał, musiała być jeszcze bardzo osłabiona, prawda? Ciągle wtedy była na etapie rekonwalescencji. Kiedy szłyśmy we dwie, co rusz musiała przystawać, żeby odpocząć, a wieczorem dosłownie leciała z nóg.

– Zgadza się, jesienią była w lepszej formie moim zdaniem. Za pierwszym razem faktycznie dobrze nie wyglądała. Ale nic mi nie powiedziała, nie miałem o niczym pojęcia, w ogóle nie rozmawialiśmy na ten temat.

– Nic dziwnego, nie należała do osób, które użalają się nad sobą. Rok temu okazało się, że znów ma nowotwór. To nie był nawrót pierwszego, tylko że tak powiem, nowy rak, który nie miał nic wspólnego z pierwszym, umiejscowiony był zresztą daleko od piersi. Rozumie pan, o co mi chodzi? Rak pierwotny nie pojawia się jeden po drugim u człowieka, który nie chce zdecydowanie uciec od swojego życia. Bénédicte była w położeniu nie do zniesienia, zwierzyła mi się z tego w tygodniach poprzedzających śmierć. Wcześniej słowa na ten temat nie pisnęła, wydawało mi się, że jest względnie szczęśliwa: zawsze była zadowolona, zawsze, nie chciała innym zawracać głowy swoimi problemami i na tym polegał jej dramat. Odechciało jej się żyć, pragnęła uciec od życia, na które ją skazywał, jedynym wyjściem była śmierć, tego jestem pewna, dla mnie to oczywiste. Albo samobójcza, tyle że na to nigdy by się nie zdobyła, albo z powodu nieuleczalnej choroby. Bénédicte zawsze cieszyła się dobrym zdrowiem, tymczasem odkąd wyszła za tego człowieka, stale dopadały ją jakieś dolegliwości: usunięcie śledziony, zapalenie żył nóg, potem brzucha, rak piersi, cysty na jajnikach, łuszczyca, depresja, nowotwór z przerzutami. Sama mi to powiedziała pod koniec życia: Marie-Claire, dziwne, odkąd wyszłam za tego człowieka, stale chorowałam. Mówi się o somatyzacji, mówi się, że ludzie somatyzują, wywołują w sobie choroby w reakcji na swoje przeżycia, lęki, przeciwności losu. Moja siostra wszystko, co musiała wycierpieć od męża, somatyzowała poważnymi chorobami. U nich nie było życia, nie było miłości, nic. Nawet ze strony dzieci. Moja siostra umarła ze smutku. Ten człowiek ją zabił. Na pewno tak można powiedzieć.

– Kiedy okazało się, że ma drugi nowotwór?

– Wie pan, że przewidziałam jej chorobę? Że miałam proroczy sen trzy tygodnie przed zdiagnozowaniem jej? Że niby bliźnięta...

– Kiedy okazało się, że ma drugi nowotwór?

– Rok temu, w marcu dwa tysiące dziesiątego.

– Pamięta pani dokładną datę?

– Rozpoznano go czternastego marca. Dziesięć dni później, dwudziestego czwartego, po dokładniejszych badaniach okazało się, że ma przerzuty wszędzie.

Urodziny mam 2 kwietnia.

Bénédicte Ombredanne przesłała mi życzenia urodzinowe, wiedząc, że prawdopodobnie może to zrobić po raz ostatni.

Na długą chwilę zapadła cisza.

Oderwałem wzrok od twarzy Marie-Claire Ombredanne i zamknąłem oczy.

Maseczka nawilżająca Mary Cohr, gładka i śliska jak zbity śnieg, z prędkością rozpędzonego bobsleja wchłonęła kilka łez, które mi wypłynęły spod zamkniętych powiek, ograniczając niemal do zera czas trwania tego niestosownego użalania się nad sobą, potwornie przypochlebnego.

Otworzyłem oczy i znowu je skierowałem na twarz Marie-Claire Ombredanne.

– Zgodziłaby się pani zjeść ze mną kolację i pogadać o siostrze?

Uśmiechnęła się.

– Z przyjemnością. Opowie pan, jak się poznaliście.

– Podała mi chusteczkę, żebym otarł oczy. – Co pan właściwie pisze? Powieści? Kryminały, romanse, nowele, eseje filozoficzne?

– Tylko powieści.

– O miłości?

– Poniekąd. Ale nie tylko.

– Ile ich pan napisał?

– Pięć.

– No proszę! Prawdziwy pisarz! Jest pan sławny?

Z oczami jeszcze wilgotnymi roześmiałem się pod maseczką nawilżającą Mary Cohr.

– Może by mi pani zmyła już tę maseczkę, tobyśmy spokojnie pogadali?

– Najpierw proszę odpowiedzieć. Jest pan sławny? Masowałam twarz sławnego pisarza, nie wiedząc, z kim mam do czynienia?

Z sympatią popatrzyłem na Marie-Claire Ombredanne, po czym odparłem, że moja popularność jest dość umiarkowana: nie można mnie nazwać sławnym pisarzem, na pewno nie. Ostatnia książka odniosła spory sukces, ale nie na tyle duży, żeby moje nazwisko stało się powszechnie znane. Jej bliźniacza siostra także nie słyszała o mnie, dopóki księgarz nie polecił jej mojej książki, twierdząc, że niewątpliwie jej się spodoba.

Marie-Claire Ombredanne zapytała, o czym jest ta książka, skoro przypadła do gustu jej bliźniaczce tak bardzo, aż napisała list pochwalny do autora. Dodała, że nie rozumie, dlaczego Bénédicte nigdy jej nie wspomniała o tej powieści, skoro tak jej się podobała. Może dlatego, że poruszyła w niej jakąś strunę, jak to bywa czasem z książkami, nie sądzi pani? spytałem Marie-Claire Ombredanne. Bez przekonania przytaknęła leciutkim ruchem podbródka. Po czym rzekła, że nigdy, ale to nigdy nie miały przed sobą żadnych tajemnic. Pociągnąłem ten wątek, pytając, czy Marie-Claire Ombredanne dużo czyta, odpowiedziała, że nie bardzo, woli kino i telewizję, na co zauważyłem, że to z pewnością tłumaczy dyskrecję jej siostry. Uśmiechnęła się potwierdzająco, ująłem jej dłoń, uścisnęła moją na kilka chwil. Na pewno po południu znajdę swoją książkę w którejś księgarni w Reims i podaruję pani egzemplarz z dedykacją wieczorem, kiedy spotkamy się na kolacji, może być? Odparła tak i nie rozpłakała się (czego przez chwilkę się obawiałem, bo wyglądała, jakby jej się zbierało na płacz), po czym szybkim krokiem udała się na zaplecze, aby zapanować nad wzruszeniem.

Odzyskawszy profesjonalny spokój, Marie-Claire Ombredanne zmyła mi z twarzy maseczkę nawilżającą Mary Cohr, po czym wymieniliśmy numery telefonów, aby zdzwonić się pod wieczór i ustalić miejsce spotkania.

Miała się zastanowić nad przyjemną restauracją, w której da się pogadać, taką, żeby nie przeszkadzał hałas ani bliskość sąsiednich stolików, obiecała, kiedyśmy się żegnali w drzwiach.

Spotkaliśmy się o dziewiętnastej w piwiarni Boulingrin. Wcześniej, zanim wyszedłem z pokoju hotelowego, zapisałem w notesie chronologicznie wydarzenia z ostatnich lat życia Bénédicte Ombredanne, aby łatwiej się orientować w decydujących epizodach:

- marzec 2006 – popołudnie z Christianem;
- lipiec 2006 – pobyt w Sainte-Blandine;
- grudzień 2006 – zdiagnozowanie pierwszego nowotworu;
- październik 2007 – koniec terapii; przeczytanie mojej książki;
- marzec 2008 – pierwsze spotkanie w Le Nemours;
- wrzesień 2008 – drugie spotkanie w Le Nemours;
- marzec 2009 – przerwanie naszej korespondencji;
- marzec 2010 – zdiagnozowanie drugiego nowotworu;
- kwiecień 2010 – mejl z życzeniami urodzinowymi, na który nie odpowiedziałem;
- styczeń 2011 – śmierć Bénédicte;
- kwiecień 2011 – dowiaduję się o śmierci Bénédicte.

Opowieść, którą do trzeciej nad ranem snuła Marie-Claire Ombredanne, najpierw w lokalu, później w swoim samochodzie, zdruzgotała mnie dosłownie.

Nie mogliśmy się rozstać, nieodmiennie podejmowaliśmy na nowo rozmowę dokładnie w chwili, gdy pożegnaliśmy się po raz kolejny i kładłem rękę na klamce.

Gdybym wiedziała, że tak długo będziemy rozmawiali, nie siedzielibyśmy w samochodzie, zaprosiłabym pana do siebie na drinka, powiedziała w chwili, gdy

wreszcie zdołałem wysiąść z jej kabrioletu BMW i już-
-już miałem zatrzasnąć drzwi, stałem w ciemnościach
przed swoim hotelem, a ona przechylała się lekko nad
fotelem pasażera, by widzieć moją twarz i po raz ostatni
posłać mi uśmiech.

Zaraz położyłem się do łóżka i spałem do południa
z przerwą o siódmej spowodowaną hałasem pod moimi
drzwiami, gdy jakaś nietaktowna para wszczęła głośną
rozmowę.

W drodze powrotnej siedziałem w pociągu smutny
i zamyślony. Głos Marie-Claire Ombredanne i jego mo-
dulacje, jej prowincjonalny akcent ciągle jeszcze miałem
w uszach, tak jak miałem przed oczami znajome widoki
Szampanii, nie do pomylenia z innymi, widoki, na których zatrzymywałem wzrok z rozmysłem, wręcz z niejaką
rozpaczą, jakbym szukał w nich pociechy albo po prostu
punktu zaczepienia, by nie ugrzęznąć w ogarniającym
mnie smutku: ów smutek rozpościerał się tak samo jak
przestrzeń, w której – wiedziałem – mógłbym całkowicie
zniknąć, gdybym pozwolił się wchłonąć, gdybym zatrwo-
żone spojrzenie oderwał od gospodarstw, stad bydła, wież
ciśnień, szpalerów topól poświadczających, że za oknem
trwa świat rzeczywisty.

Mogłem zażyć xanax.

Zamiast wspomagacza przeciwlękowego stosowa-
nego ongiś, w wieku dojrzewania, wolałem zamknąć się
w toalecie pociągu TGV, by napawać się nadzwyczajnym
ciałem Marie-Claire Ombredanne, którą doprowadziłem
do rozkoszy, biorąc ją od tyłu na stole do masażu, i sam
rozkoszy zaznałem we własnej dłoni, lekko podrzucany
wstrząsami pociągu, po czym oderwałem kilka listków
z rolki papieru toaletowego, aby się wytrzeć.

8

Moja bliźniacza siostra wyszła za brata mojego męża w wieku dwudziestu pięciu lat. Dlatego nosimy to samo nazwisko, Ombredanne. Ale już wcześniej była mężatką. Okropny to był związek, nigdy się z niego nie otrząsnęła.

Nie powiedziała panu? Nie wiedział pan, że wcześniej była mężatką?

Kiedy poznałyśmy się z Damienem i Jeanem-François, miałyśmy cztery lata, a oni sześć i pięć. Jak daleko sięgam pamięcią, zawsze byłam z Damienem, byliśmy nierozłączni, najpierw wiązała nas pasja do koni, teraz mamy trzy wierzchowce, w niedzielę jeździmy na tor patrzyć, jak się ścigają. Nigdy nie chcieliśmy dzieci, nawet nie rozważaliśmy tego, było dla nas oczywiste, że zawsze będziemy tylko we dwoje. Pierwszy raz pocałowałam się z nim, kiedy miałam dziewiętnaście lat, pierwszego stycznia osiemdziesiątego dziewiątego roku, niedługo potem zaczęliśmy chodzić ze sobą, a pobraliśmy się sześć lat później. Przez całe dzieciństwo i młodość siostra nie bardzo zwracała uwagę na brata mojego przyszłego męża, chociaż spędzaliśmy razem prawie każdy weekend i wakacje.

Ze mną i Damienem sprawa jest prosta. Łączy nas prawdziwa przyjaźń, chociaż zdarzają się lepsze i gorsze chwile, jak w każdym małżeństwie. Nie wystarczy tylko się kochać, trzeba jeszcze mieć wspólne upodobania, rozumieć się dobrze, darzyć przyjaźnią. My z Damienem jesteśmy przyjaciółmi. Oboje mamy trudny charakter, z tym że ja nie jestem taka jak moja siostra, nie skaczę koło innych. Przyznaję, jestem egoistką. Różniłyśmy się osobowością, ona zawsze była wrażliwsza, wrażliwsza, ale też bardziej oddana, szlachetniejsza niż ja. Trzeba było widzieć, jak broniła innych w szkole, kiedy była przewodniczącą klasy, walczyła jak furia do samego końca, siebie natomiast nie potrafiła bronić. Jeśli człowiek chce być szczęśliwy, musi też czasem pomyśleć o sobie. Tego Bénédicte nigdy nie pojęła, myślała, że jej szczęściem będzie szczęście innych. To nas zawsze różniło, ale z wiekiem ta skłonność się w niej nasiliła – szczyt osiągnęła w drugim małżeństwie. Z dziećmi było podobnie, oferowała im wiele i tyle samo oczekiwała w zamian, wkładała bardzo dużo energii w ich wykształcenie, musiały zawsze dawać z siebie wszystko, inaczej się gniewała.

Nasi rodzice byli rolnikami, mieli duże gospodarstwo dwadzieścia kilometrów stąd, w Condé-sur-Marne, teraz prowadzi je mój kuzyn. Ojciec w całym regionie cieszył się opinią człowieka, który zna się na swojej robocie. Był bardzo życzliwym ludziom lewicowcem, komunistą, antyklerykałem. Za to matka... wszyscy się zastanawiają, jakim cudem ich miłość zdołała pokonać różnice między nimi, bo matka była praktykującą katoliczką, chrześcijanką w pełnym znaczeniu słowa, na starą modłę, to znaczy osobą miłosierną, pomagającą każdemu w okolicy, kto miał kłopoty i nie radził sobie z nimi sam. Woziła ludzi samochodem do lekarza, pomagała im w załatwianiu trudniejszych spraw administracyjnych, które czasami wymagały wyjazdu do Reims, wizyty w merostwie, urzędzie skarbowym albo w opiece społecznej, zawsze chętnie to robiła, z życzliwością. Świetna kobieta, najpierw myślała o dobru bliźnich, dopiero potem o sobie i swoim szczęściu. Tak samo jak moja bliźniaczka, tyle że mama wyszła za człowieka, który nigdy nie wykorzystał tej cechy, żeby ją zdominować. Ja jestem podobna raczej do ojca, przy czym moja siostra miała też poglądy lewicowe, z tym że jej filozofia życiowa inspirowała się chrześcijaństwem, że tak powiem. Związek naszych rodziców był bardzo stabilny, każde miało własny styl, ale znakomicie się uzupełniali. Ojciec pochodził z Condé-sur-Marne, gdzie już jego rodzice odziedziczyli gospodarstwo, a on je rozwinął po przejęciu, mama urodziła się w Reims w rodzinie mieszczańskiej, podupadłej i zubożałej. Dziadkowie na przestrzeni lat wyzbywali się stopniowo majątku z wyjątkiem rewelacyjnych kosztowności, w większości zabytkowych i cennych, które mama wcześnie przekazała nam, córkom. Częścią spadku jest właśnie ten osiemnastowieczny wisior, mój ulubiony, i ta szafirowa bransoletka. Piękne kamienie, prawda? Kocham szafiry. Wszystkie dostałyśmy prześliczne rzeczy. Zwłaszcza Bénédicte, której przypadł w udziale bardzo rzadki pierścionek z ręcznie namalowanym okiem na emaliowanym oczku. Nie wiem, co jej mąż z nim zrobił. Mam nadzieję, że trzyma go dla córki. Bo równie dobrze mógł wystawić na licytację u Drouta.

Rodzice mojego męża, paryżanie, kupili wiejski dom w Condé-sur-Marne, dwieście metrów od naszego gospodarstwa. Ojciec był dyrektorem dużego domu handlowego przy bulwarze Haussmanna, matka nie pracowała, mieszkali w dziewiątej dzielnicy przy rue de la Tour d'Auvergne. Przyjeżdżali prawie co weekend i chłopcy ciągle siedzieli u nas. Rozumie pan: oni miastowi, a tu gospodarstwo, zwierzęta, strasznie ich to ciekawiło! Zaraz po przyjeździe przybiegali do nas, a myśmy czekały, żeby się razem bawić. Włóczyliśmy się po polach, wymyślaliśmy zabawy nad kanałem, urządzaliśmy bitwy na jabłka, bawiliśmy się w chowanego, karmiliśmy zwierzęta na podwórku, odwiedzaliśmy nowo narodzone cielęta. Ponieważ ja i mój przyszły mąż byliśmy w sobie zakochani, wiedliśmy prym, a moją siostrę i brata mojego przyszłego męża łączyły bardzo powierzchowne relacje dzieci, które w weekendy razem się bawią, nic więcej. Inaczej mówiąc, brat towarzyszył mojemu przyszłemu mężowi, żeby nie nudzić się z rodzicami, a Damiena ciągnęło do mnie i brat szedł za nim. Moja bliźniaczka, która spędzała czas ze mną, widziała więc dwóch paryżan: jeden był narzeczonym jej siostry, drugi bratem narzeczonego. Ale Jean--François był zawsze na doczepkę, piątym kołem u wozu, spędzał z nami czas nie dlatego, że pragnęliśmy jego towarzystwa albo że miał zalety, którymi by nas przyciągał. Rozumie pan? Zresztą my, wiejskie dziewczynki, inteligentne i zaradne, niesforne, sprytne, nie przepuściłyśmy żadnej okazji, żeby mu dokuczyć, stale naśmiewałyśmy się z niego. Był chudy i niezgrabny, nieśmiały, bojaźliwy, fałszywy, przeczulony. Niezdecydowany. O byle co się obrażał i trzeba było na siłę go przepraszać, robiliśmy to lekceważąco, naśmiewając się za jego plecami, byle tylko przestał się boczyć albo beczeć. Często był dla nas jak kula u nogi. Miał za duże gumiaki, ten szczegół zapamiętałam. Wiecznie się skarżył, że go zostawiamy, podejrzewaliśmy, że specjalnie się ociąga, aby mieć pewność, że nie zaczekamy na niego i będzie mógł się później poskarżyć. Sam pan widzi, jaka to pokręcona natura. Bał się wspinać na drzewa. Nie chciał łamać zakazu rodziców i wypuszczać się dalej w pola, co myśmy czasem robili, ostatecznie z nim albo bez niego, na nogach lub na rowerze. Trząsł portkami przed zeskakiwaniem z muru, podczas gdy my z siostrą nie patrzyłyśmy, jak daleko jest ziemia. Przedzierałyśmy się przez ciernie, nie zważałyśmy na podrapane nogi, ciekąca krew na nas nie działała, a on mdlał na widok byle ranki. Siostra i ja miałyśmy proce, polowałyśmy w rzece, wchodziłyśmy do wody, nie bojąc się, że zamoczymy skarpetki w gumiakach. A on nie. Zawsze zostawał w tyle, nigdy nie nadążał, stale się sprzeciwiał, wiecznie był na nie, psychicznie i fizycznie przez tę swoją powolność, opory, lęki ciągle nas hamował, co doprowadzało wszystkich do szału. Ale trudno, trzymał się nas, był bratem mojego przyszłego męża, bawiliśmy się z nim, w sumie aż tak źle nie było, bez przesady.

Damien i Jean-François, ledwie w piątek wieczorem przyjechali do Condé-sur-Marne, przybiegali do nas i spędzali z nami cały weekend: w naszym domu znajdowali ciepło, którego nie mieli w swojej rodzinie. Ich rodzice, protestanci, sztywni i surowi, nie okazywali ciepła za grosz, że tak powiem o człowieku dosłownie opętanym wysokością przychodów domu handlowego, którym kierował. Dla niego liczyła się tylko praca, dyscyplina, przestrzeganie zasad i awans społeczny. Nie krytykuję takiej postawy, mówię jedynie, że hołdował innej tradycji niż nasza – zważywszy wszystko, wolę w sumie katolików używających życia od protestantów, którzy moim zdaniem są śmiertelnie drętwi. W ich rodzinie nie było pieszczot, uścisków, zawsze zachowywano dystans. Jeśli moja matka w rozmowie położyła ot tak, dla podkreślenia swoich słów, dłoń na przedramieniu matki Damiena, moja przyszła teściowa odskakiwała, jakby ją potraktowano rozpalonym żelazem, aż moja mama czuła się głęboko urażona. Dzieciom nie wolno było zakaszleć, jeszcze teraz kiedy zakaszlę, mąż zawsze mi mówi przestań kaszleć, nie zmuszaj się do kaszlu, widzę, że się zmuszasz. A przecież kaszel to naturalny odruch, prawda? Oboje rodzice chłopców mieli obsesję czystości, u nich trzeba było ściągać buty i nawet na wsi posuwać się po parkiecie na suknach. Nie należało się brudzić. Mieli ubrania noszone po domu i wyjściowe. Kiedy dzieci wracały, musiały się przebierać w ciuchy przeznaczone do noszenia w domu, a kiedy chciały gdzieś iść, zmieniały odzież na wyjściową. Śmieszne, co? Tę bezwzględną sztywność dostrzegam czasami, chociaż w łagodniejszej formie, u swojego męża, muszę być czujna i przede wszystkim bez wahania przywoływać go do porządku, kiedy w pewnych okolicznościach wychowanie bierze w nim górę. Jest tak samo powściągliwy jak jego rodzice, małomówny, niekomunikatywny, zamknięty w sobie. Za dużą wagę przykłada do racjonalności, dzieli włos na czworo, drobiazgowo wszystko analizując, ilekroć stwierdza, że w jakiejś fundamentalnej sprawie rację ma on, nie ja – uważa mnie wtedy za nieposkładaną kobietę, która poddaje się swej zmiennej nielogicznej naturze. Jean-François, mąż mojej siostry, tak samo dziwaczył, tyle że u niego było to chorobliwe, nie do pokonania, graniczące z szaleństwem.

Pierwszemu mężowi mojej bliźniaczki wpadło w oko gospodarstwo naszych rodziców. Utrzymywał stosunki tylko z dziećmi rolników, Bénédicte poznała go zresztą za pośrednictwem wspólnych znajomych na zabawie niedaleko stąd, w Châlons-sur-Marne. Studiował agronomię i marzył, że kiedyś będzie prowadził gospodarstwo rolne. Ale nikomu nie przyszło do głowy, że ożenił się z Bénédicte tylko po to, by przejąć majątek naszych rodziców.

Moja siostra podobała się chłopcom, była wesoła i pełna życia, kochała zabawę, przyciągała ich jej żądza przygód, odwaga. Nie miała nic wspólnego z tą Bénédicte, jaką się stała później, ani z tą, którą pan poznał. W tamtych czasach wodziła chłopaków za nos, łamała im serca, zmieniała ich jak rękawiczki. Pamiętam zakochanego w niej po uszy niejakiego Rémiego, którego rzuciła po dwóch tygodniach flirtu, chociaż był naprawdę świetny pod każdym względem. Spytałam ją wtedy: co cię napadło, że zostawiłaś biedaka? Taki fajny chłopak! Zgłupiałaś czy co? Prawdę mówiąc, nie bardzo rozumiałam jej sercowe wybory. Dlatego kiedy zaczęła chodzić z tym Olivierem, nie mogłam pojąć, czemu jest z nim tak długo, ale zadurzyła się w nim (i ostatecznie został jej pierwszym mężem), chociaż wcale nie był przystojniejszy ani mądrzejszy od innych chłopców, z którymi prowadzała się dotąd. Była wtedy w klasie przygotowawczej do studiów w liceum w Reims. To był rok osiemdziesiąty dziewiąty, mieszkała jeszcze w domu, mama co dzień wczesnym rankiem odwoziła ją samochodem do Reims i odbierała wieczorem po zajęciach. Przez cały ten rok Bénédicte spotykała się z Olivierem, który był starszy od niej o trzy lata, kończył studia agronomiczne w Amiens, widywali się w każdy weekend w Condé-sur-Marne i w czasie wakacji. Nasi rodzice byli tolerancyjni, ale nie na tyle, żeby pozwolić córce sypiać z chłopakiem pod własnym dachem, toteż na ogół Bénédicte nocowała z nim u którejś koleżanki. Ja straciłam cnotę w wieku dziewiętnastu lat ze swoim przyszłym mężem, Bénédicte podobnie: straciła cnotę w tym samym wieku z tym cholernym Olivierem poznanym na zabawie. Mocno szaleli, mieli citroëna DS i w sobotnie wieczory wypuszczali się z przyjaciółmi na hulankę tu czy tam, przypominam sobie, że kiedyś jesienią wstąpili do domu przed jakimś balem kostiumowym. Nie pamiętam, skąd siostra wytrzasnęła strój, ale zjawiła się przebrana za markizę, była w purpurowej taftowej sukni z krynoliną, której sam szelest cieszył ucho (nawet teraz jeszcze go słyszę), ze względu na rozmiary sukni miała kłopot z usadowieniem się w aucie zaparkowanym na podwórku, śmiała się i rozśmieszała wszystkich, którzy na zaproszenie mamy wpadli z nią do nas na lampkę szampana, mama bardzo lubiła młodzież i cieszyła się, gdy mogła ją ugościć. To przemiłe wspomnienie. Było ich dwanaścioro, zjechali trzema samochodami, śmiali się, żartowali, wygłupiali, istne szaleństwo, Bénédicte tryskała radością w tej niesamowitej purpurowej sukni. Moja siostra i ten Olivier grali pierwsze skrzypce w paczce, wszyscy za nimi przepadali. Jak daleko sięgam pamięcią, Bénédicte zawsze była niespokojną nerwową idealistką, niesamowicie wymagającą wobec siebie i innych, dręczoną obawami, że życie nie poukłada się jej tak, jak sobie wymarzyła. Ale równocześnie, jakby jedno z drugim było nierozłączne, pobudzała ją potężna wola używania życia, poznawania nowych ludzi, korzystania z chwili, doświadczania wszystkiego, co pozwalało jej czuć, że naprawdę żyje, że należy do wybranych. Pamiętam, że w swoich wypowiedziach często używała słów „ekstatyczny" i „epifaniczny". Szukała intensywnych wrażeń, lubiła mówić, że doznaje czegoś rzadkiego, mocnego, pięknego. Chciała zyskać pewność, że jest na dobrej drodze i że jeśli pójdzie nią do samego końca, ta droga poprowadzi ją do życia zgodnego z jej najwyższymi oczekiwaniami, do życia podniecającego. Naprawdę miała jakąś obsesję zespolenia ze światem doznań, jakby wyłącznie on mógł jej dać poczucie istnienia. Oczywiście w tych egzystencjalnych poetyckich poszukiwaniach za przewodnika miała książki, książki wielkich pisarzy. Ale bała się porażki, bała się pomyłki, bała się, że będzie miała nieudane życie. Dlatego żeby stłumić te lęki, dużo pracowała, myślała, że rzeczywistość będzie dla niej łaskawsza, jeżeli skończy studia wyższe albo zrobi doktorat, ale też czerpała ze wszelkich przyjemności, których dostarczało jej życie i które postrzegała jako łaskę niebios. W pewnym sensie Bénédicte uświęciła swoje życie i rzeczywistość, miała bardzo wyostrzoną świadomość świętości i chwili obecnej: od teraźniejszości oczekiwała, że utwierdzi ją w poczuciu, że jej życie jest piękne i ma sens, a ponieważ czuła, że jej życie jest piękne i ma sens, potrafiła dostrzegać w teraźniejszości piękno, którego nikt inny nie zauważał. I właśnie przez tę żywiołowość więzi z rzeczywistością Bénédicte czuła, że żyje, że jest wyjątkowa i zasługuje na szacunek, że w przyszłość może spoglądać pogodnie. Zachowywała ciągłą czujność, zawsze była gotowa oglądać, odczuwać, chwytać w locie każdą chwilę, która zagrała na jej wrażliwości. Potrafiła się zachwycać światłem, krajobrazem, zapachem, szczególnym splotem wydarzeń, które napełniały ją znienacka poczuciem pełni. Taka była moja siostra bliźniaczka, tak, taka była Bénédicte, i nie trzeba być wielkim psychologiem, by wyobrazić sobie, czym to groziło: nie ma nic gorszego od budowania swojego życia na fundamentach tak bardzo przypadkowych, tak uzależnionych od wrażeń i postrzegania zmysłowego, od chwili obecnej, od swojego stanu ducha w danym momencie istnienia, z pominięciem wszelkich zasad niezmienności, wiedzy nabytej i stabilności – jakby musiała codziennie sens swojego życia chwytać albo wymyślać na nowo, zamiast go odnaleźć i przytrzymać raz na zawsze.

W sferze uczuć Olivier był niesamowitym człowiekiem. Miał taką zdolność do rozniecania marzeń w mojej siostrze (nie wiem, jak on to robił, bo we mnie nigdy nie wzbudził żadnego drgnienia, zawsze zauważałam jego sztuczki), że dzięki temu zapominała o swoich lękach i przy nim, za sprawą intensywności ich promiennego związku, czuła się wybrana. Dziwnie pokręconą naturę miała Bénédicte. Nie wiem, czy zauważył pan u niej to połączenie dumy i uległości, ambicji i strachu, wewnętrznego bogactwa i zwątpienia w siebie, żarliwości i rezygnacji, zuchwałości i stonowania, narcyzmu i oddania. Z wiekiem te kontrasty zmalały, jakby Bénédicte, zmęczona bezustanną walką ze swoimi obawami i demonami, systematycznie ulegała drugiemu elementowi swoich wewnętrznych napięć, innymi słowy: jakby się poddawała, kapitulowała. Lubiła śmiech, w końcu przestała się śmiać. Lubiła zabawę, w końcu przestała się bawić. Lubiła swoje ścieżki, przestała nimi chodzić. Lubiła ryzyko w pewnych okolicznościach, kiedy coś ją ponosiło (bo Olivier miał dar wzbudzania w niej takich porywów), w końcu przestała podejmować ryzyko. Doszło wręcz do czegoś przeciwnego: nie była w stanie żyć, nie otaczając się maksymalną ostrożnością. Ale zanim to nastąpiło, myślę, że Olivier z talentem jej wmówił, że jest księciem z bajki, na którego zawsze czekała, czarodziejem, który dla niej jednej czynił czary i zaklinał najzwyklejszą rzeczywistość. Zakochała się w nim do szaleństwa. Był jej pierwszą wielką i jedyną miłością.

Latem 1989 roku, pod koniec drugiego roku kursu przygotowawczego, ponieważ Bénédicte jeszcze nie mogła podjąć studiów, a Olivier tymczasem znalazł pracę w Tours, postanowiła przerwać naukę i wyjechać z nim. Zapisała się na studia licencjackie, planowała pisać doktorat po zrobieniu magisterki, którą chciała zacząć pisać już w następnym roku ze swojego ulubionego pisarza, Villiersa de L'Isle-Adam, pan, w przeciwieństwie do większości ludzi, moich rozmówców, zna go na pewno, bo sam jest pisarzem. Pobrali się na wiosnę 1990, w tym samym roku obroniła pracę magisterską. W lipcu 1992, po wielu miesiącach ciężkiej pracy, tym cięższej, że praktycznie nie widywała męża (kilka miesięcy wcześniej został przedstawicielem handlowym firmy produkującej żywność i stale był w rozjazdach), Bénédicte uzyskała stopień doktora z doskonałym wynikiem. We wrześniu 1992 roku, dowiedziawszy się, że nasz ojciec przekaże gospodarstwo swojemu bratankowi, mąż z dnia na dzień opuścił moją siostrę.

Już wcześniej, niedługo po tym, jak zamieszkali razem, zaczęła mieć wątpliwości co do Oliviera. Jeszcze przed ślubem postanowili, że będą mieli wspólną kasę, tak że Bénédicte z pieniędzy otrzymywanych od rodziców finansowała w dużej części nocne wypady przyszłego męża, który nie zarabiając tyle, żeby wystarczyło na wszystkie wydatki, stale nakłaniał moją siostrę, by prosiła o dodatkowe fundusze. Mama nie odmawiała, czasem jednak zakłopotana pytała Bénédicte, co robi z tymi pieniędzmi. Zawsze chętnie was wspomogę, ale mimo wszystko uważajcie! Byłam oburzona, kiedyś w domu dopadłam Bénédicte i powiedziałam, że rodzice nie będą harowali, żeby jaśnie pani ze swoim kochasiem mogła żyć w Tours jak udzielna księżna. Olivier nie ma swojej pensji? Czemu stale wyciągasz forsę od rodziców? Mało ci tego, co dostajesz co miesiąc? Myślisz, że śpią na pieniądzach? Można się zabawiać, ale przecież nie co wieczór! Wtedy Bénédicte słowem się nie odezwała. Dowiedziałam się dużo później, że Olivier przepuszczał kasę na wieczorne wypady z kumplami, którym stawiał, a ona nie była w stanie zatrzymać go w domu, wynosił się, ledwie się ściemniło. Tłumaczył się, że jak spędzi cały dzień w biurze, po pracy nie może znieść zamknięcia w domu jak w klatce: musi odreagować, zanurzyć się w prawdziwym życiu miejskim, pobyć w jakimś hałaśliwym ożywionym miejscu, z ludźmi dokoła, z muzyką – Bénédicte więc z własnej winy siedzi sama, bo przecież zawsze proponuje, żeby z nim poszła, ale ona woli zostać i poczytać albo kładzie się spać. Pewnej soboty miarka się przebrała: Bénédicte spakowała swoje rzeczy i wyszła, w ostatniej chwili złapał ją na dworcu. Wsiadała do pociągu Tours–Paryż, chciała wrócić do Condé-sur-Marne. Obiecał, że będzie z nią spędzał więcej czasu, i zabrał ją do domu. Nawet wywiązywał się z tego przyrzeczenia, uświadomiwszy sobie, że

Bénédicte nie jest tak potulna, jak mu się wydawało, i że jeśli coś się nie zmieni, będzie zdolna zakończyć ich związek, wskutek czego w jednej chwili wezmą w łeb jego ambicje i nadzieje na prowadzenie gospodarstwa. W efekcie nastąpił okres, gdy moja siostra znów była z nim szczęśliwa. To czasy ich wyjazdów do Włoch, do Rzymu, Florencji, Wenecji. Bénédicte jaśniała, jakby szczęście znowu opromieniało jej życie. Twarz mojej bliźniaczki miała tę właściwość, że mieniła się blaskiem, gdy Bénédicte była szczęśliwa, i szarzała, gdy coś było nie tak, zupełnie jak fasada domu w słoneczną i deszczową pogodę.

Kiedy Olivier został przedstawicielem handlowym i często nocował w różnych miastach regionu, zaczęły się kochanki. Zrozumiała to, gdy spostrzegła, że czasami nie ma koszul, które jakimś cudem odnajdywały się w następnym tygodniu: musiała mu je prać inna kobieta, gdy spał u niej. Pewnego razu Bénédicte zadzwoniła do hotelu, w którym Olivier miał spędzić noc, i o dziwo, acz można powiedzieć, że nieopatrznie, zdjęty litością dla zdezorientowanej żony (łączyła się z hotelem ze sześć razy między dwudziestą a północą) recepcjonista wyjawił jej, że od kilku miesięcy jej mąż ani jednej nocy nie przespał w swoim pokoju: zostawiał w nim bagaż i zaraz wychodził, po czym nazajutrz rano się zjawiał, by uregulować rachunek. Robił tak od miesięcy. Nigdy nie spał w hotelu. Wtedy świat mojej siostry runął, próbowała porozmawiać o tym z Olivierem, ale się wyparł, powiedział, że recepcjonista musiał go z kimś pomylić: kocha ją, nigdy jej nie zdradził, nie ma kochanki, przysięga. Nie uwierzyła mu, za dużo przesłanek się nagromadziło, ale co tu począć? Odejść od niego? Odejść na podstawie podejrzeń, gdy zarzekał się, że jest niewinny?

O tym wszystkim nie miałam pojęcia, dowiedziałam się dopiero później, po ich rozwodzie.

Kiedyś w czasie długiego weekendu, który siostra i ja spędzałyśmy z mężami u rodziców, wstałam w nocy do ubikacji, była pewnie trzecia, czwarta nad ranem, i zobaczyłam, że w gabinecie mamy pali się światło, podeszłam więc, by sprawdzić, co się dzieje, i przez uchylone drzwi zobaczyłam Oliviera przeglądającego księgi rachunkowe gospodarstwa. W głowie zrobiła mi się pustka. Nie widział mnie, nie weszłam do środka, było mi strasznie wstyd. Przeżyłam szok, w tym widoku dostrzegłam kłamstwo i manipulację w całej rozciągłości. Nikomu nie pisnęłam ani słowa, żeby nie stawiać siostry w niezręcznym położeniu, ale też nie wiedziałam, że ich pożycie wcale nie jest takie szczęśliwe, jak Bénédicte próbowała nam wmawiać. Gdybym wiedziała, że Olivier ją zdradza, gdybym wiedziała, że ich związek już zaczyna się rozpadać, powiedziałabym Bénédicte, na czym go przyłapałam tamtej nocy, tak że ona również by zrozumiała to, co ja pojęłam, ujrzawszy tę obrzydliwą scenę – chociaż szczerze mówiąc, do głowy mi nie przyszło, że Olivier porzuci moją siostrę, jeśli stwierdzi, że nie zrealizuje planu, który sobie wykombinował. Oczywiście nie był typem człowieka, który wstaje skoro świt i spędza całe dnie w polu, czy w deszcz, czy w mróz, obrabia hektary roli, za kierownicą kombajnu spędza nawet niedziele. Mąż mojej siostry nie był rolnikiem, lecz agronomem, a to drobna różnica, nie zamierzał zastępować naszego ojca, czyli zamiast niego wykonywać codzienne obowiązki, tylko kierować gospodarstwem jak przedsiębiorstwem. Dlatego po kryjomu przeglądał księgi rachunkowe prowadzone przez naszą mamę: chciał mieć pewność, że stan finansów gospodarstwa pozwoli mu zatrudnić dość robotników, żeby wszystko się kręciło bez dodatkowych inwestycji. Najdziwniejsze jest to, że wszyscy wiedzieli, że kuzyn przejmie gospodarstwo po naszym ojcu, który był jego opiekunem prawnym. Jak daleko sięgam pamięcią, kuzyn zawsze był z nami: bawiliśmy się razem, jedli, spali, kąpali się w tej samej wannie, bo wychowywali go moi rodzice jak własnego syna. Ponieważ nasz brat, o trzynaście lat starszy od nas, doktor chemii od dawna zatrudniony za granicą, nie chciał przejąć gospodarstwa i zawsze stanowczo to powtarzał, ojciec uznał, że powinien je przekazać bratankowi. Powszechnie było to wiadome, nikt niczego nie ukrywał – w naszej rodzinie nie było niedopowiedzeń. Po prostu skoro ojciec nie zamierzał na razie przejść na emeryturę, a kuzyn był zatrudniony w gospodarstwie, nigdy się o tym nie mówiło, bo było to oczywiste. Ale z pewnością Olivier nie widział powodu, żeby wbrew obowiązującemu prawu, bezdyskusyjnemu, skoro starszy brat Bénédicte zrezygnował ze spadku, ojciec miał odmówić przekazania gospodarstwa córce, jeżeli jej mąż o to poprosi. I znów najdziwniejsze w tej przykrej historii jest to, że Olivier nigdy o tym nie rozmawiał z Bénédicte, boby mu powiedziała, że prędzej mu kaktus na dłoni wyrośnie, niż jej ojciec pozbawi bratanka spadku tak dawno obiecanego. W każdym razie w lipcową niedzielę, na zakończenie rodzinnego zjazdu, oficjalnie ogłoszono, że nasz kuzyn przejmie gospodarstwo za pięć lat, gdy ojciec przejdzie na emeryturę. Olivier wyszedł wtedy z domu, nie żegnając się z nikim, i tydzień później, w sierpniu 1992 roku, porzucił moją siostrę, której akurat udało się otworzyć przewód doktorski. Nigdy więcej go nie widziałam. We wrześniu wystąpił o rozwód. Otrzymali go jeszcze tego roku w grudniu.

Całe szczęście, że nie mieli dzieci.

Dla mojej siostry rozpad małżeństwa był katastrofą. Na samym początku dorosłego życia taka porażka, pomyłka, zdrada – idealistka tej miary co ona nie mogła sobie wyobrazić nic gorszego. Rzeczywiste oszukanie jej, ale też takie bezczelne, takie bolesne stworzenie pozorów sprawiło, że w jednej chwili straciła wszelkie złudzenia – mówiła mi, że już nigdy nikomu nie uwierzy, nigdy, na pewno. Pogodzenie się z takim zawodem wydawało jej się nad siły. Dla niej zabawa się skończyła. Na zawsze.

Wiedziała, że z tym człowiekiem sprawy szły w złym kierunku, miała świadomość, że Olivier zadaje się z innymi dziewczynami, stale wyciągał od niej pieniądze na wieczorne wypady z kumplami, a mimo to nie mogła sobie poradzić z rozstaniem, dziwne, prawda? Była młoda, miała ledwie dwadzieścia dwa lata, w sumie ta porażka nie wyrządziła żadnych trwałych szkód, przyszłość jawiła się przed nią świetlana tak samo jak wcześniej, jakby ta małżeńska katastrofa nigdy nie miała miejsca (rzecz jasna po uporaniu się ze wstrząsem i przełknięciem gorzkiej pigułki zdrady), tymczasem Bénédicte była załamana, jakby w jej wnętrzu uległo zniszczeniu coś bardzo dla niej cennego przy okazji tej strasznej traumy – i jakby odtąd tego czegoś miało jej zawsze brakować do pełni szczęścia. Jak się pozbierać po czymś takim? pytała mnie Bénédicte, ilekroć rozmawiałyśmy o tym. Cóż, to proste, wyjaśnię ci: nie można się pozbierać.

Była w takim stanie, że szkoda gadać.

Wróciła do Condé-sur-Marne i na trzy miesiące zamknęła się w swoim pokoju.

Już nigdy Bénédicte nie była taka jak przed tą depresją. Zmieniła się pod każdym względem: fizycznie, duchowo, psychicznie, ale też na poziomie mimiki i gestykulacji – zniknęły jej spontaniczność, śmiałość podszyta lekkim lękiem. Jakiś składnik, który stanowił ważną część jej temperamentu, zniknął nieodwracalnie, przez co twarz jej się przeobraziła, przynajmniej w oczach ludzi znających ją bliżej. Własne życie ją zdradziło, upokarzając, dużo rozmyślałam nad tym, co się stało, i sądzę, że tak to można ująć. Wcześniej uważała, że ma prawo oczekiwać wiele od życia, bo zawsze z wiarą i zapałem szła własną drogą, kierując się prostym założeniem, że jeśli szczerze wszystkiego się doświadcza, uczciwie, nie odstępując od norm, w skupieniu, zgodnie z wewnętrznymi przekonaniami, nie wypiera się siebie ani nie okłamuje, ani nie idzie na skróty, to rzeczywistość na pewno takiego człowieka nie rozczaruje, ba! może nawet ziści najsekretniejsze pragnienia i najbardziej szalone marzenia. Z takiego przekonania Bénédicte całkowicie się wyleczyła. Nazwijmy to wiarą, formą świeckiej wiary, społecznej, egzystencjalnej. Nieodłącznie związanej z ideą zasług. Cały jej system wartości bazował na tej wierze, toteż ufała bez zastrzeżeń Olivierowi, ślepo, niesiona jego zapałem i energią, i radością życia – no i na oślep gruchnęła w ścianę, zupełnie się nie spodziewając tak brutalnego zderzenia i zatrzymania na drodze, którą uważała za pozbawioną przeszkód. Właśnie ten system wartości umarł w niej w czasie trwającej pół roku depresji. Bénédicte przypominała statek na wzburzonych falach, widać to było po wyrazie jej twarzy, ale nijak nie mogliśmy jej pomóc, oddaliła się od nas o setki kilometrów, przebywała w swoim pokoju jak na pełnym morzu, na środku oceanu spowitego ciemnością. Była sama, zabłąkana, ledwie żywa, z dala od lądu, a my patrzyliśmy na to i żadne dowody serdeczności nie mogły jej pomóc. Walczyła z czymś bardzo odległym i nie wygrała. Górę wzięły zwątpienie i rozczarowanie.

Powiedziała mi jednego ranka, że zawsze bardzo jej się podobało słowo *surrender*, które usłyszała w znanej piosence. I że teraz już wie dlaczego: zna powód niezrozumiałego upodobania do tego słowa. *Surrender*. Poddanie. Ładne jest to słowo, prawda? powiedziała do mnie tego ranka. Poddanie z tymi dwoma D, cudowne, nie uważasz? Co ty opowiadasz? zaprotestowałam. Pleciesz co bądź! Wcale nie, odparła spokojnie moja bliźniaczka. Naprawdę, Marie-Claire. Przyszła chwila, żeby się poddać. Szczęście mnie nie chciało, chociaż robiłam wszystko, by na nie zasłużyć, ale trudno, podjęłam decyzję, pasuję. Nie wkurzaj mnie, Bénédicte! Naprawdę pleciesz, powinnaś się otrząsnąć, zamiast biadolić w samotności! Słowo daję, od jakiegoś czasu trudno z tobą wytrzymać! powiedziałam jej wtedy, a później ją zmusiłam, by odszczekała swoje słowa.

W kwietniu następnego roku, 1993, w sobotnie popołudnie wpadłam jak burza do salonu rodziców po torebkę i zastałam moją siostrę i Jeana-François, jak się całowali przytuleni na kanapie.

Szok.

Zobaczyła mnie, speszyła się, powiedziałam przepraszam i uciekłam.

Poszłam na podwórze, gdzie mój mąż szczotkował klacz, i blada jak śmierć, przerażona powiedziałam: wiesz co? Bénédicte jest z twoim bratem. A on na to: zwariowała! Tak samo ojciec pół roku później, kiedy się pobrali, przepowiedział z zamyśloną miną rolnika przywykłego odczytywać znaki żywiołów: za szybko to poszło.

Byłam wściekła. Bardzo, ale to bardzo mi się nie podobało, że nic mi nie mówiąc, zdecydowała się wybrać tego człowieka.

Moja siostra go nie kochała, tego byłam pewna. Nigdy nie darzyła go jakimś szczególnym uczuciem, ani w dzieciństwie, ani kiedy dorosła, ani po rozwodzie z Olivierem. Jean-François spędzał dużo czasu w naszym gospodarstwie, bo należał do rodziny, ale nigdy nie był z Bénédicte w stosunkach bliższych niż z każdym z nas, szczególnie w czasach, gdy była z Olivierem, tym bardziej że Olivier nie lubił go i zawsze dawał mu to odczuć. Ci dwaj stanowili swoje przeciwieństwo: Olivier był zabawny, sprytny, dobroduszny, mierzył wysoko i dawał się lubić, a Jean-François, facet skomplikowany, nieśmiały, milkliwy, nijaki, miewał odchyły i rumienił się, ilekroć ktoś go zagadnął.

Siłą rzeczy Jean-François dobrze znał moją siostrę. Z zajmowanego uprzywilejowanego stanowiska obserwacyjnego niezwykle uważnie śledził rozwój wypadków, jak przez lunetę oglądając szczegóły w zbliżeniu. On przez tę swoją pokręconą naturę zawsze postrzega rzeczywistość w szczegółach i w zbliżeniu. Tak bywa w przypadku osób zakompleksionych. Toteż być może lepiej niż ktokolwiek z nas rozumiał, co się dzieje. Może wcześniej niż inni wyczuł, że związek mojej siostry jest chory, że dalej mu do doskonałości, niż nam się wydawało. Być może w przeciwieństwie do nas wypatrzył zapowiedzi rozpadu małżeństwa. Może przyczajony, pewny swojej strategii wyczekiwał, aż rozsypią się ich więzy uczuciowe – i z wyżyn swojego szaleństwa, w milczeniu i w samotności starego kawalera, równie nagle jak my wszyscy, lecz bez wątpienia przewidziawszy to i spodziewając się tego, pragnąc z całych sił, zobaczył nagły rozpad tego rzekomo niezniszczalnego związku dwojga ludzi, którym zazdrościł. Po czym z niemalejącą czujnością patrzył, jak moja siostra pogrąża się w depresji, i czyhał na stosowną chwilę, aby jej dopaść, co zrobił, kiedy uznał, że Bénédicte nie będzie w stanie mu się oprzeć.

O tamtym kwietniowym pocałunku nikt w rodzinie nie wiedział oprócz mojego męża, nie odważyłam się nawet pogadać na ten temat z siostrą, tak mnie zdołowała myśl, że między nią a tym człowiekiem mogło się zrodzić uczucie. Nie mówię „mogłoby", lecz „mogło". Wmawiałam sobie, że Bénédicte potrzebowała szybkiej pociechy, bez zobowiązań, wsparcia ze strony kogoś, kogo znała od małego i z kim oczywiście nie do pomyślenia były głębsze relacje uczuciowe. No przecież nie mogła się z nim związać, nie mogło to być trwałe. Na to liczyłam w głębi ducha, choć nie śmiałam spytać Bénédicte w obawie, że wyprowadzi mnie z błędu. Wtedy mieszkaliśmy już z mężem w Reims, gdzie po magisterium z filozofii pracowałam jako pomoc medyczna fizjoterapeuty. Ponieważ moja bliźniaczka nadal była u rodziców, w każdy weekend jeździliśmy z mężem do Condé-sur-Marne, gdzie dołączał też Jean-François, który nie odstępował Bénédicte przez większą część dnia. Nie dotykali się. Nie całowali. Ich zachowanie nie świadczyło o jakiejś szczególnej zażyłości.

Naiwnie myśleliśmy z Damienem, że między nimi nic nie ma, sądząc po tym, cośmy widzieli: najczęściej przebywaliśmy we czwórkę, a Jean-François wieczorem szedł przenocować w domu swoich rodziców za kościołem. Gdybym ich nie przyłapała w kwietniu na całowaniu, w ogóle nikt by się nie zastanawiał nad tym, co ich łączy, coś takiego byłoby absurdem, ekstrawagancją. Bénédicte wprawdzie odnosiła się do niego dużo bardziej życzliwie niż kiedykolwiek wcześniej, nie wiedziałam jednak, czy należy to zrzucić na karb depresji, przez którą moja siostra podświadomie oczekiwała od wszystkich serdeczności i pociechy, czy też rzeczywiście nastąpiła zmiana w ich stosunkach.

Jestem pewna, że wstydziła się tamtego pocałunku, na którym ich przyłapałam, i tylko dlatego nigdy nie rozmawiałyśmy o tym. Gdybym wyczuła, że chce się zwierzyć, wzięłabym ją na spytki oczywiście. Wysłuchałabym jej. Ale w dniach po tej scenie zauważyłam, że mnie unika.

Wiedziałam natomiast, i wcale mnie to nie uspokajało, że Jean-François gorąco pragnął mieć dla siebie moją bliźniaczkę. Dał mi to do zrozumienia przez telefon w dniu, kiedyśmy się dowiedzieli, że mąż zostawił Bénédicte. Jean-François był wtedy we Włoszech i późnym popołudniem w sobotę zadzwonił do nas z hotelu, żeby spytać, co słychać w rodzinie. Ja odebrałam, zapytał, jak leci, powiedziałam, że Olivier właśnie odszedł od Bénédicte, wszyscy jesteśmy zszokowani, Bénédicte jest jeszcze w Tours, ale zamierza przyjechać do Condé-sur-Marne. Zdruzgotana i załamana nie rozumie, co się stało, że odszedł tak z dnia na dzień, nie posiada się ze zdumienia. I wtedy usłyszałam okrzyk radości. Jean-François oświadczył, że ziściło się jego życzenie, że to doskonała wiadomość. „Życzenie? O jakim życzeniu mówisz?" zapytałam zaskoczona jego słowami. Wyjaśnił, że poprzedniego dnia wrzucił do fontanny di Trevi kilka monet, wypowiadając życzenie, żeby moja siostra rozeszła się z Olivierem. Świetna wiadomość, super! Juhu, wreszcie dobra wiadomość! Juhu, hura, trzeba to oblać! Nie posiadałam się ze zdumienia, nie wiedziałam, jak to skomentować, powiedziałam muszę jechać po twojego brata, miłego pobytu we Włoszech, cześć, odłożyłam słuchawkę na stolik i pojechałam po Damiena.

Pamiętam wyraźnie, jakby to było wczoraj.

Któregoś czerwcowego dnia, gdy we trzy obierałyśmy w kuchni warzywa, Bénédicte przy mnie oznajmiła matce, że w lipcu jedzie na wakacje z Jeanem-François, postanowili się wybrać do Toskanii. Nikt więcej, tylko we dwoje, on i ja, odparła Bénédicte, kiedy mama spytała, czy ktoś znajomy jeszcze z nimi jedzie. Zwięzła odpowiedź mojej siostry, wygłoszona tonem dziwnie obojętnym, ze wzrokiem wbitym w obieraczkę, z naturalnością, która nawet dla niej musiała być nienormalna w tych okolicznościach, zabrzmiała w kuchni jak detonacja. Nikt tego nie skomentował. Na długo zapadła cisza. Słychać było jedynie suchy rytmiczny dźwięk nożyków obierających cukinie. Byłam taka przygnębiona, że poszłam do stajni, do mojej klaczki, i tam sobie popłakałam. Éricu, nie wyobraża pan sobie, jak cierpiałam, dowiedziawszy się, że jadą we dwoje na wakacje. Czułam się tak, jakbym z odpowiednim wyprzedzeniem nie zmusiła siostry, żeby się zajęła alarmującymi dolegliwościami fizycznymi, i jakby teraz mnie poinformowała, że niedługo umrze. Tak, gdyby wtedy Bénédicte powiedziała mi, że ma nieuleczalną chorobę, byłabym tylko trochę bardziej przygnębiona, niż dowiadując się, że ci dwoje oficjalnie tworzą parę, straszną parę, parę wbrew naturze, mającą rokowania jak nieuleczalna choroba albo świadczącą o rozpadzie komórkowym rodzinnej tkanki. Pomyślałam, że bardzo byłam naiwna, a także niekonsekwentna, lekkomyślna, niepojęcie zaślepiona na to, czego fakty tego dnia dowiodły tak jasno i dobitnie, że bardziej nie można, gdy tamten pocałunek uznałam za niewinny, a raczej potencjalnie niewinny, potencjalnie bez znaczenia, i zła byłam tego dnia na siebie, tego dnia i w następnych miesiącach (dotąd jestem na siebie zła, tak, Éricu, do dziś), że nie wykorzystałam okazji, jaką przypadkiem stworzył ten podpatrzony pocałunek, by zażądać od siostry wyjaśnień, co to znaczy i jakie ma zamiary (jakie siostra ma zamiary), dzięki czemu może bym zdołała, gdyby mi się zwierzyła (a na pewno by się zwierzyła w tym stanie ducha, w jakim wtedy była), odwieść ją od tego, przestrzec, udaremnić ten związek, przemówić jej do rozsądku, zaproponować pomoc, dodać wiary w siebie, przekonać ją, że nie musi się rzucać w ramiona pierwszego lepszego, nic jej nie goni, odejście tego łajdaka Oliviera wcale nie zrujnowało jej życia nieodwracalnie, powinna dać sobie trochę czasu i zwłaszcza nie panikować, bo na pewno dziewczyna taka jak ona, ładna i błyskotliwa, jeszcze spotka swoją wielką miłość, niezwykłego człowieka, wymarzonego. Zapewniłabym ją, że nigdzie nie zapisano, może z wyjątkiem jakichś utworów z końca dziewiętnastego wieku, których się za dużo naczytała, że w życiu spotyka się tylko jedną miłość, i że jest możliwe, a przynajmniej ja tak uważam, zachowanie nienaruszonych swoich najwyższych ideałów, nawet jeżeli pewne okoliczności w życiu zmusiły nas do złamania złożonych sobie obietnic.

Sweet surrender.

Tak brzmiały pierwsze słowa piosenki. Piosenki Dire Straits, którą często puszczano w radiu, kiedy byłyśmy nastolatkami.

Do rozejścia się z Olivierem moja siostra zawsze górowała nad Jeanem-François intelektem, powierzchownością, kulturą, elokwencją, zapałem, wyobraźnią. Nigdy nawet nie patrzyła na niego jak na mężczyznę, tylko jak na przyjaciela z dzieciństwa, dawnego towarzysza zabaw, członka rodziny. Ale kiedy wpadła w depresję, po raz pierwszy, odkąd się znali, objawiła się Jeanowi-François jako kobieta będąca w jego zasięgu. Było to dla niego zrządzenie opatrzności. Chciała dosięgnąć szczęścia zawieszonego wysoko na niebie, wierząc w swoje siły i sprzyjającą jej rzeczywistość, tymczasem opaliła sobie skrzydła w słońcu swoich szalonych wymagań i oto była na ziemi, spadła z wysokości i połamała sobie wszystkie członki. Bénédicte od najmłodszych lat upokarzała Jeana-François swoimi wybujałymi oczekiwaniami wobec życia, uważała, że nie jest godny ich zaspokoić, i oto proszę, znajdowała się na ziemi, spadła spod niebios i cała się połamała – i tylko on, Jean-François, był we właściwym miejscu, aby ją podnieść. Zobaczył ją na ziemi i natychmiast przypadł do niej. Wszystkie późniejsze potworności, które cechowały ich małżeństwo, wywodzą się z okoliczności, w których związali się ze sobą i które w ogóle to umożliwiły. Czy tego chcemy czy nie, ich związek powstał na bazie specyficznego splotu wydarzeń, z którego przez następne trzynaście lat Bénédicte próbowała się wywikłać.

Kiedy oficjalnie ogłosili, że są parą, nikt, absolutnie nikt nie rozumiał, dlaczego wybrała tego faceta: w ogóle do siebie nie pasowali.

Co się dzieje, dlaczego ona jest z nim?

Co to znowu za historia? Nie do wiary, trzeba coś z tym zrobić!

Zwariowała czy co? Marie-Claire, musisz jej jakoś przemówić do rozumu!

Stale to słyszałam w następnych tygodniach.

Kiedyś wspomniałam Bénédicte, że niektóre moje klientki tak nienawidzą swoich mężów, że uważają, iż cuchną. Zdajesz sobie sprawę, jak się męczą, to straszne, jak mogą to znieść?! Kiedy dochodzi do czegoś takiego, należy odejść, nie wolno żyć z facetem, którego zapachu nie da się znieść! powiedziałam jej wtedy. A Bénédicte pod koniec życia wyznała mi, że jej mąż śmierdzi, że kiedy ją całuje, zalatuje od niego smrodem. Spytała: nie zauważyłaś, Marie-Claire, kiedy się z nim witasz, że cuchnie? Po raz pierwszy w życiu dotarło do mnie znaczenie wyrażenia „nie móc kogoś ścierpieć", wyznała mi wtedy.

Nigdy nie kochała tego człowieka, mogę dać głowę.

Kiedy nikt już nie miał wątpliwości, że Bénédicte trwale zwiąże się z Jeanem-François, poszłam do psychiatry, próbowałam bowiem znaleźć odpowiedzi na dręczące mnie pytania. Powiedział mi: nie wychodzi się za mąż za przyjaciela z dzieciństwa. Widzę, że się pan uśmiecha, Éricu. Owszem, ja wyszłam za Damiena, ale to zupełnie co innego, zakochałam się w nim w wieku czterech lat, zawsze go kochałam, byliśmy nierozłączni. Jesteśmy przyjaciółmi, małżonkami, kochankami, powiernikami, rodzeństwem, partnerami. Nie staraliśmy się o dzieci, bo bliźniaczość, zasadniczą cechę swojej natury, zaspokajam przy mężu: jest nas dwoje. Kiedy jestem z kimś, dołączenie trzeciej osoby wcale mi się nie podoba, również w pracy. Jeśli klientka przyjdzie na zabieg za wcześnie i wiem, że czeka w pokoju obok, czuję się nieswojo, wtedy nie potrafię zachować szczerości. Nie lubię być w towarzystwie większym niż dwie osoby: czuję się dobrze we dwoje albo sama. Samotność nie jest mi straszna, ale pod warunkiem że nie jestem sama w życiu: samej w życiu byłoby mi trudno właśnie z powodu bliźniaczości. Mam jednak szczęście, że nigdy nie doświadczyłam samotności, bo od urodzenia byłam albo bliźniaczką swojej siostry, albo narzeczoną swojego przyszłego męża. Nie uważam, że człowiek został stworzony do życia w samotności, a tym bardziej, jak mi się wydaje, dotyczy to bliźniąt. Z Bénédicte było podobnie: nie mogła znieść myśli, że będzie sama na świecie, dlatego właśnie przyjęła propozycję Jeana-François.

W dniu ślubu Bénédicte wreszcie zgodziła się ze mną pomówić i krótko, jednym zdaniem, podsumowała swój związek. Pamiętam każde słowo, które wtedy powiedziała: zaproponował mi coś, a ja się zgodziłam. W ówczesnym jej stanie ducha choćby rozważania, by ewentualnie przez kilka lat była sama, nie wchodziły w grę.

Bénédicte do życia potrzebowała uczuciowej zależności od kogoś, w zamian znajdowała w sobie siłę, aby na co dzień być sama, nawet osamotniona, zaniedbana. Tego właśnie dostarczyło jej małżeństwo: zależności uczuciowej. Ponieważ jednak go nie kochała, zaraz po ślubie wymyśliła sobie, że jest zakochana w mężu, zbudowała, choć po fakcie, fikcję, według której prawdziwa miłość ich połączyła albo w końcu kiedyś się uformuje jak substancja chemiczna, powoli, w tyglu ich życia małżeńskiego przy współudziale szczerości – i zaczęła cierpieć, gdy Jean-François nie odpowiadał na to pragnienie miłości tak, jak ona sobie życzyła. Ale ta miłość nie istniała, potrzeba miłości stworzyła w Bénédicte konieczność kochania, moja siostra pozwoliła się zniewolić urojeniu i choć w głębi ducha wiedziała, że ta miłość nie istnieje, mimo wszystko nie przestawała w nią wierzyć, ponieważ nie potrafiła żyć bez wiary. W końcu zapomniała, że ta miłość to kłamstwo, z bardzo prostego powodu: kłamstwo stało się rzeczywistością, na której budowała swoje życie. Po kilku latach pytanie, jak wielka była miłość, którą kiedyś obdarzyło się drugiego człowieka, nie ma już sensu, bo rzeczy są, jakie są i trzeba je zaakceptować, jakkolwiek by je nazwać, ot co. Kłamstwo, które pozwoliło wymyślić miłość, może się stać istotą, rzeczywistością tego, co wolno odtąd uważać za prawdziwą miłość, jeśli tak się postanowi. Takie odległe w czasie kłamstwo może przybrać imię miłości. I właśnie to zaistniało w życiu Bénédicte, miłość i kłamstwo stały się pojęciami zamiennymi, nie było między nimi różnicy, mieszały się, tworząc nieprzemijającą ułudę, że jej małżeństwo jest udane, że osiągnęła pełnię szczęścia rodzinnego i trwałość związku, ułudę, która się rozwinęła z biegiem dni w zaciszu domowym pod pozorami absolutnie fałszywymi również dla niej. Nie wiem, czy wyrażam się dość jasno. Moja siostra rekompensowała sobie rozczarowania, ambitnie pracując nad wizerunkiem swojej rodziny jako spełnionej zarówno we własnych oczach, jak i w oczach osób postronnych. Czerpała z tego przyjemność dorównującą rozkoszy seksualnej. Właśnie dlatego nigdy nie dała mi poznać, jaką krzywdę wyrządzał jej Jean-François.

Ponieważ była bliźniaczką, nie mogła znieść samotności: na tym polegał jej problem. Pod koniec życia, gdy leżała w szpitalu, poniekąd jakby wróciła do początków, pragnąc, żebym stale z nią przebywała, tylko ja, nikt inny, co jej męża doprowadzało do szału. Chciała umrzeć tak, jak się urodziła: z bliźniaczą siostrą tuż obok.

Nigdy nie opowiadała mi o życiu z Jeanem-François, bo wiedziała, że od początku nie aprobowałam tego związku.

Poślubiając moją siostrę, Jean-François chciał w szczególności stworzyć ognisko domowe, dowieść, że jest jak wszyscy – bo przecież od dziecka czuł się spychany na margines, na różne sposoby piętnowany. Pragnął tylko obrazu, zwykłego obrazu, zewnętrznych pozorów normalnej rodziny. Aby to marzenie zrealizować, brakowało mu po prostu jedynie kobiety.

Moja siostra była jego pierwszą dziewczyną: w wieku dwudziestu czterech lat nigdy jeszcze nie całował się z kobietą. Między innymi dlatego mógł liczyć wyłącznie na ożenek albo z kobietą załamaną, albo z taką jak on – przerażoną dziewicą. Albo z bardzo brzydką, tyle że był zbyt dumny, by na to pójść, chociażby przez wzgląd na ojca. Bénédicte zgnębiona, zupełnie pozbawiona wiary w siebie, pozwalała mu nie tylko założyć rodzinę, ale też bez zbytnich obaw w wieku dwudziestu czterech lat pogodzić się ze swoją inicjacją seksualną. Nie będzie przecież w stanie krytycznie ocenić jego zabiegów, skoro sama akurat jest w nie najlepszej dyspozycji, mało powabna, no i przez to nie działa onieśmielająco.

Myśli pan pewnie, że jestem złośliwa.

On pragnął założyć rodzinę tak zgodną i scementowaną jak nasza. S w o j ą rodzinę, niezależną od Baussmayerów.

Wszystko to wynikało z braku aprobaty we własnej rodzinie, z braku aprobaty ojca. Ojciec bowiem zawsze wolał mojego męża, Damiena, starszego syna, a Jean-François nigdy nie zaakceptował drugiego miejsca, całe życie z tego powodu cierpiał. Nie znaczy to, że mój teść nie kochał Jeana-François, ale pracował po czternaście godzin na dobę, stale myślał o swoim domu handlowym, mało bywał w domu, nie bardzo miał czas zajmować się dziećmi, po prostu wolał mojego męża, jemu poświęcał najwięcej czasu i uwagi, co każdemu rzucało się w oczy, a Jeana-

-François zaniedbywał. Najmłodszy z braci Ombredanne też nie narzekał na nadmiar zainteresowania ze strony ojca, ale miał to gdzieś, póki jako rozpuszczony syn swojego tatusia dostawał dosyć forsy na hulanie. W przeciwieństwie do niego Jean-François został wychowany surowo, w niedostatku uczuć i co najważniejsze, ojcowskiej uwagi, której tak pragnął. Zauważyłam, że ci, których w dzieciństwie nie darzono wystarczającym zainteresowaniem, jako dorośli stale pragną zwracać na siebie uwagę, są nienasyceni zarówno w pracy, jak i prywatnie, i stąd biorą się ciężkie choroby i zboczenia. Jean-François do samego końca starał się o ojcowską uwagę, do samego końca do tego dążył, lecz nic z tego nie wyszło: nigdy nie odczuł, że obchodzi ojca. To nie leżało w naturze mojego teścia, nie był człowiekiem wylewnym, a tym bardziej sentymentalnym, niewątpliwie Jean-François czekał, aż ojciec powie mu, że go kocha, a przynajmniej poważa, szanuje, nie doczekał się jednak. Nigdy nic takiego nie usłyszał. Do tego samego próbował zmusić moją siostrę w odniesieniu do dzieci: pod koniec, w szpitalu, chciał, by im powiedziała, że je kocha, a ona nie chciała tego zrobić. Tak przynajmniej wywnioskowałam na podstawie pewnych spostrzeżeń, które poczyniłam. Moja siostra nie była osobą szczególnie otwartą, nie obsypywała dzieci czułościami. Chciała, żeby dobrze się uczyły, zdobyły dobre wykształcenie, miały kulturę, ładnie się wyrażały. Poprzeczkę postawiła im bardzo wysoko, jak już mówiłam. Dla niej też to było męczące, bo do mrzonek trzeba zaliczyć pragnienie ukształtowania dzieci na obraz modelu, który wbiło się sobie do głowy, modelu wzorcowego. Sama nie wiem, ile razy wyrzucałam siostrze, że jest dla dzieci zbyt surowa, zbyt wymagająca, bezkompromisowa. W każdym dziecku jest jakaś cząstka jawna, na którą można wpływać, i cząstka nieznana, którą trzeba uszanować, mówiąc sobie, że to własność małego człowieka i musi pozostać poza naszym zasięgiem. A moja siostra chciała, żeby jej dzieci były takie, jak ona postanowiła, łącznie z tą nieznaną cząstką. W tej kwestii się myliła, wyszła z założenia z gruntu fałszywego: nie tak to działa, Bénédicte toczyła daremną walkę z góry skazaną na przegranie. Jean-François zestawił swoją historię i to, co przeżywały jego dzieci: chciał, żeby Bénédicte powiedziała córce to, czego on nigdy nie usłyszał od swojego ojca. Czekał, by ojciec mu powiedział, że go kocha, ponieważ czuł, że go nie kocha, i pewnie tak właśnie było: ojciec nie kochał syna. Umarł na raka płuc, Jean-François był przy nim do ostatniej chwili (z trzech synów on najwięcej czasu spędził przy nim w szpitalu), wielbił ojca i nie doczekał się z jego ust upragnionych słów, wypatrywał znaku i nigdy go nie zobaczył, nawet u kresu życia w szpitalu.

Kiedy Bénédicte umarła, znalazłam w jej telefonie komórkowym numery dwóch starszych osób, o których kilkakrotnie mi mówiła, były dyrektorkami w dwóch pierwszych szkołach, w których uczyła po wyjściu z depresji. Otoczyły wielką życzliwością Bénédicte, gdy zobaczyły, że do grona pedagogicznego dołącza taki nieopierzony ptaszek, błyskotliwa dziewczyna z doktoratem, sumienna perfekcjonistka krucha po świeżych przejściach, jak im się wydawało. Bénédicte świetnie się z nimi dogadywała, obydwie były bezdzietne i obydwie ją polubiły, tak że nawet kiedy moja siostra przestała tam pracować, pozostały w kontakcie, właściwie tylko z nimi się przyjaźniła. Zadzwoniłam do nich i usłyszałam, zwłaszcza od jednej, że Bénédicte zawsze jej się wydawała posępna, strasznie melancholijna. Dopóki pracowała w jej szkole, nigdy z niczego się nie zwierzała, ale później, gdy się zaprzyjaźniły, kilka razy mówiła, że w domu nie ma nijakiej radości, że mąż jej uprzykrza życie, w głowie ma tylko pracę i sprawy domowe, że on zarządza rodzinnym budżetem i pilnuje dyscypliny finansowej. Wszystkim u nich rządziły tabelki, wszystko było przemyślane, zapisane, przewidziane i zaplanowane, nie było żadnego miejsca na improwizację, żywiołowość, spontaniczność, porywy serca, poetyczność. Nie było miejsca na życie i szczęście. Jeśli moja siostra szła na herbatę w jakimś lokalu w centrum, opowiedziała Bénédicte swego czasu swojej dawnej dyrektorce, musiała przynosić do domu rachunek za konsumpcję, żeby jej mąż mógł odnotować ten wydatek w swoim komputerze. Nie dlatego, że pilnował budżetu rodzinnego: on prowadził domową rachunkowość dokładnie tak, jak jego ojciec prowadził księgowość w swoim wielkim domu handlowym. Zapisywał w komputerze wszelkie domowe wydatki, nawet najdrobniejsze, nawet zakup czekoladowej bułeczki albo lizaka, tak że życie mojej siostry wiecznie ograniczały mury tego chorego korytarza budżetowego, w żaden sposób nie mogła sobie pozwolić na najmniejszy kaprys.

Kiedyś dawno temu, może z dziesięć lat, Bénédicte mi wyznała, że marzy o tym, aby mieć kochanka i od czasu do czasu spotykać się z nim w hotelu w godzinach popołudniowych, gdy inni pracują, a miasto tętni życiem bez niej, sprytnie ukrytej za zasłonami. Aby wyrwać się z banalnej rzeczywistości i doświadczyć czegoś niezapomnianego, co będzie się powtarzać, wejdzie jej w nałóg, zapewni chwile coraz cudowniejsze, coraz czarowniejsze w ramionach mężczyzny, w sekretnym zakątku rzeczywistości i jej życia. Pamiętam, że mówiąc, używała właśnie tych słów, opisywała wszystkie szczegóły, jakby faktycznie często o tym rozmyślała. Spodobało mi się to jej marzenie, choć ogarnął mnie równocześnie lekki smutek, bo zrozumiałam, że Bénédicte wymyśla sobie życie takie, jakie mogłaby wieść, że jej życie w dużej części jest wirtualne. W pewnym sensie te jej dwie przyjaciółki, starsze od niej o trzydzieści lat i niemieszkające w okolicy, nie należały do świata rzeczywistego, lecz były jak sen, marzenie, ucieczka, jak kojąca projekcja zrodzona w umyśle mojej siostry, były kobietami, które żyły w jej myślach, ale nie w jej codzienności: Bénédicte unikała życia towarzyskiego, one były z innej epoki, niezmiennie życzliwe, jakby moja siostra znalazła sposób komunikowania się z bohaterami powieści, którą przeczytała i pokochała. Rozumie pan, o co mi chodzi? Podobnie było z jej życiem uczuciowym: ona raczej fantazjowała o popołudniach spędzanych za ciężkimi hotelowymi zasłonami, niż faktycznie spotykała się w sekrecie i nawiązywała intymne stosunki z mężczyznami. Pod wieloma względami moja bliźniaczka nie uczestniczyła w prawdziwym życiu.

Mówiła mi kilka razy o tym marzeniu, to nie była przelotna zachcianka, lecz szczere pragnienie, które ją podniecało. Powiadała: posłuchaj, Marie-Claire, spotkanie z kochankiem w pokoju odgrodzonym od świata, tak żeby nikt o tym nie wiedział, to takie poetyckie. Oczy jej błyszczały rozmarzeniem, kiedy to mówiła. Znał pan Bénédicte i zdumiewa to pana, prawda? Faktycznie może dziwić, bo była ostatnią osobą, którą można by podejrzewać o takie pragnienia, była przecież taka prawa, lojalna, rzetelna, szczera, tyle że wyobraźnię miała silniejszą od zasad. W dodatku pod koniec życia Bénédicte mi wyznała, że seksualnie Jean-François jest oziębły. Rzadko się kochali, jemu było głównie potrzebne tulenie się do niej w łóżku. Lepi się do mnie jak dziecko do matki i od czasu do czasu, kiedy go napadnie, bierze mnie, mówiła Bénédicte. Ale zazwyczaj nie ma w tym za grosz uczucia, czułości, zmysłowości, mówiła: to akt czysto seksualny, i to w wersji minimum. Wie pan, Éricu, to straszne, kiedy nie przeżywa się uniesień. Kobietę, która nie ma życia uczuciowego, wyczuwam natychmiast po skórze w czasie masażu. Moje dłonie zapamiętują skórę, czytają w niej jak w otwartej księdze, dużo rozumieją. Osobę, która nie zaznała uniesień, wyczuwam od razu. Trudno wytrzymać brak uniesień. Często stwierdzam to zwłaszcza u starszych klientek, nikt już nie pożąda kontaktów fizycznych z nimi, więc cierpią z tego powodu, pragną dotyku drugiego człowieka, chcą, żeby głaskano je po twarzy, rękach, plecach, ramionach. Żeby brano je za dłoń. Potrzeba dotykania jest potrzebą niezbędną dla życia. Spotykałam kobiety, które omdlewały po masażu. Masuję takiej długo ciało, czuję, że dzieje się z nią coś mocnego, i zaraz potem widzę, jak omdlewa, i płacze później, nie mogąc się pohamować, aż muszę odwołać następny zabieg. To kobiety niepocieszone, wyczuwam, że od lat nikt ich nie dotykał, a moje ręce jakby przywołują w nich wspomnienie własnego ciała i zarazem uświadamiają im, że ciało jest ważne, że w gruncie rzeczy to coś najwspanialszego.

Mówiłam swojej siostrze, kiedy opowiadała, że marzy o sekretnej randce z mężczyzną, mówiłam jej, Bénédicte, co stoi na przeszkodzie, żebyś wzięła sobie kochanka, skoro naprawdę tego chcesz? Nic z tego, odparła, faceci nawet na mnie już nie patrzą. Nie pociągam ich, moje ciało nie wzbudza w nich pożądania, przecież to widzę. Ale jeśli kiedyś nadarzy się okazja, nie zawaham się, to pewne.

Niestety, okazja się nie nadarzyła i Bénédicte umarła, zanim udało jej się zrealizować to marzenie.

Nie patrzą na ciebie, akurat! powiedziałam jej. Oczywiście, że na ciebie patrzą i że ich pociągasz, Bénédicte! Tylko że ty nie zauważasz tego! Oczywiście, że na ciebie patrzą, no co ty! Bénédicte, jeśli chcesz kochanka, nic prostszego, wystarczy, że wyciągniesz rękę, wierz mi! Nie widzisz, że faceci na ciebie patrzą, tylko dlatego, że nie wierzysz w siebie, ale patrzą na ciebie, to pewne! Éricu, kiedy patrzył na nią mężczyzna, któremu nie były obojętne jej powaby, ona po prostu nie była w stanie dostrzec jego pożądania i poddać się rytuałowi uwodzenia. Wykluczone. Mąż za mocno podkopał jej wiarę w siebie, by przetrwała w niej pewność, że nadal może się podobać mężczyznom. Nie, mylisz się, widzę przecież, że faceci nigdy nie patrzą na mnie, powiedziała mi tamtego dnia. Naprawdę to wiem, Marie-Claire! Gdyby mnie pożerali wzrokiem, wiedziałabym! Gdyby któryś chciał mnie na kochankę, dałby to do zrozumienia tak czy inaczej! Myliła się, rzecz jasna. Nie postrzegała już siebie zgodnie z rzeczywistością.

Odszedł mój klejnocik.

Drugiego raka zdiagnozowano u niej 14 marca: z licznymi przerzutami.

Trzy miesiące wcześniej, w grudniu, kiedy przyjechała na Wigilię do Condé-sur-Marne, zauważyłam, że ma ziemistą cerę, wypowiadała się w sposób pasujący do wyglądu, to znaczy w uproszczeniu, oględnie, jak osoba dopiero co przebudzona. Zapytałam, czy ma dobre wyniki badań, bo po raku piersi ciągle się bałam nawrotu. Odparła, że zakończyła właśnie wizyty u lekarzy, wszystko w porządku, badania nie wykazały nic nienormalnego, czuje się po prostu zmęczona po pierwszym trymestrze, dość długim i ciężkim. Zauważyłam w ciągu tych kilku dni, że rano, po przebudzeniu, pokasłuje. Niby nic takiego, trzy banalne kaślnięcia z samego rana, jak u kota, niemniej zaniepokoiło mnie to. Spytałam, co się dzieje, odpowiedziała, że to nic, w ciągu dnia w ogóle nie kasle, nawet nie mówiła o tym swoim lekarzom.

W lutym pojechali na pieszy rajd na półwyspie Cotentin. Jean-François stale chciał testować wytrzymałość żony, żeby jej dowieść, że jest w doskonałym zdrowiu w przeciwieństwie do tego, co utrzymywała. Zarzucał jej, że za dużą wagę przykłada do tego, co odczuwa w ciele, i że zawsze z tych odczuć wysnuwa katastroficzne wnioski. Jeśli coś ją bolało, zabierał ją na stadion i godzinami kazał jej chodzić dokoła, rzekomo dla utrzymania formy i wyrwania jej z urojonej choroby. No, pochodzimy sobie, to nam dobrze zrobi! Boli cię? To nic, przejdzie, wszystko wychodzi z głowy! Dalejże, wkładaj adidasy, idziemy, nie pieść się tak ze sobą, to nie do wytrzymania! Stale powtarzał slogan marki butów dla osób starszych, każąc jej stosować się do niego: marsz to życie! Kiedyś kilka lat wcześniej, w czasie jednego z takich forsownych marszów, zemdlała, przyjechała straż, zawiozła ją do szpitala: Bénédicte była o włos od zatoru płucnego z powodu zapalenia żył w obu nogach.

Mimo tego zdarzenia Jean-François nadal utrzymywał, że dolegliwości mojej siostry muszą mieć podłoże psychiczne – i że zaradzi im uprawianie forsownych ćwiczeń fizycznych, pomocne też będzie ignorowanie ich, taką miał teorię, stąd ta wyprawa na pieszy rajd na półwyspie Cotentin. Faktycznie od kilku miesięcy Bénédicte uskarżała się na silne bóle w plecach. Bo widzi pan, Éricu, często ludzie z rakiem mają bóle w plecach. Moja siostra czuła się zmęczona, była w złej formie, bolały ją plecy i nogi, stawy. Powiedziała mu, że nie czuje się na siłach iść na ten rajd, że nie da rady pokonać trasy, że ból w plecach jest naprawdę nie do zniesienia, ale jej mąż był nieugięty. Ależ dasz radę! Nie jesteś kaleką, nie odwołamy urlopu pod pretekstem, że jaśnie pani ma lekkie lumbago! Słowo daję, już nie mogę słuchać twoich skarg, mam wrażenie, że żyję z emerytką! Ach, bardzo, ale to bardzo seksowne mam życie z tobą! Siostra mówiła, że ma pewnie jakieś zapalenie nerwu udowego albo kulszowego i problemy ze stawami nóg, może na tle reumatycznym. Po drugim dniu rajdu poszła do lekarza, tak bardzo ją bolało, przepisał jej jakieś środki na nerwobóle i kazał iść do lekarza ogólnego po powrocie do Metzu, po feriach. Przeżywając istne męki, Bénédicte przez cały tydzień pokonywała trasę rajdu, chociaż z płaczem błagała, żeby ją zostawili. Ale jej mąż zaparł się jak osioł. Twierdził, że się zgrywa. Nawet Lola w końcu wzięła stronę ojca, oskarżając matkę, że psuje im ferie. W drodze powrotnej Jean-François dość gwałtownie zahamował, żeby nie przejechać psa przebiegającego przez drogę, a że moja siostra była delikatnej budowy, wydawało jej się, że pas bezpieczeństwa nadwerężył jej żebro, bo po tym incydencie naprawdę bardzo mocno ją bolało. Dwa dni później, w poniedziałek, miała dawno umówioną wizytę u specjalisty chorób naczyń, pokazała mu żebra, prosząc o opinię, i flebolog oświadczył, że nic jej nie dolega. Dziwne, bo naprawdę bardzo boli, odpowiedziała. Mam jeszcze coś takiego, nie wiem, co to jest, może pan obejrzeć? Od kilku tygodni na wysokości pępka poniżej bolących żeber miała narośl, którą się nie przejmowała, myślała, że to brodawka. Flebolog obmacał narośl i oznajmił: to mi się nie podoba, powinna pani pilnie skonsultować to w szpitalu. W szpitalu, do którego jeszcze tego dnia moja siostra się zgłosiła, zrobiono jej komplet badań i trzy czy cztery dni później okazało się, że ma nowotwór złośliwy z przerzutami do innych narządów. Przerzuty były wszędzie: do płuca, wątroby, kości, nadnerczy. W grudniu nikt nic nie zauważył. Lekarz nam powiedział, że rak u mojej siostry rozwinął się w piorunującym tempie, ale ja tak nie myślę: miała go już w grudniu, widziałam go po jej cerze, przeczuwałam po kaszlu. Nie dało się nic zrobić.

Bénédicte umarła dziesięć miesięcy później, 23 stycznia 2011 roku.

Jaka jest rzeczywistość w jej małżeństwie, odkryłam, gdy zaczęłam często u nich bywać, aby zajmować się siostrą, przychodziłam w piątki około trzynastej i spędzałam z nią całe popołudnie. Kiedy zobaczyłam, jak Jean-François odnosi się do niej w domu, zrozumiałam, jak to jest między nimi, a Bénédicte zaczęła mi się zwierzać.

Dla Jeana-François byłam istnym diabłem i zwalczał mnie bez ustanku. Od lat chciałyśmy wybrać się w podróż tylko we dwie, często rozmawiałyśmy o tym, miałyśmy różne pomysły, ale wyjazd nie dochodził do skutku, Bénédicte stale się wycofywała. Teraz mi wyjawiła, że on zawsze kategorycznie się temu sprzeciwiał, a ona nie śmiała mi tego powiedzieć, wolała brać to na siebie, twierdząc, że chwila jest nieodpowiednia a to z powodu jej żylaków, a to dodatkowego kredytu na samochód czy coś w tym guście. Wyznała mi to właśnie wtedy, gdy była bardzo chora i gdy widywałyśmy się nie jak zawsze dotąd w Condé-sur-Marne, lecz u nich w domu, gdzie wcześniej byłam może ze dwa, trzy razy. Uświadomiła mi, że celem jej męża w ostatnich latach było definitywne odsunięcie jej od bliźniaczej siostry: nie życzył sobie o mnie słyszeć. Nie chciał już spędzać weekendów w gospodarstwie naszych rodziców, nie chciał, żebyśmy się spotykały albo rozmawiały przez telefon codziennie rano i wieczorem, jak się utarło, tak że musiała żarliwie bronić tego terytorium, walczyć o nie przez te wszystkie lata, żeby nie zniknęło z jej życia, nie zostało wykreślone z mapy. Éricu, gdybyśmy byli rodziną wścibską, gdybym ja była siostrą krytycznie nastawioną, niesympatyczną albo natrętną, może bym zrozumiała, że Jean-François chce się trzymać na dystans i za wszelką cenę usunąć mnie z ich życia, tyle że myśmy nie jeździli do Metzu, zostawialiśmy ich w spokoju, nikt z nas nigdy nie pozwolił sobie na wątpliwości w odniesieniu do ich małżeństwa albo do samego Jeana-François. A on widocznie uznał, że w porównaniu z nim Bénédicte za bardzo mnie kocha.

Widocznie wyczuł, że jego żona darzy mnie miłością niezachwianą i bezwarunkową. Zdawał sobie sprawę, że jej miłość do niego nie jest ani niezachwiana, ani bezwarunkowa. Zazdrościł naszej rodzinie, że kochamy się tak naturalnie, radośnie, podczas gdy u niego w domu miłością zawsze obdzielano oszczędnie. Wyobraża pan sobie, jaki ten człowiek był niedojrzały? Przecież to dwa różne rodzaje miłości i nigdy ze sobą nie konkurują! Nie kładzie się na jednej szali miłości do siostry bliźniaczki, a na drugiej miłości do męża! Miłość do bliźniaczki nie może pomniejszać miłości do męża! No chyba że bliźniaczka sama nad tym pracuje i na szalach jednej wagi kładzie te dwie miłości, żeby zmusić siostrę do dokonania wyboru. Ale to nie był mój przypadek, bo przez całe ich małżeństwo, nawet pod koniec, kiedy z Jeana-François, o czym za chwilę opowiem, wylazła podłość i zwyrodniałość, nigdy nie oczerniałam tego człowieka przed siostrą, nigdy, przenigdy nie okazywałam mu wrogości, chociaż powinnam była w pewnej chwili go zniszczyć, tak, zniszczyć – i bardzo żałuję, że tego nie zrobiłam, szczerze to panu mówię. To człowiek tak niepewny siebie, mający tak niskie poczucie własnej wartości, świadomy swojej mierności do tego stopnia, że mnie, siostrę Bénédicte, traktował jak rywala. Ale najpewniej bał się, że za bardzo będę się wtrącała w ich życie małżeńskie i nie pozwolę mu dominować nad Bénédicte.

Kiedy się z nią żegnałam, ściskała mnie z płaczem. Zawsze. Na zakończenie każdej mojej wizyty płakała, że musi pozwolić mi na powrót do domu, do Reims.

Pod koniec powiedziała mi kiedyś w szpitalu: ty najbardziej będziesz cierpiała, gdy odejdę.

Logiczne: nie miałam dzieci, miałam tylko ją.

Ty najbardziej będziesz cierpiała. W domyśle: bardziej niż moja córka, bardziej niż mój syn, bardziej niż mój mąż. Nie miała złudzeń co do swojej rodziny, to znaczy co do dzieci i męża.

Moja siostra była dla mnie wszystkim. Była miłością mojego życia.

W głowie się nie mieści, jak bardzo ten człowiek zalewał jej sadła za skórę. Często myślałam, że nie da się już dalej posunąć w podłości i niegodziwości, tymczasem on co rusz robił kolejny krok, chociaż to były ostatnie miesiące życia Bénédicte.

Przyszłam do niej kiedyś i siostra mi powiedziała, że jest jej zimno. Ponieważ z trudem wiązali koniec z końcem, Jean-François nie włączył jeszcze centralnego, był koniec września, ale odsuwał tę chwilę, czekając, aż temperatura na zewnątrz dosłownie go zmusi do ogrzewania domu. Bénédicte, która całe dnie spędzała w pokoju bez ruchu, osłabiona po chemioterapii, poskarżyła mu się kilka razy na chłód, ale odpowiadał, że powinna się lepiej przykryć i zamykać drzwi pokoju, nie jest tak zimno, trzeba poczekać jeszcze parę dni. Tak mi zimno, Marie-Claire, powiedziała, dygoczę na okrągło, zrób coś, błagam. Ja też uważałam, że panuje tam ziąb, w ich domu były chłód i wilgoć, moja siostra miała raka z przerzutami, a mąż nie zgadzał się włączyć ogrzewania, temperatura w pokoju wynosiła najwyżej szesnaście, siedemnaście stopni. Bénédicte powiedziała, że boi się włączyć piec bez jego pozwolenia, wściekłby się po powrocie do domu, spytałam więc, czy nie możemy do niego zadzwonić, Bénédicte odparła, że lepiej nie, Jean-François i tak odmówi, w dodatku zdenerwuje się, że zawracamy mu tym głowę w pracy, na to ja obiecałam, że pomówię z nim wieczorem, a Bénédicte odrzekła, że to miło z mojej strony i będzie mi wdzięczna. Wieczorem jak najspokojniej wytłumaczyłam szwagrowi, że nie można zostawiać ciężko chorej na raka kobiety w lodowatym domu, że to nieludzkie, że ja też bardzo marzłam przez całe popołudnie. Nic nie odpowiedział, tylko poszedł włączyć centralne, z trzaskiem zamykając za sobą wszystkie drzwi po kolei, po czym wsiadł do samochodu i zniknął na dwie godziny, tak że musiałam zaczekać z powrotem do Reims, bo Bénédicte nie lubiła, kiedy jej mąż opuszczał dom w gniewie, zawsze się bała, że tym razem zostawi ją na dobre, ta myśl ją dręczyła. Tłumaczyłam jej, że nie ma obaw, Jean-François z pewnością jej nie zostawi, co więcej, postaramy się, żeby nie była sama, zajmiemy się nią, zamieszka z nami w Reims, naprawdę w jej sytuacji truć się czymś takim to głupota. Ale Jean-François miał na nią niewiarygodnie silny wpływ, zdołał tak mocno uzależnić ją uczuciowo od siebie, że swoim zachowaniem mógł w sposób absolutnie prymitywny działać na jej psychikę i stan umysłu, a więc również na stan fizyczny, zupełnie jakby naciskał odpowiednie klawisze na tablicy rozdzielczej wbudowanej w swoją pierś. Jeśli chciał ją nastraszyć i tym samym utemperować, wystarczyło, że zniknął na trzy godziny i nie odbierał komórki. Tak było na przykład w dniu, kiedy poszłyśmy na lunch do lokalu w Metzu, a potem pojechałyśmy samochodem do Luksemburga, gdzie Bénédicte chciała zwiedzić filharmonię (przepiękny gmach, o którym przeczytała artykuł w gazecie), wróciłyśmy około osiemnastej, a jej męża jeszcze nie było. Tego dnia nie pracował, czyli to musiał być wtorek, i postanowił odwiedzić dawnego kolegę mieszkającego niedaleko biura, w którym Jean-François miał załatwić jakieś papiery, powiedział żonie, że ma ochotę pojechać na rowerze i będzie z powrotem najpóźniej o siedemnastej. Bénédicte wpadła w panikę, kiedy stwierdziwszy, że jeszcze go nie ma, bezskutecznie zadzwoniła na jego komórkę, a potem wypytała dzieci, czy wiedzą coś o ojcu (nie, nic nie wiedziały). Chociaż było zimno, uparła się, żeby stanąć na rogu ich ulicy i ulicy, którą musiał przyjechać, chciała bowiem maksymalnie przybliżyć chwilę, kiedy dostrzeże go z daleka, na horyzoncie, i wreszcie będzie mogła odetchnąć: bała się, że miał jakiś wypadek. Po dwudziestu minutach czatowania na skrzyżowaniu, po dwudziestu minutach, w czasie których z rosnącym zdumieniem patrzyłam na niepokój mojej siostry, oświadczyłam, że musimy iść do domu, bo się przeziębi, ten dzień był długi, jutro może to przypłacić wielkim zmęczeniem, a powinna zachować siły na kolejną chemię w przyszłym tygodniu. Próbowałam ją pociągnąć za rękę. Ale Bénédicte się opierała, mówiła poczekaj, poczekajmy jeszcze chwilę, na pewno zaraz przyjedzie, wolę tu zaczekać, stąd zobaczymy go z daleka. I zapatrzona przed siebie, niemal ze łzami w oczach dodała: on to robi specjalnie, na pewno robi to specjalnie, żeby mnie nastraszyć, doskonale wie, że teraz łatwo mnie dotknąć, robiąc to, zaznacza swoją władzę nade mną, a ja nie mogę się bronić. Jak miałabym się bronić w tym stanie, skoro na głowie mam dom i dzieci? Gdy usłyszałam to od siostry, a przede wszystkim, gdy stwierdziłam, że jest świadoma, jaką mentalność ma Jean-François, jakie dziecięce zagrywki stosuje, i nie potrafi się przed nim bronić, pomyślałam, że naprawdę znalazła się w niebezpieczeństwie: sprawował nad nią pełnię władzy.

On podawał jej lekarstwa, on trzymał recepty i znał dawkowanie każdego z licznych preparatów, które musiała zażywać. Zdała się w tym całkowicie na niego. Rano, przed wyjściem do biura, stawiał na tacy dużą szklankę wody i wszystkie pigułki, które miała zażyć, i nie odstępował jej, póki na tacy nie została ani jedna tabletka. Powiedziałam jej, że robi błąd, tak bardzo się podporządkowując Jeanowi-François. On chce być niezbędny i całkowicie uzależnić cię od siebie, jego cel to doprowadzić do tego, abyś uwierzyła, że bez niego przepadniesz. Traktuje cię jak dziecko, Bénédicte. To, że podaje ci lekarstwa niemal do ust, zdejmuje z ciebie odpowiedzialność. A przecież jesteś panią swojego ciała, choroby, losu, całej siebie. Jeśli sama się zajmiesz swoimi lekarstwami, będzie to potwierdzeniem, że stawiasz czoło rakowi, że nie jesteś uległa ani podległa. Nie pozwól sobą zawładnąć ani chorobie, ani mężowi. Odzyskaj władzę nad jednym i drugim. Zażądaj od Jeana-François, żeby ci zwrócił recepty. Musisz odzyskać samodzielność, jesteś do niej w pełni zdolna. Powiedz mu jeszcze dzisiaj, że chcesz sama zajmować się swoimi lekarstwami.

W jeden piątek, gdy przyjechałam do nich, Bénédicte otworzyła mi drzwi i zaraz ostrzegła, że jej mąż szaleje ze złości z powodu szklanego stolika, który ich synek rozbił niechcący, upuściwszy na niego jakiś ciężki przedmiot. Jean-François nie tylko zbeształ mocno Arthura, który tymczasem wrócił do szkoły na popołudniowe lekcje, ale cały czas chodził i pomstował, Bénédicte zaś nie mogła zrozumieć, dlaczego tak bardzo się rozgniewał, skoro stolik nie miał żadnej wartości, nie grzeszył urodą, a w ogóle został kupiony w markecie przed laty, niedługo po ślubie. Bénédicte tego dnia nie czuła się dobrze, miała zawroty głowy i mdłości, bóle, tak że nie pojmowała, czemu Jean--François przykłada taką wagę do przedmiotu bezwartościowego, podczas gdy ona jest w znacznie gorszym stanie niż ten szkaradny szklany stolik – najwyraźniej jej stan nie wzbudzał w nim takiego gniewu. Zauważyłam, że moją siostrę to zasmuciło. W ciągu następnej półgodziny osobiście się przekonałam, jak bardzo Jeana-François rozjuszył ten śmieszny domowy incydent, na własne oczy stwierdziłam, że istotnie rzeczony stolik nie przedstawia żadnej wartości, aż w końcu mój szwagier, z uwagą śledzący arkusz w Excelu otwarty w komputerze, oznajmił naraz, że nic nie szkodzi, w sumie nie szkodzi, to nic takiego, za ten stolik zapłacił, o, tutaj ma zanotowane, tylko dwieście franków. Dwieście franków 8 stycznia 1998 roku, przecena w Conforamie, oznajmił z dumą, odwracając się do nas siedzących na kanapie w salonie. Znalazłem cenę zakupu, piękne, co? Ale was zażyłem, nie? Robi wrażenie, że ot tak, w dwadzieścia minut mogę znaleźć w komputerze kwotę zakupu stolika z dziewięćdziesiątego ósmego roku, prawda? Nie wiem czemu, ale wydawało mi się, że był droższy. Dwieście franków da się wytrzymać.

Gdy po trzeciej chemii Bénédicte straciła włosy, rzęsy i brwi, poprosiła Jeana-François, by pojeździł z nią po sklepach, bo chce sobie kupić perukę i sztuczne rzęsy, przybory do makijażu i turbany na głowę, ale kategorycznie odmówił, oświadczając, że ma śmieszne zachcianki, nie będzie się przebierała do wyjścia, i tak zresztą niedługo w ogóle nie będzie mogła wychodzić z domu, więc po co niepotrzebnie wydawać pieniądze, nie i już. Za pierwszym razem, kiedy miała raka piersi, praktycznie cały czas pracowała, zależało jej, by odbyć większość lekcji w szkole. Nie chciała nikomu o tym powiedzieć, nawet koleżanki, z którymi najlepiej się dogadywała, dały się przekonać, że to niegroźna choroba, acz wymagająca chemioterapii na tyle mocnej, by wypadły jej włosy (tak pewnie wszyscy sądzili, choć z niedowierzaniem), ale Bénédicte stale minimalizowała powagę swojego stanu i słowo rak nigdy nie padło ani z jej ust, ani z ust koleżanek, z Amélie włącznie. Wtedy jej mąż musiał się zgodzić na zakup peruki do złudzenia przypominającej włosy naturalne (tę perukę triumfalnie wyrzuciła do kosza, kiedy włosy odrosły) i na regularne wizyty u zawodowej makijażystki. Ponieważ za drugim razem jego żona nie była w stanie pracować, Jean-François poprzysiągł sobie, że więcej nie da się nabrać, to ją nauczy, że nie wyrzuca się do śmieci rzeczy wartościowych, kierując się czystą głupotą i przesądami. Gdybyś ją zachowała, jak radziłem, miałabyś teraz perukę jak znalazł, powtarzał, ilekroć poruszała ten temat. Bénédicte, jak pan wie, dbała o powierzchowność, lubiła ładne ubrania, miała parę sztuk, o które bardzo się troszczyła, chciała w określonych okolicznościach czuć się elegancka, dobrze ubrana. Jestem na przykład przekonana, że na te wasze dwa spotkania starannie przemyślała strój, że włożyła te swoje śliczne buty z cholewką, najlepszy żakiet, pierścionek po babci. Na pewno. Nawet kiedy zostało jej kilka miesięcy życia, istną zbrodnią było zmuszać wyłysiałą Bénédicte albo do leżenia w łóżku, albo do wychodzenia z gołą głową lub w czapce pod pretekstem, że wyrzuciła perukę noszoną, gdy leczyła raka piersi. Ogromnie jej zależało, by wychodząc z domu, miała świadomość, że nadal wygląda przyjemnie dla oka, ale nie nalegała, nie miała sił przeciwstawiać się mężowi, opowiedziała mi tylko o tym zdarzeniu jako o jednej z licznych szykan, którym ją poddawał. Niewiele myśląc, poprosiłam wtedy siostrę, żeby się ubrała, bo zabieram ją do miasta. Dokąd jedziemy? spytała. Chodź, szybko, kupię ci wszystkie peruki, wszystkie turbany, wszystkie kapelusze, które ci się spodobają, odparłam i pojechałyśmy do wyszukanego przez Internet sklepu oferującego ładne sztuczne włosy. Spędziłyśmy tam dwie godziny, Bénédicte postanowiła wykorzystać swoje nieszczęście, by zaspokoić od dawna chodzący za nią kaprys, którego dotąd nie miała odwagi zrealizować: sprawiła sobie rudą peruczkę w odcieniu miedzianym, krótko ściętą, znakomicie pasującą do bladości jej cery, wyglądała w niej jak naturalny rudzielec. Była uradowana, przeglądając się w lustrze, ubrana na czarno z tymi rudymi włosami, widok własnego odbicia rozświetlił jej uszczęśliwioną twarz, śmiałyśmy się ucieszone, spytała, czy moim zdaniem może sobie w tych okolicznościach pozwolić na rude włosy, odpowiedziałam jasne, Bénédicte, ależ tak, wyglądasz ślicznie, bardzo mi się podobasz! Później zabrałam ją jeszcze do jej ulubionego butiku przy rue Gambetta pod arkadami, gdzie podarowałam jej kapelusik w kształcie dzwonu inspirowany modą lat międzywojennych, naciągany głęboko na głowę, tak że zasłaniał cały kark. Kiedy wieczorem, promienna i dumna z zakupów, stanęła przed Jeanem-François jako śliczny rudzielec, spodziewając się komplementów w związku ze zmienioną powierzchownością, stwierdził, że to zakrawa na groteskę, że wyrzuciłyśmy w błoto pieniądze i czas, że energię powinnyśmy raczej zachować na sprawy ważniejsze od babskich zachcianek. Wyglądasz żałośnie w tej peruce, rzekł mojej siostrze. Myślisz, że choroba nie dość cię szpeci, że jeszcze sama się dokładasz, nosząc perukę starej lafiryndy? Ile to wszystko kosztowało? No? Ile kosztowało? zaczął wrzeszczeć. Ja za to płaciłam, to prezent ode mnie, wpadłam mu zaraz w słowo. Masz przynajmniej paragony? Zostaw je na stole w jadalni. Skoro mleko się rozlało, może chociaż da się załatwić zwrot z ubezpieczalni, dodał. Nie chcę występować o zwrot, powiedziałam. To prezent ode mnie dla siostry. A ja nie zamierzam robić prezentów ubezpieczalni: masz zostawić paragony, na pewno tego nie odpuszczę, wyciągnę z ubezpieczalni każdy grosz wydany przez tę cholerną chorobę, która rozwala mi życie, po czym wymaszerował do swojego pokoju, trzaskając drzwiami.

Cholerna choroba, która rozwala mi życie.

W któryś piątek przychodzę, dzwonię, on mi otwiera, chociaż zwykle otwierała mi siostra (on zawsze czekał w salonie, stojąc jak kołek, żebym wyraźnie czuła, czyje to terytorium), witamy się, pytam, gdzie jest Bénédicte, on na to, że leży w łóżku, pytam, czy dobrze się czuje, odpowiada, że tak, uskarża się co prawda, ale gdyby wierzyć we wszystkie skargi Bénédicte, zwłaszcza teraz, należałoby nie robić nic innego, tylko dzwonić po lekarzach i szpitalach. Idę do pokoju siostry, patrzę, a ona bledsza i chudsza niż zwykle, istny szkielet, zgaszona, ze ściągniętą twarzą. W ciągu tygodnia postarzała się o dziesięć lat. Nic mi nie powiedziała przez telefon. Siadam przy łóżku, biorę ją za rękę i całuję w czoło. Pytam, jak się ma, a ona odpowiada, że źle, bardzo źle. Pytam, co się dzieje. Wyjaśnia, że czuje się naprawdę parszywie, ciągle wymiotuje, ciężko znosi obecną chemię, nie rozumie dlaczego, dotąd nie najgorzej jej szło, ale teraz wydaje się jej, że ma ze sto lat, nie jest w stanie ustać na nogach, od dwóch dni nie może nic zjeść, wszystko zwraca. Co można zrobić? pytam. Chcę iść do szpitala, odpowiada. Już nie mogę, niech mi dadzą kroplówkę, umrę, jeśli tu zostanę, na pewno umrę, zrób coś, błagam. Jeśli chcesz iść do szpitala, nie ma sprawy, nie rozumiem, czemu mnie o to prosisz. A ona na to: bo Jean-François odmówił, chce, żebym była tutaj. Spoglądam na Bénédicte, głaszczę ją po czole: patrzy na mnie z błaganiem w oczach. Mąż nie pozwala ci iść do szpitala? Bénédicte słabo kręci głową. Mówiłaś mu, że chcesz iść do szpitala? Słabe potaknięcie głową. I odpowiedział, że się nie zgadza? Znów słabe potaknięcie głową i błagalne spojrzenie. Przez chwilę panuje cisza. Głaszczę ją po czole, policzkach. On mówi, że nic się nie dzieje, że niedługo się pozbieram, że to tylko skutki uboczne chemii. Mówi, że nie należy mylić skutków ubocznych chemii z wyniszczeniem organizmu przez chorobę. Według niego to, co teraz czuję, to nie choroba, tylko działanie substancji, które mają mnie wyleczyć. Ale Marie-Claire, źle się czuję, to przez chorobę, umrę, jeśli zostanę tu jeszcze przez noc, strasznie się boję, potrzebna mi fachowa pomoc lekarzy.

Całe szczęście, że przyjechałam tego dnia, inaczej zostawiłby ją w pokoju, żeby cierpiała, a naprawdę źle z nią było, może by się wtedy przekręciła, musiała pilnie znaleźć się w szpitalu.

Spędziła tam jedynie trzy dni, tyle, by odzyskać siły.

Ale niedługo już nie mogła być w domu, przyjęto ją do szpitala publicznego w Metzu i tam została do końca. Nikt nie był w stanie powiedzieć mniej więcej dokładnie, ile potrwa jej walka ze śmiercią. W dniu, kiedy Bénédicte zabrano do szpitala, mój mąż był z Jeanem--François, gdy naraz jego brat beznamiętnie zapytał onkologa, ile czasu jej zostało. Lekarz odparł, że trudno to ocenić, Bénédicte równie dobrze może umrzeć za dwa tygodnie, jak i za dwa miesiące. Do mojego szwagra pewnie dotarły tylko te dwa tygodnie, bo wyszedł z gabinetu bez słowa i udał się do pokoju Bénédicte, gdzie właśnie ją instalowano. W ogóle się do niej nie odezwał, nie zapytał, czy jazda karetką z domu przebiegła dobrze, poprosił jedynie pielęgniarzy, by dostawili łóżko w nogach łóżka jego żony, i pielęgniarze zaraz wyszli. Byłam tam wtedy. Bénédicte, wyraźnie przestraszona, zapytała go, dlaczego chcesz spać w nogach mojego łóżka, coś ty znowu wymyślił? To dlatego, że niedługo umrę, tak? Powiedzieli ci, że niedługo umrę, i dlatego chcesz spać w nogach mojego łóżka? O to chodzi, tak? Powiedzieli ci, że zostały mi dwa, trzy dni, tak? Nie chcę, żebyś tu spał, boję się, strasznie się boję, bo to znaczy, że niedługo umrę. Jean--François, proszę cię, błagam, wolę, żebyś wrócił do domu i zajął się dziećmi. Jean-François nic nie powiedział, wyszedł z pokoju, pielęgniarze wrócili z dostawką, którą dosunęli w nogach łóżka mojej siostry, a ona się nie odważyła polecić, żeby zabrali dodatkowe łóżko. Marie-Claire, błagam, zrób coś, nie pozwól mu spać tutaj, nie chcę, żeby tu siedział ze mną, potrzebuję być sama, przez niego będę się bała, nie wytrzymam tego. Kiedy Jean-François wrócił do pokoju, powiedziałam mu, że Bénédicte nie życzy sobie, by spał w nogach jej łóżka, oświadczyła to wyraźnie przed chwilą, potem jeszcze powtórzyła do mnie, nie życzy sobie tego, nie rozumiem, dlaczego on w tej sytuacji się upiera, powinien się zastosować do jej woli. Nie zrozumiałeś, Jean-François? Powiedziała ci, że nie chce cię tutaj. W odpowiedzi kazał mi się zająć własnymi sprawami, bo Bénédicte jest jego żoną i z tego tytułu on jak najbardziej ma prawo towarzyszyć jej w ostatnich chwilach. Naprawdę wygłosił te straszne słowa: towarzyszyć jej w ostatnich chwilach. Mówiąc, ścielił sobie łóżko, a ja ściskałam dłoń mojej siostry, która przymknęła powieki, w końcu wyszedł z pokoju i wtedy Bénédicte otworzyła oczy: zobaczyłam w nich rozpacz, bezdenną rozpacz, jakiej w życiu nie widziałam.

Przez półtora miesiąca Jean-François spędzał każdą noc na dostawce w nogach łóżka Bénédicte wbrew jej woli. Myślał, że to potrwa dwa tygodnie, i dlatego tak postanowił, tymczasem przez półtora miesiąca musiała co noc znosić jego obecność, chociaż tego nie chciała.

Jakieś dwa, trzy dni po przyjęciu do szpitala, widząc, że Jean-François nie tylko w nocy śpi na dostawce w nogach jej łóżka, lecz przychodzi także w dzień, zapytała, co się dzieje, że nie jest w banku. Już tam nie chodzę, odparł. Aha, nie chodzisz, a można wiedzieć dlaczego? Żeby być tutaj, wyjaśnił. Ale nie ma potrzeby, żebyś siedział tu w dzień, wystarczy, że na noc zostajesz, odwiedza mnie rodzina, nie jestem sama, nie musisz tak się poświęcać. Nie poświęcam się, załatwiłem sobie zwolnienie lekarskie. Zwolnienie lekarskie? powtórzyła Bénédicte. Tak, nie myślisz chyba, że wykorzystam cały urlop na przesiadywanie przy chorej żonie? Załatwiłem sobie zwolnienie, żeby nie roztrwonić urlopu, musiałem tak zrobić, bo przecież wolne będzie mi potrzebne. Jestem wstrząśnięta, powiedziała moja siostra. Albo nie przychodź tu w dzień i pracuj normalnie, albo jeśli już chcesz przychodzić, miej na tyle przyzwoitości, żeby robić to w ramach urlopu. Mówiła z wielkim trudem, cicho, ciężko dyszała, gardło miała ściśnięte, po tych słowach, pamiętam, dostała długiego napadu kaszlu. Na to Jean-François rzekł: to tak mi dziękujesz za to, że opiekuję się tobą? A Bénédicte odpowiedziała powoli, oszczędzając siły, odzyskawszy oddech, lecz głosem ledwie słyszalnym: o nic cię nie prosiłam, jestem zestresowana, kiedy bez przerwy siedzisz mi na karku, lepiej wracaj do pracy i nie naciągaj ubezpieczalni na koszty fałszywymi zwolnieniami, to mi przyniesie pecha, i wtedy Jean-François wściekł się i wypadł z pokoju, z rozmachem otworzywszy drzwi. Miały się za nim z hukiem zatrzasnąć, miały jednak zamontowany spowalniacz, więc jego gwałtowny gest przemieniły w delikatne westchnienie, po czym zamknęły się powoli, cicho, jakby dyskretnie szeptały Jeanowi-François: ciii, uspokój się, to nie miejsce na takie sceny.

W mojej siostrze własny mąż budził strach.

Nocą powtarzał jej, że wkrótce umrze.

Wiedziała, że umrze, nie musiał jej tego przypominać, kiedy wydawało się, że na chwilę o tym zapomniała. Nigdy tak nie okłamywałam siostry jak w tamtym okresie, mówiłam jej, że wyjdzie z tego, opowiadałam o podróżach, które razem odbędziemy, kiedy wyzdrowieje, mówiłam, że musi walczyć, że gra jest warta świeczki. No, odwagi, zobaczysz, wyjdziesz z tego, wreszcie pojedziemy we dwie na Madagaskar, tylko ty i ja, tak jak zawsze sobie obiecywałyśmy! Zobacz, idziesz, możesz sama pójść do toalety, będzie dobrze, Bénédicte, na pewno wyzdrowiejesz!

Oczy jej błyszczały. Nie było z nią dobrze, ale w bladej twarzy jej oczy jarzyły się nadzieją. Widziałam, że mi wierzy i że chce mieć w głowie właśnie to, a nie myśleć o rychłej pewnej śmierci.

Jednego dnia stałam razem z bratem i starszą siostrą na korytarzu przed pokojem Bénédicte, nagle drzwi się otworzyły i wypadł Jean-François z krzykiem: ona już nie ma nawet świadomości, że niedługo umrze!

Oniemiałam.

Z pokoju wyszła także córka Bénédicte i potwierdziła to ze zdziwieniem i ubolewaniem.

No tak, ale numer, ona już nie ma nawet świadomości, że niedługo umrze! powtórzyła, kręcąc głową, obie dłonie przyciskając do skroni, tonem osoby, która pragnie, by słuchacze zaczęli podzielać jej oburzenie.

Sądząc po tonie, jakim to powiedziała, ewidentnie mówiła o mojej siostrze jako o nieodpowiedzialnej osobie niespełna rozumu.

Zatkało nas wszystkich.

Patrzyłam na Lolę, nie posiadając się ze zdumienia.

Oboje powiedzieli to z naciskiem na oburzającą niestosowność zachowania Bénédicte wobec nich, jak gdyby przez to, że nie chciała im się pokazać jako kobieta, która szykuje się godnie, dzielnie przekroczyć próg śmierci, gotowa pożegnać się z nimi tak, by mogli tę chwilę zachować w pamięci jako piękny, podniosły moment wzruszenia, stawała się winna jakiegoś poważnego uchybienia wobec swoich obowiązków matki i żony – po czym dopadli do przechodzącego tamtędy lekarza, aby i przed nim wyrazić zdziwienie, że Bénédicte nie ma już świadomości, iż niedługo umrze.

Właśnie mówiła nam o dniu, kiedy wróci do domu! Ona myśli, że wkrótce wyjdzie ze szpitala! mówił do lekarza zdumiony Jean-François.

Powiedziała nawet, że przemaluje swój pokój na niebiesko!!! wtórowała mu Lola z oczami jak spodki, nie mogąc się otrząsnąć z szoku. Co się dzieje?

Lekarz wyjaśnił im, że chorzy, dzięki Bogu, często wypierają ze świadomości, iż niebawem umrą, i należy ich wolę uszanować.

Jak już panu wspominałam, Jean-François pragnął, aby Bénédicte powiedziała swoim dzieciom to, czego jemu ojciec nie powiedział na łożu śmierci. A ona z uporem odmawiała.

Jean-François godzinami chodził w tę i we w tę po szpitalnym pokoiku.

Powiedziano mu, że to potrwa dwa tygodnie, a tu już mijał miesiąc, nie rozumiał, był tam codziennie i chodził, jego żona nie umierała, taka sytuacja była dla niego niepojęta.

Chodził i chodził, i chodził, i chodził, i chodził, i chodził, i chodził.

Czekał.

Czas upływał mu na czekaniu.

Męczył Bénédicte tym swoim chodzeniem godzinami w nogach łóżka.

Już nie mogę, powiedz mu, żeby sobie poszedł i dał mi spokój, mówiła mi Bénédicte z płaczem, kiedy przychodziłam i Jean-François opuszczał pokój bez słowa, nie cmoknąwszy nawet żony. Nie chcę go więcej widzieć, cały czas tylko chodzi w nogach łóżka, strach mnie ogarnia, zdaje mi się, że krąży po peronie dworca, czekając na spóźniony pociąg, który nie przyjeżdża. Znam go, właśnie tak się zachowuje, kiedy się niecierpliwi i denerwuje daremnym czekaniem. To okropne. Błagam cię. Zrób coś.

Nie widziałam Jeana-François gdzie indziej, tylko w nogach łóżka mojej siostry – albo chodził tam i z powrotem, albo siedział w fotelu z kubkiem kawy, nigdy go nie zobaczyłam blisko niej, obok.

Czekał. Jak ktoś, kto zasiadł na brzegu twarzą do morza i wypatruje statku na horyzoncie.

Chciał być tym, który będzie mógł powiedzieć, że uchwycił ostatnią chwilę. Nie ścierpiałby, gdyby nie on ostatni widział ją żywą, gdyby nie na niego padło jej ostatnie spojrzenie, gdyby może nawet niespodzianie nie usłyszał jej ostatniego tchnienia, aby móc się potem tym przechwalać i poczytywać sobie za zwycięstwo bądź przewagę nad nami albo przeciwko nam.

Jak zawsze liczyły się dla niego pozory. Chciał dowieść personelowi szpitala, a także nam, rodzinie Bénédicte, że kocha żonę, że są przykładnym małżeństwem, że we czwórkę będą stanowili jedno aż do ostatniej chwili, do ostatniego tchnienia mojej siostry, czy nam się to podoba czy nie.

Dzieci stały w nogach łóżka i z daleka patrzyły na matkę, poza tym nic nie robiły. Sztywność tej grupki osób przywodziła mi na myśl flamandzki obraz, scenę, w której zmarły leży na łóżku z gromnicą, bliscy go otaczają, nastrój był podobny, grobowy i drętwy, ponury, wyzuty z uczuć. Nie było w tym żadnych emocji, niczego. Nasze pożegnania z Bénédicte zawsze były straszne, płakaliśmy, ona nas ściskała, także płacząc, za to z jej mężem i dziećmi było odwrotnie, nikt nie wykonywał żadnego gestu, nic się nie działo. Lola zawsze stała oparta o ścianę w głębi i czekała na koniec wizyty, ze znudzoną miną żując gumę, albo przywierała do ojca i czule trzymała go za rękę, jakby dodawała mu otuchy w ciężkich chwilach, które przypadły mu w udziale, biedakowi, tylko patrzyć – wdowcowi. Wspierała ojca, zamiast być przy matce i ją krzepić. Jakby był najnieszczęśliwszym z ludzi, gdy tymczasem czekał tylko na jedno: abyśmy przyszli i zmienili go, wtedy bowiem będzie mógł się zająć przygotowaniem pochówku. Ostentacyjnie połączeni, zjednoczeni, solidarni razem, ojciec i córka naprzeciwko Bénédicte konającej samotnie na łóżku.

Jean-François zdobył uczucie dzieci ze szkodą dla mojej siostry. Dzieciom nie ciążyła ojcowska władza, ciążyła im jedynie władza matki. W ich domu od lat

Bénédicte pełniła rolę głowy rodziny, ona zaprowadzała porządek, rozdzielała obowiązki, posyłała dzieci do łóżka, decydowała o wyjściach, wytyczała cele i groziła. Jean-François zostawiał dla siebie rolę tego lepszego, a ją określał mianem despotki. Toteż śmierć mojej siostry oznaczała poniekąd koniec despotyzmu. Nie przeczę, że Bénédicte zawsze miała w sobie trochę surowości, ale ta cecha wzmocniła się z czasem, ponieważ Jean-François wymagał, żeby dom był czysty, prowadzony racjonalnie, żeby dzieci były dobrze ułożone i przynosiły ze szkoły najlepsze oceny, toteż moja siostra zadawała sobie wiele trudu, by stanąć na wysokości zadania, poświęcała się dzieciom, walczyła z negatywnymi skutkami okresu dojrzewania u córki uczęszczającej do gimnazjum, była tym coraz bardziej zmęczona i przez to coraz surowsza. Kiedy zachorowała na pierwszego raka, to ponieważ siedziała w domu, a ich przychody nie wystarczały na dopięcie domowego budżetu, Jean-François podziękował gosposi i później już nigdy jej nie zatrudnił, nawet kiedy Bénédicte drugi raz zachorowała: w trakcie chemioterapii, osłabiona, musiała sprzątać, prasować. Moja siostra w końcu znienawidziła córkę, pod koniec jej życia nienawidziły się nawzajem, a powodem było właśnie to, że Bénédicte dużo dawała Loli, która nie odpłacała jej grzecznością, minimum posłuszeństwa ani dobrymi ocenami, lecz z rozmysłem, buntując się, wyrastała na przeciwieństwo osoby, na jaką matka pragnęła ją wychować. Lola rozwijała się w opozycji do matki, chlebem powszednim były dla niej konflikty i wymówki, w pełni natomiast akceptowała wartości ojca, którego uwielbiała, i to je oddaliło od siebie, tak że ostatecznie zrodziła się między nimi wrogość. Stosunki Loli z matką zepsuły się, kiedy Lola miała swojego pierwszego chłopaka, bardzo młodo, w wieku około trzynastu lat. Wszystko naraz zwaliło się mojej siostrze na głowę:

pierwszy rak, który wysysał z niej siły, i problemy z dorastającą Lolą, która przestała się uczyć, bo miała chłopaka. Bénédicte uważała, że jej córka jest za młoda na oficjalnego narzeczonego, dla którego najwyraźniej poświęcała swoją przyszłość. Chciała brać tabletki antykoncepcyjne, a Bénédicte uznała, że to za wcześnie. I stąd wziął się konflikt. Lola chciała stale gdzieś chodzić i miała pretensje, że matka ją krótko trzyma. Między nami mówiąc, Bénédicte przesadzała z tymi problemami, bo w rzeczywistości oceny Loli nie były takie złe, może trochę gorsze niż wcześniej, a teraz, gdy jej matka nie żyje, zdaje się, że dziewczyna umyśliła sobie, że będzie się starała o przyjęcie do Wyższej Szkoły Handlowej w Paryżu, żeby potem pracować w branży dóbr luksusowych. Bénédicte nie mogła patrzyć, jak Lola staje się taka jak Jean-François, jak ślepo go naśladuje i przejmuje jego stosunek do rzeczywistości, odrzuca literaturę, a gloryfikuje awans społeczny, zewnętrzne oznaki bogactwa, błyskotki, pozory, przystojnych facetów, amerykańskie kino i sportowe samochody. Po Arthurze za to wszystko spływało i było to równie męczące, zwłaszcza że naturę miał diametralnie różną od siostry. Chłopak był nieporządny, nieuważny, o zmiennym usposobieniu i nieposłuszny, co Jean-François wiecznie wyrzucał żonie: mówił, że przez nią ich syn tak źle się zachowuje. A dziecko było na granicy depresji, jakby atmosfera w rodzinie mu ciążyła. Ten dom pod każdym względem był toksyczny, co Arthur odczuwał szczególnie mocno – i odgrywał się na otoczeniu krnąbrnością, był nadwrażliwy. Éricu, tak samo jak pan nie potrafię pojąć, że można przestać kochać własne dzieci, trudno mi zrozumieć, że miłość, jaką się darzy swoje dzieci, nie jest bezwarunkowa. Należy jednak przyjąć, że Bénédicte była tak radykalną idealistką, że nie mogła bez uszczerbku pokonać zagrożenia tego rodzaju: patrzyć, jak własna córka z pogardą, a wręcz z pewną formą skrywanej agresji, zauważalnej w stylu ubioru, makijażu i zachowania, za wszelką cenę stara się w niczym nie przypominać matki.

Kiedyś, gdy Bénédicte już chorowała, ale jeszcze była w domu, widziałam, jak Arthur przytulił się do niej, obejmując ją w pasie, a ona stała ze zwieszonymi rękami. Nie otoczyła go ramionami, co wydało mi się dziwne. Była już bardzo chora, moim zdaniem całą uwagę poświęcała chorobie. Powiedziała mi jednego dnia: jeśli wiesz, że umrzesz niedługo, ludzie przestają się liczyć, oddalasz się od nich, oddalasz się powolutku. Nawet od dzieci, tak myślę, Éricu. W obliczu śmierci człowiek jest sam. Odsuwa się od wszystkiego. Może tak właśnie stało się z jej dziećmi.

Przyszedł czas, że nie mogła jeść, nie mogła chodzić, wkrótce nie mogła nawet mówić, a Jean-François co wieczór przyprowadzał do niej dzieci, jakby narzucał im taki obowiązek, wizyty trwały za długo, ciągnęły się strasznie, dzieci się nudziły, Bénédicte było przykro, że dzieci ją taką oglądają, słabą, konającą. Wolałaby inaczej się z nimi spotykać, rzadziej i na krócej, za to w lepszej formie, lecz mąż poczytywał sobie za obowiązek codziennie na długo narzucać jej obecność dzieci. Na pewno nie bardzo miały ochotę każdego dnia oglądać matkę w tym stanie, to jednak bardzo degradująca choroba. Ponieważ jednak na nim, człowieku tak nieczułym, widok agonii Bénédicte nie wywierał żadnego wrażenia, wyobrażał sobie pewnie, że wszyscy tak samo będą reagowali. Nigdy nie zauważyłam w nim przejęcia podupadaniem mojej siostry, ani kiedy cierpiała, ani kiedy była w rozpaczy w obliczu rychłego odejścia. Zawsze był taki sam, identyczny, niezmienny, równy jak kreska.

Według mnie to było z jego strony typowe porzucenie: chociaż prawie nie wychodził z pokoju mojej siostry, porzucił ją, to było porzucenie. Że była sama, to za mało powiedziane: ona była sama z próżnią. Mąż był przy niej, ale jakby go nie było. Ten człowiek włókł za sobą pustkę nie do wypełnienia i właśnie ta pustka w nim przerażała moją siostrę. Bénédicte czuła wyraźnie, że nie ma żadnej substancji, żadnej treści ani emocji w fizycznej obecności męża, toteż bała się, jego nieczuła obecność była jakby zapowiedzią tego, co ją czekało, tylko jej przypominała, że wkrótce umrze.

Mam wśród klientów osoby o pustym wnętrzu, wyczuwam to, kiedy masuję, bardzo ciężko mi się nimi zajmować, bywa, że po ich wyjściu robi mi się tak słabo, że muszę się położyć albo nawet iść do domu. Bo ja przejmuję wszystko, i dobrą energię, i złą. Jednej klientki już nigdy nie będę masowała, po takim masażu przez dwa tygodnie dochodzę do siebie. To nie do wytrzymania, ci ludzie jakby czerpali ze mnie energię, żeby się wypełnić.

Pod koniec Bénédicte praktycznie nie mówiła, rzucała tylko pojedyncze słowa, strzępki zdań, szeptała. Mimo to Jean-François przysyłał mi czasem z rana esemesa z informacją, że całą noc gadali. Zwykle co rano powiadamiał nas esemesem o stanie Bénédicte, a żeby dowieść, że ich relacje są dużo serdeczniejsze, milsze, pełniejsze zaufania i donioślejsze, niż nam się wydaje, przysyłał wiadomość takiej treści: „Bardzo dobra noc Bénédicte. Gadaliśmy do rana", a myśmy przecież wiedzieli, że ona umiera, jest u kresu sił, nie jest w stanie nawet się napić, co nie przeszkadzało Jeanowi-François wmawiać nam, że w nocy, kiedy są sami, pod wpływem ich miłości dzieją się cuda godne opowiadań Villiersa de L'Isle-Adam, cuda pozwalające Bénédicte rozmawiać przez całą noc. Siostra nigdy ci tego nie wyznała ze strachu, że to ci się nie spodoba, ale jej jedyną prawdziwą miłością jestem ja, zdawały się mówić te kretyńskie esemesy, które mi przysyłał, zbrodniczo naiwne w tych okolicznościach.

Była taka słaba, że lekarze postanowili sprawdzić, w jakim stanie jest jej serce. Zawiozłam Bénédicte na wózku inwalidzkim do sali, gdzie miało się odbyć badanie. Ja mam w swoim salonie kozetkę elektryczną, którą można podwyższać i obniżać, a kardiolog miał stół o stałej wysokości i czekał, żeby Bénédicte się na nim położyła, ani przez myśl mu nie przeszło, żeby jej pomóc. Patrzył tylko na mnie z miną: no na co pani czeka? Jestem wprawdzie silna, lecz nie na tyle, żeby udźwignąć osobę dorosłą, choćby i wychudzoną, i położyć na stole normalnej wysokości. Przysięgam, Éricu, że podniosłam siostrę, trzymałam piórko w ramionach. Nie do wiary. Popatrzyłyśmy sobie w oczy, zrozumiałam, że pyta: jak ci się udało mnie udźwignąć? Bałam się, że ją urażam, bo bolało ją wszystko, wszystkie kości, zapytałam nie sprawiam ci bólu, odpowiedziała nie, przeniosłam ją na wysoki stół i położyłam delikatnie, nie wiem, jak to zrobiłam, tak bardzo mi na tym zależało, że Bénédicte w moich ramionach nic nie ważyła, istny cud. Leżąc na tym wysokim stole, znowu na mnie popatrzyła, wzrokiem mówiąc Marie-Claire, jak tyś to zrobiła? Nie wiem. Nie wiem, jak to zrobiłam. Trzeba było i tyle, więc moje ciało odpowiedziało na tę konieczność, uruchamiając nieoczekiwane pokłady sił.

Bénédicte była świadoma wszystkiego, co się wokół niej działo, cierpiała na ciele, duchu i sercu. Czasami grube łzy spływały jej po policzkach, takich bladych i wpadniętych, że z trudem poznawaliśmy jej kochaną twarz. Zwracała oczy w moją stronę, ale nie widziała mnie, jej spojrzenie już spowijała mgła bliskiej śmierci. Mimo to uśmiechała się do mnie.

Co wieczór do mnie dzwoniła.

Umieram, dajesz wiarę?

Ależ nie umierasz, no co ty? Bénédicte, co ty wygadujesz, oczywiście, że nie umierasz!

Dobra, niech ci będzie, odpowiadała, jakby potrzebowała tych krzepiących słów, żeby zasnąć. To do jutra, dodawała z naciskiem, zupełnie jak dziecko, które potrzebuje usłyszeć „do jutra", by odpędzić strach przed nocą. Do jutra, skarbuniu. Do jutra, Bénédicte.

Do jutra, Marie-Claire, śpij dobrze, do jutra, dzięki, odpowiadała cichutko, dysząc ciężko, czasami robiąc długie pauzy między słowami, po czym wolniutko się rozłączała jak leciwa staruszka.

A potem nadszedł ten straszny dzień, który tylko dla mnie był jutrem: moja bliźniacza siostra umarła w nocy, o piątej czterdzieści pięć.

Powiadomiła mnie nasza starsza siostra, dzwoniąc o ósmej.

Natychmiast pojechałam do Metzu i spędziłam kilka godzin przy Bénédicte.

Nie wyglądało na to, że cierpiała przed śmiercią, twarz miała pogodną, jedną powiekę niezupełnie zamkniętą. Patrząc na jej buzię, pomyślałam, że chciała dać nam do zrozumienia, że nie straci nas z oczu, że możemy liczyć na nią – będzie miała oko na nas wszystkich, będzie czuwała, żeby nic nam się nie stało. Pewnie do samego końca, mimo bólu, nie mogła się zdecydować na odejście i właściwie była martwa, gdy jej prawe oko nadal rejestrowało życie dokoła i sondowało ciemność szpitalnego pokoju, lewe natomiast się zamknęło i przeniosło w łagodne objęcia śmierci, w niej zaś nie było już dość życia, aby uchylone prawe, ciekawe do ostatniej chwili, całkowicie zamknąć.

Opłakiwałam swoją bliźniaczą siostrę i całowałam ją po twarzy, gładziłam po rękach, szeptałam jej na ucho, szlochając. Byli ze mną brat i starsza siostra, wspieraliśmy się nawzajem. Jean-François opuścił pokój razem ze swoimi dziećmi, kiedy myśmy przyszli, zostawiając nas samych z siostrą.

W pewnej chwili wyszliśmy ze szpitala, by zadzwonić do mamy do Condé-sur-Marne. Jeździła na wózku po udarze mózgu, którego doznała trzy tygodnie wcześniej, i ku swej wielkiej rozpaczy nie mogła towarzyszyć nam do Metzu, aby po raz ostatni odwiedzić Bénédicte. Przed szpitalem po kolei rozmawialiśmy z nią przez komórkę brata, próbując ją pocieszyć i opowiadając o Bénédicte, opisując ją na łożu śmierci, kreśląc jej piękny pośmiertny portret – przed mamą, osobą głęboko wierzącą. Płakała, my płakaliśmy razem z nią, była niepocieszona. W trakcie tej rozmowy z mamą Jean-François, widząc, że wyszliśmy z pokoju, polecił przewieźć moją siostrę do kostnicy – nie uprzedził nas, nie miał nawet tyle delikatności, by spytać, czy nie chcemy jeszcze z nią pobyć. Toteż kiedy wróciliśmy na górę, zobaczyłam, że drzwi windy zamykają się za łóżkiem, na którym ją wywożono, w szparze zasuwających się skrzydeł dostrzegłam jeszcze stopy Bénédicte, rzuciłam się w tamtą stronę, lecz drzwi już się zatrzasnęły i kabina ruszyła w dół. Oparłam czoło o metalowe drzwi windy i płakałam, tak strasznie płakałam, byłam zdruzgotana, niewiarygodnie obolała, stałam załamana, ledwie żywa, oparta o zimne metalowe drzwi windy, pragnąc umrzeć.

Trochę później, gdy nieco doszłam do siebie po zażyciu xanaxu, który dała mi siostra, wróciłam do pokoju Bénédicte po swoją kurtkę i wtedy akurat w towarzystwie dzieci zjawił się tam Jean-François, chłodny, nieporuszony, zaopatrzony w duży foliowy worek na śmiecie. Żadne z dzieci nie płakało ani nie wyglądało na przejęte. I zobaczyliśmy, jak nasz szwagier opróżnia półki, w pośpiechu zrzucając na podłogę wszystkie rzeczy Bénédicte, jakby coś go goniło i musiał jak najszybciej zwolnić pokój. Te rzeczy, skoro ich właścicielki już nie było, nie zasługiwały na żadne względy. Widzieliśmy... trudno w to uwierzyć, ale tak właśnie to się odbyło... widzieliśmy, jak na podłogę leci jej sukienka, kurtka, spódnica, spodnie, T-shirty i bielizna, Jean-François wykonywał nerwowe nieskoordynowane ruchy, jakby liczył sztuki odzieży ciskane na podłogę, zachowywał się nad wyraz pragmatycznie. Tym nas dobił, ale byliśmy tacy smutni i przygnębieni, że nikt nie zareagował. Bo chyba jedyną reakcją na to, co robił, byłoby zamordowanie go gołymi rękami: gdybyśmy interweniowali, zapewne straciłby życie w tym pokoju, może jakimś wazonem roztrzaskalibyśmy mu głowę, dlatego tkwiliśmy bez ruchu. Potem w pośpiechu powrzucał do dużego worka na śmiecie gazety i czasopisma ułożone na stole, wszystkie papiery, napoczęte paczki ciastek, butelki z wodą, bukiety kwiatów i rośliny w doniczkach, rzeczy przyniesione przez różnych ludzi. Wszystko musiało zniknąć, jakby każda rzecz była skażona śmiercią mojej siostry, nie nadawała się zatem do użytku w jego zdrowej rzeczywistości. Nie tylko bukiet pączków róż, ale także nieotwarta paczka granoli, którą dzieci przyniosły niedawno – nigdy nie zapomnę tej paczki granoli wrzuconej z odrazą przez jej męża do dużego worka na śmiecie, jakby śmierć żony uczyniła płatki śniadaniowe niejadalnymi. Po czym wszedł do łazienki, powrzucał do dużego worka na śmiecie szczoteczkę do zębów mojej siostry, jej mleczko do twarzy, waciki, kremy, kosmetyczkę, przybory do makijażu, wszystko kilkoma pospiesznymi ruchami władował do dużego worka na śmiecie, teraz już wypełnionego. Patrzyliśmy następnie, jak otwiera torbę podróżną Bénédicte i pakuje do niej, nie składając, ubrania wcześniej ciśnięte na podłogę, powrzucał je niczym jakieś odpadki, jednym ruchem zaciągnął suwak i powiedział do dzieci, no, dzieci, idziemy, i wyszedł, nie spojrzawszy na żadne z nas, zabierając torbę podróżną Bénédicte i duży worek na śmiecie całkowicie teraz wypełniony, dzieci nadal nie uroniły ani łezki, nie okazywały też żadnego smutku ani przygnębienia.

Wysprzątanie pokoju zajęło mu nie więcej jak cztery minuty.

Podeszłam do okna i popatrzyłam na niebo, krajobraz, pola i lasek górujący nad szpitalem, łzy płynęły mi ciurkiem po policzkach, zagryzałam wargi, żeby jakoś wytrzymać, przeleciał ptak, który mi uświadomił, że dla mnie rzeczywistość nigdy już nie będzie taka sama, że stała mi się obca, ten ptak był zupełnie bez sensu – a może ja byłam bez sensu, może odtąd dla siebie będę takim absurdalnym anonimowym ptakiem. Wtedy zauważyłam na parkingu Jeana-François z dziećmi, duży worek na śmiecie wrzucił do kontenera na odpadki i zaraz takim samym ruchem torbę podróżną Bénédicte do bagażnika swojego samochodu, po czym wsiadł za kierownicę i ruszył z Lolą na przednim fotelu, Arthurem z tyłu za siostrą. Nigdy nie widziałam, żeby ktoś jechał samochodem tak nieudolnie, po chamsku i prymitywnie. Wycofał na krótkim łuku, ruszył do przodu i zahamował, bo inne auto wyjeżdżało tyłem z miejsca parkingowego. Jean-François zatrąbił, ostrzegając, że przejeżdża, ominął tamten samochód, nie przepuściwszy go, następnie dodał gazu i raz-dwa zniknął mi z pola widzenia, jakby uciekał z kadru, z kadru mojego wzroku, z kadru mojego sumienia, mojej miłości do Bénédicte, gdzie nie było miejsca dla nas dwojga.

Moja siostra umarła w niedzielę, tego samego dnia jeszcze przed południem została przewieziona do kostnicy, gdzie miano ją przygotować.

Kiedy w poniedziałek rano przyjechałam do kostnicy, Bénédicte nadal leżała w krótkiej koszuli nocnej i nie miała żadnej biżuterii: skradziono ją.

Nie była przygotowana, nie była ubrana, nie zrobiono nic, aby poprawić jej wygląd. Nikt jej nawet nie tknął, ogarnęła mnie zgroza, bo to tak wyglądało, jakby zapomniano o niej w szufladzie chłodni.

Jak to możliwe? pomyślałam.

Poleciałam do zakładu pogrzebowego, który mieścił się naprzeciwko, i zapytałam, dlaczego pani Ombredanne nie jest ubrana.

Nie rozumiem, co tu się dzieje? Zdaje sobie pani sprawę, że niedługo zaczną do niej przychodzić ludzie, a ona nie nadaje się do oglądania? powiedziałam w zakładzie pogrzebowym do kobiety, która mnie przyjęła.

Ach, proszę zapytać jej męża, nie przyniósł nam jeszcze ubrania, odparła kobieta z zakładu pogrzebowego.

Wyszłam stamtąd i wybrałam na komórce numer Jeana-François, lecz odrzucił połączenie po dwóch sygnałach. Posłałam mu esemesa z prośbą, by dostarczył ubranie dla Bénédicte, nie może leżeć w koszuli nocnej, w której umarła.

Pogrzeb mojej siostry miał się odbyć w piątek.

Nazajutrz, we wtorek, przychodzę i spotykam Jeana-François przed zakładem pogrzebowym, gdzie odebrał nekrologi. Mówię mu, że jak się domyślam, był u Bénédicte w kostnicy, a on na to, że wcale nie, zobaczę ją dopiero w dniu, kiedy będzie składana do trumny, w piątek. Dla mnie było zrozumiałe samo przez się, że skoro natknęłam się na niego przed zakładem pogrzebowym, znaczy, że dostarczył ubranie dla Bénédicte, żeby wreszcie można ją przygotować.

Następnego dnia po południu, we środę, jakież było moje zdumienie, kiedy stwierdziłam, że Bénédicte nadal nie jest ubrana.

We czwartek wczesnym popołudniem ciągle nie była przygotowana, a przecież pogrzeb miał się odbyć nazajutrz o dziesiątej rano w Condé-sur-Marne.

Bénédicte wciąż leżała w krótkiej koszuli nocnej.

Przychodzili do niej przyjaciele i rodzina, a ona leżała sinozielona, osierocona, w krótkiej koszuli nocnej. Wtedy mój starszy brat powiedział, że naprawdę jest problem z tym facetem, że to już robi się wstrętne, istna droga przez mękę, że nigdy się po tym wszystkim nie pozbieramy, i wybuchnął płaczem.

Jak ona mogła żyć z kimś takim? usłyszałam jego szept.

Mój brat jest człowiekiem małomównym, nieśmiałym, poukładanym i oględnym. Wysokiej klasy naukowcem rzadko zapuszczającym się na tereny wrażliwe, sentymentalne. Takie słowa w jego ustach były czymś niebywałym.

Bénédicte, która była taka zadbana, tak się troszczyła o swój wygląd, uwielbiała ładne buty z cholewką, koronki i kapelusze, ładne sukienki o staromodnym kroju, lubiła się perfumować, malować paznokcie na czarno – wstyd, że trzymano ją w takim stanie. Zaczynało od niej cuchnąć. Od jej zwłok, których nijak nie przygotowano, zaczynało ewidentnie zalatywać zgnilizną. Postępował rozkład ciała, czuć było smród. Widać to było po oczach, ustach. Wokół ust pojawił się granatowy naciek. Tak samo wokół oczu. Skóra zrobiła się szara. A gdyby ją ładnie ubrano, umalowano, na głowę włożono jej perukę, wyglądałaby godnie, a nie tak zupełnie pozostawiona w objęciach choroby. Przywrócono by jej tożsamość. Było to straszne. Wydawało nam się, że nasza siostra nadal leży na łóżku, na którym umarła, otoczona maszynami, kroplówkami. Przez tego człowieka nigdy nie zapomnę widoku zmarłej siostry bliźniaczki.

Moja starsza siostra wyszła z kostnicy i udała się do zakładu pogrzebowego naprzeciwko, by zapytać, dlaczego pani Ombredanne nadal nie jest ubrana, trzeba pilnie coś zrobić, nie można jej tak zostawić. Ludzie, którzy przychodzą ją pożegnać, mają przed oczami nie ciało zmarłej kobiety, ale zwłoki, i to zwłoki osoby pokonanej przez długą ciężką chorobę, w dodatku te zwłoki zaczynają się rozkładać, śmierdzą, to okropne, mówiła moja siostra najpierw spokojnie, potem krzycząc, a wreszcie zalała się łzami przy ladzie.

Kobieta z zakładu pogrzebowego współczującym gestem położyła dłoń na ręce mojej starszej siostry i wyjaśniła, że nadal nie ma żadnych wskazówek od jej szwagra. Zostawiła mu kilka ponaglających wiadomości na automatycznej sekretarce, nie zareagował, ale zaraz do niego zadzwoni raz jeszcze. Zatelefonowała do Jeana-François, odebrał, powiedziała mu, że bezwzględnie w ciągu dwóch godzin musi dostarczyć ubranie dla żony.

Jean-François przyjechał późnym popołudniem z najpaskudniejszymi ubraniami, jakie zdołał znaleźć.

Na pogrzeb dostarczył odzież zupełnie nie w stylu mojej siostry.

Jeśli na podstawie tej historii napisze pan kiedyś książkę, ludzie pomyślą, że ma pan bujną wyobraźnię i że ta wyobraźnia jest nie tyle straszna, ile trochę przygnębiająca.

Ale przysięgam, że to wszystko prawda.

Przywiózł ubrania, których nie przypominałam sobie na Bénédicte. Ubrania z lat osiemdziesiątych, niemodne, nieświeże. Na pewno znalazł je w jakimś zakamarku szafy, rzeczy, które moja siostra zapomniała pewnie oddać dla potrzebujących.

A przecież w poniedziałek Jean-François spytał moją starszą siostrę, w co jej zdaniem Bénédicte powinna być ubrana. Geneviève poradziła, by wziął jej ulubioną sukienkę z ciemnobrązowej wełenki. Czarne botki z wysoką cholewką, ozdobnie sznurowane i na niewysokim obcasie. Ciemnoczerwony aksamitny żakiet. Koronkowe mitenki i czarne pończochy. Rozumiesz? Będzie pięknie wyglądała, byłaby zadowolona, że odchodzi w najładniejszych ubraniach, powiedziała mu moja starsza siostra i to samo mi powtórzyła tego dnia, kiedy zobaczyliśmy Bénédicte w szpetnym, poniżającym stroju.

Daję głowę, że spytał moją siostrę o zdanie, żeby zrobić coś dokładnie przeciwnego.

Kilka znajomych Bénédicte, zwłaszcza Amélie i dwie emerytowane przyjaciółki, ze zdziwieniem powiedziało do mnie, że nigdy nie widziały mojej bliźniaczki tak ubranej. Wszystkie trzy spytały, taktownie na uboczu, kto wystroił Bénédicte tak, że wygląda zupełnie inaczej niż młoda kobieta, którą znały, a kiedy im wyjawiłam, jak to się stało, popłakały się ze złości.

Mój kuzyn powiedział: zobaczysz, za parę dni znajdziemy ubrania Bénédicte na eBayu.

Jean-François ubrał żonę jak faceta, co moim zdaniem było dziwne, chore.

W łososiową bluzkę z akrylu, podczas gdy Bénédicte nie znosiła kolorów pastelowych. Dlatego zastanawiam się, czy ta bluzka w ogóle należała do mojej siostry. Może kupił to ubranie gdzieś w szmateksie na wagę, całość za dwa euro, a przez następne tygodnie wieczorami będzie wystawiał na eBayu po kolei wszystkie rzeczy mojej siostry, by zarobić paręset euro?

Spodnie z żakietem szerokim w ramionach, z poduszkami i zaszewkami, z niską pachą i wielkim kołnierzem, jakie szyto w latach osiemdziesiątych, granatowe w cieniutkie białe prążki.

Na nogach zdeptane mokasyny w kolorze brązowym, który kłócił się z granatowym i łososiowym reszty stroju.

Bénédicte nie miała żadnej ozdoby.

Ponieważ nie raczył przynieść ślicznej rudej peruki, którą jej podarowałam i w którą zawsze się chętnie stroiła, kiedy wyskakiwałyśmy we dwie na lunch do miasta, wydawało się, że w trumnie leży niewysoki jegomość, drobny konduktor, łysy porywczy alkoholik.

Straszne.

To nie była moja siostra.

Jean-François przerobił jej wizerunek, ubierając ją w niemodne ciuchy, w których bardzo źle wyglądała. Jak przebrana na maskaradę, jakby kazał jej się zgrywać w niestosownej parodii, która rodzinie miała mówić: Jean-François i ja wkurzamy was.

Bénédicte umarła trzy miesiące temu, a moja rodzina ciągle jest w szoku. Wszyscy. Moja starsza siostra, brat, siostrzeńcy i bratankowie. Bénédicte była ukochaną ciocią, wrażliwą, tajemniczą, naprawdę coś ukrywającą, bardzo ją kochali.

Trzy dni po pogrzebie Lola zadzwoniła do naszej matki, aby powiedzieć, że przez nią straciła swoją mamę, bo babcia zmuszała córkę, by raz na dwa tygodnie odwiedzała ją w Condé-sur-Marne, co bardzo ją męczyło. Będzie miała o to do niej żal do końca swoich dni, oświadczyła jeszcze na koniec rozmowy.

Tego wieczoru mamę zabrali do szpitala. Umarła trzy tygodnie później.

9

– Halo?
– Christian? Mówi Bénédicte.
– Bénédicte! Co u pani słychać?
– Już nie mówimy sobie ty?
– Ależ tak, przepraszam. Co u ciebie?
– Nie przeszkadzam?
– Skądże.
– Wolałam spytać.
– Słucham cię, o co chodzi?
– Nie, nie, o nic. Nie wiem. Jak się masz?
– Ja dobrze, a ty? Mów. Co się dzieje?
– Od tak dawna miałam ochotę usłyszeć twój głos.
– No to dlaczego nie zadzwoniłaś wcześniej? Wiesz, taką ochotę mógłbym łatwo zaspokoić.
– Bałam się, że jesteś na mnie zły. Mogę cię odwiedzić?
– Czemu miałbym być zły?
– Dobrze wiesz czemu. Niezbyt uprzejmie zerwałam naszą znajomość.
– Coś mi mówiło, że pewnego pięknego dnia wrócisz. Często myślę o tobie.
– Ja też.
– Kiedy chcesz przyjechać?
– No cóż…
– Jutro jadę do Brukseli. Wracam w sobotę. W przyszłym tygodniu?

– Jesteś w domu?
– W tej chwili?
– Tak, w tej chwili, jesteś w domu?
– Tak, a co?
– Mogę być bardzo szybko.
– Bardzo szybko?
– Jestem przed domem.
– Przed domem?
– Przy furtce do ogrodu.
– Nic nie słyszałem.
– Zostawiłam samochód trochę dalej. Nie bardzo wiedziałam...
– A tak, widzę cię. No, czego nie bardzo wiedziałaś?
– Hm, widzisz... czy jesteś sam. Czy będziesz miał chęć na spotkanie.
– Ależ jak możesz mówić...
– Mogłeś się przecież ożenić! Mieć nowe dzieci! Kogoś poznać! Zapomnieć o mnie... sama nie wiem!
– Daj spokój, Bénédicte! Nie pamiętasz, co ci napisałem w mejlu?
– Za to ja ciebie nie widzę. Gdzie jesteś?
– W salonie przy oknie, na dole.
– A, już cię widzę.
– Ryzykowałabyś najwyżej, że nie będzie mnie w domu.
– Wiesz, przez te dwadzieścia dwa miesiące dużo myślałam o chwili, kiedy zjawię się u ciebie. To mi bardzo pomagało. I w marzeniach tak właśnie przychodziłam, bez uprzedzenia, niespodzianie.
– Dobrze zrobiłaś.
– Jeżeli przez cały ten czas ty też choć odrobinę za mną tęskniłeś, to ta chwila jest dla ciebie jakby małym cudem, prawda?
– Bénédicte...

— Chciałam ci to ofiarować. Żebyś mi wybaczył. I żeby sobie udowodnić, że dorastam do twojego listu.
— Nie wejdziesz? Dlaczego stoisz przy furtce?
— Chciałabym, żebyśmy się przeszli po lesie, jak ostatnio.
— Jak ostatnio... Byłaś tu tylko raz, Bénédicte...
— Przyjdź, czekam.
— Nie chcesz się ogrzać? Mam zaparzoną herbatę.
— Nie, chodź.
— Tak sobie marzyłaś? Że od razu idziemy na spacer po lesie?
— Właśnie tak.
— W takim razie idę. Włożę tylko buty i kurtkę, poczekaj pięć sekund, nie rozłączaj się, tylko się nie rozłączaj.
— Nie rozłączam się. Mam czas. Dwadzieścia dwa miesiące czekałam na tę chwilę, nie zrezygnuję teraz z rozkoszowania się nią. Możesz się guzdrać do woli, jest przyjemnie, nie ma zimna.
— No, gotowe, już idę.
— Chyba jeszcze nigdy nie czekałam na nikogo z taką lubością jak teraz. Tak się bałam, że nie będziesz chciał się spotkać. Albo że spotkanie okaże się niemożliwe.
— Wiesz co? Staniesz się w końcu specjalistką od najbardziej niezapomnianych dni w moim życiu.
— Christian...
— Ale teraz już nie znikniesz, słyszysz? Inaczej możesz sobie od razu odjechać!
— Och, tego nie wiem, to będzie zależało. Ależ się pan nagle zrobił wymagający! Nie sądź, że wygrałeś dlatego, że przyjechałam!
— Śmieszysz mnie.
— Zawsze to coś!
— No, otwieram drzwi. I co, nie zmieniłem się za bardzo? Nie żałujesz?

– Jesteś za daleko. Podejdź bliżej, to ci powiem.
– Ty się nie zmieniłaś.
– Och, gdybyś wiedział… Owszem, zmieniłam się.
– Nie pleć.
– Ty za to jesteś tak samo przystojny. Nie rozłączaj się jeszcze, chcę słyszeć twój oddech, kiedy będziesz szedł w moją stronę.
– Włożyłaś te śliczne botki, cieszę się. To te same co poprzednio?
– Tak. Te same. Prawie ich nie nosiłam. Nie chodzi się na co dzień w tym, co za sprawą cudownego dnia wspięło się do rangi relikwii.
– Ogoliłaś głowę czy co? Ostatnio nie miałaś takich króciutkich włosów, prawda?
– Christian, kiedy dojdziesz do mnie, nie chcę, żebyśmy się całowali, ani w usta, ani w policzki, tylko żebyśmy od razu poszli na spacer, żebyśmy jak najbardziej odsunęli chwilę, kiedy pewne rzeczy zostaną powiedziane, kiedy pewne rzeczy zostaną zrobione. Pójdę z tobą, będę z tobą w tym cudnym zawieszeniu jeszcze przez jakiś czas, dobrze?
– Już się możemy rozłączyć, nie? Nie będziemy przecież rozmawiali przez telefon, stojąc blisko siebie?
– Tak długo czekałam na tę chwilę, Christianie. Na to, by zobaczyć twoje oko naprawdę, a nie na moim palcu, oko lekko wilgotne, jak teraz, a nie suche, malutkie, nieruchome, sprzed wieków.
– Podobasz mi się z tymi wystrzyżonymi włosami. Są bardzo seksowne moim zdaniem.
– Tak, rozłączmy się.
– Cześć, Bénédicte.
– Cześć, Christian.
(Wchodzą w las. Idą obok siebie w milczeniu).
– Poznaję. Tędy się idzie do twojego wielkiego dębu.

Pamiętam długi pocałunek w tamtym miejscu, właśnie tam, pod drzewem.
– Wspominam go, ilekroć tędy przechodzę.
– O, zrobiłeś, jak zapowiadałeś, postawiłeś tu wreszcie ławkę!
– Zawsze robię to, co mówię.
– Czyli dasz mi do przeczytania swoje wiersze?
– Wiersze?
– No tak, powiedziałeś, i to dosłownie, bo pamiętam dokładnie każde słowo wypowiedziane tamtego dnia...
– A ja każdy obraz, jestem wzrokowcem.
– Ja słuchowcem. Powiedziałeś wtedy: ustawię ławkę pod drzewem i latem, w romantycznej scenerii, będę tu siadał, by czytać dobre książki i pisać wiersze w cieniu sędziwych gałęzi. Wyślę ci swoje wiersze, Bénédicte, będziesz ich bohaterką!
– Dziś pójdziemy tędy, w lewo. Chciałbym ci coś pokazać, piękny widok.
– I co z tymi wierszami?
– Faktycznie napisałem ich dziesiątki. I faktycznie są o tobie. Ale wolę je zachować dla siebie.
– Uwielbiam szelest suchych liści pod nogami, pękanie gałązek, żołędzi, łupin kasztanów. Wolę dźwięk kroków w lesie niż na plaży, łące albo chodniku.
– ...
– Christianie, dlaczego?
– Co dlaczego?
– Dlaczego nie mogę przeczytać twoich wierszy?
– Popłakałabyś się.
– Bardzo lubię ścieżki, które biegną w obniżeniu terenu.
– Czyli dobrze wybrałem trasę spaceru.
– Zawsze uważałam, że ścieżki w obniżeniu terenu są bardzo romantyczne. To takie fascynujące: idzie się dróżką zagłębioną w ziemi, między starymi korzeniami drzew,

gałęzie tworzą dach nad głową, widać z bliska poszycie, wszystko wygląda jak tunel wydrążony przez czarodziejki.
– Ale wyobraźnia! Dość gotycki obraz.
– Skąd się biorą ścieżki w obniżeniu terenu? Bo przecież nie wydrążyły ich czarodziejki, prawda?
– Jest kilka wyjaśnień. Najbardziej prawdopodobne to, że na przestrzeni wieków chłopom często nie starczało słomy, by nawozić pola. Dlatego jesienią, gdy na drogach leżało dużo opadłych liści, grodzili je i regularnie spędzali na nie bydło. Pod koniec zimy zbierali na furmanki mieszaninę suchych liści i bydlęcych ekskrementów i rozrzucali ją na polach. I oczywiście za każdym razem wraz z kompostem zdejmowali z drogi trochę ziemi.
– Rozumiem.
– I w ten sposób drogi coraz bardziej się obniżały. Ta biegnie naprawdę nisko. Zobaczysz, wychodzi w miejscu, skąd rozpościera się idylliczna panorama.
– Niesamowite jest to drzewo. Jak to się dzieje, że z jednego szczepu wyrasta tyle pni? Wygląda jak kwiatki w wazonie, tyle że to są stare sękate pnie.
– To odrosty grabu.
– Odrosty? Drzewo jest jak z bajki.
– Odrosty powstają, kiedy ścina się drzewo i pozwala mu odrosnąć z reszty pnia. Wszystkie pnie, które tu widzisz, to jedno drzewo.
– A to?
– To dąb, który był podkrzesywany, ale już się o niego nie dba.
– Podkrzesywany?
– Mocno podcinany.
– Jest przepiękny.
– Co piętnaście, dwadzieścia lat obcinano go na wysokości około trzech metrów, żeby pozyskiwać drewno na opał. Człowiek się wspinał i obcinał gałęzie. Tutaj nikt

nie robił tego od pokolenia czy dwóch, gałęzie, które wyrastają z pnia, mają pewnie niecałe czterdzieści lat.
— Prawie tyle co ja.
— Na pewno są starsze niż ty, Bénédicte. To drzewo jest w zasadzie skazane na śmierć.
— Dziękuję! To miłe!
— Nie, no, przestań, nie to miałem na myśli, przecież ja też mam trzydzieści osiem lat! Chodzi o to, że system gałęzi stał się zbyt ciężki dla pnia. Takie pnie często są puste w środku, dlatego mają też mniejszą wytrzymałość.
— Aha. A czemu są puste w środku?
— Kiedy obcinasz grubą gałąź, o, taką jak tutaj na przykład, powstaje rana, która zabliźni się lepiej lub gorzej. Przez ranę do pnia wnika woda deszczowa, przedostają się owady i inne rośliny i wnętrze w końcu ulega rozkładowi. Blizna może się powiększać, stawać się coraz głębszym tunelem w środku pnia, który w końcu zupełnie zmurszeje. Zobacz, wkładam rękę do tej dziupli, wchodzi prawie cała, wnętrze jest całkiem spróchniałe, podległo rozkładowi, nie ma tam nic aż do pierwszych gałęzi.
— Taka dziupla nadaje drzewu fantastyczny wygląd, to jakby sadyba krasnoludków.
— Ale osłabia drzewo. Jest bardziej podatne na urazy mechaniczne. Straciło odporność, którą miało dzięki swojej strukturze.
— Urazy mechaniczne... e tam, ja wolę, żeby było piękne niż odporne na urazy mechaniczne!
— Pierwsza gwałtowniejsza burza złamie je na pół, nie będzie miało siły, żeby się jej oprzeć.
— Dlaczego właściwie przestano podcinać biedaka?
— Bo to mozolna robota, trzeba wejść na trzymetrową drabinę i odpiłować najgrubsze konary, to niebezpieczne, nie możesz uciec, kiedy gałąź spada, ciężka sprawa. Musiałbym nająć ludzi.

– A co to jest?
– Bluszcz. Wyrósł u stóp drzewa i pnie się po gałęziach. Zobacz, rośnie nawet w środku.
– Jakby dwa drzewa się obejmowały. Cudne.
– Wbrew temu, co się czasem mówi, bluszcz nie jest pasożytem. To pnącze, które oplata drzewo, dlatego kiedy jest zbyt gęste, może je przyduszać, utrudniać mu wzrost, ale go nie uniemożliwia. Najwyżej powoduje zranienia.
– Moim zdaniem bluszcz i ten dąb bardzo do siebie pasują.
– Z punktu widzenia owadów bluszcz ma tę zaletę, że bardzo późno kwitnie, we wrześniu, październiku.
– W moje ulubione miesiące.
– Dla pszczół to bardzo korzystne, bo o tej porze roku nie ma już wielu kwiatów. To, co tutaj widzisz, to owoce, dopiero co się zawiązały i będą dojrzewały przez całą zimę aż do wiosny. W poszyciu jest wiele roślin o takiej wegetacji na opak. Na przykład bulwy, które zaczynają wytykać nos właśnie teraz, w środku zimy. Hiacynty. Przebiśniegi. Żonkile. Narcyzy. Kosaćce. Zaraz dojdziemy do miejsca, gdzie w zeszłym tygodniu widziałem hiacynty.
– A to zielone tutaj to co?
– No bluszcz.
– Bluszcz? To wszystko jest bluszcz? Taki wielki? Rozrósł się tak bardzo, że już nie wiadomo, co jest czym! Praktycznie to dwa drzewa jednakowej wielkości!
– Konkurują o światło, to pewne.
– A to jest dąb?
– Zgadza się.
– Wiesz, co jest najfajniejsze? Że ten dąb wygląda, jakby miał liście. Zobacz, jest cały zielony, jak w środku lata. Inne dęby stoją gołe, a ten się pyszni sukienką.
– Ale to nie są jego liście.

– Nieważne, ważne, że są. Lasy zimą nie byłyby takie szare, gdyby każde drzewo miało swój bluszcz.
– W lecie drzewo będzie jeszcze potężniejsze, kiedy liście dębu rozwiną się między liśćmi bluszczu. Jak krzyżówka dwóch roślin. Jak lepszy od nich trzeci gatunek.
– Wspiął się do samego szczytu.
– Szuka światła. Bluszcz na początku się płoży, ale jak tylko znajdzie coś, po czym może się piąć, dąży do światła. Nie jest jak jemioła, nie jest pasożytem, nie zabija drzew. Za chwilę dojdziemy do końca ścieżki.
– Jemioła zabija drzewa?
– Pewnie!
– No patrz, nie wiedziałam! Szkoda!
– Dlaczego?
– Bo uwielbiam kępy jemioły. Drzewa z kępami jemioły wyglądają na wartościowsze niż inne. To jakby ozdoba, wyróżnienie. Moim zdaniem takie kule wśród gałęzi, okrągłe, różnej wielkości, równo rozłożone, prezentują się imponująco, jakby do pejzażu dołożyła je ręka mistrza. Leonarda da Vinci.
– Bardzo ładnie to powiedziałaś.
– Tak to widzę.
– Cóż, ale jemioła jest pasożytem.
– Kto by pomyślał!
– Wszyscy o tym wiedzą, Bénédicte!
– Z wyjątkiem tych, którzy wolą wierzyć w złudzenia. Którzy lubią to, co obrazy im mówią, nawet jeśli to oszustwo. Na pewno o tym wiedziałam, ale wyrzuciłam wszystko z pamięci, żeby nadal bardziej lubić drzewa z kępami jemioły od tych, na których jemioła nie rośnie.
– Pomyśl, że drzewa z jemiołą umierają.
– Naprawdę umierają? A nie jest tak, że po prostu wolniej rosną?
– Naprawdę umierają. Przykro mi.

– A na tamtym drzewie jest i bluszcz, i jemioła, tak?
– Zgadza się.
– Słowo daję, wygląda wspaniale. Liście w środku zimy, mnóstwo kulistych ozdób, po prostu arcydzieło.
– Umierające.
– Zaopiekuję się nim. Będę do niego codziennie mówiła.
– Codziennie?
– Póki nie umrze. Nie śmiej się, naprawdę tak zrobię, zobaczysz!
– Dobra, trzymam cię za słowo. Kiedy uschnie, zetnę je i będziemy o nim myśleli, paląc nim w kominku.
– Będę czytała, grzejąc się w cieple jego płomieni.
– Będę ci smażył żeberka na węglach. Lubisz żeberka smażone na węglach?
– Będziemy się kochali. Pewnie myślisz, figlarzu, że nie zauważyłam grubego dywanu przed kominkiem?
– Będziemy się kochali przed kominkiem. Na moim pięknym miękkim dywanie. Z tym twoim chorym drzewem w palenisku albo bez niego.
– Jak jemioła dociera tak wysoko? Wyrasta z ziemi jak bluszcz?
– Skądże! No co ty, Bénédicte!
– Nie? Czemu się śmiejesz? To wcale nie jest zabawne!
– Ależ jest zabawne! Cudowna z ciebie kobieta, taki jestem szczęśliwy, że wróciłaś!
– ...
– Zwłaszcza jeśli już zostaniesz.
– No więc jak z tą jemiołą?
– Porównałaś ją do ozdób. Kępy jemioły wyrastają dokładnie z miejsca, w którym je widzisz.
– A jak się dostają tak wysoko?
– Jemioła wydaje jagody niejadalne dla człowieka, za to chętnie zjadane przez różne ptaki, na przykład drozdy

czy kosy. No więc albo ptaki przynoszą jagodę i na gałęzi wypada im z dzioba, a ponieważ jest lepka, przykleja się do kory i wschodzi na wiosnę. Albo tak jak wiele innych nasion owoc jemioły, żeby jego zdolność kiełkowania jeszcze wzrosła, potrzebuje przejść przez układ pokarmowy zwierzęcia. Czyli ptaki zjadają jagody jemioły, obsrywają gałęzie drzewa i dzięki temu jemioła wschodzi.

– Coś takiego! Boże, to straszne! Drogi przyjacielu, przez jaki absolutnie wstrętny układ pokarmowy przepuszczasz wyrafinowane piękno kępek jemioły? Miałyby być efektem defekacji ptaków?

– Hm, w sumie tak. To się nazywa endochoria. Dość poetyckie słowo, prawda?

– Endochoria, no, nawet ładne, przyznaję. Podoba mi się. Endochoria. Więc wybaczam ci.

– Spójrz na ten widok.

– Och, nie spodziewałam się tutaj takiej doliny.

– To już nie moje. Ta ziemia należy do wieśniaka, którego gospodarstwo jest trochę dalej. Zwykle za tym ogrodzeniem są krowy, nie wiem, gdzie się podziały. A tam, po drugiej stronie łąki, widzisz las na zboczu wzgórza? Często tam spaceruję.

– Przepiękny. Możemy zejść na dół?

– Możemy, ślicznie tam jest, płynie strumień, jest staw. Potem trzeba iść pod górkę przez ładną okolicę aż do lasu naprzeciwko. Idziemy dalej czy wracamy do domu?

– Chodźmy jeszcze kawałek. Później zawrócimy.

– O czym to mówiłem?

– O endochorii.

– O rozsiewaniu jemioły.

– Słońce! Zobacz, słońce się pokazało!

– Widzisz tam, na środku łąki, samotne drzewo, olchę?

– Które? Tamto?

– Tak. To moje ulubione drzewo.
– Nie dziwię się.
– Olcha to starożytne drzewo. Ma owoce podobne do szyszek sosnowych, chociaż jest drzewem liściastym. Podobne do szyszek trochę niedorobionych. Jest czymś pośrednim między drzewem liściastym i iglastym.
– ...
– Olcha ma piękne barwy. Ten las naprzeciwko to właściwie olszyna. Na wiosnę, zobaczysz, pączki są fioletowe, daje to przecudny kolor. Zresztą ten fiolet już zaczyna być widoczny. Mamy początek stycznia, gałęzie są nagie, ale jeśli dobrze się przyjrzysz, dostrzeżesz taki leciutki fiolecik, rozmyty, ulotny, trochę jak zapach między gałęziami, widzisz?
– Tak, faktycznie. Odrobina fioletu, jakby aureolka. W sumie to coś takiego, że jeśli ktoś nie zwróci człowiekowi na to uwagi, na ogół się tego nie zauważa.
– Potraktuję to jako komplement. I to, przyznaję, bardzo miły.
– Bo to jest komplement. Dziękuję, że pokazałeś mi ten leciutki fiolet, wyczuwalne drżenie lasu w środku zimy. Jak tak dalej pójdzie, nie opędzisz się od komplementów!
– Zawsze są mile widziane, ale ten sprawił mi szczególną przyjemność.
– Bo i twoje drzewo jest wspaniałe.
– Zauważyłaś, jakie jest wyniosłe? Drzewo na łące prezentuje się zupełnie inaczej niż to samo drzewo w lesie. Samotne drzewo na łące, rosnące po to, by dawało cień zwierzętom, jest mocno oświetlone, słońce pada na nie ze wszystkich stron, toteż rozwija się poniekąd jak kępy jemioły, przyjmuje kształt kuli. Natomiast drzewo w tym samym wieku, ale w lesie, z powodu konkurencji sąsiadów rośnie prosto jak świeca, pnąc się do światła.

Jego wierzchołek sięga dużo wyżej. Drzewo jest mniej majestatyczne i harmonijne niż na łące. Za to daje lepsze drewno, bo pień jest prosty, bez gałęzi, a więc bez sęków, deski z niego są idealne. Z mojego pięknego drzewa na łące, mojego ukochanego, nie ma żadnego pożytku prócz tego, że miło na nie popatrzeć i latem posiedzieć w jego cieniu. To jak? Idziemy dalej?

– Christianie?
– Tak?
– Chyba nadeszła chwila, żebyśmy się pocałowali.

Wyrazy mojej głębokiej wdzięczności niech przyjmą Pascale, Fabienne, Élisabeth, Anna, Françoise, Florence, Nathalie, L., Jacques Fourest, Christophe Houvet, Cédric Godbert, Ludovic Escande, Dominique.

Szczególne miejsce w moich myślach należy się Marion i Jeanowi-Marcowi Robertsowi.

Korekta niniejszej książki czytana była w Rzymie, w Villa Medici, 12–19 maja 2014 roku.